第八届郁达夫小说奖获奖作品集

A Collection of the Eighth Yu Dafu Prize Winning Works

江南杂志社 主编

浙江文艺出版社

郁达夫小说奖

放眼全球华语写作
独树评语公开风气
倡引浪漫放达风格
守卫小说艺术纯粹

第八届郁达夫小说奖终评委和审读委成员名单

终评委 （2024年9月）

执行主任

艾　伟　浙江省作家协会主席、作家

委　员 （按姓氏笔画为序）

叶兆言　江苏省作家协会副主席、作家

毕飞宇　中国作家协会副主席、江苏省作家协会主席、作家

孙甘露　上海市作家协会副主席、华东师范大学教授、作家

阿　来　中国作家协会副主席、四川省作家协会主席、作家

陈东捷　《十月》杂志主编、评论家

袁　敏　浙江省作家协会原副主席、作家

程永新　《收获》杂志主编、评论家

审读委 （2024年6月）

（按姓氏笔画为序）

王　尧　苏州大学教授、评论家

王春林　山西大学教授、评论家

李云雷　《小说选刊》副主编、评论家

杨庆祥　中国人民大学教授、评论家

何　平　南京师范大学教授、评论家

张　莉　北京师范大学教授、评论家

张学昕　辽宁师范大学教授、评论家

张燕玲　广西文艺评论家协会主席、评论家

岳　雯　《文艺报》社副总编辑、评论家

孟繁华　沈阳师范大学教授、评论家

洪治纲　杭州师范大学教授、评论家

贺绍俊　沈阳师范大学教授、评论家

黄德海　《思南文学选刊》副主编、评论家

第八届郁达夫小说奖获奖作品

中篇小说首奖

杨方《月光草原》

《江南》2023年第3期

中篇小说奖

龚万莹《出山》

《钟山》2023年第2期

黎紫书《一个陌生女人的来信》

《收获》2023年第3期

韩松落《鱼缸与霞光》

《收获》2023年第6期

短篇小说首奖

金仁顺《白色猛虎》

《万松浦》2022年第1期

短篇小说奖

朱婧《我的太太变成了鼠妇》

《青年文学》2022年第8期

万玛才旦《松木的清香》

《十月》2023年第1期

牛健哲《造物须臾》

《人民文学》2022年第9期

目 录

中篇小说首奖

月光草原 / 杨　方　003

中篇小说奖

出山 / 龚万莹　033

一个陌生女人的来信 / 黎紫书　088

鱼缸与霞光 / 韩松落　111

短篇小说首奖

白色猛虎 / 金仁顺　145

短篇小说奖

我的太太变成了鼠妇 / 朱　婧　163

松木的清香 / 万玛才旦　173

造物须臾 / 牛健哲　187

附　录

◎郁达夫小说奖评奖条例(修改稿)　199

◎第八届郁达夫小说奖中篇小说终评备选篇目及审读委成员评语　202

◎第八届郁达夫小说奖短篇小说终评备选篇目及审读委成员评语　219

◎第八届郁达夫小说奖终评综述　235

◎第八届郁达夫小说奖终评委成员评语　236

中篇小说首奖

月光草原

杨　方 / 著

西西弗斯不见了。

我坐在阳台的松树墩子上，发愁该如何跟何时了交代的时候，何时了的电话打了过来，问我西西弗斯的状况，我支吾了一下，觉得还是实言相告的好。

我已经十几个小时没看见那家伙了，我说。

十几个小时？也就是说，你早上起来的时候都没有去关心一下西西弗斯？何时了的语气听上去有些不满。

早上我睡过了头，老哈打电话让我去他办公室，我蓬头垢面就往单位跑，哪有时间关心西西弗斯。

我的声音有点大，何时了可能感觉到了我的火气，闭嘴了几秒，然后他说，你肯定把西西弗斯给饿着了。如果有吃的，西西弗斯是不会乱跑的。免提里何时了的声音听起来瓮声瓮气，像是蜜蜂家族的一员。

你自己看。我打开视频通话，把镜头对准阳台一角的纸箱子。

何时了隔着几千公里，利用手机摄像头光电转换原理认真看了会儿纸箱子里的情况。

还是我从那拉提带回来的那些牛粪吧？西西弗斯肯定是嫌牛粪不够新鲜，你应该给它换一些新鲜的牛粪，何时了说。

何时了如果在跟前，我肯定会拿起纸箱子，把里面的牛粪扣到他头上。他以为牛粪和蛋糕一样，有新鲜之说？不过，在西西弗斯看来也许是有的。西西弗斯是一只草原屎壳郎，半个月前，我们去那拉提种羊场查看澳大利亚美利奴羊种羊和本地羊配种情况，回来的时候，何时了逮了只屎壳郎要带回来，他对这个“滚动世界的小东西”极感兴趣，一有空，就撅着臀部近距离地观察它们如何滚牛粪蛋子。估计何时了在江苏就没怎么见过屎壳郎。江苏是伊犁的对口援疆省份，每年都有一批江苏人来伊犁援疆，何时了是其中一名。何时了的面相颇有欺骗性，初来时，我们都以为他是个刚毕业的大学生，其实人家研究生毕业都好几年了，援疆伊犁前，江苏那边还专门派他去澳大利亚学习了一年。何时了所学专业跟畜牧有关，但据我们看，他更像是个学昆虫专业的，来伊宁后，一门心思扑在研究昆虫上，有几次，他追着长翅膀的小东西跑过好几条街，差点撞上行人和汽车，有一次一头栽进了林荫道旁窄窄的小沟渠里，他努力挣扎着想要爬出来的时候，几个喝得醉醺醺的过路人把他拉了上来，他们以为何时了和他们一样喝多了酒，出于好意，他们执意把脸上带着擦伤、浑身湿淋淋的何时了强行送回了家，直到把他塞进一扇门里，才安心离去。他们敲开的那扇门，其实是一个陌生女人的家，这个彪悍的女人，愤怒地把一群醉鬼莫名其妙塞给她的"丈夫"一顿暴打，然后，何时了被赶到了大街上。他发现他所处的位置，和他住的地方，简直就是南辕北辙。他花了二十多块钱的打的费，才回到自己的家里。这件事成了我们在老哈家喝啤酒吃烤肉时谈论的中心话题，大家关心那个女的漂不漂亮、年不年轻。何时了回答不了这个问题，他当时被雨点一样的拳头打得晕头转向，根本没能顾上看一眼女人的长相和年龄。我们哈哈大笑，忙着吃喝的时候，何时了撅着屁股，在老哈家的蔷薇树篱和苹果树以及围墙下的洞穴里，发现了十几种昆虫和一只气鼓鼓的癞蛤蟆。何时了把这些长相难看的昆虫，包括癞蛤蟆，与蝴蝶蜜蜂小虻虫一起统称为精灵。他感叹内地因为城市扩建，因为农村大量使用农药，因为各种工业污染，几乎无可寻觅的昆虫精灵，在伊宁这个地方却随处可见，看来伊犁河谷还是个生态完好的地方，草原也应该还保持着原始的绿色状态。

这个对草原充满理想化的年轻人，给他逮的屎壳郎取名西西弗斯，为了不让西西弗斯饿死，何时了捡了几坨牛粪和西西弗斯放在一起。当他抱着装有西西弗斯和牛粪的纸箱子爬上我的车的时候，我真想一脚把他踹下去，让他自个抱着这些臭烘烘的东西走回伊宁去。坐在副驾座的老哈洞悉了我的心理活动，赶紧咳嗽几声，以示制止。我咬牙切齿了一会，只能作罢。老哈也太惯着何时了了，不管何时了多不着边，老哈都不觉得为过。上次我们在马场跟几个养马人喝酒，平时只有一杯酒量的何时了，逞英雄地灌下去半瓶子伊力特，之后就跟喝了鹤顶红一样一头栽倒在地，吓得我们赶紧找车把他往医院送。司机说从马场到医院，路途遥远，等到了，估计人已经塔西浪了（完蛋了）。老哈骂司机乌鸦嘴，人又不是癞蛤蟆，哪那么容易死掉。他拿了个碗，跑去弄了碗马尿，要给何时了灌下去催吐。我好奇老哈马尿是怎么弄来的，马尿不是啤酒，想要的时候就可以来上一杯。老哈虽然是畜牧局局长，整个伊犁州的牲畜都归他管，但他说话对那些马可能没那么管用，他不可能让马撒尿马就听话地给他撒尿。老哈对此不做解释，他让我帮忙端着马尿，我乘机闻了下，还真是马尿，臊臭气冲得我差点呕吐。老哈说要的就是这个效果，马尿是牲口尿液里面最臊臭的尿，灌下去，能恶心得人把胃都吐出来。老哈用筷子撬开何时了的嘴，让我帮着往里灌，我下不了手，觉得这也太那啥了。再说等明天何时了酒醒，知道我给他灌马尿，肯定会找我算账。老哈说那也不能看着他塔西浪啊。老哈一个人操作有点困难，好在何时了还挺配合，他可能以为老哈给他灌的是啤酒，不是马尿。老哈不得不一边灌，一边提醒何时了喝下去的液体是马尿，不是大乌苏。何时了喉咙里发出呕吐声，但是吐不出来。一碗马尿全灌下去了，也没吐出什么来。我们只能把何时了往医院送，路上车颠得厉害，何时了被颠得吐了一车子。车里酒味马尿味混杂，熏得人几乎背过气去。第二天何时了酒醒，对喝马尿的事难以释怀，觉得这也太丢人了。老哈提出要不他也喝上一碗，陪何时了一起丢人。反正自己经常喝大，何时了早晚会找机会报仇，给自己也灌上一碗马尿，不如现在自觉喝了，了了这段恩仇。我觉得喝马尿太那啥了，提议两个人不如打上一架的好。老哈不同意打架，打架何时了明显不是他对手，他不能胜之不武。我也觉得打架的话，何时了恐怕连招架之力都没有，我们把老哈叫老哈，老哈其实也就四十来岁，而且他也不姓哈，叫爱什么什么提，老长的名字，不好记。老哈是哈萨克人，我们就把他叫老哈了。哈萨克人擅长摔跤，何时了斯文得像个书生，体重不及老哈三分之二，有次老哈酒喝多了，何时了去扶老哈，老哈在何时了背上拍了一巴掌，直接把何时了拍得跌跌撞撞扑到了我的怀里。如此悬殊的较量，我看还是算了。

我弄了碗啤酒端给老哈，老哈喝完咂吧嘴巴，问我马尿怎么跟啤酒一个味，我含糊其词。何时了说，马尿可能本来就和啤酒一个味吧。我不知道何时了是故意这样说，还是昨晚亲尝之后得出的人生经验。

事后我问老哈，如果真是碗马尿，你也喝吗？老哈说我知道你不会真弄碗马尿让我喝的。我又跑去问何时了，如果真是马尿，你忍心看老哈喝吗？何时了的回答和老哈如出一辙，除了把后面的第一人称改成第三人称。

何时了把西西弗斯带回伊宁，养了没几天就回江苏了。他妈住院了，一天数个电话，十万火急地催他回去，那情形，大有回去晚了可能连人都见不着了的架势。何时了不急，他太了解他妈了。他来伊犁援疆，他妈极力阻止，苦肉计美人计釜底抽薪计(薪水的薪)，各种计谋都用上了，最后全白搭，何时了还是一意孤行地来了伊犁，来后他妈连同他两个姐每天电话不断，从头问到脚，间杂着提醒何时了无论如何不能在伊犁找女朋友，援疆一年结束，就赶紧地回江苏去。何时了每接家人电话，都要哀叹，要是在古代就好了，古代通信不便，来了伊犁这样边远的地方，大可以杳无音信，不受这几个女人的遥控。我们由此猜测何时了他妈可能是个控制欲极强的人，喜欢左右何时了。他的两个姐，可能一个叫何春花，一个叫何秋月，性格方面也遗传了他妈的成分，爱对何时了管头管脚。何时了到伊犁来，就是为了逃避她们，或者说，是为了逃避现实。何时了是那种不好好工作，就得回去继承家业的人，他们家有着一个不小的企业，援疆伊犁，是他最后的倔强。

我对何时了的状况深表同情，我提示何时了，以前新疆有些地方信号不好，偏远牧区没有网络。何时了一点即通，把我说的以前替换成现在。他妈及两个姐对此深信不疑，可能在她们的感觉里，新疆就应该是个落后得连网络都没有的地方才对。

何时了回江苏，老哈让我开车送他去机场，下车时何时了将装在纸箱子里的西西弗斯郑重其事地托付给我，我原本打算拿去扔掉，等他回来，再抓一只给他，反正屎壳郎都长一个样，何时了肯定认不出。何时了预料到我会有此操作，警告我屎壳郎在古埃及可是神灵的象征，这位神灵每天在地平线上推出太阳，给古埃及人带来光亮。如果扔掉神灵，我将会受到来自金字塔里死去法老的诅咒，不停地长胖长胖，胖成块状物一样的屎壳郎。胖我倒不怕，反正我从来就没有瘦过。我担心与这样一个吃牛粪的家伙朝夕相伴，某天早上醒来，真的就发现自己也变成了一只黑不溜秋的甲壳虫。

何时了飞走后，我将西西弗斯拎回家安置在阳台上，晚上何时了从江苏打来电话，让我拍张西西弗斯的照片，以证实我没把它扔掉。我拍了张照片发过去，顺带发了个翻白眼的表情。

第二天，我完全忘了西西弗斯的存在，到了晚上才猛然想起，我跑到阳台，看见西西弗斯底朝天仰躺着，所有的细腿一起挣扎，也翻不过身来。不知道它这样子挣扎了多长时间，如果一直翻不过身来，是不是就变成甲壳虫标本了。我找了个东西，扒拉了下西西弗斯，它翻过身来后，立马投入滚牛粪蛋子的运动中，好像滚牛粪蛋子是它毕生的事业，一刻也不能懈怠。

第三天我回来得有点早，黄昏的时候，我想坐在阳台的松树墩子上看一会落日，我的阳台正对伊犁河，可以一览无余地看见伊犁河上的落日。伊宁这座城市，有比任何一座城市都令人惊讶的落日，尤其是夏天，落日耀眼得像是天体坠毁，人们几乎可以用肉眼看见火焰从球体里掉下来，落进伊犁河里，河面被大面积点燃，金光一片。伊犁河上乘坐汽艇的人，乘风破浪地迎着金光驶去，像是驶入了世界末日。我经常坐在阳台上，让自己包裹在金光中。等落日沉落下去后，我感觉自己像燃烧过一样，皮肤上带着灰烬的颜色。

现在阳台成了西西弗斯的卧室兼餐厅，因为担心西西弗斯从窗子爬出去，我得关紧每一扇玻璃。牛粪的臭气在阳台弥漫，我不可能坐在牛粪的味道中安然地欣赏落日。我放弃阳台，回到房间，发现刚才忘了关阳台门，牛粪味飘进了房间，我用餐的时候，我的嗅觉闻到的，是西西弗斯正在享用的东西，这让我产生一种错觉，以为自己嘴里咀嚼的也是牛粪。这个念头一经出现，就挥之不去，使得我再也咽不下去任何东西。我跑到阳台，打开窗子，风带着伊犁河水的气息涌进来，这样感觉好多了。我本想着睡觉前把窗子关上，但是后来我完全忘记了关窗子的事。半夜我被何时了打来的电话吵醒，何时了没头没脑地问我，援疆结束，如果他留在伊犁不回江苏，我怎么想。我最恨别人吵醒我睡觉，我咕哝了句神经病，挂掉电话继续蒙头大睡。

第四天，我回来后例行公事地去阳台看了眼西西弗斯，它一如既往地在纸箱子里忙着滚牛粪蛋子。牛粪蛋子太大，滚不动，它就掉转身，用后腿蹬。我用手机拍了张西西弗斯滚牛粪蛋子的照片，本来想发给何时了，想想又没发。谁知道他这两天在忙啥，可能早忘记了西西弗斯的存在。

晚上我躺在床上，听见西西弗斯在纸箱子里疯狂地滚牛粪球，难道它不需要睡觉吗？同时我怀疑自己的听觉出了问题，西西弗斯好像不是在阳台滚牛粪蛋子，而是在我的枕头边，它众多的细腿一起发出窸窸窣窣的声音，每一下，都挠在我的耳膜上。这有点烦人。我给何时了打电话，何时了很快就接了，但是任凭我怎么"喂"他都不出声。我想起昨晚挂掉他电话的事，调侃他跟伊犁的大尾巴羊一样记仇。何时了来伊犁后发现伊犁的大尾巴羊羊毛不及澳大利亚的美利奴羊好，建议从澳大利亚引进美利奴羊种羊来改变伊犁羊的品种。美利奴羊种羊的引进，后来成了江苏援疆的一个重点项目。老哈很高兴，他早就有改良伊犁羊的打算。伊犁的大尾巴羊，羊毛粗、短、硬，能提取的羊绒比较少，有些品种的羊，还会出现花羔，比如巴里坤羊，喜欢在脖子那里长一圈黑毛，看上去像是打了个漂亮的领结，新疆人把巴里坤羊叫绅士羊，这类羊的羊毛只能生产挂毯地毯之类的东西，如果能引进澳大利亚美利奴羊，对伊犁的畜牧业将会是一场改良。不过，牧民对这个改变不怎么高兴，他们对自己养习惯了的羊有深厚的感情，不太愿意接受长相陌生的外国羊。外国羊理解不了他们的吆喝是个啥意思，也听不懂牧羊犬的吠叫是个啥意思。牧民问老哈，是不是他们的牧羊犬从此都得用英语汪汪叫？如果一定要他们接受这些外国羊，那么，老哈就得给这些外国羊弄个翻译来。对这个改变，母羊也很不高兴，母羊不肯配合外国羊的亲热，各种的抗拒，脾气变得古怪不堪，有一次何时了采用跪、卧、蹲、趴等多种姿势，拍摄草原落日的时候，一只有大弯角的羊远远地看了一会，突然毫无征兆地奔过来，狠狠顶在何时了的某个部位上，痛得何时了嗷嗷叫。后来何时了见了羊就往我身后躲，他分明感受到了母羊对他的敌意。这种偶蹄目动物，看着温顺，其实挺记仇的。

我翻出下午拍的照片发过去，让何时了看看西西弗斯滚的牛粪蛋子有多大。看见西西弗斯，何时了终于开口了，像个看见玩具的孩子。何时了说他看见西西弗斯举着一个梨子那么大的牛粪球在广阔的草原上移动的时候，惊讶得不得了，他立刻对这个大力士心生了敬意，在下手逮西西弗斯之前，他先向它认认真真行了个皇家宫廷礼。我对何时了诸如此类的行为一点也不奇怪，他在帕姑娘家挤牛奶，要先跑去采一把野花献给母牛。

我告诉何时了，我小时候住的羊毛胡同是平房区，有的人家会在院子里养上一头奶牛，奶牛拴在苹果树下，嘴里反刍着树上掉下来的苹果，屎壳郎家族则在由苹果演变出来的牛粪堆里热火朝天地滚着牛粪蛋子。我曾好奇地追踪屎壳郎的移动轨迹，想看看它们究竟把牛粪球滚到哪儿去了。

羊毛胡同现在还能看见屎壳郎吗？何时了问我。

应该没有了吧，我说。过去似乎不可改变的许多东西都在消失。羊毛胡同虽然还保留着伊宁的老样子，但是，很多年前就不许养牛了，加之后来下水道的铺设，地面上不可能再有牛粪和其他粪便的存在，屎壳郎没有了生存环境，在城市已经完全灭绝。西西弗斯可能是城市里唯一的、最后的一只屎壳郎。

这听起来有点悲壮，何时了说。他断定西西弗斯是一只雄性屎壳郎。据他观察，雄性屎壳郎喜欢把牛粪球滚得像个梨子，这是雌性屎壳郎最喜欢的形状，便于它们产卵。何时了计划回伊宁后就把西西弗斯送回草原去，完美的现代城市，对西西弗斯来说是个生存绝地。只有草原上才有西西弗斯最不可辜负的牛粪球和雌性屎壳郎的爱情。西西弗斯滚牛粪球的技术算得上高超，一定能吸引众多雌性屎壳郎的注意力。从某些方面来说，牛粪球等同于人类的钻石，人类寻找爱情喜欢用足够大的钻石，屎壳郎则用足够大的牛粪球。

何时了问我有没有发现西西弗斯晚上也不停嘴地吃牛粪，这个家伙能利用月光偏振现象进行定位，帮助自己取食。我是第一次听见月光偏振这个词，我好奇没有月亮的晚上，西西弗斯是不是就只能抱着牛粪球原地打转了。我爬起来，跑到阳台，看见西西弗斯在灯光下忙着用铲状的头和桨状的触角把牛粪滚成一个球。西西弗斯在草原上滚牛粪球是为了便于运输，在纸箱子里也滚牛粪球，就不太好理解了。我怀疑西西弗斯有滚牛粪球的强迫症。我问何时了，西西弗斯为什么非要把牛粪滚成球才吃，难道就这样吃，味道和滚成球吃有差别吗？何时了说，西西弗斯还奇怪人为什么非要把饭装在碗里吃呢。大多时候，人的行为其实并不比一只屎壳郎更高明。人制造出废物、废气、废水。屎壳郎是地球的清道夫，负有拯救人类的使命。

你赶紧变成一只屎壳郎，拯救人类去吧，我说。挂掉电话后，我看了下时间，我和何时了竟然聊了将近两个小时。

第五天，也就是今天早上，我被手机铃声吵醒，老哈让我去他办公室一下，马上就去。老哈总是提早半小时到单位，有时候神经兴奋，或者刚好相反，比如在家挨了老婆大人的骂，他会提早一个小时到单位上班。这位哈局长只要到了单位，就理所当然地以为别人这个点也和他一样坐在办公室里上班了。我看了下时间，离上班足足还有十几分钟。为了不让老哈知道我还躺在床上，我爬起来就往单位跑，一边跑一边穿衣服。伊宁这座城市，街道边的行道树全是苹果树，树上结着还没有长熟的苹果，空气里尽是苹果青涩的味道，我畅快地呼吸着，跑过英阿亚提街、斯大林街，跑过青年广场，我虽然有点胖，但奔跑起来速度不慢。十点还差几秒的时候，我完美地站在了老哈面前。

半小时后我从老哈办公室里出来，立刻掏出手机给何时了打电话，我告诉何时了我无法继续帮他养西西弗斯了，我要去牧区一段时间，老哈派我去调研草原上牛粪的情况，草原并不是这个江苏人想象中的童话世界，近两年伊犁草原不是蝗灾就是毒草遍布，现在又面临着一场牛粪灾难，牛粪在草原上的分布，已经堪比天上繁星。文旅局的那个白局长，前两天来找老哈。大家对这个长得不赖的年轻局长一点不陌生，她经常出现在一些短视频中，刷手机的时候可以刷到她，要么穿着飘飘白裙，从一大片紫色薰衣草中款款走过，打出的字幕是：普罗旺斯很远，伊犁很近。要么开着越野车，出现在拐弯连着拐弯的独库公路上。画外音是：今天你走完了人生所有的弯路，余下的尽是坦途。昭苏天马节，白局长亲自上阵，骑着马在马群中奔跑。她跟我们老哈诉苦，为了拍那个万马奔腾的镜头，她学了半个月的骑马，拍的时候还从马上摔下来，差点被后面的马蹄踩踏。如果牛粪问题不解决，她这一跤算是白摔了，煞费苦心做的旅游宣传也都白做了。没有谁愿意跑几千公里，坐飞机坐火车地来到伊犁大草原看臭气熏天的牛粪。老哈是个好说话的人，白局长都这样说了，他能不帮忙吗？只是，这个忙不太好帮，老哈可以打报告给伊犁州州长，让州长下文件，发动州直机关单位到草原清除毒草，但是，他不能要求州长让大家去草原捡牛粪。就算人多势众把牛粪捡干净了，牛还会继续拉。牛和马和驴不一样，牛有四个胃，这四个胃像四个牛粪加工厂，吃得多，拉得也多，伊犁的大草原上，每天有成百上千万头牛在同时制造着牛粪，这岂是靠人力能解决的？白局长不管这么多，她对老哈说，伊犁旅游如果上不去，我找你是问。这是句威胁语气的句子，白局长把它表达成了撒娇语气的句式，这个在老哈这里很管用。

何时了问我，以前牛也是两个胃，也是吃得多拉得多，不停地制造牛粪，为什么以前没有发生牛粪灾难？是牛的数量急剧增多了，还是草原面积缩小了？

何时了来伊犁不过半年，他完全不了解以前牧区是个什么状况。没有电，没有煤气，牧民烧火做饭基本靠牛粪，冬天取暖也靠牛粪。牛粪才拉下来，就被捡走了。勤快的牧民家，院子里的干牛粪堆得像座金字塔，有的人家房子的外墙上，贴饼子一样整齐地贴着一整面墙的牛粪饼，这样壮观的牛粪景象，何时了没机会看到。现在牧区有电有煤气，住在现代化的房子里，牧民觉得用牛粪烧火做饭太不卫生了。他们以前可没觉得那东西不卫生。

应该杜绝现代化对草原的侵入，何时了说。

我真想把这家伙扔到哪个旮旯子里去，让他好好体验一下没有现代化是个啥滋味。他根本不知道原始之类的东西，给生活在草原上的人带来多少不便。何况，现代文明对原始草原的侵入，不是谁阻挡得了的。我告诉何时了，去草原调研牛粪刻不容缓，明天，最迟后天，我就到牧区去了。等我回来，估计西西弗斯已经变成了甲壳虫标本。我建议何时了，如果找不到其他人帮他养西西弗斯，老哈可以养，谁让他极力支持何时了带它回来。老哈对西西弗斯负有不可推卸的养育责任。

何时了有点担心老哈家的大鹅会把西西弗斯当葡萄粒给吃了。老哈家的院子里养了两只鹅,什么都吃,老哈手里冒着烟的香烟都抢着吞进肚子里去。我不管鹅不鹅的,那是老哈操心的事,反正我是解脱了。

我跑回家,打算把西西弗斯给老哈送去。打开纸箱子,我没在牛粪中发现西西弗斯的身影。我以为它钻到牛粪下面去了,倒腾了一番纸箱子,还是没有发现。我离开阳台,隔着门悄悄观察,屎壳郎这种块状生物,看着没长脑子,实则聪明得很,一有什么风吹草动,就一动不动地装死。等没动静了,再继续滚牛粪蛋子。我观察了好一会,没有听见西西弗斯平时发出的滚牛粪蛋子的声音。我跑到楼下,撇了根树枝,将纸箱子里的牛粪翻了个底朝天,还是一无所获。

看着敞开的窗子,我觉得找回西西弗斯有些渺茫。西西弗斯长着一对透明的翅膀,平时收拢来隐藏在黑色甲壳里,这让我忽略了它是个会飞的东西。

西西弗斯飞得远吗?我问何时了。

和鸟类比不算远,最多可以飞一两个公里。

半径一两个公里,那是多大的搜寻范围?我伸头看了看窗外,打消了下楼去寻找西西弗斯的念头。

你不会是开着窗子的吧?何时了警惕起来。见我不吭声,这家伙嘴里发出一声哀叹:看来西西弗斯是找不回来了。

在完全确定了西西弗斯失踪后,我将纸箱子拿到楼下,扔进了垃圾桶。我准备第二天就去那拉提。我在那拉提有几个关系不错的哈萨克朋友,帕姑娘是其中一个。

第六天早上,我正吃早饭,接到何时了电话,说他人已经在南京机场了,即将乘坐九点三十分的飞机,于下午三点三十分到达伊宁机场。何时了让我准时去机场接他。

我有点意外,告诉何时了我已经跟帕姑娘说好了,中午赶到那拉提吃午饭,她专门杀了只羊,我不能对不起那只为我赴死的羊,要不它的死就变得毫无意义了。

可不可以让别人去接一下你?我用商量的口气问何时了。

我好不容易抢到最后一张南京飞伊宁的机票,还是头等舱,多花了我好多钱。何时了有点不高兴。

你还是让其他人接一下吧,老哈一定会安排人接你的,我说。

让你接一下我有这么难吗？何时了的不高兴陡然增加了两倍。

我不得不留下来接何时了。下午，飞机准点降落伊宁机场。从南京直飞伊宁的这趟航班，是为方便江苏援疆伊犁人员专门开通的，大多援疆的江苏人，差不多一个月回一次江苏。何时了来伊宁后，一次也没有回去过。这次回去，老哈让他多待几天，不用急着回来。但是，何时了似乎很急着地跑回来了。他妈根本没病，他是被骗回去相亲的，一天相好几个，相得他眼花缭乱，审美疲劳。他此番是偷跑回来的，为了麻痹他妈，他趿拉着拖鞋出的门，行李箱也没敢拿。

上了车，何时了问我，现在赶去那拉提，吃那只为你赴死的羊，还来得及吗？

我告诉何时了，这个点去那拉提，晚饭还是赶得上的。

那就现在去，何时了说。

从伊宁到那拉提，三百多公里。高速上车不多，路也笔直，沿途经过喀什山脚下的薰衣草花田，广阔的风里挟带着浓郁的花香，之后是遍地石头的白石墩，这里应该是最不像地球的地方，大大小小的石头，有着奇特的形状和烧焦的颜色，地表没有任何植被，就连骆驼刺和风滚草都没有，坚硬的石头的尽头，绿色柔软的草原毫无过渡地扑面而来。新疆的地貌就是这样，反差巨大，总是给人视觉上强烈的冲击。

我们到达那拉提小镇的时候，时间不早也不晚，落日刚好卡在那拉提山锯齿一样的山峰上。

像不像牛粪球？何时了问我。

我知道他指的是落日。我示意何时了别出声。那拉提小镇在这个时间点有着令人惊讶的安静，似乎所有的车辆都停止了行驶。

我将车停在帕姑娘家附近，下了车，我和何时了沿街穿过小镇往东走。小镇居民的房子各不相同又很相似，都有雪白的墙壁和红色的屋顶，屋顶上落着灰鸽子。空气中有股马车的气味，估计有辆马车刚从小镇跑过。我对马车比较熟悉，这东西即使跑过去半天了，所经过的地方，还会有特殊的气味留下来。现在也只有那拉提这样的地方，还会有马车跑过。

我们慢吞吞地走着，三个人快步从后面赶上来，两个男的，一个女的。光看走路的速度，就知道这三个人不是小镇上的人，小镇上的人走路不慌不忙，我和何时了一到小镇就传染上了这种不慌不忙，在高速上的时候，我们还有点急死忙活的味道，好像那拉提小镇会跑掉。现在，就算帕姑娘在等我们吃羊肉，我们也要保持不慌不忙的节奏，这是小镇惯有的风格。

但是那三个人走得很快，他们本来走在我们后头，赶上我们之后，很快就走到了我们的前头去。他们破坏了小镇一种惯有的东西。

何时了在一家超市门口停下，买了一双帆布球鞋，换下脚上的拖鞋。之后我们继续往东走，一根面拉条子面馆在这条街的最东头。这里是我们蹲点牧区时定点吃饭的地方。帕姑娘已经煮好了羊，帕老爹熬了浓砖茶。这两个人，单从长相上看就知道是一对父女，不过帕姑娘很幸运地没有遗传帕老爹马鞍一样的大鼻子。帕老爹的大鼻子很碍事，总是碰到这碰到那，尤其是喝醉酒的时候，大鼻子没有一次不受伤，不是贴着创可贴，就是抹着红药水紫药水，这使得鼻子更加的显眼，惹人注目。帕姑娘碍事的部位是胸，她的胸跟博格达峰一样高耸。小镇的人都知道帕姑娘的人和她的胸一样不好惹，隔壁烤肉店的亚孜巴郎经常被她欺负得扁扁的。有次两人发生了点口角，帕姑娘直接用胸把亚孜巴郎怼得落荒而逃。当事情有可能触及女人的胸部时，亚孜巴郎也只能落荒而逃。这个好脾气的巴郎子每天站在烤肉店门口，卷着舌头喊烤肉烤肉，正宗的没有谈过恋爱没有结过婚的羊娃子肉。帕姑娘觉得亚孜巴郎是在内涵她，她这个年龄的哈萨克姑娘，早就结婚生子了，她连一次像样的恋爱都没有谈过。也不是没有谈过，她和一个经常来店里吃拉条子的卖蜂蜜的小伙子，有过一段类似恋爱的交往。这些年那拉提小镇冒出来很多卖蜂蜜的人，他们形象邋遢，嘴上抹蜜，但那个卖蜂蜜的小伙嘴上没有抹过蜜，他来到帕姑娘的店里，除了点一份过油肉拌面，从来不多说一句话。某一天，卖蜂蜜的小伙突然就不来吃过油肉拌面了，自此以后也没再出现过。帕姑娘失魂落魄了好长一段时间才从失恋中缓过神来。但据亚孜巴郎说，那个人对帕姑娘压根就没那意思，他从来不坐在帕姑娘的店里吃拉条子，而是把面端到烤肉店里吃，顺带吃几串烤肉，来两瓶啤酒，在酒喝多了的情况下，会吐槽帕姑娘老是在过油肉拌面里放太多的肉，他实际上更喜欢吃皮牙子。他不喜欢胸太大的女人，这让人联想到产奶量很大的荷兰奶牛。亚孜巴郎不敢把这些告诉帕姑娘。其实以前亚孜巴郎喊烤肉烤肉的时候，帕姑娘并没觉得是在内涵她，自从卖蜂蜜的小伙消失之后，只要亚孜巴郎喊烤肉烤肉，帕姑娘就会冲出去威胁亚孜巴郎，要是老是在她旁边汪汪叫个不停，她会把他扔到烤肉架子上去，让他变成一只烤全羊。帕姑娘说到做到，在亚孜巴郎再次开口喊的时候，帕姑娘开足马力扇了他一耳光，这一耳光直接把亚孜巴郎扇倒在冒着烟的烤肉架子上。亚孜巴郎爬起来后，宣称跟帕姑娘吵架还不如对着一堵墙吹口哨，因此我看见他的时候，他基本上都是在吹口哨。

好着呢吗你？亚孜巴郎停下吹口哨问候我。

好着呢吗你？帕老爹也迎上来问候我。

好着呢我。我用亚孜巴郎和帕老爹的语法回答他们。

我们家的马向你问好，我们家的牛向你问好，我们家的羊向你问好，我们家的小羊羔子向你问好，我们家的狗向你问好，我们家的十只鸽子向你问好。帕老爹以哈萨克人特有的方式问候了我。

感谢你们家的马，感谢你们家的牛，感谢你们家的大羊和小羊，感谢你们家的狗，感谢你们家的十只鸽子。我右手捂心坎，表达谢意。

问候完我，帕老爹问何时了，上海回来了吗你？

这个帕老爹，老是把何时了当成上海人。这不奇怪，上了点年纪的伊犁人，大多会像帕老爹这样，把援疆的江苏人跟当年支边的上海人混淆不清。上世纪七八十年代，伊宁市汉人街卖杏子的卖桃子的卖葡萄的那些维吾尔老汉，全都会说阿拉、侬、小赤佬。维吾尔腔调说出来的上海话充满喜感，那是那个年代独有的记忆。九十年代末，不再年轻的知青陆续返回上海，对口援疆的江苏人开始一批一批来到伊犁，江苏紧挨上海，在新疆人看来，江苏人和上海人口音接近，高矮接近，皮肤白皙的程度也接近。性格上，江苏人没有上海人细腻，但也绝不粗糙，大致上跟他们的园林风格有点相似。这一点，在何时了身上充分体现。我们下牧区蹲点，住的地方离吃饭的地方往往有一段距离，我和何时了一起出门，我老早到了，何时了还在后头婉约地走着。等走到了，先用纸巾把鞋子上的灰擦干净，把手认真洗过，才坐下吃饭。这时候揪面片子早就糊了，手抓肉也凉凉了。我跟老哈抱怨，如果一头和田驴子跟一匹昭苏马一起拉车，昭苏马肯定不是累死的，是被急死的。当着何时了的面，老哈说你还嫌人家走路婉约，有几个人像你，走个路都飞沙走石的。何时了不在场的时候，老哈对我说，你撇根树条子，他走路婉约了，你就拿树条子抽他。这个老哈，也太那啥了。

我让帕姑娘把饭桌摆在门口，门口沿街的绿化带一律种着波斯菊，那拉提小镇随便哪块能种东西的地方，都种着这种颇具异域风情的植物。晚风吹拂着波斯菊和桌布的一角，落日的一点余晖照在饭菜上，让人感觉饭菜美味无比。但是，很快我们就不得不撤进店里。没头没脑的苍蝇，毫无章法地在食物上乱飞，弄得我们无法进食。想不到小镇会有这么多苍蝇，尽管门窗严严实实地挂着防蝇纱网，但是店里似乎也不能完全幸免，我们得一边吃，一边忙着对付围着我们乱转的苍蝇。帕姑娘对此毫无办法，以前小镇一个苍蝇都见不着，干净得跟月球一样，人们弄不懂这些讨厌的东西是从哪来的。

还好隔壁烤肉店飘荡着浓郁的孜然香味，这种西域特有的香料弥漫了整个小镇，这多少抵消了苍蝇给人带来的不快。烤肉店门口，几个赶马车的老汉像核桃一样聚在一块。我没看见斯大爷，平时斯大爷就坐在他们中间，因为个头格外高大，一眼看去，像是一匹骆驼坐在一群羊中间。不过，我好像从来没看清楚过斯大爷的脸，他脸上笼罩着一层往事的浮影，致使他的面目看上去有些模糊不清。但是他坐在那里的姿势让人记忆深刻，他的身上仿佛有一种摄取时光的能力。

何时了向帕姑娘打听斯大爷，帕姑娘表示她从不关心隔壁的事。据我看，她其实关心得很。烤肉店的桌子油腻腻的，帕姑娘骂亚孜巴郎，这个样子别人咋进来吃烤肉呢嘛。她跑去把桌子上的方格子塑料布全掀了扔到垃圾桶里，亚孜巴郎不敢阻拦，只能去买了新的换上。亚孜巴郎有一件牛屎黄的粗羊毛外套，帕姑娘一见他穿，就用苍蝇拍子噼里啪啦地打他，这种颜色让她联想到牛屎。于是即便是冻得瑟瑟发抖，亚孜巴郎也只能身着衬衣，绝不敢穿上那件牛屎黄的羊毛外套给自己惹麻烦。我毫不怀疑帕姑娘喜欢亚孜巴郎，看来她已经过了那个卖蜂蜜小伙的坎，不过亚孜巴郎明显惧怕她。她是个能吃掉男人的女人，亚孜巴郎这样说帕姑娘。我把这话告诉了帕姑娘，结果她在端给我的拉条子里下毒般放了半盘子的红辣椒。

我让何时了去问烤肉店门口那几个赶马车的人，他们每天赶着马车响着铃铛跑遍整个小镇，理应知道小镇所有大大小小的事情。何时了以为赶马车的人不懂汉话，用肢体比画了半天，所有的脑袋都转过来，费解地盯着他看了半天，最后终于长吐出一口气，明白过来何时了那些眼花缭乱的手势原来跟斯大爷有关。有个说话喜欢咂吧嘴巴的老汉，用流利的汉语告诉何时了斯大爷死了，他在某个清晨看见斯大爷被七八个人抬到墓地去了。一般人被抬去墓地，三四个人就够了。斯大爷块头实在太大了，得多出一倍的人来抬。老汉就是根据这个来判定抬去墓地的人是斯大爷的，这也太不靠谱了。老汉本身就是个不靠谱的人，一天到晚喝得醉醺醺的，坐马车的人要去小镇的东头，他把人拉到西头。要么就是赶着马车拉着客人在小镇转圈圈，为此他经常收不到钱，还会挨一顿骂。

另一个抽莫合烟的老汉否定了前一个老汉的说法，他很肯定地告诉何时了，斯大爷被他儿子接走了，他儿子到新疆找他来了。那拉提的人都知道斯大爷的故事，斯大爷年轻的时候是个帅气的放马人，两米多高的个头，加之粗大的骨骼和宽阔的肩膀，使得他看上去像个草原上的巨人。一个上海女知青爱上了他，两人结婚后，小镇的人不由得替女知青担忧，斯大爷骑在马上，让人以为马会被他压趴下，女知青显然不比马更经压。小镇人的担心纯属多余，女知青不仅没被压趴，还生出来一个和斯大爷一样高个头的儿子。一九八几年的时候，女知青带着儿子回了上海，斯大爷后来一直一个人生活，他仿佛独自生活在一个遥远的地方，大热的夏天，也穿着很长的羊皮大衣，戴着厚厚的皮帽子。女知青带着儿子离开那拉提的时候是冬天，斯大爷穿着羊皮大衣，戴着皮帽子，赶着马车把他们送到车站，看着他们离开，之后斯大爷就一直穿着冬天的衣服，他永远地停留在了那个时间里。很多人都劝斯大爷脱下这身蠢得要死的衣服，大夏天的也这样穿，简直像个乞丐或者傻子。

何时了不这样认为，他觉得草原上最初的神大概就是斯大爷这个样子的，高大如巨人，穿着类似远古的衣服，眼神茫然地走在人群中。有关斯大爷的两种消息，何时了相信后一种说法，他认为等人的人，心里有个念想支撑着，是不会那么随便就死掉的，也许斯大爷真的被儿子接到上海去了也说不定。我提醒何时了，斯大爷是蒙古族人，他是不会离开草原去上海的，要去的话八几年就去了。生活在草原的人，适应不了城市硬邦邦的水泥地面。他们担心在城市摔上一跤，会比在草原摔跤痛得多。在那拉提草原生活的大多是哈萨克族人，蒙古族人占少数，但那拉提这个地名是蒙古语，翻译成汉语，是最先看见太阳的地方。何时了觉得这个地名太富有寓意了，如果那拉提是地球上最先看见太阳的地方，那么，这个太阳一定是草原上的西西弗斯推送出来的。何时了让帕姑娘明天早上早点叫醒他，他要起来看草原日出。帕姑娘拿出一件帕老爹的旧大衣扔给何时了，让他看日出的时候穿上，即便是夏天，太阳升起来之前草原上的气温还是有点低的，一件衬衣根本抵挡不了早晨的冷风。

第二天早上，何时了看日出的时候踩到了一泡稀牛屎，他刚用湿纸巾把鞋子擦干净，紧接着又踩到了一泡，这次更糟糕，就是用一整包湿纸巾也休想弄干净鞋子。何时了只能把鞋脱了，光着脚走回来。他手提沾满牛粪的鞋子，穿着帕老爹的长大衣，光脚穿过整条街，小镇的人以为那拉提又出现了一个斯大爷。

何时了在看日出回来的路上，再次遇见了那三个人，他们跟上次一样走得很快，像是急着要去什么地方。接下来的几天，我们又看见过那三个人两次。一次在阿尔善村附近的草原公路上，他们的绿色皮卡车停在路边，两个男的站在车尾抽烟，女的在打电话，我们的车经过的时候，他们像三只食草动物那样一起转头看向我们。再一次，他们走进一根面拉条子面馆，在我们对面的桌子边坐下来。他们进来的时候看了我们一眼，我们也看了他们一眼。菜上来后他们边吃东西边说话，说着一种我们听不懂的方言。他们知道我们听不懂，说的时候很大声，毫无顾忌。那个女的，坐姿很别扭，穿丝袜的两条腿在桌子下面扭麻花一样拧在一起，这让人感觉她正用两条腿在绞杀着什么。我稀里哗啦吃拉条子，迸起的汤汁溅到了何时了的眼睛里，何时了使劲眨眼睛。他的位置正好对着那个女的，致使她以为何时了是在对她眨眼睛，于是以星星眨眼的方式热烈地回应了何时了。我在一旁乐不可支。

三个人吃完饭走出去后，何时了向帕姑娘打听他们的来历。帕姑娘说这三个人刚来小镇的时候自称是来看草原的，他们生活在海边，从没有看见过草原。

但是他们看过草原后一直不走，小镇的人问起来，他们改口称自己是买卖人，来小镇收奶子的。也有可能说的是麦子，他们的普通话很糟糕，没人能听懂他们说的到底是奶子还是麦子。小镇人没有看见过大海，对大海边来的人很好奇，那个女的，裙摆上宽宽的白色花边，像是从大海海岸线上剪下来的一截浪花的花边。大家猜测那两个男的，到底哪个是女人的丈夫或男友。帕姑娘认为可能是年纪大一点的那个，她看见年纪大一点的走路的时候把手搭在女人的屁股上。不过年纪轻一点的看着跟女人也很亲密，他们经常打打闹闹，甚至勾肩搭背。大海边的人也太那啥了，帕姑娘压着嗓子却还是很大声。

何时了说这三个人从我们身边经过的时候，他闻到那个女人身上有股子海草的味道，这让他感觉那个女的像是从海里爬上陆地的一种生物。我生长在新疆，从没有见过大海，我连海草都没有吃过，无从知道海草的味道是怎样的。就像何时了，完全感知不到马车的味道。我有点生何时了的气，我还有点生我自己的气，我觉得我们像两个傻子，对彼此的一切浑然不觉。

我花了十来天的时间，跑遍了那拉提草原的每一片草地，弄出一份众多数据堆积的报告。何时了说是从江苏赶回来帮我，实际上大多时间都在逮屎壳郎。他按照屎壳郎的嗅觉习惯，逆风而行，说是这样更容易找到它们的踪迹，好像他和它们是一伙的。他还知道屎壳郎在粪便和栖息地之间，总是走最聪明的直线。我记得以前草原上经常可以看见一堆一堆类似虚土的东西，那是屎壳郎家族光顾过的牛粪残羹，现在得大面积搜索，才能找到一处有屎壳郎的牛粪堆。何时了哀叹没想到草原上的屎壳郎都快成稀有物种了。我告诉何时了，屎壳郎减少有几个原因，牧民给牛治疗肠道寄生虫使用的药物残留在排泄出的牛粪中，这些化学残留物会杀死吞食牛粪的屎壳郎，另外，去年伊犁草原遭受蝗灾，从印度和巴基斯坦边境飞来的蝗虫铺天盖地地啃啮草原，最后不得已动用直升机喷药，才制止了蝗害，屎壳郎也因此殃及。牛粪靠自己分解，需要半年一年的时间，屎壳郎可以大口大口地吃掉它们。如果屎壳郎灭绝了，估计伊犁草原会被牛粪覆盖，草原上的小镇也会随之消失。

我和何时了还发现了一个奇怪的现象，草原上大量牛粪被翻动过，我们百思不得其解，想不出是什么动物干的。每年夏天，会有一群蓑羽鹤飞来伊犁草原短暂停留，之后它们越过喜马拉雅山，飞往印度和尼泊尔。据说这是地球上最艰难的迁徙，蓑羽鹤要飞越八千多米的珠峰，才能到达目的地。今年蓑羽鹤还没有在伊犁草原出现，而且，从往年的情形看，这些有蓝灰色羽毛的漂亮鹤群，对牛粪并不感兴趣。

何时了晒得黑亮黑亮，已经成功地和屎壳郎属于同一个色系了。他举着两只刚逮到的屎壳郎，研究了漫长的五分钟，最后确定它们不属于同一类屎壳郎。伊犁草原有六十多种屎壳郎，加上这两只，何时了已经逮到了三十三种。他将屎壳郎分别放进两只透明的塑料盒子里，用笔在盒子上标上号：蒙娜丽莎三十二号，月亮神三十三号。每一只装有屎壳郎的盒子，都被他这样标了号。蒙娜丽莎三十二号搬运牛粪的能力非常强，据何时了观察，一对这样的屎壳郎，在一天里面，可以将一百克左右的牛粪搓成球，埋到地下。月亮神三十三号，这种体形小一点的屎壳郎，不像其他屎壳郎那样费力地搬运牛粪球，而是就地打洞，将牛粪球直接埋进土里储藏起来。苍蝇在牛粪里下的卵，一般需要四五天的时间才能孵化出来，也就是说，月亮神三十三号是苍蝇杀手，苍蝇还没有来得及孵化出来，就被它埋到了地下。

我从车里拿出一瓶水扔给何时了，何时了接住，用抓过屎壳郎的手拧开瓶盖一气灌下去大半瓶，我示意水是给他洗手的，不是给他喝的。何时了看看自己的手，用剩下的一点水象征性地洗了洗。他现在变得不那么注重卫生了。

一只骆驼在离我们不远的地方吃草。

那是只野骆驼吗？背上只有一个驼峰。何时了问我。

不知道，我说。

何时了翻我一眼，他不信我不知道。

我别过脸去，懒得跟他说话。这几天何时了他妈以及两个姐轮番打来电话，让何时了在相过亲的女孩中挑一个，挑花眼的话抓阄也可以，反正这些女孩家境都不赖，随便抓到哪个，都门当户对。何时了接电话接烦了，告诉她们自己在伊犁找了个女朋友，已经私定了终身。他妈他姐不信，何时了把手机朝向我，让她们看。我吓得一蹦子跳老高，我啥时候成他女朋友了？他也太能瞎编乱造了。那边他妈他姐蹦得比我还高，她们要何时了立刻和我分手，伊犁姑娘都长得高鼻子大眼睛，视频里看见的我既不高鼻子也不大眼睛，而且胖。何时了解释说胖是因为我怀孕了，如果他现在和我分手，我肯定会杀了他。

不信你们就等着看，何时了对他妈他姐说。

我生气得头顶唰唰往外长羊角，冲过去，把何时了顶了个四脚朝天。何时了躺在草地上，举着手机跟他妈他姐说，你们看见了吧，我没骗你们，伊犁姑娘凶悍得很，你们不是她的对手。

挂断视频，何时了捂着胸爬起来冲我喊，你也不用这么狠吧，我的肋骨被你至少顶断了三根。话音未落，他脸上立马挨了一坨干牛粪。有一部分牛粪碎末飞进了他张开的嘴里，何时了"呸"了半天，用光了两瓶水漱口。之后我们好几天互不搭理。

何时了自个远远地看了一会可能是野骆驼的骆驼，然后举着手机朝骆驼走去。我提醒何时了，如果是野骆驼的话，最好不要去招惹它，被骆驼蹄子踏上一脚，弄不好会丢掉性命。何时了不听，举着手机一边录一边朝骆驼靠近。这无疑是一种危险的行为。果不出所料，何时了踩了一脚的牛屎，他跑到一片草势良好的草地上使劲蹭鞋子，这个动作我们已经熟练无比。这些天我们在遍地牛粪中每走一步都下脚谨慎，经过多次踩中牛屎的惨痛教训，我们最终得出了一套出牛屎而不染的经验，除了要单脚跳，还要会使用脚尖落地，并且落地时要准确，脚尖站立不稳，或落地有偏差，都有可能踩上一脚的牛屎。不过，牛屎还算不上我们最大的困扰，让我们头痛的是苍蝇。我们被这些没头没脑的家伙侵扰得苦不堪言，它们随时从我们经过的地方一哄而起，乌云一样在头顶翻滚。估计只有在美国的大片里才会看见这种世界末日般的灾难场景。小镇上的苍蝇相对来说会少一点，但也少不到哪去，我们用餐的时候，上演人蝇大战成了必不可少的内容。苍蝇防不胜防地突袭我们的饭菜，冷不丁地叮一下我们的筷子或是即将送到嘴里的食物，一想到它们的细腿有可能刚刚在牛粪上爬过，我们就觉得什么都变了味。我们每天的饭菜由帕姑娘安排，早饭一般是奶茶、馕和几个凉菜，中午是拉条子拌面，晚上比较丰富，有时候吃烤肉，有时候吃手抓肉，偶尔吃那仁或者抓饭。晚饭后帕姑娘会给我们端上一碗她自己做的酸奶子，以帮助我们消化掉那些吃下去的过量的肉。酸奶子这东西比较招苍蝇，往往我们还没有吃到一半，就有苍蝇掉进了碗里。这还不算什么，更可恶的是，我们经常在快喝完一碗羊肉汤的时候，突然发现，香菜叶子的下边粘着一粒苍蝇，这时候，我们真想把自己的内脏都呕吐出来。本来我们计划在小镇多待几天，但是后来，我们恨不能马上逃离小镇，回到没有牛粪也没有苍蝇的城市里去。我们多少有点理解那位白局长了。和往年比，小镇明显地冷清，甚至可以说是冷寂，开满波斯菊的街上几乎看不见一个游客。居民也开始嫌弃这个曾经像月亮一般干净的草原小镇，许多人逃到城里生活，走不了的人，只能寄希望等天冷了，从西伯利亚来的寒流把苍蝇给冻死。

何时了蹭干净了鞋子上的牛粪，在草地上盘腿坐下，他手托下巴，眼望远方，做出一副无限惆怅的模样。这家伙声称因为我对他的态度，他觉得自己像城市里的西西弗斯一样孤独。

我又好气又好笑。

如果你真是西西弗斯，那么，此刻，你应该为拯救草原大口大口地吃掉牛粪，而不是坐在这里多愁善感。我说。

你说得对，如果不是西西弗斯固执地重复着滚牛粪蛋子的运动，人类恐怕早就走到了世界的尽头。知道恐龙是怎么灭绝的吗？何时了问我。

大陆漂移？气候变迁？火山爆发？我想起白石墩的石头，遍地的黑色石头中突然出现一两块恐龙蛋化石一样的白石头，里面似乎住着没来得及孵化出来的恐龙婴儿。

据我推测，恐龙是被自己的粪便熏死的，何时了说，上亿年前屎壳郎就在地球上出现了，屎壳郎的始祖担负着清理恐龙粪便的使命，估计在某个时期，它们遭受了一场灭绝性的灾难，没有了这些铲屎官，巨大的恐龙粪便被留了下来，在亿年前的阳光下发酵，噗噗地冒气泡，产生出的二氧化碳、甲烷、氨气和硫化氢，乌云一样聚集在地球的大气层，当这些气体达到一定浓度的时候，毒气量足以让恐龙毙命。

这些毫无根据的说法看似不无道理。何时了这次回江苏，心血来潮地剃了个新发型，从视觉效果上看，两边头发因为过短，致使他的两只耳朵支棱着，像是能探听到一些史前的声音。

我跳着脚用脚尖落地，避开一坨坨牛粪，跑到一片开蓝花的马莲草中，拔了些马莲草编了个草环戴在何时了头上，草环上竖着两朵马莲花，像屎壳郎头顶桨状的触角。几朵棉桃似的云低低地悬浮着。接近黄昏的草原，各种气息开始凝聚。野花的气息，青草的气息，露水的气息，牲畜的气息，牛粪的气息。我能感觉到清淡的气息在上，浓重的气息在下。

远处几个人在草地上寻找什么。可能是在捡蘑菇。草原上这个季节只要下一场雨，蘑菇就会争先恐后地冒出来。我叫何时了和我一起去买点蘑菇，晚上让帕姑娘给我们做蘑菇揪面片子。何时了不去，表示要坐在满地的牛粪中间思考一些和地球命运有关的问题。

我独自朝捡蘑菇的人走去。走了好一会，他们好像一点也没有变近。草原上的距离具有视觉欺骗性，看起来不远，走起来好像永远也到达不了。

终于走到了。

哎，巴郎。我朝一个小巴郎喊。他停下来，梗着脖子，像动物幼崽那样看着我。

巴郎，买蘑菇我。

我自认为哈萨克话说得还算流利，但是小巴郎像是完全听不懂。他瞪着眼睛，像看一头会说话的母牛。

我察觉他袋子里装的像是一些有生命的东西，凭借成年人的优势，我抢过袋子，将东西倒在地上。眼前的一幕让我震惊不已，一堆挤作一团的屎壳郎，惊慌失措地四散着爬开去。

小巴郎见我倒掉了他的屎壳郎，放声哭起来，骂我是吃牛粪的屎壳郎，是公路上被汽车压扁的癞蛤蟆。几个妇女见状，跑过来七手八脚把地上的屎壳郎抓回袋子里。我试图让她们明白屎壳郎对草原很重要，不能抓。她们觉得我简直是在说笑话，在她们看来，这些吃牛粪的家伙，除了吃牛粪，还能有什么用呢？

既然没有什么用，那你们抓它干吗呢？

卖钱。大海边的人吃猫，吃狗。蛇，蝎子，其他许多恶心的虫子也吃。不过，吃屎壳郎，也太那啥了吧。她们摇晃脑袋表示不敢想象。

我不知道该怎么跟她们说才好，如果草原上的屎壳郎被她们抓光了，牛粪会淹没草原，那拉提小镇也将成为苍蝇的领地。

说到苍蝇，妇女们大声感叹这些没头没脑的东西现在已经弄得她们没办法生活了。再这样下去，苍蝇会把大家统统吃掉。

她们说归说，麻利地捡豆子一样捡起屎壳郎放进麻袋里。我挡在一个包头巾的妇女前面不让她抓，她一把扒拉开我，她的力气可真够大的，我被扒拉得一头栽倒在一堆湿牛粪上。我爬起来，发现自己糊了一身的牛屎。这些该死的牛，草原满怀善意地养育了它们，它们还草原以满地的牛屎。

何时了从远处跑来，他跑步的样子也太难看了，像一只狂奔的屎壳郎。

我挥舞沾着牛屎的手臂朝何时了喊：那啥，那三个人，不是收奶子的，也不是收麦子的。他们是收屎壳郎的。

何时了跑到跟前，看见我糟糕的样子，差点笑出内伤。

你简直就是一坨大牛屎，何时了说。他问我听没听说过上世纪六十年代澳大利亚发生的一场牛粪灾难，澳大利亚的土著屎壳郎很挑食，喜欢吃袋鼠和考拉的粪便，对黏糊糊的牛粪比较嫌弃，牛粪被留了下来，厚厚地覆盖住草原，影响了牧草的生长，并因此引起了一系列的生态问题。澳大利亚不得不紧急从其他国家，包括中国，引进喜食牛粪的外来屎壳郎，来解决牛粪灾难。屎壳郎在澳大利亚的售价高达每公斤五千美金。

没想到这么贵，我说。

地球上的每一样东西，都很贵，何时了说。我懂他指的是什么。

我和何时了看着捡屎壳郎的人以极快的速度四散而去，眨眼消失在草原的边缘地带，他们像是被一阵风吹到那里的。我们开车回到那拉提小镇，天还没有黑，这是一天里小镇最绚丽的时刻，天上的云彩和地上的波斯菊发出同样的色彩，马车一辆接一辆在街上响着铃铛跑过。整个小镇，回荡着铃铛清脆的声音。

经过一个路口的时候，我们看见那辆绿色皮卡速度极快地迎面驶来，看来那三个人的车和他们的人具有同样的德行。我猛打方向，将皮卡车怼停在路中间。

三个人从车上下来，一副来者不善的架势，朝我们走来。我和何时了也下车，迎着他们走去。我提醒何时了，他们三个，我们两个。何时了让我不用怕，他练过跆拳道，那次老哈不和他打架，是明智之举。

鬼才信，我说。

到时候你就信了，何时了说。

就在双方马上就要动嘴甚或动手之际，有人喊了声“吁——！”来过草原的人都知道，那是赶马人让马停止前进时发出的声音。我和何时了停了下来，那三个人也停了下来。大家面面相觑了一阵，然后，五个人同时惊讶地看见了斯大爷，这个苍老的草原巨人，手里拄着根碗口粗的杨树枝，树枝上银色的杨树叶子，神的旗帜一样被风吹得哗啦哗啦响。

"吁——!"斯大爷又喊了一声。

大家都被威慑住了，谁也没有再朝前走。

在小镇派出所做笔录的时候，几个警察不加掩饰地捂着鼻子，最后他们把笔录远远地扔给我，让我签上自己的名字。有个年轻警察质问我，《草原法》为什么不把屎壳郎列入保护行列。现在，除了罚款、没收屎壳郎放回草原，他们一点也不能把那三个人怎么样。要不是自己是个警察，他真想揍他们一顿。他们把大海弄脏了，又跑来弄脏草原。我心平气和地告诉他，屎壳郎列入保护行列是迟早的事，至于那三个人，估计小镇上的人会用牛粪砸他们的脑袋，把他们赶出小镇，永远不许他们再来。

签完字后警察晃动脑袋示意我赶紧离开，在我走出去后，他们才终于把手从鼻子上拿开，大松了一口气。我们经过院子，看见那三个人蹲在墙边，从背后看就像三只没有翅膀的苍蝇。

走出派出所，月亮已经爬上了那拉提山，月光清晰地勾勒出山脉起伏的轮廓，我和何时了走过花园广场，走过漂亮的民宿，走过停在路边的马车。波斯菊随时随地出现，在月光下梦幻般地摇曳着。小镇的安静给人一种奇异的感觉，仿佛除了天空高挂的明月之外，还有另一束光，把小镇照耀得闪闪发亮。这样的情景，很容易让人产生出一些错觉来。何时了转过头朝我深嗅，赞美我头发上的月光散发着牛奶的香味。我怀疑何时了的鼻子出了问题，要不怎么会把牛屎闻成了牛奶。当他继续朝我探过头来的时候，我的头一偏，他的嘴唇从我的唇上掠过。我警告他千万别啃我，要不我会给他套上个马嚼子。

几天后，回到伊宁的某个早晨，我刚醒来，就听见西西弗斯在阳台敲门，它的细腿敲打在门上发出的声音和手敲打门发出的声音明显不同。我跑去开门，发现西西弗斯变得巨大无比，比一头牛还大。我打开阳台门，但是西西弗斯没有要进来的意思，它看了我一眼，然后笨拙地转过身，纵身一跃，从阳台飞了下去。然后，西西弗斯出现在地平线上，它用后腿蹬着，费力地一点一点，把火球一样的太阳推了出来，刚才还缭绕在烟岚和大气层中的城市，一下子明亮起来。

接下来的真实情况是，我被骤然响起的手机闹钟吵醒，我猛地坐起身，蒙了好一阵之后才彻底清醒过来。这个过程浪费了几分钟的时间。

我顾不上洗漱，跳下床，抓起一块干馕就往单位跑。早晨的空气中尽是苹果的味道，悬挂枝头的果子正在成熟，闻起来让人心情愉悦。我穿过一条又一条飘荡着苹果味的大街，一路狂奔跑到办公室，看见老哈举着手机站在门口，我们不约而同地看了下时间，刚好十点。老哈面露失望，踩着点一路狂奔的上班方式，已经成了我的风格。老哈多次打算逮我个正着，以正视听，但是我没给他这样的机会，我总是能掐着点地跑到办公室，不早一分钟，也不晚一分钟。当我生气勃勃，又有点扬扬得意地站在老哈面前，老哈只能懊恼地摆摆脑袋，他示意我去他办公室，他有工作要交代。

我跟在老哈后面往他办公室走，老哈穿了件牛屎黄的夹克衫，真弄不懂边境小城的男人们是个什么心理，他们今年似乎集体爱上了这种从草原上流行过来的不可名状的颜色，最初应该是从亚孜巴郎这样的人身上开始的，而亚孜巴郎明显是从牛的排泄物上找到的审美灵感。早上我在狂奔而过的几条大街上，先后看见好几个男人穿着这种颜色的上衣，有个男的穿了条这种颜色的裤子，还有一个穿了件干牛屎颜色的马甲，同时戴了顶湿牛屎颜色的帽子。我脑子里闪过一个念头，以为牛屎长了脚，跟在我和何时了身后，从草原跑到了城市里来，继而我马上醒悟过来，自己有可能在那拉提草原看牛屎看多了，看出了眼幻。更为糟糕的是，回到伊宁的头几天，我走路老是习惯性地东一下西一下地跳着脚走，仿佛生怕踩到了什么。这种走路姿势看上去很滑稽。何时了也是如此，走在路上的时候，前面明明什么都没有，他也要莫名其妙地跳一下，只有我知道他跳过去的是一坨看不见的牛屎。我们彼此笑话对方得了牛屎后遗症。如果在草原再多待几天，恐怕我们连正常走路都不会了。

我刚踏进老哈办公室，老哈就冷不丁地回转身来盯着我看，他脱发严重的后脑勺特别敏感，似乎有某种特异功能，能感知到我刚才在脑子里把他想象成了一坨牛屎。我赶紧把目光越过他，投向窗子。我们这座办公楼的窗外，无一例外种着苹果树，老哈不让修剪掉挡住他办公室光线的树枝，他让那些枝条为所欲为地伸过来，紧贴着玻璃，枝条上的苹果像一些好奇的小仙女，趴在窗子上盯着老哈的后脑勺看。老哈转过身推开窗子，她们就会猛地弹跳到老哈面前，有的直接调皮地给老哈献上一吻。我曾经偷吃了老哈窗外一个妖娆的红苹果，那简直跟吃了老哈的爱情一样，害得老哈叨咕了一个夏天。自此之后，我再没敢打过那些苹果的主意。

老哈发现我在看他窗子上的苹果，马上神情警惕，他闪开庞大的躯体，示意我看他贴在玻璃上的一张A4纸，纸上是他手写的告示，分别用了维吾尔语、汉语两种语言，告示有点长，大概意思可以浓缩为两句话：他刚给那些即将成熟的苹果打过药，对苹果心生邪念的人后果请自负。

这招分明是用来对付我的。我假装不明所以，一脸无辜地看着老哈。老哈赶紧清了下喉咙。

一头和田驴子和一匹昭苏马一起拉车，如果和田驴子死了，一定是累死掉的，因为和田驴子拉车的时候，昭苏马在睡大觉。老哈努努嘴，隔壁办公室，何时了已经上班两个小时了。他一直按江苏时间上班。江苏和伊犁有两个小时的时差。前两天江苏设立了一个“援疆屎壳郎计划”，打算从其他国家引进屎壳郎来解决伊犁草原的牛粪灾难。地球上有两万多种屎壳郎，它们分布在除了南极洲之外的任何一个洲上。非洲靠近沙漠的地带，有一种巨型屎壳郎，长达十厘米，这种屎壳郎吃起骆驼粪来食量惊人。

且慢，我打断老哈，在脑子里飞快地计算了一番，屎壳郎可以滚动自身体重1141倍的牛粪球，根据这个数据，一个十厘米长的屎壳郎，大概可以滚动一个足球那么大的牛粪球。我试想了一下，一群十厘米长的玩粪球高手，在草原上滚着足球那么大的牛粪蛋子，这场景多少有点吊诡，容易让人联想到足球队员高超的运球技术。

这是何时了的主意？我问老哈。其实不用问也知道是他。

这个办法真够愚蠢的。谁能保证爱好骆驼粪的屎壳郎，也会爱好牛粪。我的口气有点那啥，我本来想把话说得委婉一点，但是因为生气，加上天性使然，我委婉不了。还好何时了不在现场，要不，我肯定会开足马力和他大吵一架。这不像是他想出来的主意。

这其实也是我的想法，老哈说。他总是想着法子地维护何时了。

我告诉老哈，引进外来屎壳郎，对整个地球来说，属于拆东墙补西墙的愚蠢行为。

老哈没想到我会这样说。他用食指和中指一下一下敲打着桌子的边缘。我感觉他其实想敲打的是我的脑袋。我把头朝右偏了偏，老哈愣了一下，看看自己的两根手指，随即停止了对桌子的敲打。

巨型屎壳郎吞食牛粪的速度明显强于其他屎壳郎，引进之后，伊犁草原的牛粪灾难很快就会得到缓解，旅游业也能得以恢复，老哈说。

看来老哈的急于求成，和那句撒娇语气的“找你是问”有关。这想法有点尖酸，我没把它说出来，估计说出来，老哈会忍痛摘一个毒苹果给我吃。

我撇下老哈，跑去找何时了，和老哈不同，何时了办公室窗外的苹果，手臂能够到的地方,果子一个不剩地都被他揪下来吃到了肚子里。

何时了正趴在桌子上画图,这个理想型的年轻人设想在那拉提小镇的广场上立一座屎壳郎的雕塑,画纸上的屎壳郎是金色的,屎壳郎用后腿滚动着一个巨大的牛粪球,牛粪球也是金色的,跟卡在那拉提山锯齿上的落日一样。

我夺过何时了的画笔扔到一边。

你不可能不知道,引进巨型的外来屎壳郎,会对伊犁草原上的土著屎壳郎带来怎么样的生存危害。屎壳郎不是小龙虾,中国人能把泛滥的小龙虾吃掉,但是,屎壳郎那东西,怎么吃?

我把何时了跟他妈他姐描述的伊犁姑娘的凶悍,表现得名不虚传。何时了有点慌乱,结结巴巴地向我解释,其实不管引进哪一种屎壳郎,都有可能带来不可预料的后果。

既然你知道,还出这馊主意,我说。

牛粪灾难怎么解决?你来吃掉那些牛粪吗?何时了脸上带着一抹微笑地看着我,他这表情让我火冒三丈。

去你的吧,你才吃牛粪。我把手里的干馕朝他扔去,何时了一把接住干馕,塞进嘴里大吃起来。

我有时候真恨不能自己去吃掉那些牛粪,何时了说。

我没法跟他这样一个人生气。我也没法跟老哈生气,下班的时候,老哈叫我和何时了去他家吃抓饭,他洋杠子(老婆)做的抓饭比娜孜古丽饭馆做的好吃多了。老哈让我和何时了先去他家,他要骑上他的破电驴子,去伊犁河边一个宰羊的朋友家拿点羊杂碎回来给藏獒吃,他家新近养了只藏獒,吃东西比他洋杠子还麻烦事情多。

我和何时了到了老哈家,想到那只藏獒,我们在他家门口徘徊了半天不敢进去,其间何时了还费劲地撇了根树枝,以防藏獒突然冲出来。老哈骑着电驴子回来后,问我们怎么不进去,我们小心翼翼跟在他身后往里走,进了院子,并没有看见藏獒,我们问老哈他养的藏獒呢,老哈指指苹果树下一只瘦小的小土狗,这就是,老哈说。他给小土狗取的名字叫藏獒。这也太幽默了吧,简直就是个笑话。老哈说这算什么,他那个宰羊的朋友才逗,别人把羊送去宰,总是会少了一只羊腰子。问他要,他理直气壮地说,这只羊只长了一个羊腰子,他能有什么办法呢嘛。有一次,别人发现让他宰的羊少了羊心,他竟然也是这样回答人家的。天底下恐怕再找不出哪个民族比哈萨克族人更幽默了。

吃饭的时候我们说到"援疆屎壳郎计划",其实餐桌上说这些和牛粪有关的东西有点不合时宜，但我们都不是些能把事情高高挂起来的人。老哈在草原长大，他和那些牧民一样，不怎么愿意接受外来事物，他担心巨型屎壳郎的出现，会让草原居民感到恐慌，他们会以为屎壳郎发生了基因变异。我觉得既然是这样，那就应该尊重草原，我们可以考虑对伊犁草原本土屎壳郎进行人工养殖，然后再投放草原，这远比引进外来屎壳郎可靠。何时了认为养殖屎壳郎投放草原效率太低，要比引进屎壳郎多花很多的时间。草原没有时间去等，他也没有时间。他来的时候是春天，山上的雪还没有化完，草原上的草也还没有绿，算起来他来伊犁已经过去了半年多，再有小半年他的援疆就结束了，他不能无功而返。他希望在他援疆期间，就算不能从根本上解决草原牛粪灾难，但至少要让大家看见草原上的牛粪在减少。

何时了这样说，让我有些吃惊。他是想在援疆期间，做出点所谓的成绩让大家有目共睹吗？哪怕这个成绩的背后是对草原更为严重的、不可救药的破坏。还有，那天晚上他打电话问我，如果援疆结束，他留在伊犁不回江苏，我怎么看，看样子那只是一句随口一说的玩笑话，我没想到这一点可真是够迟钝的。他不过就是那么一说，不过就是心血来潮。如果真如此，那我再也不想和他说话了。

你大可以一拍屁股就走人，我说。

我没说一拍屁股就走人，何时了说。

你差不多就是那个意思。我端起杯子，一口气把里面的啤酒喝干。

老哈赶紧用他肉肉的手掌拍拍我肩膀，他总是怕何时了吃亏。好吧，我现在有点小情绪，我不说话，我埋头吃东西。我用手把抓饭捏成一个团往嘴里送。为了尊重抓饭，我们都没有用筷子，而是采用这种传统的名副其实的方法来吃它。老哈可能是想缓解一下气氛，开玩笑说我们用手捏成团的抓饭，和屎壳郎滚的牛粪蛋子有点相似。老哈洋杠子听老哈这样说，觉得老哈把她做的香喷喷的抓饭与牛粪相提并论，是对她做的抓饭的侮辱，她把碗重重蹾在桌子上，发出的响声吓了我一跳，我嘴里正往下咽的一块包尔萨克（哈萨克的糕点）噎在了喉咙里，喝了一碗奶茶才咽下去。我想把碗里的东西继续吃完，结果发现那碗酸奶子刚才受到了惊吓，变得酸不拉唧了。

晚上回去后我感觉胃很不舒服，可能是吃得太饱，也可能是带着情绪吃下去的东西不怎么好消化。第二天上班，我让门一直开着，这样何时了一经过我办公室，我就能看见他。后来，我看见他手里拿着一沓东西，经过我办公室，去了老哈办公室。

何时了从老哈办公室出来后，趴在我办公室门口，问我想不想知道他和老哈说了些啥。他昨天晚上回去加班写了份报告，他觉得引进屎壳郎可能有欠考虑，我们的地球有自我修复功能，消失了很多年的一些物种，白喉秧鸡，袋狼，草原野猪，又开始出现。这说明地球一直在进行着自我修复，我们要做的，是保护地球的这种自我修复功能，而不是横加干涉。引进屎壳郎，可能一时半会解决了伊犁草原的牛粪灾难，但是，对输出屎壳郎的地方，会造成新的伤害。地球如果无休止地在人类的干预下恶性循环下去，迟早有一天会丧失掉自我修复功能。

我没想到他转变得这么快。但是，出于一些东西作祟的原因，我没有回应他。何时了像一匹试图进入帐篷的骆驼一样，把半个身子探进来，嬉皮笑脸地问我，下了班，他是不是可以去我的阳台看落日，阳台上的那个松树墩子，可是他弄回来的，他有权利天长日久地坐在上面看落日。我拉着脸，不想和他说话。说什么天长日久，再过小半年援疆结束，他也许就回到江苏去，想到那里的女人都一副长生不老的样子，我就心烦意乱。

我扔下何时了，跑到老哈办公室，打算跟他请半天假，我想去伊犁河边散散心，迎着伊犁河吹来的风，呼吸一下伊犁河上清凉的空气。我还想让那拉提草原上的牛粪成为离我遥远的事情，还有月光下那个闪闪发光的小镇，有时候，我觉得它可能并不真实存在。

老哈不说准假，也不说不准假，他问我对养殖屎壳郎的事怎么看。我告诉他中药里面活血化瘀的土元是养殖的，那东西和屎壳郎长得有点像。如果养殖屎壳郎，月亮神三十三号考虑首选，还有蒙娜丽莎三十二号，它们虽不及非洲巨型屎壳郎食量大，但不用担心它们挑食，本地的牛粪很适合它们的胃口。

好吧，如果出了什么问题，那么，草原上的那些牛粪，就得我们自己去吃掉，老哈说。

放心，我们用不着吃牛粪，我说。

这时候我改变了主意，不打算请假去散心了。我原谅了老哈那件牛屎黄的外套。

老哈笑吟吟地看着我，他露出这种笑容的时候绝对没什么好事。果然，老哈说，那么，这个人工养殖屎壳郎的事情，就由你负责吧。老哈的理由是，我养过西西弗斯，有养殖经验。

老哈也太那啥了，我就养了几天的西西弗斯，而且还把西西弗斯给养丢了。我极力推辞，我可不想一天到晚跟一群吃牛粪的东西打交道。

老哈告诉我，让我负责人工养殖屎壳郎其实是何时了的意思。

我正待发作，大骂何时了，何时了走了进来，他跟老哈说，同时也是跟我说，他的某个姐打来电话，说他妈被车撞了，正紧急送往医院。他跟我们说的时候，他的另一个姐也打了相同的电话过来，听起来，伤势比较严重，情况十分紧急，甚至可以说是危急。何时了表情淡定，说他妈被撞可能是假，但不管怎样，他总得回去看看。

我问何时了，如果他以后留在伊宁，是不是他妈都会这样那样，不停地出现各种状况。

何时了想了一会，抬起头看着我说，完全有这种可能。他的样子很坦诚，他不想对我撒谎。

老哈让我开车送何时了去机场，我让老哈派别人去送。我可不想像斯大爷，穿着羊皮大衣，永远留在寒冷的冬天。

何时了有点难过，他上车的时候，回头看了我一眼，我猛然记起梦里西西弗斯纵身跃下阳台前看我的那一眼，眼神何其相似。

那啥，我叫住何时了。

何时了停下，等了半天，不见我往下说。

我想知道，你们伊宁人说的那啥，到底是个啥意思？何时了说。

你自己想去，我说。

这家伙低头想了一会。那啥，我懂了，他说。然后朝我眨眨眼睛，钻进车里，一溜烟地走了。

那天下班路上，我走得凄凄惨惨。跑步十几分钟就能到的路程，我走了一个小时才走完。回到家后，我一点也不想吃晚饭，一个人百无聊赖地躺在床上发了会呆，然后跳起来，乒乒乓乓对房间进行大扫除，我期待在大扫除的过程中能意外地发现西西弗斯的踪迹，哪怕是标本也行。但是，什么都没有找到。

天晚一些的时候，我坐在阳台的松树墩子上看落日，这个松树墩子是何时了从果子沟弄回来的，当时一个哈萨克族人正准备用一把笨重的斧头，把它劈了当柴烧奶茶，何时了觉得可惜，就把它弄回来放在了我的阳台上，他说，他要天长日久地坐在这个松树墩子上看落日。但是现在，只有我坐在松树墩子上。我有点黯然神伤。耀眼的落日给我浑身镀上了一层金甲，一切都在闪闪发光。某个时分，我无意中转动了一下视线，这时候，我惊讶地看见了西西弗斯，它正披着和我一样的金甲，趴在玻璃窗上，无限迷醉地欣赏着伊宁的黄昏。

中篇小说奖

出山

龚万莹 / 著

1

小菲到上幼儿园时才搞明白外公是谁。

去幼儿园开家长会的时候，油葱是这样介绍自己的，“我叫油葱，是她阿公”。小菲要等到识字后才会知道，他的大名是“尤聪”，不是“油葱”。小菲觉得蛮丢脸的，他头毛像是用重油炸过的葱，黄黄卷卷泛油光。上半身虽然是正经的蓝色条纹衬衫，还加装一条橘黄领带，下半身竟然穿着短裤配白色及膝袜和棕色皮鞋，哪怕只是幼儿园学生，都会觉得这位年过半百的老阿伯，打扮得太超过了一点。可油葱看到小菲和其他小孩对他目瞪口呆，就无比得意。阿公有帅没？岛上的世家子以前都这么穿。

那天刚好小菲妈妈工作忙，爸爸又烂醉在家，油葱于是第一次出马，去幼儿园充当家长。小菲在这天也才明白过来，那个杂货店的热情阿伯是自己的外公。从苏打饼到菜脯干，从搪瓷盆到马桶刷，从螺丝帽到枕头套，小菲家里的小东西，几乎都是去他店里买的。小菲妈妈每次去的时候，都一脸不爽，拿了东西扔下钱就跑，不多做停留。那家积满不同年份尘灰，不对，根本就是用尘灰捏出来的店铺，里面每个毛孔都塞满了三件以上毫无关联的杂货。小菲一直觉得，油葱就是喜欢在家里积满东西，所以才顺便开了杂货店。小菲去店里时，油葱也从来没白送过什么，一分一毛算得特别细。遇到小菲超想要的抢手货，比如爱心图样的橡皮擦，他还直接坐地起价。油葱要是让小菲叫他阿公，小菲就学着妈妈百米冲刺一样地跑走。不过，小菲的爷爷奶奶都在外地，她也从没见过外婆，这回家长会上冒出个怪咖外公，她倒也不太介意。

小菲介意的是,那天没上去表演蚌壳舞。一开始小菲就没被选进舞蹈队里。虽然老师明明说要选坐得最直的小女孩,下课时小菲还放话自己肯定会上,后来老师还是只选了长得漂亮的。表演蚌壳精的小朋友们都抹上了口红和胭脂,那些动作小菲都会,在转圈的时候,小菲想自己可以做得更好。但或许小菲是比她们胖一些,眼睛也小一点,其中一个上台前还用蚌壳把矮墩墩的小菲刮倒了,那个眼神跟小菲说她是故意的。

回家的路上小菲很沮丧,连头上细软稀疏的黄毛也耷拉在耳边。油葱知道的,他认可过小菲的舞蹈实力,去杂货店买苏打饼的时候,小菲跟他表演过的。那时杂货店的电视里放着《西游记》里的嫦娥献舞,电视外小菲头顶手帕跟着连续转了八个圈。一跳完,她马上提饼跑掉,听见背后油葱在为她拍手叫好。

家长会那天,在回家的山丘石路上,每棵榕树都像史前巨兽那么大,气根垂坠到楼梯缝隙里,与石头纠缠在一起。路的高处种植着松树,像一座座苍绿宝塔,松果被雨滴打落,掉在地上滚。小菲那时一句话也不想说,举起绘着金表带的大红伞,一路用小雨鞋猛踩水坑。悲伤的时候,小菲力气就特别大,迅速蹦跳着上台阶,油葱都差点追不上。

有一只柠青色螳螂蹦出,拦住小菲去路。它轮换着举起手刀,一副威猛的样子。小菲停下来,怕它跳身上。油葱上前,把小菲拉一边,带她走过去。走了几步,他突然说,当蚌壳精有什么好的?

小菲说,就很好看啊,还能跳舞。

油葱大叹一口气,说你爸外地人,你妈就知道工作,都不给你讲我们岛上的故事。以前有个姓洪的小子落海,被蚌壳精救了。蚌壳精变成女人的样子,哇,大美女!还跟他结婚了。然后呢,小菲问。然后他们很幸福,在沙滩上跳舞,睡着了。小菲说我就知道,故事里漂亮的人都很幸福。油葱说,别急,没完,然后,有只头上长着黄毛的海鸟,飞过来,把蚌壳里的软肉叼走了。谁叫你躺得嘴开开!

哈哈哈。小菲开心又恶毒地笑起来。油葱说,小菲,你是鸟,要飞,当不了岛上的蚌壳精就算了!这时候,带着大眼斑纹的甜橙色蝴蝶,从湿漉漉的树枝上飞下来,停在油葱的背上,翅膀像屋顶上被风鼓起的被单,扬起草木湿枝的气味。

油葱看见小菲笑的时候,也很得意,说对嘛,这才像我嘛。小菲说我才不要像你,你像榴莲。油葱说,你是说我臭哦?小菲说,你面皮好粗哦,感觉摸一下会剐破手。油葱说,可是榴莲内面,连籽都是软的。

油葱总有些办法,让小菲可以重新神气起来,班里再有人拿没选上蚌壳精的事来笑小菲，她就说，当蚌壳精有什么好的，再把那个故事说一遍，就赢了。一个故事就能让小菲开心。

2

小菲的妈妈，油葱的女儿惠琴，号称食品厂邓丽君。岛民个个黑肉底，惠琴的白面皮总在人潮中闪闪发光，像花卷上不多的葱粒，很显珍贵。油葱的高鼻子在他自己的脸上属于突兀的平地起高楼，在惠琴这里却是与湖泊般发亮的眼睛相互辉映的温柔山脉。她喜欢穿彩色衣装，戴垂坠下来叮叮咚响的耳环，走路时摇晃得厉害，一座闪光的脆弱风铃。惠琴的跛脚是天生的，左脚像一朵开得过于肆意的花。她说全怪油葱爱抽烟，她还在母胎中，就被那烟喷歪了腿脚。

惠琴对朋友说话总是柔软温和，但只要油葱一出现，她身旁的空气就扭曲打结，脑袋上膨出一颗杀气腾腾的蘑菇云。惠琴从来不叫“爸”，不得已有事找他时，都直接把眼神扔过去，砸中他。如果眼神不管用，惠琴就直接叫他“油葱”。而油葱应得很快，一脸谄媚的样子。

惠琴的妈早逝，从那以后，父女俩总是冲突不停。尤其在惠琴大了肚子早早嫁人这件事上，两人大闹过几场，后来婚礼上油葱面色铁青地勉强参加，像一只发绿生霉的葱油饼。惠琴嫁人后，要是过得好也就算了，结果真如其父油葱所言，那男人喝完酒，脑壳就飞走了，多大金额的六合彩都敢签，什么人都敢打。惠琴常被男人打。小菲冲去帮妈妈，又总是讨皮疼。小菲母女俩早就形成了一种默契，知道辨认风暴来临的预兆，往往与六合彩开奖的时间相关。在那之前，就尽量避开与他的冲突。不论他决定找哪一个的麻烦，另一个人就要冲出去把大门打开，哭叫着让厝边进来救命，不要怕丢脸。住在街对面的妙香，也就是小菲爸爸嘴里的老妖婆，总是第一个冲进去的，但无奈身子软弱，也只能站在门口大声陪哭。油葱总是勇夺第二，又是挡又是骂，带着街坊再一个个来喊停，总要折腾一个晚上才能结束。

可是想到女儿才刚上小学，惠琴决定吞忍。油葱要是在她面前多嘴，说你眼睛糊到蛤蜊肉了？在这种人身上浪费青春。惠琴就会说，还不是因为你诅咒我，闭上你的阔嘴，不是因为你，妈也不会早死，我也不会早嫁。最后好像她继续这种追打逃的婚姻，只是为了跟油葱赌一口气，就这样继续坚持了三年。但后来，就连上小学的小菲都知道，爸这次真的玩大了，差点把房子都输没了，还因为恼羞成怒把小菲失手推下了楼梯。虽然小菲头壳硬，没受伤，但妈妈惠琴也终于下定了决心，不再忍了，带女儿搬出了原来住的地方。但她没去找油葱，而是拜托妙香给她找了罐头厂的宿舍。

最开始，惠琴一不注意，偶尔也会习惯性地走回原来的旧家。锈烂的门总锁着。有次下雨，她看见有蜗牛在铁门的螺旋纹路上慢慢上行，爬到顶，又摔回原点。雨里面，她看见二楼外墙皮又融掉一块。才搬走三个月，植物长势凶猛，裸出土墙的地方都被接管。朝南窗户被爬山虎死死纠缠，根本打不开，之前还能看到一点淡蓝色窗框，现在被墨绿色叶潮彻底吞没。

惠琴知道男人还蹲在房间里面，应该还是捧着那本气功书，不停地运功调动室内气流，间或抬起头，分辨着不同物件身上弥散的光。所有带黑气的都要扔掉，紫气的是宝贝，绿气黄气不伤人害物。不知道那天他往自己女儿身上砸的花瓶带着什么气。恋爱时她觉得这男人充满了奇思妙想，可如今那些狂想把他们的日子压垮了。惠琴巴住铁门，借力踮起脚尖，用力盯着枝叶缝隙，似乎看见模糊人影，感觉那影子被酒精那挠勾勾的气息充满，鼓胀着，一丝丝往外渗。她赶紧收回手，掌心都是细小的铁屑，一边走一边搓，它们还是不离开，湿漉漉地贴着皮肤，满是金属腐败的气息。

3

搬出旧家后，惠琴的工作忙碌起来。顾不过来时，她经常把女儿小菲抛到油葱的杂货店里，就像抛出一根橄榄枝。

那时杂货店门是用老旧的木头组成的，每天关门时要把一长条一长条木头拼接在一起。有一次，小菲绊到店里的木门槛，狠狠跌倒了，额头上鼓包，大概有一只枇杷那么大。油葱差点吓疯，哆哆嗦嗦去倒了一大碗花生油，往她额头抹。小菲整个额头已经锃光瓦亮，仿佛头顶一颗夜明珠，她摸着黏黏又香香的油头，非常满意地开始傻笑。油葱更慌了，不是说抹油可以消肿吗，怎么还越鼓越大！我家这聪明蛋不会撞成一个大憨呆吧！他感觉无法交代，就关了店门，带小菲去菜市场。基本上小菲指哪他买哪，还下重本买了四斤花脚蟹，带上海鲜去找女儿惠琴负荆请罪。惠琴第一次接受了这歉意的赎价，叫来邻居和朋友，全部人大嚼海鲜，还从冰箱里翻出来好几个菜，又是热热闹闹的一个晚上，大家都忘了小菲脑袋上的包，包括小菲自己。

后来，小菲看见油葱把门槛拆了。

小菲还觉得有点感动，油葱为了自己，特意拆了门槛。随后才知，岛上开始整修，有学者发现杂货店原地址是历史遗迹，油葱的店被征用了。油葱立刻同意，因为提前签字，还有补贴，可以得好大一笔钱！他把店关了，去岛的西边帮人看管一座山，负责养鸡种杨梅，说是要当“座山雕”。

那年暑假，油葱跟小菲说，走，假期跟着阿公玩。小菲就去山上陪油葱待了两周。满山杨梅树，树下鸡乱跑。油葱根本不是老大，鸡才是座山雕。偶尔山上来蛇，但鸡够多，冲上去围殴那条蛇，活活啄死，吃了。这些鸡，个个是飞鸡，野得很，总是猛地蹿起来，飞到树顶。

小菲刚到山上时，油葱在树下忙着抓鸡，让小菲也去帮忙。油葱说时间到了，鸡都急着找老婆，公鸡互看不顺眼，打架都往死里打，每天要死伤好几只。所以他干脆给鸡戴上塑料片眼镜，叫它们当上知识分子，一个个都顾面子，就不打架了。小菲才不信呢，油葱又在骗小孩了啦。但她之前从没抓过活鸡，更没给鸡戴过眼镜，感到新奇，在山上彻底玩疯了。她追着鸡屁股跑了三天，又仔细看了手里这些红色的塑料小眼镜，右边是通透的，左边是密封的，鸡戴上去后，只有一只眼睛能看见，或许这才是它们不打架的理由。

小菲每天玩累了，就回山上的石屋吃饭。油葱总是手忙脚乱地准备烫海螺、鸡汤砂锅和虾米炒挂菜之类，随时会失手撞破两只碗。

你杂货店原来是什么遗迹？吃饭时，小菲问油葱。

油葱说，是个祠堂，也是全岛第一个外国人居住的地方。那人在英国努力学医和闽南语，准备了个十五年。一路辗转，从欧洲到吕宋，又终于来了咱岛。然后，他死了。他来的第二日，染了当地疫病，喉咙肿到闭锁，人虚落去，一周后死了。他没来得及跟人说闽南语。他学的医术也没能救自己。

小菲听的时候，正在用牙签挑一只痣螺，忍不住说，笑死人，也太衰了，十几年全白费，油葱你肯定又在乱说。油葱拿起痣螺的厣，也就是那枚小小的鳞片，按在小菲的眉心，突然严肃说，憨孩儿不要笑，死人事，不要笑。小菲以为他接下来要说个鬼故事，可是他转头没再说。

相处多了，油葱对小菲满嘴的普通话很不满意，说她都被学校教傻了，闽南语都说不轮转。青蛙叫什么？不会说？蜻蜓呢？也不会？哎哟可怜歹，半个小北仔。那两周，油葱带着小菲满山跑，到湖泊边缘，看阳光的涡流在水面流动；抬手翻动那些覆满青苔的石块，看下面涌出来的亮壳虫和软软的恶心的蚯蚓；再让小菲这个胆小鬼骑到他肩上，试着从树上拧下青木瓜，看树流出珍珠一样的血。山上的日子热烘烘，每天都有新东西看，从花斑蟑螂到无头鸡，比动画片精彩。

最后两天，油葱接电话时神神秘秘，小菲听到他提到妈妈的名字，但自己一靠近，他又马上改口聊别的。

后来，小菲才知道，那阵子爸妈在岛上离婚，闹得不太好看。小菲下山那天，爸已去了他北方的老家。油葱偷偷拉着小菲说，你要理解，你妈不容易你要理解，她是一个很好的妈妈。你爸你也别恨，他是你爸。到了巷口，小菲还是伤心地哭了一会儿。

一进家门，妈妈在煎鱼，小菲不说话，钻进厕所洗澡，听见整个世界都开始落雨不停。从山上回来，她才第一次发现在家里能听见这么多声音。雨落入青草，打落缅栀子，渗入砖墙的声音。还听见天空的鼓声。或许不是鼓声。这小区每个家大约有四个窗，每个窗都有一个雨披，被雨点反复击打。塑料雨披，金属雨披，新雨披，旧雨披，无数的家环绕着，雨声被放大、被创造，噼里啪啦咚，是雨披的声音。小菲突然感觉到幸福，这样一个安全的，只有雨声的家，这些亮起的窗户。不再有酒气、皮带和突然而至的暴风。

妈妈这些年都在吞忍，可是上次爸喝醉把小菲推下楼梯后，她就再也不饶他了。小菲想起妈妈那天说，咱会有自己的家。

洗完澡，整个人轻轻。吃完饭又有些爱困。妈妈和小菲沉默地喝茶。咕。咕噜。两个人贴在一起，没有缝隙。窗外亮光闪闪，雷还在一个个打。轰。隆。轰隆。小菲用脑袋靠住妈妈，手轻轻抓着她松软白嫩的手臂，帮她焐热，然后跟她说："妈，阿公说，你是一个很好的妈妈。"

4

夜里会偷吃东西的，不只是老鼠，还有大人们。

一开始，小菲没发现。作为小学生，小菲早早地就被逼着上床睡觉，连《还珠格格》都错过了。有一天小菲梦到五阿哥永琪来学校表演唱跳，他突然在人群里看见了小菲，就在他势必对她爱爱爱不完的时候，她醒了。醒得太不是时候，心里很难过。突然，她发现外面有人在聊天。透过浅黄色软木门的缝隙，能看见暖锅咕噜噜地冒泡，周围是奶白的鲨鱼丸子，挣扎跳动的虾，鲜切的白灼鱿鱼，淡金色冒着泡沫的啤酒。油葱老神在在，坐于灯光下。他的鹰钩鼻闪闪发亮，少有南国岛民长着那样的鼻子，因此他常自豪地宣布自己身上流着希伯来血统。脑袋上的卷头毛，让他看起来像只熊，讲话的时候手又指又比，动作像在划拳，说出来的每个字都被手势扩大了一号。妈妈、妙香姑婆外加两三位叔叔阿姨，眼睛都看着他，耳朵都朝向他，只有他一人在那里喷嘴沫。

小菲大生气，然后感觉尿急。

厕所在外面，外面有客人，有客人小菲就害羞。不愿去。不知哪来的灵感，她拿起纸笔写了张纸条，然后蹲下来，对着门撒了一泡尿，把自己的纸条顺着尿河放出去。小菲妈走过的时候看到了，上面字迹有些模糊，但还能看清：

"你们自己吃火guo，太过分了！"

妈妈大笑，所有人暂时抛弃油葱，兴致勃勃围观尿湖上漂着的白纸条。小菲钻回被子里，听见声音越来越近，是妈妈把木门推开，靠近床上装死的她，戳了她的脸叫她起来。油葱让小菲坐在他身边，小菲也没在客气的，狠吞五六颗丸子和一堆虾。

那时，小菲的重点在于吃，大人们的重点在于听，油葱的重点在于说。他说到重要的桥段，全场都要认真，小菲此时如果还沉迷于剥开螃蟹的肺和钳子，就会被油葱点名，菲啊，来咯，阿公说的这段你要认真听哦。她只好缩起脖子，敷衍地停一停。油葱仿佛蓄了一夏天雨的水库，在短暂的屏息一瞬后，词语就哗啦啦喷涌出来。见他开始忘我，小菲立刻扑向食物。全部人听得嘴开开，快到结尾最关键时刻，油葱却暂停，不说了，开始猛吃菜，两口就干下去一只白灼大章鱼。全部人就开始狂夸他讲得好，要他继续，他却开始自谦什么"狗声乞丐喉"，说故事还没有完，还要再酝酿酝酿，下次再说吧。

妙香姑婆早就认识油葱，她笑着对小菲说，你看看，你阿公就是这样。这样你妈妈就得再准备酒菜，不然故事就听不到结尾，这老猴真狡猾。

5

小菲宁愿去动物园当只猴，也不想去上学。

爸妈离婚，让小菲在小学的日子变得辛苦。小菲那时候就明白，人都有的东西，你没有，这会变成被欺负的理由。但还愿意站在她身边的，就是真朋友。她在那时候认识了最好的两个朋友，可惜都在别的班级，自己在班里还是独自受欺。因为九年义务教育而不得不聚在一起的同学们围着她，唱嘲笑的歌。兴之所至，还会推倒她，把她当作矮胖的陀螺。小菲总是一声不吭地爬起来，脸上带笑，假装玩得愉快。她绝不让自己露出一点难过，这点面子，她还要争。

小菲总是衣衫带土走回家，趁妈妈没回来，自己把衣服洗掉。可是有一天，她在路上遇到下山卖鸡的油葱，他在夕阳里拍拍她的脑袋，她就哭了。她说油葱，你要赶快帮妈再找个老公，不然她在工厂里会被笑。油葱掏出手绢在她的小圆脸上，不熟练地三抹两抹，把她五官都揉在一起再揉开，然后说，你不要听他们的，让他们来听你的。

第二天，油葱去小学接小菲，身穿古怪的芒果黄斑点长风衣，打着一根斜纹花领带，像只刚打劫了驯兽师的花豹，屹立在校门口。等四年级的孩子们排好队走出校门的时候，油葱猛冲一步到他们面前，呼啦一声扯开自己的风衣，孩子们就集体尖叫出来，把他团团围住。

油葱毕竟开过杂货店，囤积了一大堆没卖掉的古怪零食。他在风衣里衬左边挂满这些对付小孩的糖衣炮弹，荧光变色糖能让你舌头变成蓝色，毒菇红的钻戒糖可以一边戴一边舔，超大卷的泡泡糖拿来跳绳都没问题，还有放屁糖，打开时就像有人放过臭屁但是放进嘴里却是蜜桃香。而在风衣里衬右边，是原先杂货店里的纸板抽奖盒，一共有八十个小小的扁格，伸手掏破那层薄薄的纸，就能看到是几等奖。

油葱说，瞧一瞧看一看，小菲的朋友紧过来，每人免钱抽一个！不要推不要挤，小菲的好朋友，每人免钱抽三个！他把凑近的一圈小脑袋都推开，只准小菲站在他的旁边，菲啊，这个是你朋友吗？来抽一个。这个呢，不好意思下次再来。还有这两个呢？是很好的朋友？就是你之前说的那两个？来，一个人抽三个，不够再继续抽。最后实在有富余，小菲也心软，让干巴巴在旁边等的同学有机会抽。小菲觉得油葱好像会魔法，她的好朋友抽到的号码都是好吃的想要的，欺负她的臭同学抽到的都是放屁糖，但他们也还是很开心。油葱只不定期来了校门口三次，自称是小菲朋友好朋友的人就满地都是了，自称得久了，他们自己也就信了，不好反悔。油葱得意地说，小孩比小鸡好搞定多了，一切尽在掌握。

6

油葱说得没错，小鸡他搞不定。因为鸡，惠琴又发火了。

妙香姑婆跟油葱和惠琴父女俩都很熟，见状就来相劝，她人热心，常常帮衬小菲家。

“阿姑你免说。油葱这人就是爱虚华，可是人又不够会！”惠琴生气，是因为近来她才知道，油葱根本不是去帮人看鸡，而是豪横地包下了整座山。那座山总算是结出了杨梅,但果子还没收获就被撞到地上,满山都是香滚滚的烂杨梅,躺在地上流血。鸡,也不停变少。成年鸡少到只剩一半,小鸡仔更是折损得颗粒无收。油葱这才发现,山上总有野猪在夜晚来袭,这是人家事先不会跟他说的。

妙香说,惠琴啊,你爸他就是个憨人,不懂做生意。山的情况、鸡的品种、野猪的行迹都没搞清楚就掏钱干,实在是傻出汁。但他说过,去包这座山也是想把生意做好,想供你和小菲改善日子。

一听到,惠琴忍不住大爆炸,说,拜托欵,我最讨厌就是他拿我做借口。我不心疼钱,那是他的钱,要怎么浪费是他的事!我不用那么多钱来穿金戴银佩珍珠,现在跟小菲有吃有喝就够了。你不是不知,这些年他玩废掉的钱有多少!我妈破病,最需要钱的时阵,他说这钱根本不够,要跟人去做蜜饯生意,结果反而欠债跑路躲到墓地里,那时候你也是知道的。而且,有人说油葱在山上养小妞啦。这个老猪哥!

妙香吃惊地张开嘴,又合上,再无话了。惠琴意识到自己实在是凶巴巴了一点,赶忙叫小菲帮泡茶,自己去厨房端出新烤的绿豆馅饼给妙香吃,一边抱歉地说,哎哟歹势啦,我不是呛你啦。妙香伸出手指,把惠琴蓬出的一缕乱头毛别到耳后,然后用手轻轻拍着她的后背,说,好啦,没事啦没事啦。

终于,妙香苦劝,惠琴大骂,油葱折腾许久,才承认自己生意倒担,仓促收了场,勉强保住一半的钱。于是小菲四年级那年,欢喜白喝了许多鸡汤,妙香帮忙拿菌菇或鱿鱼干炖得香香的,就是肉有点硬,毕竟都是油葱送来的,满山跑的硬汉鸡。

那阵子大人们吵作一团,可小菲只觉得,妙香姑婆做的汤,真正是全岛第一名。

原先小菲家与妙香姑婆没什么来往,小菲还以为她是个冰山老太。小菲印象中,幼儿园的上学路上总要路过一栋两层洋楼,带个灰石墙的小院子,种着绿茸茸的葡萄藤。院子的台阶直接通向二楼。二楼窗户全是晶莹剔透的彩玻璃,窗户大开,客厅一览无余,总有人在里面打麻将。昏暗的房里,隐约见一位白衣老仙女,身体干瘦素净,总是笔直坐着,像个冰雕。有一些灰尘在她身边打着旋,灿亮如星尘。小菲有时候会好奇,站在台阶的下端,背着书包仰头呆呆看她。每次小菲抬头望向那客厅,就觉得是个戏台,高高地架起,里面有着沉默的一出剧目。但老仙女打麻将时,只看牌,从没理过小菲。满屋烟雾弥漫的,小菲也总看不清她。

再后来,大约是小学一年级时,小菲看见那房子所有的窗户都关上了，破烂的麻将桌，木凳、眠床、门扇板正源源不断从房子里被抬出来，摆在那个矮牵牛和葡萄藤拉拉杂杂的园子里。老仙女长发微微散乱，背对着大门，端坐在那只马蹄足八仙桌上，吃一细支红豆冰，很认真地咬和嚼。在她的头顶是瓦蓝的天空，排布着紧密有序的云絮，像一颗一颗白色的齿痕。

结果几天后，小菲发现她又出现了，竟然搬到了自家街对面的平房里，成了邻居。

小菲那时觉得对面的小平房很香，感觉有许多鲜花在屋内同时绽放，花的灵魂都在向外蜷曲延展。房子只有妙香自己一个人住。小菲第一次去敲门时，是晚上，路灯亮起，门打开，探头，小菲看见老仙女站在天窗切割出的银色方块月光里，她满头长发竟然都转为纯粹的洁白，比之前亮得更加璀璨了，让小菲想起海底的珊瑚。小菲看呆了，嘴巴微张，那老仙女说话了，你是油葱的孙女对吧？叫我妙香姑婆吧。

妙香姑婆刚搬过来，小菲就听到邻居议论她。当初妙香也是响当当的一蕊花，她老公在后面追着跑的。那时候婚礼也风光，但后来她一直没孩子，好好的正室，让老公把二房请进了门，人家生了儿子，所以正室还不如妾。她倒好，还是日子照过，舞照跳，贪玩一世人，后来才被扫出门，从二层洋房搬到了小平房。那时候，小菲爸妈还在一起，爸爸也看妙香姑婆不爽，觉得她妖里妖气。小菲跟妈妈说起，惠琴就叫她千万别跟姑婆说这些，一家有一家事，我们懂什么？还不知道别人怎么说咱家呢。

后来，妈妈惠琴与妙香姑婆越来越熟，常一起吃饭，惠琴被打的时候，她总跑来帮忙，直到小菲跟妈妈搬出去后，她们还经常互相走动。许多人一开头还笑，妙香之前都靠别人养，出来后要是继续贪玩，哪撑得过半年？没想到妙香很快就想到了，给岛上这些双职工家庭的孩子提供餐食，稍微收一些费用大家也都乐意。她此后直到生命的最后，没人见过她再打麻将。就这样，倒也把日子好好地过起来了。

爸妈离婚后，小菲就经常去妙香那里吃饭。老一辈的手工菜她都会，炒粿条和芋包做得尤其好，有时候得空还会炒面茶。小菲和其他小孩每次都吃得好像猪哥在吃泔水，大口大口吞。有时，妙香姑婆穿起旗袍跳舞给他们看，很妖娇，手和脚都飞起来，香香软软地在乐音里飘。妙香姑婆的阿母，可是正宗从上海被带到岛上的舞女，什么舞都会跳，妙香姑婆肯定跟她阿母跳得一样好。

7

小菲上初中时，岛屿上许多事情都变了。

岛上许多人的房子都中了拆迁，工厂也全都迁到岛外，原有的三所小学因为生源不足只好合并。很多人开始需要每天在清晨坐轮渡，去对岸的大岛上班。妈妈也换了个新工作，给台湾人做助理。小菲之前看到的台湾人，都生怕别人不知道自己是头家，老爱穿花叶繁复纠缠的衣服，还得配上背带裤，总之就是怪怪的。但新来的这个老板赵保罗，倒是憨厚低调，跟妈妈年纪相仿，眼睛眯成细线，眉心有一颗浑圆的红痣，话少得叫人害怕，可说起话来又总带着一种歉意似的，过于客气了。妈妈腿脚没那么灵活，但做事情很麻利，别人要整理很久的资料，她三两下就搞好了。这老板很重用妈妈，只是工厂在岛外，每天通勤很远。

岛上也有不变的东西。小岛大约在中秋节后就会开始吹凉风，巷口长长的三角梅从向上攀变成向下垂，仿佛是岛屿天气隐秘的拉闸开关。

天冷的时节，油葱又开始在忙了。

他鼓捣先进技术，买了一台二手数码相机。那时候他给小菲和妙香姑婆都拍过照，小菲不好意思说，妙香姑婆看了却直接不高兴，说把她拍胖了拍丑了拍老了，怒抢相机给油葱震撼指导了一番。小菲也觉得自己比他拍得加减好看些。油葱大摇其头，他说你们不识货，都不是我客户啦。后来大家才知道，他的客户是死人。他开始做殡葬摄影。他说就跟婚礼摄影一样，不拍不行，拍了，也不会有人看。相机里大多是黑衣、鲜花、死者和绕棺材走的亲友。油葱还怕吓到小菲，她却拿着照片看得入迷。那些躺卧在白床上的老人家，两颊擦粉红胭脂，头戴绣花边的帽子，身上盖丝亮的层叠被子，绣着红色十字。棺材周围是一圈白一圈黄的大朵菊花，遗体就像花丛里大号的洋娃娃。

一直以来，小菲对殡葬、墓地相关的事情并不排斥，甚至有些迷恋。初中班里组织清明节扫墓，她喜欢逃离人群，躲在墓园深处，一块墓碑一块墓碑地阅读过去——陈大蒜林惘饲王雅各。都是陌生人。站在旁边的朋友，总会怕怕地说，你别念名字，念名字就是在呼叫这些人。小菲总会忍不住笑她们，哈哈哈，搞得每个墓碑都是声控门铃似的。小菲觉得不能看到许多人的出生，但可以把许多人的死亡一次性看个够，有什么不好。在墓园的那种气味，蒸腾的，热乎乎、潮湿闷闷的气息，让她觉得安宁，岛上许多人正睡在那里，都安息在乐园里。

这次油葱的转型还挺成功，似乎工作不断。除了拍葬礼，有些老人会约他去拍遗照，比如岛上中学的林校长，自从得了癌症后，就找油葱一年拍一张遗照，就像是一年买一张死亡彩票。老人家最爱找油葱，他们说其他人给拍照总是拍不成，说1，2，3，结果眼睛总在数3的时候闭上。要不就是浑身不舒爽，拍出来一张青惊脸。油葱一边拍一边会练疯话，给人逗得想笑，然后他再出其不意抓几张，总有一张表情自然。

8

油葱说，他从此就要当“地下工作者”了。

那三年，油葱的殡葬摄影越做越顺手，看得多了，自信也跟上来了。他索性把钱一凑，买了地下商场的店铺，开了家殡葬一条龙。他跟女儿惠琴保证，自己这次心里有底，是踏踏实实地干，惠琴便也不再给他漏气。

油葱说这次捡了个便宜。他的福寿一条龙选址在地下商城里。这里原先是个山洞，后来改建成带有下沉小广场和一圈店铺的商场。地下商场往上走，是一座小山，顶端有一座私人白色庭园，中心带一座小迷宫，后来被改成公园，逐渐废弃了。

关于地下商场和连带的山丘该怎么规划，这些年一直在变。规划处三四年换一拨人：一拨人觉得应该重视开发，兴建人工景致；一拨人觉得保留原味，原来的就是最好的；一拨觉得应该发展店铺，借商户之力发展；一拨觉得商业化氛围太浓，损害本真的美。又把商户迁出。于是这里挖了停，停了挖，开始店铺有补贴售出，过会儿又关停不让开店。小山坡上的树被砍掉几棵，为了让路上建起音乐凉棚步道。步道建到一半，又因为经费问题停滞。过两年，因为这些半成品步道有碍观瞻，又一一拆去。没办法，这是一座太多人经手来装饰和塑形的奶油蛋糕。最终由于想法太多，人气却一直没搞起来。所以，油葱入手时，捡了个最低价。

油葱的福寿殡葬一条龙，就在地下商场深处那个最大也是唯一的店铺，那个位置空了多年无人问津。地下商场里其他店铺，则是做什么生意都撑不过三个月，最后通通躲不过倒闭的命运，卷帘门都裹上了厚锈。油葱用霓虹灯牌在店铺门口打出“寿衣”两个字，闪闪烁烁的，颜色每隔三秒钟还变一次。

把全部家当搬进地下商场那晚，油葱找了妙香姑婆过来，在街上展开两只圆板桌，现场热炒办桌，请帮忙搬家的亲友们吃饭。妙香现在不仅是精致小菜做得，大锅热炒也不在话下。他俩双剑合璧，一个切一个炒，蔬菜肉丁海鲜上下乱飞，搞得有些游客还以为这是哪家大排档，差点坐下来点菜。自己办桌，关键还是便宜，比上酒楼便宜。

在一旁杀鸡杀鸭的时候，油葱还要缓缓念一串："做鸡做鸭不费时，出世大厝人子女。是男是女，赶紧去出生！"然后再一刀下去抹它脖子，让血流进大碗里。小菲问妙香姑婆他在做甚，姑婆说老一辈杀动物都要念一下，是跟它们相劝，这辈子当鸡鸭，命送此地给人吃，总算没浪费时间，下辈子祝他们当有钱人子女。小菲说油葱真的厉害哦，还能给鸡鸭送葬。

开席后，油葱感谢众人，又大声宣布，孙女小菲这次中考大获全胜，考上了对岸的重点高中。小菲妈妈惠琴下班也来了，难得地倒上啤酒，满面带笑，珍珠项链在街灯下漉着暖暖的光晕。油葱说，他早知，孙女小菲以后是要干大事的人。然后他把小菲小时候，对着门外大人撒尿的故事说出来，说她如何运用一泡尿加一张纸条，争取自己吃火锅的权利。那天晚上菜很好，有些蛤蜊还是油葱跟渔民叔去礁石上挖的，总之就是便宜又大碗，大碗又满墘，大家吃得热热闹闹。

那天晚上，沿街客厅里电视机都在播着奥运比赛，油葱摆在街边的音响放着《浪子的心情》，暖金的啤酒在小玻璃杯里溢出泡沫，银色的瓶盖在地上砸出清脆的声音。更高更快更强，大人们也跟着发威，平常一两瓶啤酒就把一桌人喝得面红耳赤，这次，他们喝掉了一箱。

9

油葱的殡葬生意，竟然真的稳扎稳打地干起来了。他甚至还忙不过来，聘请了两个帮手。其中一个帮手，是妙香。岛上学校外迁，学生变少了，她原本的生意也就不做了。她还是喜欢做饭，就在一条龙店里照顾伙食，有需要的时候，还能外出帮死人化妆。妙香每天在店里坐镇，把暖锅摆好的时候，整个店就是烟雾弥漫的仙境。每天有大约一个钟头的时间，黄昏的余晖会从天窗灌注进来，聚集在地上形成齐整的长方形，给地板铺上一块暖金地毯。妙香比油葱大十岁，她跟小菲说过，那时候，油葱还只是个流鼻涕的小屁孩，妙香带油葱在山顶白色庭园里玩捉迷藏，他每次都找不到她，玩到后来经常耍赖，倒在地上哇哇哭，像个小肉球，等着妙香给他抱起来，拍去满脑袋的苍耳。小菲喜欢听油葱儿时的糗事，总是忍不住哈哈大笑。

另一个帮手，是渔民阿彬。他原本是渔民，近些年避风坞被封闭，他的渔船也遭清退，再不能出海。他身材硬邦邦，力气大，一条龙工作中的搬扛推，他都能干。他吃饭规矩最多，会教小菲吃鱼不能翻过来，不然会翻船。只能用筷子把鱼骨和肉分离，然后整条鱼骨连着鱼头拉起来。鱼头必须最后吃，不能一上来就挖鱼眼，那是对客人不敬。油葱总笑阿彬，如今已经不上渔船了，还遵从这一套。阿彬习惯了在海上纵横来去，到了岸上也神出鬼没，经常不见人，但店里需要时他都会准时出现。阿彬比油葱年轻许多，两人是死忠兼换帖的好朋友。全岛大概也只有他，闲来会把长长的渔线甩到油葱面前，然后叫着："油葱油葱，快点咬钩！"油葱这时候就满脸喜悦地走出来，陪阿彬去钓鱼。

除此之外，生意最好的时候，福寿一条龙还会增加三四个临时帮工在外面四处跑。

高二那年暑假，妈妈惠琴要跟赵老板出差，小菲就寄住在油葱那里。

小菲喜欢地下商场的安静。这一区向来很冷清，人们没事也不愿意从殡葬店门口经过。有人怪油葱的殡葬一条龙带屎了整个地区，问题是他来之前，这里本来连鬼都没有一只。油葱跟小菲说，大家就是觉得衰运和鬼都住在一条龙店里，不小心经过，这些阿飘就会跟你回家。妙香听到，就大笑起来，说，拜托，也真是想得美，衰运和鬼，难道没有主见吗？而渔民阿彬会说，只要稳稳把钱赚到就可以，那些瞧不起油葱的人就是一群没本事，全身上下只剩一张嘴的废物。

走进店里，中心必然是一张可以泡茶的桌子，感觉像是从倒闭的家具店里捡来的垃圾，边角磕烂了，桌面布满暗色纵横交错的痕迹，油葱非说是红木的高档货。桌上茶盘旁边，摆着白色塑料泡沫盒装着的刚烤好的馅饼，还有红色塑料袋里的麻酪和蒜蓉枝。

走到店的背部，是一层厚厚的暗棕色布帘。掀开布帘，背后还有个客厅，深处连接着好多房间，像繁复的地下宫殿。妙香和阿彬也有专属房间，只是阿彬经常去儿子家，很少住。外聘的工人全都在外面跑，店里总是很安静。

客厅的缝隙里摆满了油葱的东西。幸好小岛从没地震过，不然油葱收藏的这些物件全倒下来就能把所有人淹没。小菲都不知道眼睛往哪里放。楼梯扶手密密麻麻地披着图纹繁复的挂毯，带着厚重的灰尘。死去的八哥做成了标本，停在钟表柜的顶端，有蛛网在头顶像新妇遮挡的头纱，后面放着杏花树形状的灯盏。客厅角落里的大木桌却一反常态地干净，紧挨着的那只小木桌，则摆满了水仙花球、棉花、银色的剪子。油葱没事的时候，就坐在那里雕刻水仙花。被他雕过的水仙，叶片会呈现出各样的曲线，不再是直愣愣的葱头开花。

小菲住进来需要适应的第一件事:电话常在半夜响起。小菲觉得油葱和妙香就跟救火队一样,接到电话后就立刻往出事地点冲。死亡可不会挑时间。凌晨两三点,电话也常会响起。生意真好。可是每一次电话响起,都有一个人死去了。住进来后,小菲常常听见他们接电话,说得最多的是:放心,不要担心,不用怕。这是岛上的人都愿意找他们的原因吧。比起远处的、规范化的、不熟识的人,在这些大人最惊慌的时候,他们更需要油葱和妙香在他们身边。

接下来几天,小菲很快就习惯了睡眠被铃声切割,等他们把电话打完,翻个身继续睡。小菲还忍不住出手帮忙整理了堆叠得乱七八糟的玻璃橱窗,把寿衣一组一组按照颜色大小排好,再把纸扎陈列摆好。小菲发现这些纸扎都做得很细致。单单在成功男士小套装里,就有手机、车、表、银行卡这四件。手机是过时的诺基亚黑白机的样子,但顶上的品牌写着Hades。这不是希腊神话中冥王的名字么?表上写着"劳力士",用心地拿金色的纸镶了一圈,在白射灯下闪着光。银行卡,端端正正写着"冥间阴行",诡异的谐音。美女套装里除了口红、名牌包和高跟鞋,竟然还有三层的下午茶套餐。顶部放满水果塔,还带着薄薄的糖霜。"这……居然还挺好看……"小菲边整理边赞叹。油葱说他不乐意卖机器做的呆板纸扎,这些都是找岛上艺术学校的学生们手工做的,又便宜又好。

10

小菲住进来的第七天透早,油葱接了个电话,然后他扭头对小菲说,你们小孩子都很会拍照对吧?今天陪我去做活。小菲说好啊没问题。

小菲知道油葱店里生意渐好,岛上的人都愿意找他,人手却总不太够。因此搬进来之前,小菲就特意跟油葱说,她可以帮忙做卫生,一条龙有什么需要都可以叫上她。她从来不怕这类事情。油葱听了,说我就觉得,你这孩子从小头脑跟别人不同款。

出门前,小菲觉得奇怪,平日妙香姑婆总是很愿意配合油葱,这次却别着身子,坐在厨房里死活不出来。她不去吗?小菲问。油葱掐住小菲的嘴,塞进去一块炸枣,然后说紧走紧走,就拉着小菲出门了。

林校长的葬礼,是小菲第一次"出勤"。林校长有位在国外赶不过来的姐姐,希望能用数码相机记录下全过程,发给她隔海纪念。小菲赶紧跟油葱出发坐船去大岛。油葱告诉小菲,以前岛上倒是有停尸房和焚尸炉,如今告别、火化、入土都在对岸大岛上。小菲身处的小岛,已不再具备处理和埋葬死人的权力。哪怕人在小岛上去世，尸体都要坐专门的船运过去。由于搬出小岛的人越来越多，现在红糟肉丧宴也通常在大岛上办，方便吊唁的宾客。

林校长终年八十九岁，是家里保姆打来的电话，说他死了。不对，油葱说干这行，死不言死，要说"过身"，出殡则叫作"出山"。林校长早年搬出小岛，住在对面大岛火车站边上的高楼，他早上过身，在自己家里睡过去了。都说这样离世的方式，算有福气的终结。

油葱在现场只负责最重要的流程把控，至于洗身、换衣、抬棺、化妆入殓这些具体事，他都叫人来做，免得分心。他告诉小菲，乐队指挥肯定比光懂奏乐重要。当然如果孝男孝女不在场，赶时间的时候，他也愿意站在一边，让准备寿衣的人把衣服一层层反套在他身上，然后再剥下来给死者"套衫"。他说那些规矩，他不信，也不怕。林校长洗身换衫完，需安排八个人抬棺。如果遇到年轻人早逝，那就只能四人抬了。这一天，小菲才知道，死者和棺材不可以坐电梯下楼，林校长的尸身必须从十六楼由八人抬着，走楼梯下来。

第二天守灵。第三天葬礼。小菲很认真地一路跟拍。整个过程中，油葱威风八面，骂这个靠北那个，流程迅速向前滚。他竖纹蓝衬衫的口袋里，永远插着两支笔，随时拔出来，跟拔枪一样，砰砰砰在纸上画，整个场子运筹帷幄。油葱是葬礼的主事人，但更像是全场的老板，或者债主。所有伤心的人、做事的人，包括尸体，都必须听他指挥。有油葱在的场子，葬礼的中心是他，而不是死者。他像一只烈怒的蜘蛛，喷射出许多细密丝线，牢牢控制住每个流程的每个细节。寿衣的件数，白色盖布的花边皱褶，红丝线的数量，鲜花的摆放位置，司仪的流程，火化的时间，稍有差池就要承受他猛烈的炮火。等一切结束后，才会发现他并不是在发怒，而是工作的热情进入了燃烧状态。

小菲想，他是真的爱这份工作。

林校长生前交代过三个要求：一是希望得家人原谅，二是最里面要穿那件桃红的真丝衬衫，三是想找诗班来唱诗。第一条油葱管不到。第二条穿衣的事，油葱有照办。但林校长第三个要求，不好办。一般如果死者是走世俗路的人，要掐好时间，准备香烛祭品，有要求的话，还要花钱请光头和尚或者道士。拜上帝的，则叫来教会的唱诗班和牧师做安息礼拜。林校长葬礼不太好找人，因为他并没有委身的教会，何况虽然他搬出岛有一阵了，关于他的那些传闻一直都在。早先小菲在渡船上见过他几次，总是拉着年轻男人的手。后来听说过，有人去林校长家里做客时，有人冲进来，气势汹汹地跟林校长要钱，说他这种钱可欠不得。

油葱一直在打电话，终于也拗到了人来。早上十点，歌声从灵堂一直往外飘：我今空手来亲近，专向十架求大恩。裸裎望你赐衣裳，软弱望你善培养。污秽走倚清水边，求主洗我皆清洁。或是在世尚度活，或是临终性命息。神魂离开过死河，看主高坐审判座，替我打破石磐身，使我匿在你内面。

唱得真好听。油葱说，以后他自己死了也给他找个唱诗班来，那些弟兄姐妹都很忠厚，不用花钱，有的连包了红丝线的毛巾都不肯收，就拿两颗话梅糖。

小菲看了一眼躺着的林校长。印象中他红润壮实，谁知已经变得这么干瘦。妙香姑婆就经常说，她绝对不要搬出岛屿，那些搬出去的老家伙，很快不是死就是废掉。话说得难听，或许只是因为她害怕了。林校长七年前就搬走了，小岛上的医院越来越差，半夜出点紧急状况，医生都搞不定，会让你先不要死，第二天再来。渡船不到凌晨就停了，但凡有点忍不了的状况，都要在夜里请挂旗儿小船去大岛的医院。林校长年纪大麻烦多，经不起折腾，只能搬出去了，还找了保姆全日看护。他就像被切断根的蔬菜，身上那股活气泄了，双腿也迅速萎缩了下去，在床上躺了许多年。

隔壁灵堂摆满了花圈，来的人也很多。相比之下，林校长的灵堂，既没有多少亲属，也没几个朋友。他退休多年，老同事大多都不在了，除了妻子儿子，只来了一些学生。油葱说，有什么所谓，人多人少，热不热闹，他本人也不会体会到，都是给别人看的而已。对谁来说，死都是一件独自完成的事情。

就在告别式的最后，妙香姑婆突然出现了。她白头发都梳齐盘成一个髻，身上穿着白色的系带衬衫，下身是白色阔腿裤，耳边的两丸珍珠在白炽灯下闪闪发光。小菲看呆了，想起有好久没看妙香姑婆打扮得这么认真了。

妙香走进来，油葱跑到她身边，林校长的家属也围了过来。妙香蹙眉从包里掏出一个黑色小布袋，扔到棺材边上，说："今日给伊一个全尸。"然后就转头脚步轻快地走了，如同卸下万斤重担。油葱转头跟小菲说，这段到时候掐了，然后就赶着众人继续忙。等告别式完成后，就是出山，油葱催着家人把林校长送去焚化，装入盒中。

所有流程都结束后，会有丧宴，当地叫"吃红糟肉"，宴席的末尾会端上来一道被红色酒糟腌过的肉。告别式上大哭的人们，在红糟肉晚宴的时候，都是笑的，喝点啤酒再吞下一颗土笋冻，人已经正式离去了，再哭就不合适了。

忙完后回小岛，身体很累，但小菲内心有种踏实的感觉。特别是油葱还给她发劳务费，他说你这小孩也是蛮现实的，拿到钱马上嘴笑眼笑。但小菲有一万个问题想问，油葱说我知道你想问什么，你给我一百块我告诉你。

小菲豪爽掏钱。

油葱说，林校长是妙香前夫啦。

小菲问，妙香姑婆往棺材扔了什么呀？

油葱说，如果你能猜对，阿公给你一百。

结婚戒指吧？

油葱说，不是。你给我一百我跟你说。

小菲只好又掏钱。

那时阵你妙香姑婆是大美女，追她的人排队要排到南洋去。这个老林当时剁了自己小手指，当作定情物的。

哈？布包里，是一根陈年手指头？这些老人家年轻时玩这么猛哦？小菲感到佩服。但她也发现，自己几天的辛苦费，就这样又被阿公卷走了。不甘心，想反悔去抢，爷孙俩一个逃一个追，笑声跟机关枪一样，惊动沿街的麻雀四处乱飞。

11

暑假结束，小菲开始上高三。自此，她就笑不出了。

原本，周末小菲还会陪油葱和阿彬去海堤钓鱼，去礁石上拧海螺，晒得黑辘辘。回到家，再把整桶海螺倒出来，蒸熟，蘸蒜蓉醋吃。后来，她不肯再奉陪了，一个夏天的黑，一整年都白不回来。女大不由人，她不再是那个长辈叫干什么，就乖乖跟着去的大傻妹了。小菲是要干大事的人，每一天都在拼命地看书、做题，难得有空闲时间就把自己关在房间里不出来，有事就猛地推门出去迅速做完。

后来她会想，自己当了很久小孩，总习惯推门而入，不好。这习惯，自那天后永远改了。

她那天上完周末补习班，推门，妈妈跟她的台湾老板赵保罗坐在客厅里，就是僵硬地坐着，两个人同一个姿势，脖子伸得一样长，靠得很近。看见小菲，赵保罗郑重地用牙齿牵动嘴巴，露出一个笑，细长的手指捏住膝盖。空气里有股焦灼的酸味。小菲才发现她爸也在。好像他们三人这样僵持了很久，以至于心绪都串了味。而此时她爸伸手突然去抓她妈，赵老板猛地蹿起来挡。三个人又拉又打，让小菲想起山上斗殴的鸡。

小菲愣住了。按照过去的母女逻辑，或许该上去帮妈妈。可是要帮着妈妈和赵老板去揍爸爸吗？还是来个二对二？眼前三个大人扭成一团，却像是四肢有力气不得不宣泄出来，拳头都没有落到实处。小菲突然明白了什么，但又依然费解，于是她退后，把门关上，迅速往地下商场的方向跑去。她只想逃。

跑一阵，小菲才悟出这气氛是怎么回事。小菲说，我真的眼睛脱窗！怎么会是那个台湾人，自己一点也没察觉到！一路上，她都在用那支黄瓜色的诺基亚给朋友打电话。打完电话，心里还是不平静，抬头发现已经跑到地下商场了。

自从高二文理分科以后，她就很少来这里，一门心思都扑在学习上，竟然把排名从三位数变两位数又变了一位数。每天都埋在学业里做思想的巨人，六亲不认。一回神，六亲竟要变了。

小菲沿着楼梯向下走。原先空着的小店铺，已经被新来的陈老板租下来，打通做成了一家漫画饮品屋。这地下广场离岛上的中学近，学生又不怕地下商场那些乱七八糟的鬼故事，愿意花点钱又有饮料喝，还能看漫画。陈老板来岛上这二十年除了卖过干果，还在街心公园开过租VCD的店。承蒙他的热情关照，小菲有幸陪着爱看恐怖片的妈妈看了《沉默的羔羊》和《人肉叉烧包》这类经典名作，留下一幕幕童年阴影，至今都不太吃肉包。这些店相继收掉之后，陈老板又瞅准学生群体，开了这家漫画饮品店。他喜欢跟一条龙的人一起抽烟聊天，于是常常白送大家手摇珍珠奶茶。陈老板的老婆叫胖狗妹，身材圆润，头顶美人尖。听说她生下来时肾脏就不太好，所以都说起个贱名真的有用，本来医生说她活不过三岁的，如今四十多岁身体还是顶呱呱，看见小菲就高声跟她打招呼。

小菲跨进福寿一条龙，阿彬叔的钓鱼桶仔随意丢在门口。她走进去，没人，估计都出去做头路了。她坐着等，反正现在不想回家。

隐约中她好像听到妙香姑婆的声音，她起身往房间走。姑婆的门只是虚掩，没关牢。小菲想着她在房里，就冲过去，猛地推门，想跟她说，我妈竟然跟她老板在一块！下一秒，小菲却发现自己已经冲出了店门，然后一路跑，手机都不知甩到哪里去了。小菲想，不该那么用力地把门关上的，我是太紧张了。满脸通红。我刚才看见什么了？刚才看见，妙香姑婆仰面躺在床上，双脚翘起，肉像奶油流挂下来。还有油葱白花花的屁股。

小菲推门的声音或许吓到了他们，油葱滚落眠床，来不及提裤子。小菲看到妙香姑婆赤裸的身体。小菲看到她透出光亮的眼睛。

一时间不知道自己能去哪里，小菲只能一个劲地疾走，到了海边。海风吹得心茫茫，大人们的脸交叠在一起。她看见三角梅的蓓蕾被风驱赶着在桥上滚，最后仓皇跳进海里。遭到处决。

风大吹，眼内起茫雾。恍惚间，背后有人自远而近。是妙香姑婆。她坐到小菲身边。过了一会儿又给小菲披了件衣服。小菲连头都没扭过去，实在不知道说些什么好。姑婆掏出她超大支的三星手机打了几个电话，难得大声地吼着"她跟我一起的，知影知影"。

干坐了一阵子，小菲终于没忍住，跟妙香姑婆说，我不是故意的。妙香居然露出一个有些得意的笑，揉揉她的脸，说是我们忘关门，你会吓到，也正常。你心肝内一定会想，这老的怎么干这事，笑破人的嘴。小菲说，我没，我没这么想。姑婆说，你小，不知道我们也有需要的。她一脸稀松平常，反倒小菲涨红了脸，显得大惊小怪。妙香掏出牛角梳，把海风吹乱的头发梳了一遍，又说，我俩已经作伙七八年了。传言里那个山上的"小妞"就是我本人，可能是人家只看见我背影，没认清吧。

小菲感觉自己的头就像一只台风天挂在楼顶的拖把。

妙香说，小菲，我们回去吧。

小菲站起来。又坐下，说，刚才在我家里我妈、我爸、赵老板三个人打起来了。我跑了，谁都没帮。她的脸忧愁愁的，一只阴郁的拖把。我妈会给我找一个新爸吗？我最近在学校，日子也过不顺。姑婆，不知道日子过起来怎么越来越难。以后会是什么样？我不敢想，也没勇气过下去。

妙香把小菲搂住，让她靠着自己。小菲的圆脑袋跟妙香姑婆瘦小的肩靠得刚刚好。妙香姑婆说自己年轻的时候，可以一口气游到对岸。她那时也想过，那么远，怎么游？就是一浪接一浪。破开一个浪，另一个又过来，切开千百个浪，就到了对岸。小菲的眼光也跟着切开一道道浪。妙香说，游不动的时候，我就想过去一件开心的事，好像嚼糖果一样，又有力气了。

小菲抬头，看见太阳被条云刻出斑纹，像发光的圆形虎皮。风在阳光里穿过，变得蓬松轻软，鼓胀出香气的纤维。小菲眯起眼睛，听见妙香姑婆说，小菲别怕，你的心可以决定谁做自己的爸爸。你高兴认篮子里菠萝或是电线杆上的鸟当爸都可以，都在你。

过了许久，云层开始互相挤压，好像想打群架。雷一拳打在不远的地方，捶得身后海街的楼群叮当响。

我们回去吧，小菲说。

妙香姑婆陪小菲回了家，家里乱作一团，妈妈和赵老板正一起收拾。赵老板的左眼肿成一只蓝色包子。小菲一看就有了预感。她妈妈先开的口，说赵叔……他跟妈妈打算结婚。菲啊你看怎么样。赵老板郑重地坐下了，顶着满额头沉重的汗珠，手里还捏着抹布，抬起眼望着小菲。妙香姑婆偷捏了小菲的手。

小菲说，哦，你们开心就好。

12

小菲的目标是考个大学，离开这岛，越远越好。

所有人的期待，就算没说出，但水位逐渐上升，积攒得很高，人是会有感觉的。大人们有时候还会有些偷偷的火锅聚餐，在外面压低了声音说话，饭菜先精致地摆好一盘给小菲端进房间。她偶尔会贴在门上偷听，油葱对赵保罗说，他那时候去学校开家长会，很多大人到得早，站在教室后排看孩子们上课。几乎所有的孩子都回过头，不停地看涌进来的大人，而只有小菲，一动不动，死死盯住老师，一直到把课上完。这种孩子，以后是要干大事的。小菲一直觉得当面让人夸，会很烦，但背地里听到，还真是暗爽在心内。

可是，小菲没有成为油葱预言的，那个干大事的人。

或许就是因为小菲一次只能干一件事，对周遭不敏感，只知道自己冲冲冲的性格，让她直到临近高三中段才察觉，自己并不被同学喜欢。围绕在身边的氛围直到足够浓厚，形成铜墙铁壁撞到她的头，她才反应过来。与此配套的谣言，以各种匪夷所思的方式生长，小菲开始试图解释，明明没有做过的事情，不是一澄清就能解决吗？但她忘记了，说再多，别人可以选择不信。然后越解释越多，牵扯出他人更多相反方向的演绎。

最后小菲明白，有些时候，人的友谊需要共同的敌人，而她是那个被选中站在对立面的邪恶倒霉蛋。铜墙铁壁已经形成，那是经由漫长的时间扭结在一起的，一个扣锁着一个扣，在时间里发酵、滋长，最后可以将那个群体的世界都笼罩在这样一层视镜中。她尝试许多方法，去捅开那层无形的墙，想尽办法去讨好，按照他们想要的方式做事、说话，最后引发更浓郁而静默的厌恶。你的存在就是对快乐氛围的否定。你就是顾人怨。小菲变得极度敏感，但已经迟了。这敏感就变成对自己的惩罚，别人的笑声和每一句言语、每一个表情，都变成待解的密码。她想念她小岛上一起长大的好朋友，只是她们现在都身在别处。她们或许也正在孤身一人面对着身边嫌恶的眼睛，自顾不暇。

青春期的时候，小菲无法分辨什么更重要。哪怕她心里明白，不要受影响，把高考考好就是了，却依然承受不住身边渗透的鄙夷。为什么讨厌她的人可以结成联盟，而被讨厌的人，却只能各自抵挡。满腹火。那阵子她恨了所有人，心里沾染的霉菌在闷热的瓶子里指数级增长。偶尔她撑开肺，大叹一口气，想到自己这样蜷缩在台灯下埋头苦写，想到在学校里因为被孤立而不愿离开座位，就这么被锁在不过是屁股那么大的位置上，而在教室之外，在卧室之外，金龟子像青绿宝石一样在葡萄藤上发光，麻雀偷啄晒在红砖楼顶的红皮花生。再外围些，日夜不息的海浪正在轻轻舔舐着岛屿，周围那圈温暖的海水，它们离岸后可以去任何地方，世界上的水都是相连的。明明有那么多好事情正在发生，自己却缩成了一块硬骨。

成绩于是在几次模拟中忽高忽低。妈妈惠琴以为是状态问题，青春期的小菲遗传了她的失眠症，有好些天会彻夜难眠，于是妈妈在吃食上努力给小菲进补。

高考结束后，小菲深感不妙。但她估分的时候还是努力给自己找分，像遭灾的田地里一位绝望的农妇。估分看起来还行，小菲知道自己肯定高估了，但谁知道呢，万一有奇迹呢？起码过几天好日子。

那个假期，惠琴开始准备着搬家。小菲说你安排就好，然后说自己要暂时搬去跟油葱一起住，方便妈妈把房子转租出去。小菲内心真正想的是，这样可以暂时躲避妈妈殷切的目光。

盛夏时，岛屿燥热起来。大热天的阳光是火的海岸。热潮从光暗交界处一股股泼过来，茂盛、奔腾、野蛮，想要侵占。凤凰木的叶子被升腾的热气翻惹、上扬，举手投降。而地下商场的洞口却总是吐露出丝丝凉气。

整个夏天，隔壁漫画屋的老板娘胖狗妹总是气定神闲地坐在窗口，手里端一份晶白耀眼的糖水桂圆刨冰，仿佛一捧甜雪。看见小菲，她就笑盈盈地塞过来一碗冰，让她自己加料，随便舀多多舀，越大勺越好。

小菲在一条龙店里自觉帮忙整理鲜花和做卫生，还要伺候油葱的宠物八哥。小菲记得之前油葱开杂货店时，养过一只更加伶俐的八哥，见到有人进来就叫“头家”，人家要走就说“大发财啦”。而且不用笼子关，飞出去，还会飞回来。可油葱说那八哥有一天突然死在门口，变得硬叩叩。应该是误食了花花绿绿的老鼠药。现在就变成了柜子上的标本。

现在店里这只八哥，脑子不行，只会说“干你老母”。什么鸟嘛！小菲不管喂它什么小米、虫子、饲料、水，它都用脏话回敬。油葱说这鸟整天关在笼子里，不出地下洞，缺钙要补。所以每次吃墨鱼，小菲都得把墨鱼骨先剥下来，挂在笼子里喂八哥。油葱每天不厌其烦地教它八百句闽南顺口溜、答嘴鼓，但这鸟还是只会说“干你老母”。人生是虚无的，教育也是。

小菲喂鸟时走进客厅，有时会看见姑婆轻轻地抚着油葱的脖颈。她看见小菲进来了，慌忙把手收下去。油葱会笑嘻嘻地说，你不要吃我豆腐嘛。妙香姑婆就会拍他手臂，你都是老豆干了，还豆腐。小菲也忍不住哈哈笑起来。看他们二人的背影，又老又年轻，身形是老的，但那种亲昵相合却一直新鲜。

13

这天，小菲还在店里伺候那只讨人厌的、只会撂脏话的八哥，油葱突然一阵旋风来到小菲身边，说，来来来，养兵千日用在一时。读书呆，你大学不能白考，外国人的单子来了，跟我出去一趟，帮你阿公生意冲出亚洲走向世界。

小菲到了才知道，死者是一对德国夫妇。这么多年来，小菲还是第一次看到油葱不好意思讲话的样子，居然露出微微羞涩的表情。油葱也不管对方家属说什么，就脸红地憋出一句OK，然后就把小菲往前推，说你去沟通，我到后面买包烟！可是，又不是在高考里考完了英语，就能跟外国人对话！大敌当前，小菲硬着头皮支支吾吾地用半吊子英语翻来覆去跟那位金发眼镜男说了三分钟，对方认真地听，然后用闽南腔的普通话说，菲小姐，啊要不我们还是说中文吧。

外国人的生意不好做，都说“番仔番嘀嘟”，意思是他们不懂本国本地人的做事之道。殡葬事，并不是一份寻常职业，没多少人看得起，也没多少人愿意干，自然需要有些劳务补偿。各个程序，流程琐碎，拖拉也是难免。有时候一包烟，一条毛巾，姿态放低，让关节润滑而已。小菲刚到店里的时候，油葱跟她说，她就能懂。但跟外国人说，不用说，也知道他们不能懂。不懂的结果就是事情处处被卡，卡到老外发火，三个虎背熊腰的鬈发老头高举着双手，也不知要跟谁干架。有一个大概刚学了些中文，反复喊一句：“不要找麻烦！”他们没受过委屈，总觉得每个环节的顺利是服务业的理所当然，结果被人暗骂，番仔，连送死也要讲效率。油葱这时候就出来各方安慰，毕竟突然遇到这种事，人就想发火。哪国人都一样，要理解。

蹦出的这些火星，是早就能预料的。费力不讨好的活。

但出面拜托油葱帮忙的，正是油葱的新女婿赵保罗。油葱说当然没有不接的道理。要接，就干到底。于是有了这一整天的手忙脚乱两头靠北，但油葱劲头十足，该大声的时候他威震四方，该说软话的时候又恰到好处，顺便还要把小菲当翻译器和跑腿指挥，外加安排一条龙其他人干活，把五六个人使唤出一支军团的风采。幸好家属里那个金发眼镜男，也就是男死者的哥哥，在本岛生活多年，中文也熟稔，知道做事情该是怎么回事，与他们配合着打通了各个流程。

这次毕竟是涉及凶杀，过程已经算非常顺利。凶手大街上杀完人，根本没跑，当时就砍了自己一刀想自杀。可终究砍别人够狠，砍自己下不了重手，凶手没死。警察讯问他也直接承认，法医处理好后，公安局开了证明同意处理尸体。油葱叫小菲去时，已经做好了清洗更衣等前面的流程，就等着对接殡仪馆安排告别仪式和火化。女方父母没出现。小菲主要服务男性死者的父母，帮他们做一些翻译。两位高大的老人家头发都白了，皮肤红津津的，一直很冷静，偶尔还能挤出笑脸。小菲不知道如何安慰，对方似乎也不需要，只能尽力帮他们做好翻译。各处来了死者的许多朋友，有些是从欧洲一天一夜飞过来的，倒是没忍住哭泣，有的从机场打车一路哭过来，哭得司机六神无主。死者父母选择就地火化，带着骨灰回国。妙香姑婆说，还是番仔想得开，毕竟人都死了，何必千里运尸多折腾。只是他们还是想据当地礼仪设置灵堂，死者夫妇在本岛经营多年，也希望让他们的朋友员工们来吊唁。

油葱看到摆放合宜，被鲜花簇拥得恰到好处，盖棺材的布帘层层花纹都舒展的遗体，他就会露出自豪的表情。这次他尤为满意，虽然很难说完美。男死者身高超过两米二，实在没有适合的棺材，但油葱指挥着阿彬他们，把男人穿着硬皮鞋的脚拉出来，跷在棺材边缘，仿佛是一只悠闲小舟上熟睡的垂钓者。女人则麻烦一些，嘴完全裂开了，这不是妙香能料理的了。油葱给她另找了本地最好的化妆师，悉心粘补后涂上厚厚的粉底，让她的面容没有显出疤痕，倒是露出微笑的弧线。修补得很完美，油葱跟小菲说。但死者母亲看见他们的时候还是哭了。

赵保罗和小菲妈妈也在葬礼现场帮忙。断断续续地，赵保罗跟小菲讲警察的调查结果，时不时拿手帕压住眼睛。原来凶手也是德国人，是女人的前男友，这十年来一直在尾随、跟踪、找寻这个女人，不停地用邮件和别的方式告诉她，我会找到你和你的男人，然后杀死你们。而这女人，从来不敢告诉现在的丈夫，两个人一路从欧洲到这里办厂，但是十年后，还是被找到了。

那时候这夫妻俩正在海边咖啡街上散步，那凶手动手很干脆，跟在他们身后，找准机会对着男人心脏的位置就是一刀，直接毙命。毕竟那丈夫很高大，如果搏斗的话也说不准谁输谁赢，这凶手肯定早有预演和准备，不然不会那么准。当时女人跪下来求凶手，可是凶手抬手就对她是一刀，把她的嘴横着劈开。然后又是连续三刀，插在她的身上，把她杀透了。赵保罗给小菲看了这对夫妇生前的照片，男人一头金发，在阳光里像支火炬，女人没有笑，怀里抱着她小小的孩子，那孩子伸手抓着她褐色的头发。小菲有了一种很奇异的感觉，她是先看见他们的尸体，才慢慢认识他们，不是活的朋友死去了，而是死的朋友，在他人的回忆中慢慢活过来。

小菲到夫妻俩家，帮忙拿葬礼的衣服鞋子时，见到过他们的孩子。才一岁，被菲律宾女佣抱着。这孩子不一会儿就突然暴哭，有人到他身边，他就出嘴咬人。他爷爷告诉小菲，这孩子性情突然就变了，之前不这样。本是受宠的无忧孩童，一夜之间，疼他的爸妈就再也不回家了，永远不回来了。小孩子理解不了。

14

这几天，小菲说是去帮忙，其实也没做什么实质性的工作，就是陪死者父母帮他们四处做翻译。岛上真的没人才了，小菲这么破的英文竟也有发挥作用的时候。小菲也不知如何安慰，无法挽回的损失又能怎么安慰呢？油葱说人在悲伤中，想要把事情想通想透都是没可能，也没必要的！旁边的人，就好好听他们说。他们不说话，你就说些有的没的，时不时把他们从苦痛中捞一捞，会了吗？小菲慌乱点头，而后便干脆把德国老夫妇当作游客，跟他们介绍岛上的骑楼，在地小吃，比如土笋冻这种拿海虫做的食物，反正什么新奇就说什么。他们也认真听着，配合着点头。无事闲坐时，他们也会跟小菲介绍他们所在的小镇以及当地的油炸面包和猪肝做的香肠。

葬礼结束那天，德国一家也入乡随俗地办了红糟肉丧宴。宴席上人们突然卸下了所有的沉痛和眼泪，开始互相碰杯、绽出笑容，甚至说着俏皮话互相逗乐。中国人的丧宴其实气氛也和缓，但不至于到这样，或许葬礼哭完必须笑出来，是他们对自己的要求吧。丧宴有一瞬仿佛是一场商务晚宴，死者的父亲，那位长得像圣诞老公公的白胡须爷爷，很亲切地把小菲介绍给他们当地的朋友，告诉她每个人的职位和公司情况，并且在他们的面前盛赞她。小菲没觉得自己真实地帮到什么忙,甚至有些奇怪他们隐隐表露出来的感激到底从何而来。或许就在小菲没注意的时候,她的存在成了两位老人的拐杖。

夜里,小菲回地下商场,发现岛上的野猫军团已经越发壮大。油葱说是最近因为太多大发善心来岛上住个一两天的游客,接力赛似的喂猫,让猫变得比常驻民还多。猫叫了好久让她难以入睡,只好拿起储备的易拉罐,用力往门外砸,易拉罐的声音在黑夜里画出银色锋利的轨迹,到处乱跳。大约怒砸三四个之后,夜猫才全跑光了。但一会儿,又听到隐约的叫声从高处一阵阵地降临,它们去了山顶的废弃乐园。小菲不懂,为什么猫叫春不在春天,猫明明是为了招揽情人,偏偏叫得那么凄惨,跟哭丧似的,还老要打架,杀个你死我活。

丧宴后的早晨,小菲到机场送德国老夫妇,老爷爷跟她说,我和我妻子真的很感谢你的陪伴,我们想送你一份礼物。如果你以后能去欧洲,圣诞节就来我家一起过吧。然后,他们俩转身离去,带着幼小的孙子,也带着装入罐中的儿子和儿媳飞向天空。

小菲从机场出来,坐上轮船回岛上。船上曾经都是她们认识的街坊邻居,可现在,都是游客,戴着白色的黄色的旅游帽,听拿着旗帜的导游编故事。导游说,今天我要带你们去环球无敌珍宝馆,那里可以看见俄罗斯进口水晶人脸,可以告诉你未来。更别说有南美来的虎脸老姑婆、手脚会发光的越南月娘和刀枪不入的亚马逊矮仔伯。镇馆之宝是能到处乱跑让人起死回生的高丽活人参。有时候,小菲也会羡慕这些导游嘴里那个世界,好像奇迹是真的能存在。

那天晚上,小菲妈妈来找她,岛外的新家装修得差不多了,眼见着小菲就要出去读大学,希望她能去新家一起住。妈妈说赵叔在大岛上买了那个房子,靠着海的双层小屋,地段偏远,但环境漂亮,装修都搞好了。

赵保罗这个男人,虽然木讷,却没有一次露出凶形恶相,倒是真待妈妈如珠如宝,让妈妈敢笑敢哭。在今天葬礼的间隙,小菲经常偷瞥他。这是一位愿意瘫在小菲妈妈肩头,哀哀哭泣的男人。赵叔和妈今天都穿着素黑的衣衫,相互依偎,一个哭,另一个也忍不住落泪,悲伤如同一人。虽然妈不认识那对德国人,但看到赵叔为挚友难过,她也就难过。他们两人,如今确实是亲密的家人了。以前常与妈妈相拥哭泣的,只有自己。小菲明白自己心里涌的是恨意、嫉妒,但也为妈妈感到欣慰。

小菲用脚在地上画了个圈,就当给自己那些莫名的敌意送了葬,她希望妈妈幸福,哪怕他们以后有新的孩子,忘了她,也可以。有赵叔照顾妈妈，小菲就可以放心去上大学，离开这岛，用自己的眼睛去远处看看这个世界。

妈妈又追着问，小菲回去吧，回去吗？小菲的沉默让她心慌。小菲仰起脸，答应了搬过去，第二天就把行李从地下商场拖出来，坐船离开住了十八年的小岛，让赵叔开车到了岛外的房子。那是一栋薄荷色的两层小楼，围墙里种着金杯藤，发出椰汁奶油的香味。

15

油葱和妙香的事情，小菲没有跟妈妈吐露过一个字。小菲能守秘密，油葱说她是义薄云天、忠肝义胆好孙女。而小菲只是觉得，就像是一锅鸡汤，她开始对妈妈有许多秘密，这些秘密像是一颗颗泛起的气泡，把两块原来边界都靠在一起的浮油慢慢分离。从妈妈与赵叔在一起之后，她就明白了，妈妈并不属于她。可是妈妈不知要多久才能明白，小菲也会慢慢地不属于妈妈。

这天下午，赵叔却偷偷跟小菲说，她妈近来还是知道了油葱和妙香在一起的事。这岛屿到底是太小了，每个人的祖宗十八代干了什么事，没有不被显露出来的。流言说原来小妞不是小妞，而是大了油葱十岁的老妞。就这样一个传一个，流言真的会流动，从小岛向外蜿蜒，淌进岛外惠琴的耳朵里。油葱和妙香倒很坦然，并不刻意掩藏，年纪足够大以后，就被归为一类人了，别人也不敢当面说什么。妙香说过，这样慢慢渗透让大家都知道，或许才是最好的方法。

隔天一大早，小菲就看见妈妈坐在客厅发呆，好像一晚没睡的样子。小菲看向睡眼惺忪做早饭的赵叔，他也是一脸无奈。妈妈看见小菲就说，走，今天去小岛上找油葱。然后一路上，妈妈都是沉默的，背一个硕大的包。小菲想起德国夫妻的葬礼，怕妈妈从包里掏出一把西瓜刀什么的，也很紧张，不敢说话。

下了船，小菲不想直接去地下商场，就扶着妈妈先一起沿着石路往上走，很久没去山顶废弃的园子看过了。她是第一次注意到，被砖头封住的大门两侧，各有一位巴掌大的小天使。孩童的身体，展开的翅膀，都雕刻精细，但头都被齐齐砸断。小菲和妈妈从门边的破洞钻进去，在园子里瞎逛。这里堆积了许多建筑垃圾，土头上面钢筋缠成一团，像是海里的褐色藻类。

小菲突然开口跟妈妈惠琴说，这几次去给油葱帮忙，她定睛凝神观察过，陌生人、相熟的人，中国人、外国人，死去的人就像一截断裂开的枯木，色泽会变得晦暗。灵魂离开他们了，内里就不再有生命流动。死，是一种从里到外，从内心到外皮的死。小菲说，那时候她就想到，妈会死，爸会死，油葱妙香还有赵叔也会死。自己也会死。那如果各人活的时间都有限，就不要互相限制太多。

惠琴盯着小菲看，眼神疑惑陌生，过一会儿却露出清亮的笑。你是在为油葱说话哦？

小菲说，还有妙香姑婆。外婆已经去世多年了，阿公再找也是正常。

惠琴把包放下。

不会是现在就要掏出西瓜刀吧？小菲想。

惠琴掏出了两只锅子，是她和赵叔现在做外贸最抢手的不粘锅。惠琴一只手举一只锅子，阳光照得它们光灿灿的，晃眼。小菲，你妈我是来送锅的好吗？

好，好啦……小菲连忙点头，搀着妈妈一路走到了地下商场。

油葱见到她俩来，心虚地缩着腰，等惠琴递给他两只锅，才舒了一口气似的又得意地挺直了背。妙香把四季豆塞进惠琴手里，让她帮忙去丝，又递给小菲一袋狗儿虾让她帮忙剥壳。妙香说，今天人多，咱们来吃春卷！

岛上的春卷要用高丽菜丝、胡萝卜丝、四季豆丝、笋丝、三层肉和狗儿虾炖成一锅，然后搭配虎苔、炒鸡蛋、甜辣酱、贡糖粉等数种料，用一张透明的薄饼皮，折叠着包在一起。咬下去可以吃到蔬菜和肉脂都融合在一起的味道。

小菲大口吃着，发觉很多东西炖一炖，混一混，也就咽下去了，还很好吃，发出一种互相配搭的香味。

16

高考成绩出来时，小菲手抖得鼠标都拿不住。数字跳出来，没奇迹，考得并不好。小菲想去的学校和专业都选不上。惠琴没说什么，但那个期望的大坝垮塌了，小菲可以感觉到妈妈心里的洪水泛滥。赵叔却叫她们别慌，提议给小菲安排出国。

好啊，出就出，小菲一口答应。她知道妈妈是要强的，自己没考到好大学，那就去国外，总归更好听些吧？而且她也感觉，自己像一颗妈妈结出来的果子，在她的枝丫上吸吮了多年的汁液，如今果实膨起，也该落地了。她想乘着飞鸟，变成一颗飞到远处的果子。

可是哪里那么容易。

小菲的英文老是考不过。她别的成绩都好，就口语不行，看到陌生的考官就直哆嗦。奇了怪了，之前在葬礼上跟外国人交流，至少能说得出话。一旦到了考场，辛辛苦苦准备那么久的答案全忘光了，而且喉咙卡痰，上嘴唇黏在牙齿上，肚子还喧宾夺主地开始换着方法叫，R&B似的发出各种转音。连考三次都这样，最后一次对方问小菲叫什么名字，她喉咙干到克制不住地狂咳，就这样咳了十分钟，眼泪都流出来了。这之后，妈妈劝小菲别考了，休息一阵再说。而她，也不知道自己这种应激性哑巴，出国有什么必要，自信心噼里啪啦全部坍塌。这时小菲会想起小时候不懂事，笑过那个死掉的英国人。不知道他怀着怎样的理想远渡重洋来到这小岛上，也不知道他在如何的痛苦中闭上眼睛。但努力都白费的失望，小菲如今懂了。

小菲牵拖说是新环境不适应，决定搬回岛上找油葱和妙香。惠琴本来不愿意，后来却主动跟油葱讲，一定由着小菲。大概是因为那次，小菲在轮渡码头，突然昏了过去，从浮梯上一路滚了下去，严重失眠的副作用而已。或者是因为那次，小菲告诉她妈和赵叔，她能看见一些东西，听见一些东西。那天夜里睡觉，她眼睛睡着了，耳朵还醒着。小菲确定是一只一米多长的巨型蜈蚣，在房间里没头没脑地乱转。她很害怕，但也不敢睁眼，她说你离开我去吧。它随即翻腾着几百只脚，发出窸窸窣窣连绵不断的声音，去到阳台，而后跳了下去。小菲醒过来的时候，一只脚在阳台外。她没想死，只是受不了那绵密的不断绝的声音。那个铅灰色悲观的声音，每一天比她自己更早醒。它会叹气，冒出一个灰色气泡贴到脸上，碎裂，发出唉的声音，气息湿湿黏黏的，然后小菲才醒来。

小菲整好行李，又搬去小岛上，一到油葱他们的地下世界，所有声音和幻象就变得柔和可亲了。她坐在店门口的时候，感觉到从外面吹进来的风，是自然的风，猫一样，深浅不一地舔着脸庞。有时候风大，灌进地下洞里，这条幽暗深长的喉管就会发出一阵绵长的叹息。有时候又会传出放肆的哈哈大笑，那准是油葱又在讲笑话，要么就是那些小孩钻进洞里面探险，他们喜欢鬼吼两声，大笑一番，迅速离开。一个人笑，好像一群人笑。

“孩子心里不顺啦。免给她逼得那么紧，在我这你放心。”小菲听到油葱打电话跟妈妈说。油葱近来也不顺，他一直想学吹小号，终于闲下来有时间了，门牙却掉落了，他安上假牙，常哀悲说自己真的有在变老。

这几个月，岛上再度拆迁，搬出了许多人，一条龙也没有之前忙了，妙香在地下商场闲来无事就种花，门口这些大朵热闹的花都是为了油葱种的。她自己更喜欢房间里那些凝滞的多肉。红刺的仙人球俗瘪瘪的，奇仙玉肿得像颗南瓜，白绿的仙人掌硬刺从脆嫩多汁的肉里扎出来，最脆弱和最坚硬的常依偎在一起。

小菲这次回来，发现地下商场安静了许多。仔细看，陈老板的漫画屋关门了。油葱跟小菲说，陈老板生癌，已经住进医院里了，他老婆胖狗妹也顾不上开店，全日要去照顾他，所以干脆关门了。反正岛上学校也迁出去好几所，漫画屋也没多少钱赚了。

唉，小菲叹了口气往对面看。小菲记得有一次有流氓来找他们麻烦，胖狗妹像一只矫健的豌豆射手，操起手边的橘子就向对方砸，又快又准，嘴里还干谯对方祖宗十八代，把人成功吓退。胖狗妹嗓音在不骂人的时候，还是真不错，她在快打烊的时候会掏出一只麦，推出自己的音响到广场中心唱歌，最拿手的是《最后的火车站》："红红夕阳虽然好，可惜近黄昏，夜晚风吹着阮，一阵冷霜霜。"唱到后来连小菲都会唱了。有空的话，妙香姑婆和油葱，阿彬叔搭配陈老板，会一起在胖狗妹的歌声里扭。可如今……唉，希望陈老板能好起来。

17

小菲正在看书，突然听到一声崩裂。

干！油葱大叫起来。原来是近门的窗玻璃，自己突然破了。妙香立刻出来打扫，亮的碎屑，像一地的珠宝。这时，店内电话响起，业务来了。油葱叮嘱小菲别靠近窗户，等他回来修理，然后就跟妙香拿起包往外冲。

小菲看不进书，就想去外面帮店里买玻璃，顺便让人来安装。她这才发现，如今整座小岛上都没有卖玻璃的店。她凭着印象一家一家地找，发现的是一家一家的关门再造。现在都是什么凤梨酥榴莲糖大芒果店，都是些岛上不曾有过却号称是百年老字号的店。玻璃店、五金店却都找不到了。

小菲干脆量好尺寸，坐船到对岸，买了一块玻璃，然后一路举着拿回店里，举得手酸。结果到地下商场的时候，她没看准地上的积水和青苔，脚上一滑，整个人向前摔，玻璃应声碎裂。她赶忙爬起来，看着满地的碎碴，突然发现阳光下闪着草莓色的光泽。再看手上，缓缓淌血。

血在手臂上划出一条条路，有自己的生命一般，蜿蜒着前进。小菲觉得脑子有些空，赶紧走进店里，想给自己止血。妙香已经忙完回来了，在厨房里做事。小菲闯进来的时候，她回头，看见小菲从亮光里走来，她眯眼，再睁开，看见小菲满手的血，白T恤上也全是。哎哟夭寿哦！妙香大叫起来，火速拿出医药箱给小菲止血包扎。小菲吓得说不出话来，见血渐渐止住了，才感觉疼，小声哭起来。妙香把小菲抱住，憨孩子，哎哟，憨孩子。一下一下哄着，小菲慢慢沉静下来。过一会儿，妙香去煮了她每次都自己喝，却说孩子们不该喝的南洋咖啡，用纱布把渣子过滤掉后，倒进去牛奶和一大勺糖，端给小菲。

小菲大口喝。妙香还撕开了提子酥饼。好高级的待遇。妙香坐在小菲身边说，对了，你知油葱少年时阵的样子吗？

不知影耶。

我跟你说啊，你看他现在全日一副勇字当头的样子，少年时可不是这样。那时他全家都给人抓去，到街心公园跪着，只有他跑了。你记得街心公园那棵画了红圈的榕树吗？就是那棵，他爸被吊在树上，油葱不知道去哪里了，我没看见他。

妙香姑婆你也在现场吗？

我也在树上。我只被吊了半天就放下来了，我会服软，会哭哭啼啼哀求。我后来嫁的，就是放我下来的那人。

然后呢？

榕树枝子哪里挂过那么多人？断了。本来也不至于死，只是掉的位置不对，磕到后脑勺，人当下昏落去。那些人也傻了，都散了。我抱着他爸，眼前乌暗暝，大声号阿伯阿伯，也没人来救，油葱也不知去哪了。后来才有人来了，帮忙看，阿伯早就断气了。尸体后来被匆匆运走，穿着带血的旧衫。我呆在原地没反应过来，我捧着那些淌到我手上的血，本来应该是黏的，红的，但不知为什么，我看到的是一把滚烫的金色沙子。我宁愿相信，阿伯早就飞上天，留下的是一个装满沙子的皮囊替他受苦。

油葱他爸出事后，油葱过了好久才来找我。他说，他那天醒来，找不到家人，就往外跑。结果，看到了天梯。他听见他爸在梯子上面叫他。梯子没有发光也没有天使围着飞来飞去，就是一架灰白色的木头梯子从天上垂下来，看不到尽头。他在上面爬了整整三天。他觉得往上或许可以看见自己的阿爸。但继续往上爬，开始有点害怕，梯子那么高，恐怕不是他爸放下来的。梯子对他很友好，他的手不痛，脚不酸，肚子也不饿。他转而有点愤怒，有种要跟这无尽的梯子较劲的意思，他倒要看看谁搞出这些，他要质问要论理。他在怒气里越爬越高，四围一片安静，没有白昼也没有黑暗。那是绝对的安静里，人开始质问自己。他突然想明白了，何必要爬到顶端见到那位，自取灭亡。他有权下来控告我，而我没力气到他的面前去控告他。有这根梯子的存在就说明了问题。所以他就滑下来。速度太快，烫手，手被烙出印子，跌进了沙子里。现在还有沙子嵌在他手里，晶亮的、透明的沙子。等他回到地上，他爸已跟旧墓园挖出来的尸骨一起被烧完，倒进海里。他没来得及给他爸收尸。

别人都会说，我们吊在公园的时候，油葱懦弱地躲了起来，也有人说他是怕被人抓，干脆自己想寻死，可是最后又不敢。很多人说他不过是懦弱，才会编瞎话。但我选择相信油葱。

那阵时日是种热病，过去后，生活突然像栓塞已久的水池，"嘭"的一声通了，所有积压的污水，打着旋，就排掉了。然后人们开始过新日子，只是有些人卡在旧的时日里过不来了。有些当时作乱的人，还住在同一条街上，每天会碰见。是谁亏了理，不必开口，都明白。油葱还是默不作声。后来，那些挖墓的人，把我们吊起来的人，三个死于非命，两个得了怪病。你看，把难关渡过去，谁过得更好还不一定。我知道，油葱不是懦弱，那梯子，帮他度过了艰难时日。

小菲说，哦，是很厉害的故事啦。但是姑婆，你为什么突然跟我说这个呀？

妙香说，菲啊，咱什么情况下都不要想着主动放掉性命。有梯子就抓住，好好活，就像油葱那样。现如今他就做了自己最想做的事情，不管生意好坏，至少不留遗憾。

小菲说，对呀。再喝口咖啡。吞下一块饼。然后她看见妙香水蒙蒙的眼睛。哎哟。哎哟？啊姑婆啊，我刚才是去买玻璃摔倒了啦，不小心的啦！不是，我不是故意割手啦，哎哟！

这时候油葱从门外走进来，大声叫着，啊是怎样啦，今天什么鸟日子，外面怎么又有碎玻璃？小菲再回头的时候，妙香姑婆已经钻进了厨房，耳朵发红。

后来的每天妙香要是煮咖啡，都会给小菲来一杯。小菲面前总摊着口语笔记，叽里咕噜肝肠寸断地念念念，像另一只八哥。终于有一天，妙香听不下去，说，你这样没效的。油葱插嘴，说你看你背词时那副孝男脸，考官看了都想哭。然后他看着妙香，说，让你妙香姑婆给你点拨点拨。不工作时，油葱在妙香身边，真的很像电影里的师爷或者狗腿子，老是要在她的每句话后面垫上附和的话。妙香一遍遍让小菲对着她说话，她说你讲什么不重要，我们都听不懂也无所谓，关键是你不要怕，不要把嗓子憋得跟只鹦鹉似的，要稳稳地讲，让对方怀疑没听懂是他自己的问题。没别的方法，就是练，对着人练。活人没空就去山上对着墓碑练，要是练到鬼都能听懂，那就十拿九稳了。油葱又插嘴，你上次帮忙老外葬礼，说话不也很顺吗？怎么坐下来好好讲反倒不行了？主要是练阵势！输人不输阵！

后来小菲练口语都是妙香陪练的，小菲只要看到她眼睛，就有压力，老卡壳。练着练着也就习惯了，慢慢能说出一句一句长句子了。妙香也说小菲脸上不再是憋得甭放屁的表情了，肌肉开始松下来，甚至有时候能带点笑容。最后几次她说，你这个差不多了，现在去肯定没问题。

还真的是。最后一次考试，小菲顺利拿到了想要的分数。

新家彻底收拾好后，妈妈请了原来小岛上的亲友来家里。油葱和妙香都来了，陈老板还在医院里，胖狗妹陪着不能来，托人带了些正山小种和水果。同时间，小菲也回来，在房间里查电脑，发现自己拿到了国外大学的录取通知书。那么，九月就要离开了。

她听见外面高声说话的声音，想赶快跟大家分享这个好消息。小菲走出房间，想着，这是心内面最快乐之时，却不知为何感觉到有一股深浓的忧伤，从南风里不断渗透而下。九里香的气味笼罩了他们，像芬芳的眼光。妈妈坐在客厅里给妙香姑婆泡茶，跟岛上任何一位寻常的幸福妻子一样。她抬头，看见油葱与赵叔站在阳台上，又似乎站在肃静的夜空里，有星在头顶颤抖。她听见油葱说，人越来越少。赵叔说，没法啊，都在外迁。

他们对着远方最熟悉的小岛抽烟，最熟悉的岛屿现在已是远方。他们在唇齿间吞吐出一场大雾，烟雾弥漫眼前的整片海。他们脚底下，是妙香姑婆送来吸甲醛的芦荟，像长满尖刺的某种怪蛇，弯曲且密切地向上延伸，一团灰绿的火。

18

漫画屋陈老板的手术是顺利的，可是第二天福寿一条龙的电话还是响了。

那天，小菲一早就提着妈妈准备的两罐蛋白粉回了岛上，打算跟油葱还有妙香一起去看望陈老板。姑婆在熬汤，满屋香滚滚。小菲蹲在店门口，看见店铺上方的土头剥落下来，碾碎了一只蚂蚁，而它分开的肢节依然试图随着原来的方向分别前进。油葱忙着在帮人看墓碑刻字，委托人是走世俗路的，墓碑刻字的数量也有讲究，他就念着“生老病乐苦，生老病乐苦”,字都数尽的时候,必须落在“生”或者“乐”上才可以。小菲说这就是一道数学题,但油葱懒得学,就非要这样碎碎念,然后再调整字数就可以了。

正说着,电话响了。油葱后来说他一看到胖狗妹的来电名字,心里就酸揪揪的,觉得大事不妙。没想到接起电话,是陈老板儿子小陈的声音。油葱马上问老陈怎么样。然后他还挺高兴,说哦是吗,老陈手术恢复得不错啊,我们正想去看他呢。紧接着又听见油葱说,哈?啥米?哈?然后他没再说话,最后说好的我们马上到。小菲和妙香看他的脸色从忐忑到微微笑又到逐渐乌青,也不知道说什么,就盯住他看。

油葱捂住电话细声说了一句:“胖狗妹过身啊。”

小菲和妙香两个人喊了好大一声“哈”。

陈老板找医院加钱请了上海的医生来动刀,经历八个小时的手术,第二天醒过来了,他老婆胖狗妹却因为一只黏粽子死过去了。陈老板儿子说,他妈在等的时候,什么拢吃不下,最后急着往嘴里塞了一只烧肉粽,糯米黏涕涕,吃下就说肚子疼,人以为是她精神紧张,没在意。后来她开始吐,自己一人避到边上吐,再被人看见,已经倒在地上了。推进去没多久,医生说已经没呼吸了,肠梗阻。

油葱高声叮嘱电话那边的小陈不要慌。唉,上可怜就是这男孩子,爸还躺在病床上,妈已经身子冷。孩子你听我讲哦,你妈是走世俗的,要敬饭敬三杯茶,香不能断,记得去开死亡证明,后面要换殡仪馆开火化证明。不要提钱,你爸妈是我们的朋友,我们帮到底。你阿伯阿婶现在就过去,免惊。

油葱他们开始忙起来,一进入工作的状态也就一切如常。只是走几步会冒出一句,人生嘛,人生就是这样。小菲却一直处在恍惚的状态中。胖狗妹,就是不久前还活泼泼跟她说话的胖狗妹,现在,没有了?

妙香东西都带好了,转头说,小菲啊,你先回去吧,东西我帮你转交。小菲听到后感觉从后脑勺开始,整个人都开始剥落。正因为她认识胖狗妹,才会特别感觉人的死亡,这么突然。原来死亡一直在这岛上随意垂钓,自己包括身边的人并不会永远幸免。小菲说我也去帮忙,我来给你们拿东西,能帮一点是一点。

哎哟不用不用,油葱说。但是刚到医院,他就把所有包扔到地上,小菲跟在后面忙不迭地捡,嘴上还要劝,但是声音实在太幼,不起任何作用。他们刚到的时候,一群护工已经围着胖狗妹的遗体,殷勤地跟她儿子说要帮忙清洗。狗妹死得意外,底下没垫着东西,排泄物淋漓而出,一番清洗还是挺费工的。狗妹的儿子小陈不比小菲大多少，看到他们，嘴角还自动挤出礼貌的弧度，说谢谢，然后就要配合换衣了。这时候油葱赶紧过去说，不用不用，我们的人自己来洗，请你们先回去哦谢谢。那些护工不愿意，架势都摆好了，两边就杠起来。妙香拉着小陈在旁边解释，这些人不是免费帮的，被他们碰了以后，后面就马上打电话叫他们老乡开的店来。现如今护工都被带坏了，通报一个丧家要抽两千，洗身的钱也是正常的好几倍，这些钱羊毛出在羊身上。对方说你来就是想抢生意吧，先到先得！油葱说免多讲，假热情，收钱时那么凶！小陈跟护工说不用了你们走吧，但两边人还是僵在那里，幸好阿彬他们及时到了，那些人才渐渐散去。阿彬一边干活一边跟油葱说，干脆以后咱也给，他们给多少我们给多少，多拉一些护工到我们这边来。油葱却不肯，不论怎么说，做事还是要照规矩来，别跟着他们搞这种。以后他们被绑绳子头，咱才不会被绑在绳子尾。

小菲在医院里闻到一种气味。许多将死之人凝聚的味道。小菲开始有些害怕看见躺着的胖狗妹。不是害怕死去的身体，而是心里觉得她本该是活的，热的，却毫无道理地躺在那里，不再拥有生命气息。油葱打电话联系着冰棺，一边跟小陈解释，以前是打福尔马林，现在家里设灵堂都要用冰棺。小菲想起油葱之前跟她说，再早一点，几十年前，那时候家里设灵堂都是去买一大块冰，放在尸体下面，隔天融化了再买一块新的。人死了，就是一块需要冷冻保存的肉。腐坏，是第二次的死。

妙香看见小菲脸儿青笋笋，便轻轻推着她出医院，让她赶紧去轮渡坐船回家，免得回去晚了家里人担心。现在这里不缺人。妙香把背着的袋子挂到小菲肩头，听人讲哦，外国会下雪，给你买一件好的羽绒服带着。油葱跑出来，从他神气的亮皮包里拽出一封红包，硬叩叩的很大包。他说阿公一世人没去外面看过，你拿着，不要只顾读书，要多去玩。看小菲不肯收，就硬死塞进她的帆布包里。

阿公、姑婆，我心里惊惊，我也从来没出过咱这里。小菲似乎脚步根本不愿动。她明知里面忙得翻过来，自己却霸着两位不肯走，竟然还说出平日连跟妈都没说出的话。

我也不知道自己怎么申请到的，听说别的学生都很会读书，说不定在国内都能考上清华北大。小菲感觉自己开始胡言乱语，大概是想找一个不用出岛的理由。岛上说清华北大，其实不是指具体的学校，而是泛指学校肯定很厉害的意思。

油葱捋了捋长刘海，说，他们是清华北大，你是清华北大他阿嬷。

小菲说，哈？

跟我念,你是他阿嬷。

小菲说,我,我,我是他阿嬷。

大声。

我是他阿嬷!

你这句话,姑婆拿纸给你包起来收好。妙香笑着说,油葱也满意地龇着嘴。

说完也怪,这句话气魄十足,小菲只觉两臂生力,奋勇走去了轮渡,屹立船头,直捣黄龙,回了新家。

那天晚上,小菲刚进门,妈妈就道歉着端出一盆螃蟹。明明都那么忙,妈妈最近却坚持每天要给小菲做饭。结果今天她忙着打业务电话,等蒸完螃蟹,打开锅盖,看见一整锅散落的脚、爪和身,她才想起自己忘了把螃蟹先用筷子钉死再放进去,它们在热气里挣扎的时候也就散尽钳爪。赵叔说没事没事,都是吃进肚子里的,不要在意,然后就挑了最硬的蟹塞给小菲,自己又去忙着打电话,打得满头汗。没了手脚的三点蟹更像一张人脸了。掀开,红膏满满,小菲就吃得忘乎所以,把别的都忘了。

吃完饭,小菲在卧室的窗口对着远处的岛屿望。正在落雨。雨水在发亮而夜是黑的。装上了夜景工程的小岛,像海平面上的暖金蛋糕。这座蛋糕上,住着油葱阿公和总在他身边的妙香姑婆。十点,好像有人吹了一口气,灯灭,整座岛暗淡下去。

19

英国的本科学制三年。三年了,小菲本科毕业的暑假才第一次回国。回国的飞机上,她做了一个摇晃的梦,海面布满巨型浮冰,像青色玻璃,岛被海浪裹挟,轻易被坚硬的冰击碎,淌出缤纷的汁液。梦醒时,飞机落地,梦境外的岛屿也跟着变化了。

读书的日子难过也好过,开头的语言关过了,后面就是一片新的世界。小菲过去从未离过岛,偶尔去去大岛两三次,却也从未离开过说家乡话的范围。这次一去就是一个完全陌生的国家,也是一组岛屿,但岛屿上一个认识的人也没有,走在路上就跟在电影里似的,她感觉眩晕。

像是一颗怯懦的种子入了土,畏惧硬石虫蛀,却渐渐发现,刚好到达了一片沃野。小菲在紧张的适应期过去后,却感觉轻松,感觉充满干劲,好像一切都可以从白纸开始描绘,心里就壮阔起来。后来开始有人向她问路,有新生需要她指点,她就明白,自己可以在此生活了。有时候想想也是挺没良心，她完全陶醉于每天都有新发现的那个陌生的异国，独自过得实在太开心了。上学、打工、社团，每样都有广阔天地。

本来说要去国外看看的，可是油葱和妙香每年都有新的理由不去，后来，小菲也就不问了。妈妈和赵叔也一样，每次小菲提起，他们就有这个忙，那个忙。重新当了海员的爸爸也没有出现，最新的讯息，是他在平原老家给她添了一个弟弟。

小菲学业快结束时，才知家中危机。赵叔和妈这几年转做机场的货运生意，一度在香港也发展出不少客户，还乘胜追击设立了办事处。可是后来生意却陡然冷淡下来，他们试着挣扎保持平衡，在极难之处依然抓住一丝希望的线头，但最后实在散尽气力，只好收掉了不死不活的办事处。原先买的二层楼房，也被银行收走。二人奋斗许久，如今只剩一个光秃秃的账户。油葱和妙香常来安慰帮忙，那一阵小菲每次打视频电话，都会看到他们带一大群人围在妈和赵叔身边。惠琴跟小菲说，很多事都是看起来容易，还会责怪做事的人怎么当初想不到那些显而易见的危险，哪知自己做了，才知世事无常。这次都靠你油葱阿公和妙香姑婆出手，不然跌到底我们根本爬不起来。

事情落定后，妈和赵叔重新搬回小岛上，开了一家“双喜饼店”，卖绿豆馅饼和咖啡。没什么嘛，油葱阿公总会说，正所谓一时失志不用怨叹，一时落魄不用胆寒，然后开始说起当年岛上富商下南洋，如何从挑担子做成大富翁。但赵叔会叹一口气说，很多事情不是爱拼才会赢，分明是七分天注定。同时间，小菲也发现，自己学业成绩虽然不错，也拿到些许机会，却不代表自己真的能把根在异国扎得深切，她小心观察问询过，发现大部分刚毕业的学生，没有太多资格挑选工作，更多是被工作挑选。即使在异国的小公司入职，做了多年依然还是基层职员，难以向上，玻璃天花板死死卡在那。不只是理论而已，她实习时观察过，大公司总部的中高层里，年轻人少得可怜，且每个职位都稳固，一步一脚印需要更长的时间去走。她综合许多前人经验，知道归国而后外派，才是上升最快的通路。于是，她决定回国。

小菲刚回小岛的时候，才觉得满眼的房子并不精致，也过于拥挤低矮。岛上的店铺不知已经换过几拨，揽客的人开始尝试新的招数，比如站在门口拍手，或者站在凳子上大声喊，或者慷慨往人群中塞入一块块肉干试吃。这些并不奇怪，只是他们也开始招呼着小菲。小菲低头看看拖着大行李的自己，过往多年在岛上行走，总会被商铺一眼认出是本地人，他们从无兴趣对她多费口舌。现在，这些商家也是外来的人吧，而她自己也变成了外来者的模样。小菲自己做过异乡人,更加明白外来者的不易。她慢慢地走,凝视着每一张脸。涌入岛屿的脸,跳动变化的脸,温热的、宽阔的、毛茸茸的、线条尖利的、大的小的脸。人群比过去浓稠了很多,像是一种加了淀粉的汤。

她儿时买书的地方,迷路的地方,租漫画的地方,偷吃麻辣烫结果被妈妈抓到的地方,都变了。连笼罩弥漫在这个区域上空的气氛,都变了。那些绵长的舒缓的纤维都被打碎,变得短促急切。走了十五分钟,她突然发现自己想不起来,岛屿原来应该是什么样子。脑中以为一直在那里的岛屿倾覆了。真正的毁灭不是以断裂的形态消失,如果是那样,岛屿依然会存在于心里,甚至变得更为明晰。真正的毁灭,是一寸一寸改变,心内的心外的,都一同涂抹。就像是柏油马路上一条一条黑色的新补丁,被压路机铺张在老路上,直到覆盖全地。

小菲到了双喜饼店,门口有棵龙眼树,浸泡在金亮通透的阳光里,结着成串黄褐的果子。店铺有个大窗台,上面摆着花叶芋和虎刺梅,茎叶粗壮,准是爱种绿植的赵叔照顾的。小菲看到玻璃窗里面妈妈在揉饼,她不再细声细气,而是高声喊着:"现做现吃,瞧一瞧看一看!"她的头毛剪得很短,开始混入了白丝。赵叔则在一捆一捆地打包饼盒,努力粗声跟来买的游客团说来哦买四盒送一盒,不买也可以试吃看看哦。他虽然热情,但那个拖得长长的尾音"哦"还是露出一贯的斯文羞怯。都说是天公疼憨人,赵叔和妈妈坚持用真绿豆真芋头做饼,虽然成本高了许多,但生意在口碑推荐里渐渐热起来,他们连小菲回来也没法去接。小菲就站在那里,看着他俩,直到脚酸才走进去。

惠琴抬头看见小菲,猛地抱住她,面粉沾了两人一身。他们现在就住在双喜饼店楼上,店面隔壁是宝如贡丸店,老板夫妇整天听惠琴和赵保罗说小菲,也跟着激动,送过来三碗贡丸汤。二楼只有一间小卧室,赵保罗要让小菲跟惠琴睡,小菲拒绝了,自己暂时窝在客厅里。赵叔和妈妈这几年,把家搬来搬去,一度要移居香港,却也还是回到了这座小岛上。小菲刚回来的喜悦被一种逼仄挤压住了,她感到自己是这个温馨、拥挤、被照顾的小罐头里一只歪斜的沙丁鱼。她有些怀念在国外自己读书打工自己住的日子。

20

人活世上,谁不是一裤屎啊?晚上来吃饭的时候,油葱说。

三年不见，他像一只晒干水分的核桃，迅速地干瘪下去，但讲话依然中气十足。他起劲地问东问西，问得热滚滚：英国东西好吃吗？冬天雪大吗？人胖还是瘦？你讲两句英语来听听？他听得入神，脚抬到椅子上，右脚袜子有三个孔洞，长着黄趾甲的大脚趾冲出来。惠琴每次看见都塞给他几双新袜子，可他就是存着不肯穿。

原来人变老就是瞬息间。这几年过去，小菲发现妙香姑婆身体迅速地膨胀起来，像一块饱满的白玉，人却变得很安静，似乎很疲累因而无话，好像一直在清醒和睡梦间摇晃。吃饭时，她把赵保罗叫成阿彬，过一会儿，又把惠琴认作自己妈妈。妙香如今行走没太大问题，只是随站随坐都会突然进入一种蒙昧状态。吃到一半，她找了一处沙发躺下，嘴开开地看着天花板，舌尖像蛤蜊的红斧足。过了一会儿，她突然哼起一支歌，油葱说是她小时候的曲调。她周围的空气，或许是被搅动而旋转得过于密不透风，把她的意识牢牢凝住了。

临走前，妙香抓住小菲问，菲啊你去哪读书？小菲说，不继续读，毕业了，回来找工作。妙香姑婆竟摇摇头说，小学还是要读的。妙香站在那里，油葱小心地帮她套上袜子鞋子。小菲想起飞机上的那个梦，梦境里的风刮得很猛，鼓成一只摇晃的胖口袋。妙香姑婆就是那只口袋。小菲一度有些感伤，拼命瞪眼想控住眼泪的生成，过了一会儿眼珠子把水分吸收进去，只留了一点鼻涕。油葱倒是很坦然的样子，说妙香现在越来越像做艺术的，喜欢挑两只不一样的颜色的袜子，喜欢胡乱扣扣子，喜欢把糖当作盐加进菜汤里。老来叛逆咯。他一边说会一边疼爱地整理她的头发。

吃完饭，小菲把礼物递给妙香姑婆和油葱阿公，再把他们一路送回地下商场。油葱一直在碎碎念，小菲盯着他的头壳看，油葱总是自称到老都没有白发，可现在满头的白黄黑发交杂，像是染发不均，新旧发断层。之前在国外发信息给他时，他宣布要戒烟，大概短暂地成功了一阵，如今又复吸，发黄的格子衬衫上满是烟草的味道。过去他还注意着，到了店里尽量不抽烟，要抽就走到门外。如今变得随意了，阿彬叔今晚也在，两管老烟枪，把店铺弄成了烟雾弥漫的窑。他们找借口说，近来下水道老是泛出臭味，刚好拿烟味压一压。只是小菲来了，他们就不再自由了，只能猛吸几口，把烟掐了。

油葱一直在说竞标的事。现在已经不再是一条龙之间的竞争了。

原先殡仪馆与一条龙是不同的两边，一边负责提供葬礼场地，焚化尸体和墓葬，另一边负责帮助丧家洗身换衣抬棺化妆，然后安排告别式，走通整个葬仪流程。可最近从上海来了一个殡仪方面的大公司，正要与殡仪馆合作，把整个流程都独家吃进，关键人家是上市公司，做事一套一套的，这个套餐那个套餐都能玩出花来，葬礼主持穿白衬衫戴白手套，打扮得十足像样。更不要说给护工的介绍费了，多少钱他们都出得起。

小舢板撞大船，争不过的。妙香清醒了，在一旁摇头。

阿彬说，现在跟他们关系搞得不太好，有时候一条龙连送鲜花进殡仪馆都会被卡，毕竟是竞争对手嘛。人家在大城市里千锤百炼的方法，在这里还不随便给你吃够够？一来就搞定几大敬老院，站稳脚跟后再宣传他们才是正规正统，后面哪条龙都不得活。人家还到处宣传，他们收费正规，我们都是乱收费，一张白纸给我染到黑。其实仔细算算看，他们收得贵多了，毕竟有那么多人要养嘛！

油葱说，所有一条龙店里，也不是没有乱收乱赚的啦。唉。听说，殡仪馆会做个公开招标，我说咱开一条龙的也都去参加，至少别让人觉得咱都没胆，让他们那么容易拿下。

小菲当然第一时间自告奋勇，说她其实会的不多，但PPT还是会做的，不嫌弃她到底还是个学生，只会纸上谈兵就行。

行就上，咱也就是跟他们尽力拼一拼。油葱说。

地下店铺的电压有些不稳，灯泡闪烁起来，玻璃发出噼啪的声音。小菲扶了下眼镜，看见暗处有影子浮动，发出吱吱声。小菲忙说，店里有老鼠了啦，要不要我给你们买只猫？油葱却神秘兮兮地说，做这行，不能养猫哦。人的尸体要是被猫跃过，就会猛站起来，见人就抱，一起倒下去死！我跟你说啊，前几年有一次……

哎哟晚上不要吓小孩啦，阿彬狠拍油葱一记。

小菲才不是小孩了，人家是国外回来的知识分子。好了快回去吧，不然我要被你妈骂了。油葱笑说。

小菲走出地下商场，慢慢沿着楼梯上行，想起学校里老师说的西西弗斯。一日又一日，一条龙背负搬不完的尸体。这次回来，油葱阿公和妙香姑婆都如此明显地老去了，是不是也别再出来做头路了？可是休息对他们就是最好的吗？她也想不明白他人的出路，就像眼前罩乌云。

小菲爬上山丘。山顶的白色乐园被树占领，变成叶片的容器，墙皮如外衣剥落，被树根爬满如同满身导管。到了夜里，树丛与大海会发出一样的声音，都是一只浓紫巨鸟在振翅，无论是毛茸茸的，还是湿漉漉的。月亮灰色的光浇铸下来，一寸一寸地延展着裹尸布。然后等夜彻底遮蔽一切，太阳却刺开口子蹦跳出来，一日降临。日升月落，月落日升。比人高的大株海芋展开了叶子，有一队队戴着黄帽子白帽子的旅行团走过去，有一个个商贩用担子挑着绿叶包裹的发光浆果和粉红莲雾，数只麻雀、鸽子和相思鸟从天空划过。

然后，就是两周后的两根黑影，渐渐经过橙黄的路灯。

是小菲和油葱。

他俩像走得很慢的两根毛笔，于是影子被拖得又浓又长。小菲在想自己早先都听到了些什么。用户画像。标准化流程。库存管理。服务承诺。套餐设计。大约是那些词对吧。然后辅以数据和计划。她想这些都是一群聪明人设计出来的趁手工具，挥舞起来可以肢解世间大部分难题。她好像在书本上都学过，但却未曾真切地在实际中用过。她当时偷偷看着在提案的那些人，那些“上市公司”的人，然后紧紧攥住自己手头那方银色优盘，知道这根本不需比较，比不过的。说些什么呢，说油葱有时候遇到困难户不仅不收钱还会自己掏钱出来？可是对方有宏伟的慈善计划呢，而且已经在三家敬老院实施了，拿到了数据和充满笑脸的照片作为呈堂证供。说点别的，说妙香姑婆对丧家很体贴，跟许多人都成为朋友？可是对方有客户管理计划，不仅要负责一位客户，而是做好了送走对方世世代代的准备。再说什么呢，说阿彬叔力气很大，身板很硬，经常吹嘘自己可以再干上三十年？可是对方是一家公司，只要愿意出价，他们可以每年为自己吸纳新人，永生不死。或者，让油葱上来，说那个猫与尸体的精彩故事，让每个人都求着他讲完？还有用吗，油葱的故事在此已经不吸引人了。对方还有“人生后花园”“心灵栖息地”“子孙荫福坛”各样了不起的词语，把死亡生意做得如同房地产一样诱人。

但小菲最后还是豁出去了，她想自己有尽力在装镇定，她不知道自己说了什么，但是就用妙香姑婆曾经教她的，就放胆讲，让他们觉得没听明白是他们自己的问题。可最后，还是没能讲完一半，就被硬打断。“这家根本没资质来讲，连预先提交材料都没有的。”然后小菲和油葱就被赶出去了。

大门是两扇巨大的铁栅栏，死死关上。油葱被推了一把，没站稳，身上那件最好的衬衫滚了尘土，手上的资料也散落一地。小菲赶紧冲过去，把他扶起来，幸好没摔伤，头也没有磕出一颗夜明珠。小菲气得对着门内大骂，蹲下把资料捡起，整好递给油葱，说，真不公平，也没有事先通知要提交什么材料啊？

一直没说话的油葱突然叫一声，小菲你转过去！小菲看见油葱解裤带，赶紧闭上眼睛转身。然后就听到水声倾泻而下，噗滋噗滋打着地面。油葱对着门撒了泡尿，然后把随手的材料沿尿河扔了进去。

油葱说，好！咱就来提交材料！

小菲也把手头打印的那沓纸往门内扬，忍不住也高喊一句，我是你阿嬷！然后就跟油葱一起走了，强装着镇定的脚步，心里却很怕有人追上来叫他们把地板清理干净再走。

但小菲也知道，就算这样，他们也一点都没赢。或许他们就像个笑话。

两人一直无话，坐车去轮渡。车上座椅对面坐着一位阿叔，绿色的双人塑胶椅上，他占了一座，另一座给了他请来的朱红佛龛，他安心地靠在上面睡着了，随着车子摇摇晃晃。何等的神佛，却也只是在一只小笼子里。

21

这几个月，也不是没有好消息。

第一是小菲工作有了结果，两个同样好的职位，都有外派机会。一个就在对面大岛的瓶装饮料工厂，负责对接瑞士。另一个在上海，两年后通过考核就去英国总部工作。

另一件好事，是赵保罗在小岛商铺组织的中秋博饼大会上，掷出一个头奖——状元插金花。奖品是高级酒店别墅一晚，位于对面大岛新开发的白色海岸。整栋酒店别墅，共有两大一小三间房间。惠琴和赵保罗这两年来都没休息过一日，最近终于请了帮工，就想带着油葱、妙香还有小菲一起去，给众人欢喜一下。

小菲觉得好笑，为什么大家都生活在靠近海滩的小岛，结果难得出来，又是去对面大岛的海滩。而且那几天两个职位都在催她尽快确定，她本想自己好好安静规划、比对一下，再做选择。但妈妈惠琴就这样直接定下行程，似乎完全没有问小菲意愿的必要。小菲知道，自己只要还没正式去工作，又没在读书，时间就不会真正属于自己，永远要被家人们好意切割安排。现在的她自觉已经成年，可在家人眼里还只是过去的孩子，是一瓶液体，用以灌注大人们认定的空隙。或许要过些日子，他们才能真正看见她。而她，也需要时间去凝成一块有自己形状的固体。现在没必要多起争执，于是她顺从。

那天，到了白色海岸，大家都说这是片别扭的海滩。

本该平滑的沙滩出现了古怪的沟壑，一道道大地的妊娠纹。油葱一瞥，说这里是人工造的，准是从外地运来的白沙，往滩涂上倒，硬是把泥地变沙滩。但是海不习惯，它三推两推，假沙滩就会现原形。

但是天空不能作假。小菲看见天的左边堆积着薄粉红的云，右边则是芋泥紫。海的远处，飞机低飞，白桥上橙金的灯亮起来。有海风先滑过棕榈再从她的头面拂过，再高一点的木棉和凤凰木千千万万的叶片发出敲击的钝响，低处的夜来香稳稳不动，发出香气。这样的双色天空在以后的时日也会再度出现，那时候，小菲就会再度陷进一团透明温暖的雾气中去，感觉灵魂飘出去一些，感觉每一棵树都在欢迎她，等着拥抱她，似是故人来。她还会想伸出手去抚摸它们，每一棵，就像现在一样。

此刻的海岸上，有许多废墟，很多低矮的瓦房正在被推倒，远处已建起密集的高楼。小菲看见高楼的缝隙好像彩色导管，底部是蓝紫色，然后慢慢红上去。

小菲蹲在这假沙滩，想着，如果选大岛工厂的机会，离家不过是十分钟的船和一小时的车。但如果选上海，就要去那么远那么远，会下雪的上海。小菲觉得选上海的工作机会更对口，薪资和晋升条件也更诱人。更隐秘的，是她总想独自远走，不知道是不是做海员的父亲，在她血脉中埋下的密码。她想去完全陌生的城市，靠自己站立住，养活自己，那么家人就能真的尊她为一个成年人了。而且去更远的地方，妈和赵叔也不必有什么挂碍，两人把自己的日子过好，她也可以多赚钱为他们分担压力。可是跟油葱提案失败的经历，却让她开始有点犹豫，自己纸上谈兵学习了多年，究竟有没有能力靠自己在上海赚吃？

菲啊，紧来，来看大别墅咯！小菲的思绪被惠琴打断。

他们走进别墅酒店，赵叔有点懊恼，什么高级酒店啦，都是鼻涕糊的，墙皮一碰就掉。妈妈惠琴却很开心，不停让小菲给她拍照，但过一会儿又紧张兮兮地掏出手机，看有没有店里帮工的未接电话。油葱笑着安慰，免惊啦，没我们，世界也照样转。

晚餐是酒店送的烧烤大餐，天黑之后，别墅庭院的灯泡悉数亮起，一颗一颗巨型的暖光珠宝，把身处晦暗地带的这座房子映成了光明的避难所。小菲看见油葱捧着一大篮百合，花朵有人脸那么大，喷射着浓烈的香气。油葱说今天早上他们送去布置葬礼的花，被全数退回。殡仪馆宣布，今后只能使用合作商的鲜花布置服务。油葱还真是不浪费，把所有百合都单独拔出，带来布置餐桌。

赵叔包揽了烤肉重任，妈妈在旁边给大家泡茶搅咖啡。本来大家最讨厌小岛上那些密密麻麻新开起来的烧烤店，油烟乱喷，污水猛排，地上也弄得湿滑黏腻，但现在看来，人家也难做得很，单单要烤熟就不容易。

各种烤鱿鱼扇贝大虾烤五花肉馒头片之外，妙香难得今天状态很好，身上穿着那唯一一件没被淋坏的旧旗袍，呈现玉的质地。带来一大盒独门煎春卷，面线糊和蚵仔煎。妈妈和赵叔也让小菲把卤料和馅饼摆上桌子，还有整整一桶的肉燕汤。小菲把芒果菠萝切成细块再撒上像缤纷的红宝石的石榴粒，摆在酒店送来的焦糖蛋糕旁边。油葱竟然也拔了毛，让人骑摩托送来了两大包土笋冻和白灼章鱼，真是天上下红雨。众人才不管什么咸甜中西，硬是让所有的菜肴挤满了原木桌子，拼凑一场繁盛的筵席。

大家正准备开吃，油葱突然站起来，手中单薄的塑料茶杯因为水太烫而变得有点软。他说我来给大家宣布，今天要和妙香补办一下。大家应声起哄，妙香姑婆轻轻拍他说，哎哟别三八啦。油葱的灰西装里，穿着竞标那天的衬衫，彼时沾上的泥点已经洗得一干二净，衣服比雪更白。他随手拿了桌上开得最大的一朵百合塞给她，又弯下腰把衣服给她披上，说这是送你爱情花，送你鸳鸯被。妙香姑婆嘴上说你这是在起疯，可是脸皮烧烧，笑得波纹荡漾。

油葱举杯对着惠琴说，少年时不会想，第一怪没缘，第二怪我浪流连。误了你母也误你。如今重新来做起，先感谢你支持。惠琴说，哎哟，我母潇洒去了几十年，你以为她还顾念你呀？把日子过好就好！油葱点点头，然后对妙香说，这次我不会再跑掉，一步也不退。一直到老，心肝只为你扑扑跳。来，水某（漂亮老婆），陪你老公跳舞。结果妙香姑婆一把抱上来，油葱又逗趣，说别抱了别抱了，抱得我血压蹿上来，脑筋差点断掉。

小菲笑得嘴都僵了，还是忍不住笑，掏出手机一边放音乐，一边为他们猛拍照："初恋爱情酸甘甜，五种趣味唷……"妙香最近似乎忘掉了许多事，但年少时跟她阿母学的舞步却没有惰怠分毫。她搂着油葱转圈，两人的手坦然搭在一起。"若听一句我爱你，满面是红吱吱。"他们旋转，像两股轻盈的烟雾。小菲把妈妈和赵叔也推出去，向来害羞的赵叔一跳舞却像个凶猛的斗牛士，而妈妈正像跳舞的牛，满地乱下蹄，摇摆着晃得面红。短小的草都被四人踏在脚下，巨大的黄金树叶清脆地掉在草坪上，推进海里就能变成船，向更远处航行。小菲趴在桌子上，瞥见远方跨海大桥上的车流，正向大岛东面的城市中心输送着亮晶晶的血。

吃完饭，油葱想去海边走走。赵叔和妈不想动，留在庭院里泡茶。这一区是新开发的，其实除了沙滩并没有什么。背后成排的高楼也没人住，灯光暗淡。小菲扶着饭后有些迷糊的妙香姑婆跟他一起慢慢行。有细足水鸟飞到他们面前的沙地，翻找蛤蜊吃。小菲想起当年油葱说的故事，笑问阿公，你还记不记得，那被鸟叼走老婆的少年人怎么样了。油葱说，故事里,他就每日傻坐海边啊,憨呆。要是我,上天入海都跟着追。

继续走着,油葱问起小菲找工作的事,她就如实说了。油葱说竞标的事,你不要往心里去。其实不是外地人的问题,是我们自己没路用。不是你的问题,是我们这辈人没路用。但我们能搞成这样,已经很可以了,所以没人好怪。你就去,到时候杀到上海去,去上海去北京,去伦敦去纽约,外面才是学东西的地方。咱们祖辈不也都是下南洋做生意吗?他们都没在怕的,倒是我们这些老的,总缩在原地。妙香姑婆突然搭腔,阿母,我支持你,上海才是跳舞的好所在。把事业做大!油葱哈哈大笑,把妙香姑婆搂在怀里,哎哟老番癫啦,如今全力照顾你就是我的新事业。

他们还没走到海边,小菲就听到海浪的声音。这片巨大水域坦然地传递着它的心跳。东面的小岛是它的心脏吗?小菲看到海,第一反应就是去寻找他们的小岛。可她突然一惊,看见远处黑暗海洋中漂浮的一颗颗人头。原来是一些夜游者。无灯照耀的海是灰色的,就像水泥沼泽,那些人顺从地在里面浮沉。近处,红树林长在乱石海滩上,被海水淹了大半。红树林边上,有人在挥舞鱼竿,姿势像在挥小提琴。沙滩上,还有人拿着金光熠熠的手电在照。憨人,是要在沙子里找金子吗?除了零星的人,还有灰老鼠在沙滩边缘的垃圾桶之间穿行。

小菲找到一块平整的石头,扶着妙香姑婆坐下。油葱却独自前行,把身上背着的袋子取下来,掏出一只小号,他练了这些年,已经能吹奏曲子了。沙滩上那些不自然的裂沟,在涨潮的时候,就倒灌进一条条河。天空是磨砂黑紫,水流中映着月亮的清辉。河流末端,油葱赤足,吹一只金光凛冽的小号。此时发出的乐音,会永远伴随那股清凉的空气和海潮声,封藏在小菲脑海深处。

小菲不知为何,突然不忍看这片发出微光的沙滩,也不忍看海对面霓虹耀眼的城市,只觉得一切都太美,一切都隔着距离,一切都已失去。安静端坐在礁石上的妙香,眼睛像闪烁的星,下垂的裙摆连接着大海散开的波纹。海风拨弄她鬓边的白发,她也变成了一条河流。她在流淌。小号的声音是播撒在她身上的白金丝线,妙香散发出月亮一般的光辉。

小菲在当时嗅闻到一股气息,无言无语也无动作,却与她将来感受的忧郁类似。她后来回想,当时远处的小岛,是不是已经知道了未来要发生的一切。她想,自然中的造物能看见的东西,远比人多。岛可以看见那些人眼所不能见的对象,它们来去往复,充满空气,传递着信息。因此,岛屿当时自动选择了能解读它讯息的先知,弥漫出一股微凉的伤感,让此刻的小菲,在怔忪中提前体会过未来。

22

小菲临去上海前，妙香走丢了。

众人一通找寻，都没消息。最怕是海边，油葱惊得脚发颤，在各个海滩徘徊。小菲在商业街扫了一圈后，又跑回福寿一条龙，还是没有妙香的踪迹。店铺依然打扫得干净，但空气里的臭味却越发浓烈了。小菲想着是不是鸟屎没清理，走到鸟笼边，八哥突然开始叫着，出山，上山，出山，上山！用的是妙香姑婆的嗓音。油葱跟小菲说过，妙香开始迷糊的时候，八哥却突然能说她的语言。或许这只鸟咬住了她飘出的半个灵魂。小菲猛地想起，没去山顶迷宫里找过。她年轻，手脚快，一口气冲上山顶。山顶的空乐园已植物满溢，低矮的石榴丛结出的果子厚亮，在枝叶间发出耀目的光芒。汁液饱满的莲雾掉落在厚青苔上，有些被麻雀啄去，有些安静地腐烂，空气中弥散着果子清新的香气。没有人。

小菲正要走，听见干燥的叶子传出微声。小菲循声而去，在乐园白色迷宫的中心，看到了坐在枯叶上的妙香姑婆，阳光照在她的脸上，她的眼眸凝雾。准是其他人来找的时候太着急了，才忽略了这个角落。妙香姑婆的灵魂困在坡顶的白色迷宫里，她肉身到达迷宫时，她的意识又回到地下洞里，念叨着：洞下黑。洞下黑。两个人总比一个人好。一个人总比两个人好。小菲知道这两句话都对。这两句话都是爱。小菲想拉妙香姑婆起来，但被她反抗着拒绝了。都是小老太了，力气还那么大。妙香姑婆，我是小菲呀。妙香姑婆一脸不悦，叫我妙香，谁是姑婆？好吧妙香，小菲也坐下来，让她靠着自己的肩膀。凤尾蕨长得乱糟糟，猫爪藤缠着莲雾树。赤红的凤凰花碎裂飘落，镶嵌在冷水花丛里。白色的迷宫墙上，画了一个巨大的红色“拆”字。

本来这天油葱和妙香姑婆应该出发去旅行的。

油葱说，攒了一辈子的钱，现在也没那么忙了，该出去玩了，跟妙香去邻近的城市走走，在省内走走，以后再走远一些。所有的行程，在小菲的帮助下，都定好了，油葱也学会了用手机查地图和酒店。他说这些学一学就会了，他有几个朋友快九十岁，还能去自助游呢。

可是就在去机场之前，妙香不见了。如今找着了，却也错过了飞机。小菲肩头的妙香，脸上斑纹越来越多，像一张异世界的地图，眼睛露出天真的神色，身体轻轻地左右颤动，就是个脆弱的孩童。

小菲心里有许多话想对她说，却不用说出口。如今妙香有一半成了植物，发出的香气愈加清晰，身体轻微的震颤里，她似乎已经吸收了小菲脑中的念头，并缓缓地点着头，把身体里封存的智慧再从互相贴着的皮肤分泌出来，膏抹在小菲身上。无须多言。小菲在此刻，觉得两人无比靠近，于是怜惜地握着妙香的手。油葱接到小菲电话后就带着众人赶了过来，看到赖在地上的妙香，从袋子里拔出一瓶可乐，喝不喝？来，起来。妙香就乖乖地站起来，跟着走。油葱搂着她，爱怜地叮嘱着，别跟我玩捉迷藏，你知道我自小就玩不过你，不能再乱躲了知道吗？

把妙香送回去后，小菲单独找油葱，想把自己攒的一些钱给他，可他拒得手快脱臼，就是不肯要。小菲之前想给他们出机票钱，油葱也是差点发火。憨孩子自己还没开始工作，把钱都存好收好！自己身边要有钱，才不会让人随便夹起来配！知道吗？小菲只好点头，坐着看油葱把行李箱打开，惠琴帮着他把东西一件件取出来，再放回原位。他连热水壶和瓷茶杯都打包了，还有两条骚气的菠萝泳裤以及那支擦得发亮的金色小号。小菲想起油葱神气地跟她吹牛说，以后去外面旅游，就靠表演这个小号还能赚点零花。惠琴一边整理一边说，希望油葱妙香跟他们搬到一起住，这样大家一块照顾妙香也方便。但油葱总是全力推托，说各有生活，他还有气力，就各自过，才自由。惠琴再坚持说她要出钱把这房子再装修舒适一点，油葱就突然严肃，说琴啊，我没为你做过多少，但我稍微做一点，你就给自己背上负担。没必要没必要，父女俩不讲这个。有余钱就把饼店好好经营，生意还不稳呢！

机场离别时，小菲对油葱说，阿公，你要多休息！等妙香姑婆身体好点，我再带你们去旅游。油葱说，顾好你自己啦，放心啦，你阿公是一尾活龙！进安检的最后一刻，妈妈惠琴喊，小菲要早点睡，不要做暗光鸟！赵叔和阿彬没话，就是用力挥手。

小菲过了安检就赶紧走，不敢回头。那天在迷宫里，妙香倚着她，突然冒出一句：别回头，会变咸。小菲懂得，先回头的人，就变成盐柱，意识都被盐腌渍了脱水了，人就再难前行了。她要狠着心，开始自己的日子。

23

大城市嘛，生活也未必更好。工作，百分之八十的时间都在吃屎，但有百分之二十或者更少的闪光时刻，就能让小菲感觉满足，感觉自己踏实地赚钱。虽然加班很多，有时候也在心里痛骂公司，但工作，让小菲得到了在这个城市坦然生活的方式。时间，在各种流程表格甘特图的切分下，一块一块地被碾碎，换成KPI的数字。小菲慢慢悟到了妙香教的方法，把过往的好日子储藏在罐头里，需要的时候就拿出来饱餐一顿。越是光芒四射的记忆，越耐嚼，但不能只反复嚼那么一段，也会变淡。是的，整座岛屿都被她放入罐头里，长久保存，易于品尝，以不容僭越的铜墙铁壁包裹住。

妈妈惠琴开始不能免俗地催她考虑结婚。幸好离得远，小菲挂了电话就能轻易斩断这些从岛屿上绵延而来缠绕她的丝线。妈妈忍不住唠叨的时候，小菲乖乖地说嗯，嗯，但心里不知为何，总响起妙香姑婆跳舞时爱播的那首歌：摇摇摇落去，爱情算啥米？偶尔休年假，需要谨慎数算时日，有多少日用于回家，有多少日用于未知的异地。小菲还有太多的地方没去，日本，泰国，或者去云南走一走。她试过邀请妈妈和赵叔，但心里知道，他们是不会离开岛屿的，哪怕现在经济有所好转。油葱也不再提出去旅游的打算，毕竟现在妙香姑婆的身体难以支撑旅途劳顿。只是小菲每去一个城市，就会给他买一件当地的纪念衫。这是油葱要求的，就要那种，很大很大的字，写着我爱曼谷。我爱东京。我爱丽江。我爱上海。我爱台北。每次给他，他都迫不及待地套到身上，问小菲，有帅没？小菲也总是会说，足帅的。

小菲每次春节回岛的时候，会去陪油葱和妙香走一走。他们若累了，小菲就自己走上通往山顶的路。冬日雾气如帐幕，笼罩着石路。她不再觉得这岛屿窄小，反而因为距离与平时的劳苦，让她感觉这岛南风轻，花香浓。她小心翼翼地踏着长满青苔的石块，看见山腰的古早墓园。小菲靠近。百年前的墓地，如今被当作文物保存着，她从未进去过。如今那铁栅栏朽坏了，轻轻一推就开。她在墓园里坐了一会儿，最中心处有个显眼的石碑。小菲走过去，看见油葱说过的，那个刚到岛上就去世了的外国人，短促的生卒年份。他的墓碑旁边还有几个与他同姓氏的人，生得比他晚，在岛上建筑医院和学堂，直到年老才离世。或许是之后追寻他而来，同样葬入这座岛屿的家人吧。

小菲继续阅读其他墓碑。那些墓碑群里的人，他们曾经劳碌，他们现在静止。一代又一代如同潮水扑来，但都获得安静的结局，封锁在石头里。她开始想，围着世界绕一个大圈走进坟墓，还是守在岛上绕一个小圈走进坟墓，步数会有不同吗？

但是决定好了要走出去，她就不回头，不逃跑了。如今事业一路向上冲，外派出国的考核已经过了，下个月就要去爱丁堡工作。妈妈没有多说什么，只是给小菲整理了一个棺材那么大的托运行李箱，不管她带不带得动。赵叔会偷偷跟小菲说,你妈已经把你的工作成绩宣扬得整座岛都知道了,都有点讨人嫌了哈哈哈。

这次回来,油葱的店已经几乎关停了,只有一些寿衣和金纸还凌乱地堆在橱窗里。门口鲜花倒是开得愈加繁盛,色彩热闹闹地延烧一大片,像个私人花园。每年外地的老朋友还会给油葱寄来一箱水仙,但他的手因为风湿疼痛,不再能握着雕刀细细雕刻,而是直接种进土里,让水仙直愣愣地恣意生长。花盆旁还有一箱空可乐瓶,在角落里被阳光灌满。

阿彬如今转去帮忙儿子的生意,但还经常来找油葱泡茶话仙。惠琴和赵保罗每天忙完了都过来,带点茶配小吃。岛上的餐厅越开越多,有时候他们也会买来新鲜的菜式一起尝尝,然后一致同意还是妙香做的菜最好吃。

油葱兴致很高,兴奋地给小菲看他朋友送的一张明信片。说实话,小菲觉得那朋友并没有什么诚意。明信片上是座哥特式的教堂,一看就是免费的卡片,上面也没写任何文字,没有邮戳,就直接带回来了这么一张卡片送给油葱,好抠门。只是那暗色高耸的建筑,确实有摄魂的力量,让人忍不住一直盯着看,好像那插入天际的尖顶,变成了一道连接天地的梯子。小菲抬头说,阿公,我认得上面印的地名,当年那家德国老夫妇,就住在这附近。明年我有机会去,就帮你把这张明信片从那里寄出来给你,会带着那里出发的邮戳。油葱说,那当然好,这张就给你保管。

小菲顺势把两块带追踪功能的电子表递给油葱,年终奖金买的,这次不能不收了,有了这表,就不怕妙香姑婆走丢了。油葱笑笑说,伊近来很乖,根本不会乱跑。她再辛苦都跟着我,我也会跟着她,一步都不退。小菲帮着油葱把躺在床上的妙香姑婆架起来,吃一点东西。粗手粗脚的油葱,现在也会煲出一锅软烂好入喉的汤。小菲轻轻抚摸妙香姑婆的脸,她的发型整齐,衣服干净,被很好地照顾着。她蒙昧的时间似乎越来越长,但有时候也神采奕奕地坐起来,打开饼干盒拿出一块肚脐饼,正是小菲妈妈每周送过来的。小菲接过剪子,帮着给妙香剪指甲,脚趾上发黄的厚趾甲,就像化石一样,每一颗都要用尽力气才能修剪干净。油葱也会如往常一样,问问小菲工作的事。小菲拣轻松愉快的内容说了些,他却开始露出迟缓吃力的表情,不再如过去那样多做应和,只是把头垂下去。最后说,好,我们小菲真正出色,不像你阿公就是个俗仔。看到你这样,我放心了。

小菲说,阿公黑白讲,你是我见过最勇敢最聪明的人。我要去欧洲工作了,你们把身体养好,这次让我来安排,你们就跟妈和赵叔一起来。油葱说,以后再说吧。厨房里传来短脆的吱吱叫,小菲说,如果店不开了,我给你们买只猫怎么样。油葱说，谁说不开了，总也还有人找你阿公帮忙呢。小菲说，这店铺多找找买家，后面可以换个阳光好点的房子，怕你们在这里会湿冷，遇到南风天，墙壁都狂吐水。还有这下水道的味道，真是越来越浓了。油葱说，要换的要换的，以后再说。小菲还要多说，油葱就嚷，哎哟碎碎念，现在你真的很像我阿嬷。小菲说，对啊，我是你阿嬷啊。

油葱伸出松枝一样的手指，轻敲了小菲的额头，死小孩，没大没小！

好啦阿公，你等我，我很快给你寄明信片。到时候还会给你买很多很多T恤，让你全岛第一帅。等我赚够钱，买个大房子一起住。你们一定要照顾好身体。

天色渐晚，黄昏拖着长长的头纱庄重地步入地下洞，油葱送小菲走到商场楼梯边。小菲闻到樟脑丸的气味，从店铺里向外流淌。鞋子踩过时，地上的碎砖像一只只眼睛，嘎巴发出眨眼的声音。

小菲不让他送了。她抓住油葱的手掌，低下头说，对不起阿公，我没有一直在岛上陪着你们。

油葱说，陪个头啦，陪什么陪。你有你这年纪该做的事。我们这些老的，迟早要走进那个火窑里面的。倒是你，不要被限制被捆绑，跟你说，青春日子过很快的，跟飞一样。好了，快走吧，下一班船还有十分钟就到了，你快去。

小菲走上楼梯，扭头看见油葱正走回店铺，他变得如此矮小贴地，头皮露出来，像一座正在浮游的温暖孤岛。小菲把手浸入橙黄浓稠的阳光里，继续向上走。只是寥寥几步，她突然对这一时刻感到无限留恋，如果可以，她想拿儿时的小勺子，把此刻的氛围一点一点舀进玻璃瓶里。

阿公等我，我迟早要回来的。

24

小菲一到欧洲，工作就自动刮起旋风。她像在夏日晒烫的石板上跳舞，从爱丁堡到伦敦，又从伦敦到巴黎，再从巴黎到柏林，项目一个接一个。

幸好她都扛住了，终于等来了圣诞假期。放假头几天，小菲还是窝在住处继续没日没夜地办公，最后一刻才赶着去了那对德国老夫妇那里，那对在小岛上失去孩子的老夫妇，这些年一直坚持邀请小菲，这次终于成行。他们告诉小菲，彼时那个倒在地上哭泣，失去双亲的小孩子，已经长得比她高些，而那对老夫妇也苍老许多。这孩子继承了他爸爸的名字，如今生活在亲叔叔家里，融入新的家庭，被长得像自己的哥哥妹妹们包围着，他重新感觉安全，不再咬人了。

本是快乐的假期，但小菲心里总泛起些不安。这些天跟妈妈打电话，她总推说在忙。给赵叔发信息，也回得特别迟缓。她赶紧把出国前强逼着这群中老年人做的体检报告拿出来又读了一遍，再猛翻一遍油葱那花花绿绿的朋友圈，才稍微能安心一点。老一辈人总是讳疾忌医，又顽固透顶，让她有些恼火。但假期是个奇怪的东西，不管工作的时候如何计划假期要大玩特玩，人一旦松下来，身体反倒累得什么都不想干，连脑子也不想动，只想睡觉。于是，她也没有力气多追问了。

小菲到德国的第二天，在梦里看到了无头鸡的舞蹈。醒的时候，她想起来是小学那个暑假，在油葱的山上看到的那只。那时候的鸡群里有一只鸡，台风天被鸡棚掉落的钢板削掉了脑袋，但奇怪的是，它的身体还活着，还能到处奔走。油葱看它可怜，常常用一个针筒往它食道里喂吃的。那无头鸡也活了一阵，小菲开始看它还挺害怕，后来习惯了，也会帮着喂它。直到有一天，那鸡跳到小菲面前，在噼啪落叶的杨梅树下，旋转着，起伏着，跳着没头没脑的舞。在那之后，那只鸡慢慢地屈身，在地上安静地死去了。小菲记得，她的阿公油葱领着她，把鸡埋在山上最高处那棵树下。十几年过去了，她从未如此清晰地，在梦里重新见过无头鸡跳舞。

小菲醒的时候，还是夜里，外面还在绵密落雪，窗户都被厚雪封住。室内暖气充足，她朝外望去，黑白世界。天地都被安放在雪的墓穴里，一片静寂。她的心有些阴沉，像被石块压住的蚯蚓。

后来她知道，这或许就是预感。遥远的岛屿，传递讯息给她。

第二天，小菲与德国老奶奶去杉树林挑了一棵圣诞树，用网打包拖回家，摆上了点火的蜡烛。德国这里圣诞节用的是真蜡烛而不是彩灯串，小菲有些提心吊胆，害怕任何一根蜡烛掉下来，就把满树的彩球糖果拐杖和树下的礼物都烧掉了。她准备的礼物里，有个“烟人”木偶很有趣，把它的身体打开，放进去点火的香料，烟雾就会从木偶人的嘴巴里喷出来。他们说，这是纪念数千年前，东方三智者献上的香膏。她多买了好几个，打算下次带回去送给家人。

百年不遇的大雪还在继续，封藏了所有交通。

25

在岛上，从幼儿园时孩子就会说：“啊你啊你要知死。”惹了什么麻烦，也会被骂“你得知死”。知死，是时间的开始。人类先祖吃下果子，眼目被死亡刺得明亮，于是时间开始了。但给人足够长的安稳时间，人就以为死亡永不来临似的。一旦意外、疾病、灾难、战争降临，人又猛然惊醒，知道时间根本不归自己管。

接到电话的时候，是平安夜前一天。

那时，小菲搭上了小镇好不容易恢复通行的班车，到市内转转，想着这几天雪太大，都待在小镇里没出来，今天无论如何要进城，找到明信片上的教堂。而妈妈给她打了视频电话。

视频电话刚接通时，妈妈说不出话，她在哭，她老了太多。小菲心跳加速，怎么了怎么了，快告诉我怎么了。

妈妈说，小菲你好好听我说，你阿公和姑婆前些天过身了。今天出山。

小菲感觉头壳被一棒子打得凹陷进去，整个人闷在一只锅子里，听什么都隔着遥远距离。

妈妈说，我们看到你发的消息，知道大雪封住了交通。人已经走了，你也不要急着要冲回来，我们也担心你。

小菲脚下一软，过了一会儿有路人来搀她，她才意识到自己一屁股坐在雪上，整个人化成一摊流质。

骗人。妈你知道，这类疯话不应该黑白讲。小菲狠狠掐自己。

妈妈一听，眼泪和鼻水一并滚落下来，菲啊你不要急。

赵叔说，小菲，小菲，我们就是怕你不能接受。你听我说，事情发生得很突然，你妈在医院里哭求了好久，但两人真的都没气息，心跳都停了。医生说是烟雾造成的窒息。

到底怎么了？小菲慌乱中掉了手机，又捡起来，屏幕边角被冰封的路面砸出雪花的纹路。

妈妈说，菲啊，是阿彬在路上先发现焦味，听见那只八哥飞出来大声叫。他跑下去，发现一条龙店铺喷黑烟。火燃得很快，阿彬试着冲进去却被火拦住了，大喊大叫都没有人应。消防很快就到了，可是两个人都已经去了。妙香总是躺在床上的，而你阿公竟也没能跑出来……

为什么啊？怎么会啊？小菲固执地问。是因为蜡烛吗？妙香姑婆有一阵子记忆退回到小时候，总是端着蜡烛到处走。是不是老鼠打翻了蜡烛？或者是因为那只用了太久的烧水壶和电路板？

妈妈说，甲烷爆炸，同一天，岛上第三起事故了。调查的人说的。妈妈知道，如果等你回国再告诉你，你会怨我们。今天是他们出山，我和赵叔商量了几日，还是觉得该连视频给你。

小菲说不出话，她还在拼命地想，甚至没想到要哭。她拼命要去咬住每个线头，证明妈妈说的一切都不合理，这一切都没有发生。如果能用自己的思虑，让人生命多加一刻多好。可她看见惠琴的双眼全塌陷了，在屏幕对面像个幽灵。小菲恨自己，为什么没有强迫油葱阿公和妙香姑婆搬出来，为什么不早点带他们出来旅行，或许就不会出事。这些年岛上餐厅暴涨，原来顶多就三家，现在开了上百家，岛上下水道还是百年前的，根本撑不住。

惠琴看见小菲眼神茫茫，说菲啊，这事怪不了人，都是注定好的。妈妈还是一副坚强的样子，却根本站不稳，全靠赵叔在她身后撑着。

阿彬眼睛全红，粗声说，该怪我，我怎么没有早点去找他，那天跑去钓鱼一无所获，就多在海边流连了一阵。都怪我。前些日子油葱开玩笑地说过，以后要给自己做带诗班的葬礼，不要搞一堆香啊金纸啊五牲什么的。这个老家伙啊，怎么好像能料到似的……小菲已经听不见屏幕那端说什么，她掩面在大街上痛哭，内脏轮番抽痛。

许久，她才又举起手机，葬礼上来的人很多，小菲看到一张张熟悉的脸。从岛屿搬迁出去的人们，所有失散的人，此刻似乎都聚集在灵堂里，围绕着中心两座鲜花装点的棺材。棺材里，油葱和妙香穿着当初海边宴席上的西装和旗袍。油葱的口张开了，无法闭上，小菲想，他依然还有很多话正在说。妙香却闭着嘴巴，她总是更懂得听。

生命。死亡。平安。未来。这些词语，原先组成内在世界的柱石，都被暴风雨卷进海里来回地刷洗。小菲不知道，这些柱石会一直崩塌下去，直至令她放弃再使用这些词语，还是说，它们会露出真容，换一层光泽回来。

告别式之后，阿彬叔接过了手机。

妈妈和赵叔分别捧着油葱和妙香的照片，一路走向火葬场。遗照正是那天小菲在别墅酒店为二人拍的照片，仓促转换成黑白色调。一切都太过慌乱。太过匆忙。棺材经过传送带。棺材在死亡的河上漂浮。焚尸炉是肉体烈火的窑。他们在火中经过一次，这是第二次。棺材形状的小船在红亮的火光中飞行，生命之海上，被金光系住的风筝。他们的灵魂飞走了，就像那只从火中挣脱的八哥一样。

火窑里出来的骨灰，大小不一的灰白碎块，却依稀能分辨出脚、手、身体和头的形状。皮肉已经消失散去，这是他们最后存留的形影。火葬场的工作人员出来，分拣入骨灰盒中。脚骨先放下去，然后身体和手的骨头再下去，最后是头颅部分放在最上面。不过十分钟，所有骨灰就这样进入了骨灰瓮。

随后，是漫长的黑屏。小菲手机因为天冷而自动关机了。

小菲盯着屏幕许久，才慢慢回神，觉得有种不真实感。火是热的。面对亲爱的人离去，小菲会忍不住一遍遍思想，当时他们究竟经历了什么。在全年无冬的小岛，洞穴本该是温暖的，却变得灼热。火是热的。生老病乐苦。生老病乐苦。

在异国在异乡的人，最怕接到这样的电话。接下来几天，小菲不肯受安慰，疯了似的到街上找旅行社或者是航空公司代理，她想立刻飞回去，可圣诞假期，所有店铺都关门了。她向最后一家店铺里张望，里面空无一人，一棵单薄的圣诞树站在中心，只有一枚银光闪烁的星冰凉地立在顶端。树下干草堆里有个木雕婴孩，曾在众人的欢喜中降生，可他降生的任务就是承受死亡。

小菲也不是不知道，因为普降的大雪，到处根本没有剩余的机票可买。即使买到了机票，回到那座岛屿上，却再也不能遇见油葱和妙香姑婆。他们的故事，算是结束了吧。

她很抱歉，接下来的几日让德国老夫妇的圣诞重新笼上了许多阴影，可是他们没有多说什么，只是每一次都安静地陪伴在侧。

26

假期的最后一天，小菲还是决定自己进城。

在城市的街头乱走，小菲突然想到，岛上方言里"烦恼"这个词，听起来像普通话里的"欢乐"。怎么说了这么多年，从来没有意识到过。原来世上万物都在哀哭，哪怕在欢乐中都有哀哭。爱可以暂时遮蔽哭声。可只要死还存在，生命就真是一桩悲剧。爱也是。结局只能是离别。

那场葬礼，视频那端阿彬叔他们手忙脚乱，真应该让油葱阿公和妙香姑婆亲自料理。他们一定懒得哭哭啼啼，而是一项一项地推进着流程，然后说，免惊，人生海海，日子照样要过。

小菲冻得脚趾发僵，可所有的店铺都关门了，她在路上一圈一圈地徘徊，只遇到一位没有下班还在卖气球的小丑，除此之外几乎没有行人。穿过巷子，店铺门紧锁，但橱窗都亮着。有家店铺卖纸灯，是卡纸做的巨大的伯利恒之星，里面藏着油桃大小的暖灯泡。明灯照耀，将她吸引。小菲看了一会，听见缥缈歌声，循声望去，她突然呆立原地。

这应该，这应该就是……

她仰头，看见了油葱明信片里的教堂。这家教堂还开着门，正在进行一场弥撒。席位上只有小菲。神父和修女十几个人站在台上，每句话都像在念，每句话都像在唱。清丽女声在男低嗓之上，飘浮，再飘浮，一路上升到破旧教堂的穹顶，那里有远年落漆的浮雕，有天窗，有光。穹顶之外，有风，展开翅膀如鸽子。

小菲突然想到，故事还没有完，她忘掉了油葱阿公的梯子。那是最重要的部分。在烈火的时刻，有梯子在雾中降下。烟雾弥漫的窑里，人就被熬炼成金子。

小菲闭上眼睛，看见黄金的男子，站在梯子的末端。然后苍绿的烟雾里，走出一位周身璀璨的白金做的女人，庄重地卸下脖颈和手腕发光的珠宝，轻盈地伸出手搭在他的手上。他们嘴对着嘴，眼对着眼，手贴着手。

那是油葱与妙香。他们拾级而上。向上，再向上。动作轻快，如同交缠的两股青烟。地下洞穴商城里，只剩两具黑黢黢的影子，一具影子慢慢攀上来，粘住另一具影子的脚，在绚烂明亮的火光里，开始相互依偎。而黄金男子和白金女人，当他们一路沿着天梯向上，就会看到浮在海上的发光岛屿，彼此粘连的松软大地，也能看到地上掉落的每一颗新雪、松针和沙粒。一切在他们眼前，都无所遮拦了，近与远不再分隔。死亡成了爬出子宫，跃出产道的新生契机。

他们会看见小菲吗？他们离去的时候，小菲或许正踏在冰凉的雪上，百年不遇的大雪，油葱和妙香此前从未见过的大雪。小菲身上裹着当年妙香姑婆送的羽绒服，像他们遗留下来的皮肤。洞穴中的老羊羔，端端正正地把自己活的皮毛褪下，覆盖到小羊羔的身上，再把死披挂在自己身上当作寿衣。

小菲睁开眼睛，自己还坐在长条木椅上。她小声擤鼻涕，却在空旷的室内发出回响。台上的歌者们倒没受影响，本来他们的歌唱，就不是为她。坐了许久，小菲掏出怀里温热的明信片，发现图中教堂尖端所指的天空，在下雪。那雪细碎晶亮，像白色沙子。

她从未发现这点。或者说，明信片中的雪，是刚刚才开始下的。

一个陌生女人的来信

黎紫书 / 著

收到信。

是信。不是电子邮件。既有实体，便如同肉身降世，得走过一封信必须经历的所有程序，才终于在这个冷不见雪的冬日，与其他信件一起被邮局的投递员塞进了你家门外的黑色信箱里。你把那一堆乱七八糟的信件从邮箱里掏出来，几乎便马上发现了它。胀鼓鼓的，虽然只是个普通不过的白色长条信封，但它毕竟与其他信件不同。那些由医院、电讯公司、保险公司或银行寄来的账单和月结单，信封上总开着小窗口，而且已预付邮资，无须贴上邮票；至于其他的，比如各种环保组织、人权或慈善机构寄来的劝捐信和宣传单，格式也相差不远，信封左上角总印着组织名号；收件人的姓名、地址都是工工整整地打印上去的，还印了一列条形码，无非在说明，你呀，只是万千收件者之一。

这封信却不一样。信封右上角可是实实在在又方方正正地贴了邮票的，盖上去的红色邮戳看着一丝不苟，仿佛邮局对待这信特别郑重其事。若真如此，当然是因为信封上那一笔手写字吧。虽说字迹有点蹒跚，却仍不失苍劲，可以看出写字的人曾正襟危坐，竭力要把字写好。这时代，光看这么个信封一五一十地将所有仪式做好做满，你就不免内心一阵激动了。

谁呢？是谁在白信封上用黑色走珠笔写下这几串拉丁字母？

收件人是你。姓名拼写无误，你自然认得。尽管在美国这里住下来不久以后，因为听不得人们四声不全，一再把你名字里的“兰”念成“烂”或“练”什么的，你索性给自己取了个宜东宜西的英文名。那名字说来普遍，不过是夏日时看见人家花圃里君影草开得铃铃铛铛，便来了灵感，信手从花名中摘下“Lily”一词，等于给“兰”字英译。此后这名字常用，多年下来已广为人知，再难得有人这么用拼音来直呼你的中文原名。因而乍见信封上的名字，你一时感到陌生，竟不能马上意识到，那是你。

是你没错。认出你自己，这感觉就像被谁开声指认，才想起来自己一直戴着面具，让你没来由地感到忐忑。你在厨房中岛那里找了把水果刀，裁开信封，抽出里面的信笺。好几张纸呢，折叠起来厚厚的一沓。那纸可不是常见的办公室打印纸，摸上去似乎比较轻薄，而且都已发黄，快成卡其色了，像是什么猴年马月的古物。你摊开纸张，说意外其实也不出意料，上面密密麻麻，都是打字机打出来的文字。天呀，这该是货真价实的打字机字体吧？你忍不住伸出手指触碰那些文字，它们高矮参差，墨迹不匀，当中许多弧形都怀抱一团油墨，或浅或深，看着像公立学校操场上勉力列队的那些邋邋遢遢的孩子。

一封用打字机敲出的信。一，二，三，四……满满的五张纸。这可比信封上的手写字更让你吃惊。然而手指头的触感是真的。那些油印字，每一个都力透纸背，快要凹入纸张里了。你想了想，要是在电影或电视里看过的不算，你还真没见过这么古色古香的书简。你几乎以为这信本身是一件旧物，便飞快地瞥一眼信头。不对啊，上面标明的日期距今不过区区数日。你心里嘀咕，怀疑这会不会是恶作剧，有人想要作弄你。可圣诞节刚过，愚人节尚远，况且你在美国这儿结交的朋友，即便不算有头有脸，也都是受过高等教育的殷实人。谁？谁会有这种玩兴？

信确实是写给你的。对方以最常见的“亲爱的女士”开头，依然正确无误地拼写出你的名字。你像考场上刚拿到考卷的考生，迫不及待地翻到信末查看落款，那里写着：

您诚挚的，
内奥米·弗里德曼

***

内奥米，内奥米。即便写信的人不说，你也知道这是犹太女性常用的名字。就连“弗里德曼”这姓氏，也让你不期然想起《资本主义与自由》的作者，那不正是个犹太裔经济学家吗？信里的内奥米对此没想隐瞒，开头她直接报上名来，说再过两个月呀，她就要庆祝一百零三岁生日了。

若还能再坚持一年，我也就像你的小说里那位房东太太，活成个一百零四岁的犹太人瑞。

“你的小说”——她这么说，你立即意会到她指的是哪个作品。毕竟你写作这几年来，虽然作品不少，却唯独那个短篇写过这么个人物——年逾百岁的犹太裔房东太太。说来你还为写了这人物而沾沾自喜过，觉得她形象立体生动，别具历史感和沧桑味，与小说里年轻的华裔女主人公相映成趣，两人间的互动也饶富兴味。有了她，你觉得这作品完成得特别好，因而在完稿以后，你将作品略微修改，把两个版本分别交给了国内两家不同的刊物，并且都被刊用了。然而这是个中文小说呀。虽说现如今这时代，有互联网勾连，地理之隔已不算回事，但语文是人类通天不成换来的诅咒。从古至今，各语文之间始终隔着千山万水，内奥米怎么会知道它呢？难道说，这位自称犹太人的内奥米·弗里德曼懂得中文？

当然，我与你笔下那位房东太太毕竟是不一样的。我比她幸运多了，我的父母在一战之前，随着移民潮经水陆路从俄罗斯迁移到美国。他们来了以后才相识和结婚，我和我的姐姐及一个弟弟也都在纽约出生，因此没有经历过欧洲那可怕的黑暗时期，不像你笔下的房东太太，举家被押到纳粹集中营，死伤惨重，唯有她和她的姐姐存活下来。

实话说，你这篇小说写到结尾了才端出这位老太太悲惨的身世，身为读者，我觉得真是一大败笔。这世上有太多作家(尤其是非犹太裔作家)但凡写到那个时代的犹太人，总不得不牵连上纳粹的恶行，硬要给小说注入一点从历史借来的悲情。这种陈腔滥调，只会使得小说不可避免地流于平庸。我这话不是无凭无据说的，我可是个十分资深的小说读者。我从小喜欢看书，父母虽然都是工人阶级，没受过多少教育，却特别纵容我这嗜好，而且就和你们中国人一样，即便是劳工出身，他们也都胼手胝足要让孩子上大学，希望下一代过上好生活。后来我嫁的丈夫是个会计，虽然与数字为伍，却也是个书迷。壮年时我尝试写小说，也给舞台剧写过剧本，我的先生则到死都梦想着要当个诗人，因此我们家里总是不缺书的。即便到了今天，我的先生去世十多年了，我依然每晚都得先读点书才愿意熄灯就寝。我的耳朵不太行了，眼睛倒还管用，看电视时听力跟不上视力，难免有所缺失，这才觉悟到文字的天地有多圆满——它总能做到自给自足、有声有色。

至于你的小说，那当然不是我的睡前读物。我可真希望自己能懂得中文呢。真可惜，作为移民第二代，我连俄语都不懂，只依稀记得一些意第绪语单词，那是我的父亲和母亲之间交谈用的语言；那是说悄悄话的语言，是争执的语言，也是倾诉的语言，可对着孩子，他们都只说英语，而且一辈子都说得磕磕绊绊。

说起来，我们家的成员似乎都没有特别强的语言能力。固然有些人能掌握双语，比如我们在以色列的一些亲戚，英语说得就和希伯来语一样流利，但那是学校的双语教育使然。至于美国这边，唯有我的小儿子因为年轻时在德国短暂留学，后来持续自修，迄今还能读写德语；其他人嘛，也就仅仅能用粗浅的西班牙语跟我的墨西哥帮佣聊上几句了。好在啊，我的一个孙儿两年前娶了个中国太太，弥补了我们家一直缺乏的东方元素。我的这位孙媳妇中英语双全，据说以前在大学里经常当口译员，一口英语说得比我们近两届的总统好太多了。正是她，因为我说只读过赛珍珠写的中国，她便说："那你该读读这年代中国人写的美国。"于是她就在网上找来一些中文作品，直接口译，一句一句，给我念成了有声书。你的小说，我就是通过这方式"读"到的。

"一个中英语双全的孙媳妇"——这多么醒目！看在你眼里几乎像道路施工点上常见的那些警示板上的LED字幕，一字一字闪着红光。你没来由地感到一阵心悸，只觉得呼吸和心跳加速，拿不准该不该往下读，便移开目光四下察看，甚至瞥一眼橱柜上方的摄像头，像是要查看周围有没有目击者。没有。当然没有。这么个冬日午后，丈夫上班去了，说是下午有个重要会议；儿子已在两个月前远赴法国开始他的新生活，就连往年最让全家人雀跃的家庭活动——到基灵顿滑雪——也不能把他诱回来；女儿青春少艾，一大早便随几个同学打闹着出门。偌大的房子一尘不染，落地玻璃门外的庭院一片清幽，只有门上挂着的圣诞花环还绽放着节日残余的喧腾。你移开目光再往远些看，天空干净得像是被庭院边缘一排高耸的香柏树打扫过似的，说是一片蔚蓝吧，可那蓝却是不通透的，犹似倒转过来的尼斯湖，越看越觉得深不见底，越要怀疑那里头藏着水怪。

你不由得又往橱柜上的摄像头看了一眼。

这种节后的日子最无聊了，本该有些活动的，偏是疫情连续两年下来，许多人已意兴阑珊，都提不起劲儿办聚会了。城里的一群写作同道，过去常有各种名堂和节目，要不在公众图书馆里办新书分享会，要不趁国内哪个知名作家出游美国,便张罗个交流会一尽地主之谊,或者干脆弄个圣诞或新年聚餐,好歹也叫人文荟萃,来年会有衣香鬓影的照片印在会刊里。你那时三天两头便往皇后区那一带跑,毕竟法拉盛多的是中餐馆,文友们到了那里就像解开一件穿了太久又束缚太过的紧身衣,纷纷敞开胸怀用比英语高八度的普通话交谈,南腔北调,乡音不改。

在这群人当中,你知道自己的自觉性比较高。无论到了哪里,无论在什么情况之下,你都不至于捏着嗓子说话。别说身处美国社会,即便以前在国内,从小到大,你那么优秀,受到那么多师长夸赞,甚至后来在中美两地上了最顶尖的学校,你也未曾有一刻得意忘形,反而时时警惕着,不让自己沦落到蛙鸣蝉噪中。文友们无不觉得你文静低调、言行得体、不爱抢风头,甚至还不怎么打扮,却又不失体面。你的一身衣着和手里拎的包包,包括赴会时穿的鞋子,看似朴素,可圈里的女士们只要有点见识,便能认出来那些都是十分低调的名牌。她们因而对你有好感,但凡有活动必然把你叫上,只因满堂花枝招展,最少不得你这样堂皇的绿叶。

你当然不以为自己是绿叶,反而觉得与这些人为伍会衬得你出淤泥而不染。谁说不是呢?这些同道写的作品你多少看过一些(私底下发给你"鉴评"的有,微信群里公开分享链接的也有),多半不过尔尔,许多连国内高中优等作文都比不上。就一面移民文学的旗帜张扬几十年了,搬来弄去不外乎电影《爱在别乡的季节》里藏着的老三样:离婚、疯癫、杀人。你还知道这些同侪其实都不怎么看书,就算有吧,阅读的视野也都止于80年代先锋派小说,从此不思进取,更别说外国作品了。这些人落地多年,把美国这边各种社会福利、税法和股票都摸了个透,现当代作家的名字却是叫不出一个半个来。你跟他们不一样,尽管起步晚,等到孩子都长大了才开始写作,但毕竟科班出身,也一直保持阅读习惯,加上英语底子好,中英文书都涉猎不少。这几年矢志写作,誓要把以前蹉跎了的光阴追回来,读书更是加倍用功,差点没回到年少时备战高考的状态。有了这些积累,无论学问或眼界,抑或是创作水平,无一不凌驾这些坐井观天者。

这时候,你不免想到,倘若这"内奥米"真有其人,并且她真如信上所说,一辈子醉心阅读;你要能早几年遇上她,大有可能与她结交,那么这些年你发奋写作,也许就能事半功倍。当然,若真是那样,你应该不会写出这个关于房东太太的作品了。退一万步说,就算写的还是这个小说,里头的老房东太太必然会是个不同的人。再退一万步吧,即便房东太太非得是个犹太人不可,想必也不会是个纳粹集中营里的生还者。内奥米说得对,这么写流于俗套,显得平庸了。

***

对于这篇小说的结尾，我固然不太满意，当时忍不住摇头，脸上必定也显出不以为然的神情，以至我的孙媳妇住口不念了，问我怎么啦，是作者写错了什么吗?

“我原以为这部分你一定会产生共鸣呢。”她说。

我得承认，小说这样写，尽管落入窠臼，却不能说“写错”什么。那年代一个居住在德国的犹太妇女，自然是躲不过那一场历史浩劫的。“可是老房东太太不是生于1908年吗? 1939年她三十一岁了，她的姐姐又更年长一些。姐妹俩都没结婚吗? 怎么会和弟弟以及父母一起被送到集中营?”我这么回答。我的孙媳妇瞪大着眼睛，也许脑子里在数算我提到的那些数字，也可能心里在嘀咕，以为我故意挑刺儿。

“没错，这有点怪，”她反应过来，“但它连‘瑕疵’都算不上啊。”她语气有点急，似乎自觉有义务为你的小说辩解——就好像我在她面前也总觉得自己有义务为民主党辩解——一再强调你写的这位老房东太太，形象特别生动，特别饱满，“简直栩栩如生!”

我只好向她解释:小说后面这么写，像打补丁似的看着碍眼，一点儿没有使得人物更丰满，反而令小说变得油腻可笑。

“正应了你们中国人那句谚语:画了蛇还给它画上脚。”我见孙媳妇神色不悦，便用这话转移话题。她果然惊讶，问我怎么知道这谚语。那是以前我从一位病人那里学来的——过去我是个心理咨询师，在曼哈顿下城执业超过半个世纪，九十岁才退休呢。虽然吉尼斯世界纪录没有记载，我却一直相信自己是人类历史上出现过的、年资最高的心理咨询师。这位病人与她的丈夫都来自台湾，夫妇俩在美国落脚多年，有过一番苦尽甘来的经历，如今两人生活富裕，在纽约和佛罗里达都买了房子。她成了我的好朋友，每年总会特地过来探望，还招呼过我在佛罗里达小住。我在曼哈顿有一座小公寓，自从先生逝世后便一个人守在这里。我倒是不像你写的房东太太，需要腾出房间来出租给外人。即便我想这么做也不行——这房子里东西太多了，它们多是我过去旅游时采集回来的宝贝。而且我这儿访客不断，儿孙和亲戚朋友们常来，加上墨西哥帮佣每周两次登门，除了打扫卫生以外，也陪我到楼下小超市里采买，或是扶我到隔一条街的发廊以及美甲中心。甚至呢，在不让我的儿孙们知道的前提下，我还会推着助步车，与她结伙，慢悠悠地踱步到再远一些的法式咖啡馆去喝下午茶。

人活到了我这把年纪，多少是个奇迹吧，也就自然而然成了后辈眼中的智者；好像年龄可以使人自动升级，变成白袍巫师或红衣主教什么的。譬如说这公寓有个年轻英俊的波多黎各保安员，上个月领着他的新婚太太来敲门，夫妇俩说要碰碰我的手，好得到我的祝福。也曾经有一位高头大马的俄罗斯女人刚搬进这栋大楼，因为听说楼上住了个百岁长者，便特地来叩门，想要与我聊聊天。哎，有时候我真希望他们能多给我一点个人空间，好让我安安静静地看一会儿书呢。所以啊，我并不像你笔下的那位老房东，成日坐在客厅，像被钉牢在椅子上；除了与房客偶有互动，便只能等着头发花白的女儿一个月开车过来两趟。

我明白我不该拿自己与你笔下的人物相比，更不该对小说里一个虚构的人物较真。而且我也无法否认：不是每个住在美国的犹太女人，上了一百岁，还会有和我一样的晚年。她们容或也有孙儿正好娶了个中国太太，却不至于也刚好有个在电视台工作的孙女婿，会拜托雷切尔·玛多[①]在电视节目上给一百零一岁生日的老人祝寿。但老实说，我总怀疑你小说里这位房东太太并不是凭空杜撰的，很可能真有其人——毕竟在另一个小说里，有另一个人也当过她的房客，与她相处了六个星期。

读到这儿，你的心仿佛含羞草受惊，霍地收缩。你不由得抽了一口凉气，这吸进去的一口气又让你的心房再收拢了些，几乎绞出些痛感来。你觉得这信不能读下去了，再读恐怕心脏会承受不住，然而信里字字句句如有引力，硬把你的目光拽到下一个段落：

就像不同画家画的两幅肖像，虽然笔法不同，但太多细节如出一辙，让我一眼认出来，画里画的是同一个人。只是啊，尽管来自同一个原型，然而两个小说里，我喜欢的是另一位老房东。

---

①Rachel Anne Maddow，美国电视主持人、时事评论员和作家，MSNBC频道晚间节目主持人。

信哪能这么写呢？这读起来不就像小说了吗？你忍不住回头细读，又禁不住喃喃自语，怎么有人会在信里置入人物对话，平添一种剧场效果和虚构性，使得信不像是信了。你愈发怀疑这是个拙劣的恶作剧，有人要整你；也就愈发觉得这位“内奥米”故作文雅的言辞怀藏着某种粗暴的恶意。是谁呢？谁是内奥米？你脑子里将那些于城中笔会或各种聚餐上寒暄过的、交谈过的、握过手的、碰过杯的、相视而笑过的、交换过微信号的、互赠过著作的写作同侪粗略地过了一遍。每一张超载了笑容的脸都乖张地向你凑过来，堵住回忆的出口。你越想越感到透不过气，越觉得房子里莫名地闷热。面前的落地门犹如玻璃幕墙，上面播映着明晃晃的阳光与风过树梢的景象。你再看看头上那摄像头，隐隐觉得这像是《楚门的世界》，你被放到了一个做实验用的玻璃箱里。

你把信放下，走过去一把推开落地门。凉飕飕的空气钻进来，像是你打开了一台巨型冰箱，里头放着一个冷藏许久、已经有点干枯了、不怎么新鲜的世界。你把头探到门外大口大口吸气。随着几次深呼吸，心跳逐渐平复，脑子里翻滚的思潮缓缓停歇，你逐渐看清楚了一个事实：你的那些城中文友，没有一个会是“内奥米”。

并非他们不可能整你——你出道迟，但几年里在国内连着出版了两本口碑不错的集子，又上过些采访，还有杂志请你写专栏，文友们难说不会眼红。只是你很清楚这些人的资质，他们当中不乏口蜜腹剑者，但缺少创意，绝对想不出来这么复杂的点子，也不会有耐性跟你玩这种拐弯抹角的把戏。再说，他们若能用英语写出这信来，自当全心全意当英语作家，瞄准普利策奖冲刺得了，又何须被贬谪到“华语写作圈”，流落成外室一般、永远入不得宗祠的海外华文作家？

所以，内奥米难道就真的是内奥米？一个与你素不相识、几乎像是跟你活在两个平行世界里的犹太裔老妇人？她就那么闲，因为在你的小说里遇见了另一个年逾百岁的犹太女人，就洋洋洒洒地给你写信，要跟你讨论这位老房东？这当然不对劲儿，可你在美国这么多年了，还真知道这国家有不少怪人，他们的价值观和行为方式异于常人，而且都特别执拗，会做出许多不可理喻之事。要说疯狂的读者，比内奥米更出格的应该大有人在，否则斯蒂芬·金哪来的灵感写出《头号书迷》，让卡西·贝兹直接把作家脚骨敲碎，绑回家里？

好吧，权当内奥米就只是个爱管闲事的老太婆，你也不敢说这是否值得庆幸。毕竟她在你的小说里发现蹊跷，把老房东太太指认出来了。你怀疑她是来敲诈你的，可仔细想想，一时觉得她字里行间有种返老还童般的率直，几乎诙谐可喜；一时又想起来文字的欺瞒性，便觉得那是一个饶富写作经验者在故作天真，正卖力演出她用第一人称给自己画定的人设。是的，内奥米的表演欲如此旺盛（她还给剧场写过剧本！），怎么可能只满足于仅对你一个人卖弄？会不会呢？她会不会同时也给“另一个小说”的作者写信，将她在你这小说里的重大发现告诉对方，好向对方邀功？

> 亲爱的裘帕·拉希莉女士，我是内奥米，来自纽约曼哈顿。我年纪很大了，比世上绝大多数人都多享了些岁数，但我不会说自己老得超乎你的想象，毕竟你写过比我更老的老人。那是一个非常动人的作品，我不得不说你把那位老房东太太写得十分鲜活。而我，再过几个月，就要和她一样，也活到一百零三岁了。

内奥米的笔调在你的脑海里盘旋，没错，就是这么一副倚老卖老的口吻！你几乎可以肯定，她若给另一个作者也写了信，信的开场白必然是这么写的。这样想的时候，你觉得自己看见了一个满头银发的白人老妪坐在一台打字机前，一脸自喜。她的背不免佝偻，脸上不免满布皱纹，苍白的皮肤也不免泛着犹如咖啡渍的老人斑，但她一身衣着光鲜亮丽，深陷在眼窝里的一对眼珠透着尼斯湖那样的蓝；额上是发廊里刚修剪吹洗过的头发；放在打字机键盘上的手指才做过护理，十片指甲都鲜红油亮。她的形象竟这般清晰，仿佛你今早才见过她本尊。就连她的所在—— 一所敞亮的小公寓，布置得像古玩店或者一座小型私人美术馆；墙上挂着大大小小的画；书桌上几册大开本精装书放得犹似书店里的陈列品；面目模糊、姿态乖张的人形雕塑随处可见，每一尊都像爱德华·蒙克画的掩耳战栗者[①]；周围的柜子里和架子上密密麻麻地放满了充斥异国风情的精致小摆件—— 一切历历在目，活像高清电视里的画面，直让你吓了一跳，然后才想起来这完全是文字搞的鬼！是内奥米的信！她没有一字提起过自己的姿态容貌，却暗地里使了手段引导你，让你这么想象她、“看见”她。

这么看来，内奥米是个写作能人呢。你忽然意识到自己被人用文字给戏弄了，这于你等同羞辱，便觉出对方的傲慢，不由得生气起来。可转念想想，美国民间总不至于遍地写作高手吧？许多美国人街头受访，还会把《白鲸》和《老人与海》搞混呢。那么内奥米会不会是个行家，一个用英语写小说的人？某个创意写作班的导师？又或者……会不会呢？她会不

①指挪威画家爱德华·蒙克名作《呐喊》（又译《尖叫》）中的人物。

会就是“另一个作者”？这想法太令人战栗。你打了个哆嗦，身子往后一缩，拉上落地门，转身回到身后的中岛，一把抄起岛台上的信。

***

你知道我说的是住在波士顿的那一位老房东太太。裘帕真是个极富天赋的作家，写《第三和最后一块大陆》时，她未满三十岁呢，但那小说笔法老练，每一笔都不虚，小说里提到的每一样物事都有它的作用，进而使小说产生意义。就说波士顿吧，那里不是比皇后区有意思吗？我明白你把老房东太太的房子放在皇后区，是为了迁就小说里的华裔女主人公，好把她安排到法拉盛的华人贸易公司去上班，再名正言顺地引进一些中国色彩。而裘帕呢，她倒是选择让一位孟加拉国青年走出他的舒适区，先离开老家加尔各答，再挥别他在伦敦求学时住在一起的一屋子老乡，只身来到美国波士顿，让他遇上“只把房间租给哈佛或麻省理工学院的年轻人”的老太太。你看到吗？这个房东可不是为了迁就谁或任何一个地方来的移民而存在的；她就像自由女神，她代表美国。人们从四面八方涌向她，只有最上进、最有学识的人才配住进她的房子。虽然啊，她那栋房子其实很简陋，不是吗？

裘帕这部短篇小说集是我每隔三五年就想要重读的书，其中这个老房东太太的故事更是令我着迷。它有着一种魔力，似乎随着岁数越趋近这个小说人物，我对她的言行便多明白一分，心里又要为裘帕的高超笔力多赞叹一下。老实说，我曾经想过给裘帕写信，就是像书迷那样把信寄到出版社，对她说说我对这小说的想法，可想到对方的文笔这般娴熟简练，便觉出自己的文字啰里啰唆，一股甩不掉的老人口吻，竟是连她笔下那位房东太太也比不上——她从头到尾没说过几句话，而且句子特别短，句句铿锵有力——顿时兴致索然，一个字也写不出来了。

给你写信却完全是另一回事。这是与裘帕的另一个读者交流。别跟我说你不喜欢裘帕；最起码，我知道你肯定很喜欢《第三和最后一块大陆》。这个短篇，过去二十年里我读过不下十遍了（由于你的关系，我昨天又读了一回）。无论是作为一个读者、一个已活过了一个世纪的老太婆，抑或是一个生于斯长于斯的美国人，我认为自己都够得上资格与你分享我对这作品的看法。而且我确实觉得这是必要的，因为啊，显而易见，你并没有把这作品读透。这话我可是认真说的：你要是读透了它，一定不会另外再写一个小说，把人家的老房东从波士顿给挪到皇后区。

把老太太放到波士顿真是一记妙笔。波士顿是个好地方，那儿是哈佛和麻省理工的所在！她就该雷打不动地守在那里，每天像个大将军似的坐在专属她的那一把椅子上！当然，你也一样写老房东太太整日坐镇在家，可你的写法只让人觉得这老妇人动弹不得、可怜兮兮。在裘帕的作品里，老房东太太的“动也不动”却有着多层意涵。我请求你把它找出来再读一遍，或者两遍、三遍，直到你能感受到那情景所透着的庄严以及老妇人那坚定不移的意志为止。你去看看，看那个“说起话来中气十足，甚至还有点专横跋扈”的老人；看她怎样地对上门来的孟加拉国青年大吼：“锁上门！进屋第一件事就是要锁门！听明白吗？”她又是怎样地为美国航天员登月成功而骄傲不已，甚至命令那青年，硬要他承认：“美国了不起！”—— 一点不理会人家的感受。你看到了吗，老太太那顽固又近乎无知的傲慢？你看到在一个孟加拉国来的青年眼中，美国这个国家是多么的骄横、强势，同时又是多么的脆弱、自危吗？

哎，搬去了皇后区以后，老房东太太虽然还穿着相同的衣物，也过着跟以前一模一样的生活，却只剩下一个躯壳，没了灵魂。

我读过许多优秀的小说，假如裘帕写的只是我上面说的这些，那我还不至于为它叫好。我的意思是：她若只是借着老房东太太反映第三世界过来的移民眼中的美国，那么这小说终究缺了深度。裘帕写的却是两者之间的交汇，写它们的冲突与和解。小说的叙述者（那一位孟加拉国青年）塑造得可真立体。用第一人称写的小说人物难得有这么含蓄又这般生动的。就连他从老家娶来的那位腼腆拘谨、放到美国这环境里显得落伍，或者说过度庄重的新娘，都意味着“另一种文化”。文化代表着传统，比起波士顿所代表的科学精神和对知识的追求，它人文而古老。它不能把一个民族送上月球，可是它的价值融入生活里，体现在人的言行态度之中。

你记得那位叙述者第一次交房租的情景吧？那可是小说里一个重大的转折点，有着丰富而深刻的含义。你若想把小说写好，一定得仔细观察！虽然在你的小说里，这情节被大致写了一下，但也因此使我更确信：你没有把《第三和最后一块大陆》读明白。

没错，你在裘帕的作品里拣了一些有意思的细节，将它们打包了，跟随老太太一起搬到皇后区——她的“专座”、她的拐杖，以及那几根伤残的手指。然而把房子移走本身已经是个巨大的失误，至于你搬弄过去的那些细节，恐怕都只是这小说的皮毛。老房东太太再三强调的“锁门”被你写得毫无力道，变成了软绵绵的叮咛；那一屋子破旧的爪脚家具，到你那里就只剩下一根套着橡皮套的脚爪拐杖了。你这般压缩处理，晓得这让小说损失了什么吗？我只能说，就像是好好的一把宝剑，你只取去了剑鞘。

还是请你看看那位加尔各答来的青年吧。尽管老房东凶巴巴地交代过他，每周五交房租，必须把钱放到钢琴的谱架上，可第一次交房租时，这位青年“不习惯把钱一扔了之”。他把八张一元钞票放入信封，外面妥妥写上房东太太的名字。正当他把信封拿到指定之处时，瞥见了老太太坐在楼梯间她的专座上。出于不忍，他走过去把房租递给她。

信里说的这一幕，你当然记得清清楚楚。你甚至仍记得自己写的这场景，节奏虽然明快了不少，最后的处理也做了些改动，但描述的情形大致还是相同的。内奥米怎么竟说得好像你错失了某个重大机关，没有它，小说就撑不起来似的。她说得如此郑重，使得你不禁对自己的记忆产生怀疑。可记性好一直是你的强项啊！阅读能力也是超群的，总是能一目十行马上抓住要点，不然以前在学校里你哪能这般得心应手，顺顺当当考上第一志愿，又毫无悬念地搭上出国大潮？现在呢，这可恶的内奥米在质疑你。她一定不知道这两年你已经在给刊物写书评了，居然敢用这种评论家的调调来跟你谈小说！你咬了咬牙，忍不住抬起头来对那摄像头瞪眼。“好吧，”你说，“我这就去把书找出来！”

书在楼上你的房间里。你抓住内奥米的信，直接往伍尔夫一个世纪以前说的那个“只属于自己的房间”大步走去。楼道很长，一大一小两面镜子以及其他光可鉴人之物，都照见了你咬牙切齿的模样。你那房间自然也安装了摄像头。没办法，这一区住的都是体面人家，所有的房子多少带点庄园风格，表面上都得维持一派悠闲模样，把十二万分戒备之心藏在内里。你虽不至于在床头柜里放着一把格洛克17，或是在衣帽间竖着一管差点超出你身高的雷明登870，可除了浴室和储物室，这房子里里外外没有一个空间逃得过监控。

房间里书多，凑得上大半壁书墙。你从上百成千排列得整整齐齐的书脊里精准地掏出《疾病解说者》。这毫无难度，好像所有的书都训练有素，成了待命的战士。你把书拿在手里，扬起下颏看一眼房里的摄像头。它高高在上，仿佛墙本身长出来的一只带柄的复眼，对你冷然凝视，眨也不眨一下。你打开书，翻到书中最后一篇小说，找出那一页：

> 我走近她时，老太太抬头瞅着我。
>
> “你有什么事？”
>
> “房租，夫人。”
>
> “放到谱架上去！琴键上头！”
>
> “我给您拿过来了。”我伸手把信封递给她，可她十指交叉放在腿上，丝毫没有松开的意思。我稍微弯下腰，信封靠在她双手上方。过了好一会儿，她终于接受了，对我点点头。
>
> 晚上我回到家，她没有拍拍琴凳示意我坐下，可是出于习惯，我仍然像往常一样坐到她身边。她照例问我检查过门锁没有，却没有再提起月亮上的那面旗帜，而是说：“你心地真好！”
>
> “我不太明白，夫人。”
>
> “心地真好！”
>
> 她手上还拿着那信封。

你用目光迅速扫瞄了一遍，只揪出“好心”一个关键词，觉得不够，便又再扫视一回。这回你略为放缓速度，书上的文字便似乎都被放大了些，直至看见老太太“终于接受了，对我点点头”。你的心跳卡顿了一下，目光却依然顺势滑走。你稍微怔忡，把溜过去了的视线收回来，重新再读一遍。

这一次你看清楚了老太太一反常态的沉默，而“我”受习惯驱使，无言地在她身边坐下。不，你看见的不是哪个关键词，甚至也不是什么句子，而是这些句子之间的空白，以及这些空白之处某种隐性但坚韧的连接。是的，你隐隐看到了藏于鞘中的、内奥米说的那把剑。

你觉得目光变得有重量了，像两颗坠子。可它们也如西西弗斯头顶的巨石，又被推回到老太太跟前。她抬头瞅着“我”。你再读一遍，又一遍；先是心里默读，然后忍不住小声念出每一个词，又循着标点符号调整语调，或稍做停顿，直至书里那幽暗的客厅自眼前浮现。老房东太太的头脸从满室陈旧的家具以及一袭式样朦胧的白衣黑裙中浮起。她个子很小，是被岁月和生活反复压榨了一百年的身躯；可她交叉着放在膝盖上的手仿佛金石，手指那么长，指关节肿大骇人，发黄的指甲看起来那么坚硬，像经历过许多战役的老盔甲。

“你有什么事?”她问。声极凛冽,像是在制止你,叫你别靠近。

“房租,夫人。”你把信封递过去。

你放下书,叹了一口气。这段文字你分明早已读过,甚至在写你的那篇小说时,就曾把书翻开,让这小说像个一览无遗的裸女横陈在计算机旁的看书支架上。那上面的叙述和描写,你没有一处不记得,说明你的记忆力仍然好得很。正如你还清楚记得,你小说里那位女房客的租金是按月算的。她把支票(而不是寒寒碜碜的八张一美元现钞)放进信封,规规矩矩地按照老太太的指示拿到厨房的餐桌上。有一次因事耽误,匆忙下楼,不及细想便把信封塞到了老房东手里。傍晚回家时,老太太仍然坐佛一样呆在原地,手里还捏着早上她给的信封。

“毕竟那是个中国女人呀!”你在心里争辩,“她跟印度青年自然是不一样的!不就因为文化不同、性别不同吗?”你不期然又往那摄像头望去,恶狠狠瞪它,让它把你这副趾高气扬的模样看在眼里。

没错,这绝对是文化差异无疑,所以孟加拉国青年晚上归来,无须房东示意即安静地在她身旁坐下(那里有张小圆桌,上面有一盏台灯,此时必定已经亮起来了)。老太太再怎么将自己塑造成一座雕像,一颗心毕竟不是铁铸的。她过去可是个钢琴教师啊!内心被音乐浸润过,总有柔软处,能感受到青年那简单的肢体语言所表达的意愿,以及那意愿背后纯粹的善良。在彼时的静谧中,她听到了青年无声的话语:“我来陪陪你。”这比阿姆斯特朗说的那一句“我的一小步,人类的一大步”更能触动她。她不再要听他颂扬美国了,而是打从心底叹喟:这人怎么心肠这么好?怎么这么好!

你写的中国女人却不一样。不一样。老太太把她喊过去,温言软语地请她把信封放到餐桌上。女人十分顺从,不明就里但依言照办,并且从此再不敢把房租直接交到老太太手里了。

***

“这段文字里头,最有力道的一句,是‘我不太明白,夫人’。”

内奥米在信里说。你不禁撇了撇嘴,把放下的书本又拿起来翻了翻。

这一句“不明白”，我觉得太有意思了。它表示这年轻人并未意识到自己付诸行动的美德，他不了解这当中有什么值得赞美。他以为事情本该如此，自己就该这样体恤地对待一个老人。这不是顶级高校或科学精神所能给予的涵养，它来自古老的文化，渗入人的骨髓里。我相信老太太第二次发出的赞叹，就是冲这一句“我不太明白”而来。

这位老房东过去把不少房客吆喝走了（全是哈佛和麻省理工学院的学生！），但她私底下对她的女儿说，这个孟加拉国青年不一样，他是一位“绅士”。

如此充满张力又意蕴深刻的一个情节，挪到皇后区上演，就变成了可有可无的一幕。不瞒你说，我的孙媳妇读过这一段后，我打住她，请她再翻译一遍。“你是不是删掉了什么？拜托，我一句都不想漏掉，请你把它完完整整地译出来吧。”她十分不解，却也再念了一遍。虽然换了些用词，也将句式稍做调整，但我总算明白了她确实没有对你的作品私自删节。

面对文学，我不是个死脑筋的老太婆。我尝试过换别的方向去解读。譬如说，我想象这是一个向裘帕致敬的作品，作者照搬同一个场景和情节，目的是要拿它当镜子，以对照出不同民族之间的文化差异。我告诉自己，这么做需要多大的勇气啊！几乎能算得上行为艺术了。然而不管我往哪个方向解读，始终想不明白你把一个一百岁了还在生活自理的独居老妇，写成一个软绵绵黏糊糊，还每次吃上甜食都表现得特别腻歪的老太太；最后笔锋一转，赐给她一个大苦大难的身世，让人物的形象和人格一再产生矛盾并相互抵消，这又是何用意？

要想了整整两天我才能坦白对自己说：老天，这分明纯属花俏，根本没什么特别用意！你呀你，不仅只拿走了剑鞘，还在剑鞘上大肆动工，给它雕龙画凤、穿金戴银，想必以为那样就能让它成为另一把剑了。我的意思是：那些最关键也最有深意的细节被轻率略过了，添上去的枝节却都华而不实，还和小说本身特别不搭调，就好像是把不同属性的枝叶嫁接过来，硬生生把主干拖垮。

我说得这么直白，猜想你一定很不服气。我们不妨回到老太太的住处，让房子来说话。在波士顿的房子里有一台三角钢琴和满屋破旧家具；老太太终日坐在楼梯间，那里有一张小桌子，上面有一盏灯，还有收音机、电话和钱包；她的手杖斜放在一旁，上面积满灰尘。你看明白那些对象吗？对于一个行动不便的老人，它们每一样都不可或缺，加起来的总和是一整个世界。

再看看距离远一些的钢琴吧。老太太过去凭着教钢琴把孩子养大，那是她的谋生工具。你可以想象她的学生是怎样交学费的吗？我猜他们会把学费放到琴键上头的谱架上。

至于在皇后区的那一栋房子，你让在华人商行里工作的女主人公，经常给老太太捎去各种中国食品。这位在纳粹集中营受尽煎熬而幸存下来的老妇人，一百零三岁了，想必做不了什么家务，仍然每天用干净手绢缠住伤残的右手。吃饼时，她左手跷着"兰花指"（多亏我的孙媳妇讲解和示范），还因为要配搭中国糕点，搬出了一套韦奇伍德骨瓷茶具——那很可能只是老太太收藏的许多珍宝之一。

为这一套韦奇伍德茶具，你不吝笔墨，不啻把上面的花花草草详细列出，还把老太太喝茶的所有步骤写得巨细靡遗。你那么费心写这下午茶，老太太不得不配合着拧出点英国贵妇人的做派来，你也就越写越起劲，说到厨房里烧水的茶壶总是擦得铮亮……你越是写得详细，这茶喝得越是讲究，鸟语花香都要从字里行间溢出来了，这小说读来便越荒诞，叫人觉得像在读《爱丽丝梦游仙境》，又不禁怀疑这是从别的什么文章（可能来自《读者文摘》[1]一类的杂志）剪贴过来。

"小说里写这些吃吃喝喝的，有意思吗？"我问我的孙媳妇。她是懂得察言观色的人，知道我不以为然，便费了些口舌给我讲解中国人的一句老话，大意是食物是人民的生命，是生活中天大的事。

"这样写格局小了，不是吗？东西方文化差异被写成了茶杯和盘子里的那点事儿。"

我知道这么说有点无礼，但我都一百零二岁了，有了点老人该有的特权，可以偶尔装出脑子实在不好使了的模样，使人不好责怪。果然我的孙媳妇只是稍微瞠目结舌，须臾即把脸色调回原样，笑着对我说："噢，这太好笑了。内奥米！真有你的！"

啊，我把话扯远了。把话扯远无疑也是老人该有的特权。回到你的小说吧。我没忘记自己写这封信，目的就是要跟你谈小说。

谈过了小说里的房子和环境，我们来谈谈食物。裘帕写得不多，就提过两样：主人公在英国深造时跟一群孟加拉国穷光蛋同居，天天

①*Reader's Digest*，1922年于美国创刊的家庭月刊。

都在煮咖喱鸡蛋，周末煮得更多。直至他在波士顿找到工作，把家乡的新婚妻子从机场迎回公寓的那一日，他给她准备的也还是咖喱鸡蛋。

后来主人公的妻子安顿下来，第一次开口向他要钱。那天他回家，看见炉灶上烧着香喷喷的一锅咖喱鸡（每次读到这儿，我都按捺不住深深吸进一口气，想要闻一闻新鲜大蒜和生姜的味道）。裘帕就写了这些。但你看到那充满喜剧性的隐喻吗？从“咖喱鸡蛋”到“咖喱鸡”！那是从穷学生变成了社会人；那是从单身汉变成了丈夫。而不管变成了什么，本色未变。

“够了！”你在心里呐喊。几乎想要把手中的信撕了，或是把它揉成一团，狠狠掷到地上。但那些纸张像是在导电似的，又似乎成了烫手山芋，将一股热力从手心直传到你的耳根，让你两颊发烫，耳朵嗡嗡作响。

你恨死这个内奥米了。你在心里叫她去死吧老太婆，下地狱吧。这一刻你总算明白了，她不把信写到出版社，不写给裘帕，而是把信写给你，为的就是要恫吓你，对你尽情羞辱。你越想越觉得此人邪恶。怎么有人心思这么坏呢？又越想越觉得这如果不是一个国家对另一个国家的蔑视，也绝对是一个民族对另一个民族的侮慢。不行了，你越想越感到五内如焚，心跳加急，耳鼓擂出了隆隆巨响，似乎连呼吸都变得困难了，便也觉得身体这里那里不妥，四肢发软，有点站不住。这才兀地想起来前两年去做身体检查，医生诊出你此前悄悄发过一次心脏病，毫无症状，连你自己也不觉有异，却从此有了病发猝死的风险。你忽然感到害怕起来，家里没其他人呢。你急忙要掏出手机，才发现身边没带着，想必是留在厨房里了。你提醒自己莫慌莫慌，可手已经在发抖，拿在手上的信微微颤动，像是内奥米对你频频眨眼。你回想医生之前口授的指导，不急，先深呼吸吧。你昂起脸来，与墙上的摄像头对上了眼。

“你不明白。”你对内奥米说。你想到要给她回信。这念头一闪而过，你心里却很清楚自己不会这么做，这事不宜扩张。“可是我若真给她回信，”你遏不住想，“我会让她知道，虽然都是移民题材，用中文写作跟用英文写作完全是两码事！”这念头生起，脑子某处便像有一台不由你控制的打字机，嗒嗒嗒嗒，暗地里给这回信拟稿。

内奥米，你这信，读到下面这一段，我觉得一口气要咽不下去了。“看看你写的，同样是短篇，却像个野餐篮子。除了茶水鲜奶，里头还有小饼大饼，什么肉粽子、‘条头糕’和‘利是奶糖’（原谅我只能给这些名字胡乱拼音了），五花八门，效果就如那一套韦奇伍德茶具上的毛地黄、金盏菊、大丽花……让人看得目不暇接。这叫我想起多年前跟随几位台湾太太到旧金山中国餐馆里见识的豪华摆盘。那些雕刻在萝卜、茄子、黄梨和其他蔬果上的腾龙跃虎及十二生肖，还有那些莲藕雕成的奇山峻岭，配上干冰释放烟雾，全摆在一个盘子上，像布置障眼法。我固然惊叹，却也不免要想，这跟一面用餐一面观赏杂技表演有什么不同呢？”

感谢你把话说得这么坦白，让我有幸受教。我在美国待了许多年，对于你这种想法和论调并不感到陌生。毕竟像Diner[①]这种美式餐馆我也光顾过，知道美国的饮食文化实在没多久历史，品位还没建立起来，人们只知道把食物铺得盘满钵满，对于最精致最华美，抑或是最原始最野蛮的中国饮食，你们都看不过眼。根据你的来信，我可以判断你对中国文化并非一无所知，然而“知道”不等同“了解”。我必须承认你把我和裘帕的小说分析得头头是道，甚至许多处精辟得像是给我开了天眼，让我感到汗颜。你确实把这两篇小说都看透彻了，某种意义上，也透过小说看穿了我。可是我要提醒你，你终究忽略了最重要的一项事实：

我这小说不是写给你看的。

请你留意一下，我写的是一篇中文小说，而我也只将它发表在中国的刊物上。不同于裘帕，她用英语写作。那是世界语言。在她的祖国印度，英语若不是母语，必定也是广泛通用的官方语言。而我，既然选择了中文，便清楚知道自己在为中文读者写作。我写的移民故事，必须符合中文读者的期待和审美需求。也就是说，我小说里的老房东太太并不是为了迁就在法拉盛商行做事的主人公才住到皇后区。不，她是为了我的读者！

所以，窃以为你拿我的小说跟裘帕的作品相比，既没有意义，对我也不公平。它们是针对东西方两个不同的文学市场打造的作品。裘帕无疑是个了不起的作家，她写的移民文学，是一幅一幅既贡献给美国，也贡献给印度的画像。我呢，我的目标读者本来就不包括像你这样的一个犹太老人，你又凭什么对专门为中国设计，并且只在那里出售的产品指指点点，批评它不符合你的美学要求？

①一种常见的美式餐厅，通常吃的是汉堡、薯条、派和饮料等简餐，分量比较大。

我猜啊，之所以我的小说引起你注目，并令你愤然，是因为我把老房东太太写成犹太裔，冒犯你了吧？她还跟你一个年纪呢。你无可避免地对号入座，却不满意我给她塑造的形象(显然你更愿意把自己想象成裘帕笔下的老房东)，便写来这信，佯装“论道”，实则是要向我抗议，还借此嘲讽我与践踏我的作品，以宣泄你这不可理喻的恼怒！

是的，信就这么写吧。你闭上眼睛欢快地想象内奥米气急败坏的样子。看在墙上那摄像头眼中，你嘴角上扬，像个使诈得逞的胜利者。奇怪的是，内奥米在浮动着一层薄光的幽暗中浮出，愈渐清晰，你才看清楚了她竟有几分像你写的老房东太太。这么说不对，因为你在写那小说时，分明没去模拟她的长相。裘帕已经提供了个现成的，而你为了避免引起读者的注意和过多的联想(或许会有人以为两位老太太是姐妹俩)，刻意不多对她的外观着墨，然而此刻你却看见了这人物如在感光相纸中显影。她个子矮小，穿着裘帕写的一袭老款白衣黑裙，右手捆着你写的洁净手绢；雪白蓬松的短发却是内奥米的，像刚烫过一样。她胸前垂着一副带链子的粗框眼镜；左手拿着你写给她的信，指甲艳红如玫瑰花瓣……她们都在凝视你，面容不一，眼睛却都眨也不眨，多像三个靠在一起、角度终究稍稍不同的摄像头。

你甩了甩头，奋力要把脑中的影像甩开。她们没有消散，你只好睁开眼睛。就那一瞬，只来得及瞥见冬日在窗外悄无声息地掀起白花花的裙摆，这房间当着你的面暗沉下来。

***

我不是为了批评中国文化，或是为了打击中国移民而给你写这信的。我自己就是移民后裔，而且向来只支持民主党，当然不会仇视移民。再说，对于中国文化，我向来只有景仰而已。那是世上最古老的文明之一，就和印度文明一样古老。更何况，我的前病人(那位从台湾来的太太)还经常向我灌输：“你们犹太人和我们中国人有太多相似之处了。”

“是吗？有哪些相似的呢？”我每次都打趣问她。

“这是世界上最聪明的两个民族！”她每次都这么回答。

“都擅于理财！”

"没有别的民族比我们更务实了。"

"都有很重的家庭观念!"

"所以总是招人眼红,被人误解,遭受排挤。"这是她丈夫说的。他总是等到他太太屈起第三或第四根手指,瞪大着眼睛苦苦思索时,才没头没脑地添上一句,使得在场所有人脸上的笑马上松垮下来。

"都在历史上吃了太多苦。"他再补一句。

我写这信,本意是要为裘帕·拉希莉抱不平。我希望能让你醒觉,你使的这点小聪明可是严重地损毁了人家的作品。对于我来说,真正的问题不在于你能不能不问自取,把别人的小说拿来改写成另一个版本(台湾来的前病人对我说这种生产模式寻常得很,就叫"山寨"),而是这样做是否能产生新的价值,或给原来的作品增加新的向度和意义。显然你没有做到这点,让我觉得这种生产小说的方法特别不可接受。可在给你写信的过程中,我想到这事情并非完全没有可喜之处,毕竟是因为遇上你的作品,我才会翻开裘帕的书,再读了一遍《第三和最后一块大陆》。

这应该是我人生中最后一次读它了。因为有你的作品做观照,我像是戴上了一副特制的眼镜,终于真正地、前所未有地看清楚这小说里的各种巧妙,以及那些沉落在细枝末节里的好。譬如说孟加拉国青年主动提议要每天晚上给老太太热汤,老太太的女儿叫他打消这念头,说:"那百分百会要了她的命。"——这一句话,不就呼应了斜放在小圆桌旁的那一根随手可及却满积灰尘的手杖?

我可太喜欢这位房东太太了。我完全可以理解她骨子里那股顽强的精神,我甚至怀疑她可能读过《意志的力量》[①]。那是小时候父亲第一次带我到书店,让我自己做主选的书。作者的名字我忘了,只记得他是个卫理公会派的牧师。

原谅我投注了许多想象,硬是把自己与这位老房东连接起来。这完全是不由自主的。上个星期,我的弟弟去世了。他比我迟出生八年,是家里唯一的男孩。五六年前我的姐姐逝于病榻时,这弟弟已经不太能行走了,但仍然坐着轮椅从圣菲过来参加丧礼,那是我和他最后一次见面。其实在过去几年,我的许多亲戚和老朋友,尽管岁数没我大,都逐一离开了。我对此心里早有准备,即便是去年伊丽莎白

①*Power of Will*,1903年出版。作者弗兰克·哈多克(1853—1915)为美国新思想运动代表人物之一,既是牧师也是畅销书作家。

二世逝世，我还喜滋滋地在电话里对弟弟大喊：“你听说了吧？英女王死了！死了！她才活到九十六岁！”

至于弟弟是怎么应答的，我记不起来了，也可能我们俩谁都没听真切对方说什么。

直至接到弟弟的死讯，知道他已不在人世，我才忽然意识到在这世上我已经没有“同代人”了。自从我的先生死后，这还是头一回我感觉到这世界的清冷，像是自己落了单，成为被时代遗弃的人。这感受太可怕了，即便这房子里总有访客上门，儿孙们总是围着我，朝着我的耳朵大声说话，而我环顾他们的笑脸，耳里的声音忽大忽小，心底只觉得自己像溺水似的，已经不属于眼前的情境。

幸好这时候遇上你的小说，它领我回到裘帕的书里，让我再一次走进那一栋在林荫道上的灰白色房子。老房东太太还在屋里，她说：“锁上门。”我多高兴能看见她啊！她是我在世间最后一个同辈人和对话者，而且她将长久地活着。在我终于也追随我所思念的人而去以后，人们还可以推开这扇门（记得锁上），一次一次看她对着一个衣着传统、姿容庄重的印度少妇大声宣告——这是个完美的女士！

这几日我在打点自己的后事，算是提前处理遗物吧。这屋里的宝贝物事可多了，当中还真有韦奇伍德的东西，就是几件经典蓝加浮雕器皿，还加上孙媳妇婚前第一次来拜访时带给我的一套中国咖啡具，可美呢，说是叫“西湖蓝”，那是我见过的最温婉高贵的蓝色了。就为这个，我打算把柜子里珍藏了六十年的古驰竹节包留给她。这东西，我的大女儿可是觊觎许久了。

打点这些东西可是粗重活儿，都是上门来的墨西哥帮佣替我做的。她把我以前执业时用的打字机找出来，问我这要留给谁。那是一台列特拉。老东西虽然笨重，远不及新事物便捷，却总是比较可靠。我端详它一阵，忽然就来了兴致，想要听听它敲打的声音。此刻你读的这封信便是这样来的。衷心希望你在读它的时候，也能感受到这台老机器的劲道，一字一句都铿锵有力。

最后，你的邮件地址是我的孙媳妇替我弄来的。她最有办法了，而且行动力十分惊人。她跟我孙儿结婚好几年了，至今还经常以卓越的办事能力与超强的人脉震慑大家——两年前新冠疫情最严重的时候，家人为我庆祝一百零一岁生日，她送来的礼物可稀罕了。那是一大包家庭装二十四卷卫生纸！还居然是我向来在用的牌子！这事情，直到今天还让亲友家人们津津乐道——尽管她有支持共和党的倾向,还曾替川普说过好话,但我还是觉出她有着可贵的品质。只是啊,无论如何,我没有把你这小说里的秘密告诉她。我不会说的。正如我至死也不会对她说,她送来的那一套“西湖蓝”其实颇有些瑕疵,说不定是仿冒品。

就这样吧。祝你新年快乐。

你从房间里出来,已经过了下午五点。冬日阳光短缺,即便有冬令时调整,房子里已有许多局部显得日光配额不足。你走下楼,在幽暗的楼道里碰见一个垂头丧气的妇人,一双浮肿的倦眼让她看来犹如水族箱里养的生无可恋的鱼。你没见过她这么委顿的模样,分明就在昨天,她的一则访谈在朋友圈里广发,配图里的人神采奕奕,标题称她“乘风破浪的姐姐”。

你回到厨房,正好丈夫打开前门走进客厅。他看见你坐在中岛那里的高脚椅上,支肘托腮,像在守着一艘触礁了开不动的船。他向你走来,顺手亮灯,问你怎么啦,又斜睨一眼你手中的信。你说没事。他说怎会没事,说你古古怪怪的,有点吓人。又问你手上拿着什么,看着像打字机打的文件,好古老。

“是个小说。”你说着把信半折,摁在岛台上,“我好端端的,怎么说我吓着你了?”

他当然察觉你目光游移,也一定知道被你压在手掌下的不是一篇小说。但他迟疑良久,看样子像是把一句话放在脑子里做了一百款词句重组,又像在寻思该不该从你手上夺过那封信,又该怎样夺。最终他叹一口气,说你写作别太投入了,伤脑子。说完提起放下了的公文包,瞄你一眼再转身走开,经过你身旁时他稍微放缓脚步。

“你自己看看家里这下午的监控录像,看看吓人不。”

你咬着牙不语,心脏里像有一只野物被囚,扑通扑通乱跳。直至丈夫走到房子另一头,听到关门的声响,你知道他在书房里了。你移开手掌,多希望这由头到尾是一个幻象,或者这信会因为被释放了而变成一只白鸽飞走,但它没有。你沉吟一阵儿,见它动也不动,便忍不住打开它,在头顶上那摄像头的注视下,默默把它读完。

***

ps:昨日我向孙媳妇讨教“山寨”一词。她略显警戒,拿起手机来搜了一下，跟我解释说这个词并非简单地指抄袭。“它指的是一种带有反权威和反主流的精神，也带有狂欢性、解构性、反智性以及后现代表征的大众文化现象。”——当然，我没听明白。

您诚挚的，
内奥米·弗里德曼

鱼缸与霞光

韩松落 / 著

大卫·林奇是这样开始一个故事的:碧蓝天空,白色栅栏,红色玫瑰和黄色郁金香圆鼓鼓地盛开着,翠绿的叶子托着花朵;孩童过马路,女人喝下午茶,老男人浇草坪,年轻人徘徊在草地上,低头翻拣着什么:哦,草丛里有一只爬满蚂蚁的人耳。

这里也可以用同样的方法开始。群山环绕的小城,白杨树和槭树的叶子被夏天的太阳晒成墨绿,灰色的楼宇,阳台上有鸽子咕咕鸣叫。屋檐下,燕子在泥窝边轻盈地弹跳一下,然后飞走。燕子飞走的地方,有一扇窗,阳光照进窗户,投在临窗的木桌子上,桌上有一张信纸,写着一些字。随后,有个男人走进屋子,拿起这张纸,皱着眉头,开始阅读。

一九九六年七月十二日,甘肃东部的天泽县,省矿业机械厂电工班的李志亮留下一封信,离家出走。

李志亮生于一九六八年十一月十五日,祖籍辽宁,是矿业机械厂的子弟。父亲李东强,一九四六年生于辽宁;母亲郝琴,一九四七年生于河北,高一辍学。李东强于八十年代初毕业于哈尔滨工业大学,在矿业机械厂担任工程师。哈工大毕业生为什么会来位于甘肃县城的机械厂工作,他从来未曾解说过。郝琴则在李东强的安排下,到厂里的后勤部门工作。

李志亮生于河北,四岁时随父母到了天泽,在矿业机械厂幼儿园度过两年;六岁时到天泽县东关小学读书;十二岁小学毕业,随后进入天泽县二中初中部就读,初二时转学到教学条件较好的天泽县一中初中部;高中依然在天泽县一中就读,高三时考入中原机械工业学校;一九八九年,回到矿业机械厂工作。开始在车间,后来在父亲的协调下,转到电工班工作。

矿业机械厂所在的天泽县,位于甘肃东部,距离省城兰州二百公里,面积三千五百平方公里，人口三十八万，旧石器时代就有人居住，秦始皇时代设县，其后两千多年，面积有扩有缩，但大致位置没有变化。因为地势平坦，位于陇海线上，且有河流，有矿产，二十世纪五十年代之后，陆续有工厂迁移至此。除矿业机械厂之外，天泽县还有一家冶炼厂、两家修造厂、一家塑料厂，以及驻守当地的几支部队。矿业机械厂在当地是大企业，有员工两千名。县城的商业，都集中在矿业机械厂、冶炼厂所在的云川北路上。

矿业机械厂的核心部分从辽宁迁来，创始阶段的工人多数是东北人和河北人，他们的后代也多半在工厂工作，工厂有自己的生活区，矿业机械厂由此成了一块飞地。天泽人说当地话和兰州话，矿机厂的人说普通话、东北话、上海话；当地人听秦腔，矿机厂的人听京剧、越剧和沪剧。天泽县最早穿牛仔裤、最早跳迪斯科的，都是矿机厂工人。李志亮在这里长大，需要在两个世界之间转换——在厂区和家里说普通话和东北话，在学校和县城说天泽话和兰州话。

李东强的外形，有明显的东北人特质，方头大脸，眉眼端正，但性格温吞，沉默寡言，倒是和本地人比较接近，在非常年代也没有因为言行出挑带来麻烦。但他有个喜好，和本地人不一样，也和他的粗糙外形不一致——他有藏书的习惯，家有藏书接近五百册，而天泽县图书馆的藏书，也不过两万册。但李东强极少邀请别人到家里做客，也从不徒手拿书在街上行走，甚至一再告诫家人：不要在任何场所被人看到手里拿着书，因此，他的藏书和读书习惯，从没引起人们注意。

李东强和郝琴有两个儿子：大儿子李志明，生于一九六六年，中专毕业后，到矿业机械厂工作；二儿子就是李志亮。两个儿子的相貌，比父亲英俊许多，但两个人都有一种蒙尘之感，像是在刚刚制作完成的匕首上，撒了一把土，英俊得毫不明显，需要仔细辨认。两个儿子的性格，也比父亲爽朗，因为基本是在当地长大，有童年朋友，交往范围也更广。

一家人居住在矿业机械厂的家属区，十一号楼三单元302，他们的住房由矿业机械厂自行修建，在一九九二年竣工，根据面积和楼层，以每套一万五千元到二万五千元的价格卖给厂内职工。售卖之前，根据工龄、职称、职务等因素进行了排序，李东强分配到的这套，房本面积九十平米，实际一百四十平米，售价二万五千元。

一家人的生活，没有丝毫古怪之处，全家人的性格、行为，乃至消费、娱乐，就在天泽县城居民的平均线附近摆动。生活中的一切细节、一切用品，也像所有天泽人一样，非常容易辨认出处。军便服、军大衣、军靴、军用皮带，通常购自县城附近的部队门市部，每逢部队廉价处理军用品，小城青年就蜂拥而至；工作服、绒衣、手套、电工绝缘鞋、挎包，是厂里的劳保用品；脸盆、香皂、洗发膏、牙膏、球鞋、皮鞋、文具，购自天泽县百货大楼，每批就几款，可以凭借款式分辨出购买时间。偶尔也有来自其他地方的物品，比如，有些年轻人，会在周末乘火车去兰州（通常都会设法逃票），买花衬衣、卫衣和饰品。还有几次，是白银针织厂等日用品工厂遭遇经营危机，用白汗衫和背心等产品抵工资，员工们拉着产品来到天泽县，在街心花园兜售，价格极为低廉，汗衫五块，背心三块，第二天，天泽县的男性，几乎全部穿上同款汗衫和背心。

在其余地方，天泽县居民的生活，也显得单调和整齐划一。二十世纪八十年代末，广场舞兴起，因为起初的主力是中老年人，被叫作老年迪斯科，后来，全县三十岁以上的女性，几乎全部加入。二十世纪九十年代初，气功热，几大气功门派，统治了全城成年人，也有儿童和少年加入。有一个八岁男孩，由家长引领，用一年时间，练到某种气功二级，成为气功神童，到处参加报告会并展示神通。一九八八年，《红高粱》获得金熊奖，全城居民出动观影，因为传说此片儿童不宜，小孩都被留在家里，有个孩子因无人看管，在家触电身亡。一九九二年，《大红灯笼高高挂》上映，全城居民又一次倾巢出动。

天泽县也极少发生凶案，大多数治安案件，都在盗窃、斗殴、诈骗这个层级。仅有的几起凶杀案，都是熟人作案，很快破案。公安局门口，有四个装了玻璃框的看板，两左两右，用以展示公安局侦破的凶案，从现场血迹到尸体远景近景和伤口局部，全部彩色照片，配以仿宋体手写的案情介绍。看板的更换速度，依据凶案发生频率，或者说，凶案被侦破的频率而定，如果半年没有合适的凶案，就半年不换，以至于彩色照片全部褪色。

李志亮的性格，也在平均线附近：不算温和，也不至于暴戾；不细腻，也不算粗糙。他的日常穿着，也没有出格的地方，毕竟，父亲李东强最担心的，就是自家人过于引人注目而带来灾祸，每每发现这种苗头，就全力打压。李志亮常穿的衣服，包括一身军便服、两件化纤夹克、几件白衬衣、一身工装蓝的运动款绒衣，冬装是部队的劳保棉袄和军大衣，还有一件托人在空军基地买到的深棕色飞行员皮夹克，带毛领，非常昂贵，但他一直舍不得穿这件衣服。一九九四年，他还曾花一百八十块钱，在兰州市东部批发市场，购买了一件墨绿色的羽绒服。回家之后，在周围的环境衬托下，他发现这件衣服的颜色还是扎眼，第一次穿出去，就被熟人评价为“真骚情”，他再也没让这件衣服上身。

李志亮的爱好很少。可以算作爱好的,只有两个:一个是用机械厂的边角料,制作各种摆件。有一阵子,兰州青年流行用炮弹壳子、弹壳制作工艺品,这股风气也蔓延到了天泽县。李志亮不能免俗,找到部队上的熟人,要了些训练用过的弹壳,做了几件东西,但很快就厌倦了。

另一个爱好,是骑自行车游荡。他有一辆凤凰“二八”,黑色,不是轻便型号,但他很喜欢,他经常骑着这辆车,在城外游荡。城外有大片麦地,他就骑车在麦地中的白土路上穿行。麦收之后,他会把车推进麦田,在麦垛上靠一会儿。曾有人看到他从城外回来时,自行车把上挂着一个用蓝色野菊花和麦秸编织的花环,这是他唯一算得上浪漫的经历。

没有谈过恋爱,几次相亲都失败了,好在他对相亲也没有多少期望。如果他是天泽本地人,二十八岁还不结婚,就显得异常,但人们对矿机厂这块飞地,以及这块飞地上的居民的看法,多少有点不一样。当地人甚至觉得,矿机厂的男青年,如果热衷恋爱,会对当地的婚恋市场造成冲击,他们都打光棍可能更好。总之,他生活里并没有出现会带来精神上的重大挫折或者人生重大挫败感的事件。

一九九六年七月十二日,农历五月廿七,晚上六点十分,郝琴下班到家,换了拖鞋,放下厂工会分给每位员工的一箱杏子,就去厨房准备晚饭。六点四十,李东强和李志明下班回到家。父子俩的工作地点不在一起,他们是在回家路上遇到的。李志明接过父亲手里的杏子,一手一箱杏子,和父亲一起到家。三个人打算等李志亮到家后一起吃饭,就坐在餐桌前说着话,对话的重点是杏子:李志亮必然也领到了一箱杏子,四个人,四箱杏子,该怎么处理,毕竟杏子不经放。直到八点,他们也没等到李志亮回家,以为他被朋友叫去吃饭了,就先吃了饭。李志亮当晚没有回家,一家人并没觉得异样,直到第二天早上上班前,李东强到李志亮屋子里去,才发现他留在桌上的信,只有十几个字,写在一张矿业机械厂的信纸上:

我走了。我要走遍中国,走遍大地,走遍星球。

李东强拉开衣柜,发现李志亮带走了自己常穿的衣服,下楼去派出所报案时,发现李志亮骑走了凤凰“二八”。报案时,警察认为,李志亮是成年男性,留了信件,不能算失踪,无法立案,何况,他离家还不到二十四小时。根据他们的经验,很多离家出走的人,通常会在三个时间节点回来:一周,三个月,半年。

李东强全家,分头到李志亮的所有同事、同学和朋友家打探消息,想看看李志亮有没有留下更明确的信息，却发现他出走前没有任何异样，当天下午还在正常上班，唯一不同的是，他五点就提前下班，因此没有领取发给员工的那箱杏子。被李东强一家询问过的同事和同学，又自发扩散消息，到认识李志亮的人那里打听消息，都没有结果。

很快，警察所说的第一个时间节点过去了。一周了，李志亮没有回家，也没有任何消息。就在这时，天泽县城南，距离县城中心五公里的垃圾场，发现了一具焦尸。其实，一个拾垃圾的老人，在几天前就看见了那具焦尸，但那具尸体被扔在一个大垃圾坑的沟底，需要踩着垃圾走一段陡峭的下坡路才能到达，加上他视力不好，并没有看得很清楚，“不知道那黑黑的是个啥”。直到几天后，他看到有野狗在撕扯那个黑色的物体。这时距离李志亮出走，刚好一周。

尸体经过了很充分的焚烧，衣服和皮肤都被烧毁，看不出身份样貌，唯一能作为线索的，是一条没被完全烧毁的军用皮带的皮带扣。那个皮带扣，和李志亮的完全一样。但那时，在天泽县或者邻近区域，系同款军用皮带的人实在太多了。认尸之后，李东强认为这不是李志亮的尸体。当然，还有更好的方法——当时，DNA 检测技术已经用于刑侦了，只是需要送检测物到北京去，检测费用加上差旅费，非常昂贵。焦尸案最终成为悬案，没有出现在公安局的宣传栏里。

三年后，天泽县文化馆的赵老师，在西安参加培训，在街头看到一个人，酷似李志亮，只是头发略长，衣服略时髦。这个人迎面走过来，似乎也认出了赵老师，眼神顿了一下，走过去之后还回了头。据赵老师说，他立刻掉头追上这个人，跟他打了招呼。这个人不承认自己是李志亮，但当赵老师说“你父亲母亲都在等你回家”的时候，他的表情大变，泪水瞬间滑落，愣了很久，然后转身离去。赵老师认为自己遇到的就是李志亮，回到天泽后，专门找到李东强，讲述了自己的经历，言之凿凿，情绪丰富，两分钟的相遇讲了一个小时，却没有任何证据，整个场景也酷似民间鬼故事里的情节，加上这位老师经常发布古怪言论，比如别人死去的亲戚给他托梦。所以，他所说的话，并没有人当真，转眼就变成小城传说，流传了一阵，就逐渐湮灭。

从那之后，就再也没有李志亮的消息了。李东强和郝琴，依旧在矿业机械厂工作，退休后，两人回到辽宁老家住了一段时间，因为无法忍受漫长的冬季和动辄零下三十度的严寒，最后还是回到了天泽县。李志明也依旧生活在天泽，一九九九年结婚，三年后有了女儿，他和妻子另外购置了住房，多数时候还是和父母生活在一起。李志亮的那间屋子，始终保持原状，他留下的那张纸条，被李东强夹在了一本人民文学出版社出版的《巴尔扎克中短篇小说选》里。他说，这种收藏方式最保险。

在李志亮出走前两年，有两只燕子，在李家的阳台上方筑了一个窝，整日飞来飞去，啾啁不停，这在楼房小区是很罕见的事。李志亮出走之后，那窝燕子再也没有回来过。郝琴视之为某种昭示。

这件事看起来就这么过去了，但这仅仅是对李家而言，在距离李家不远的六号楼一单元501，这件事引起了另外一些后果，甚至可以说，是一场持久的风暴。

住在501的，是矿业机械厂的另一家人。这家人是标准的三口之家，父亲曹广仁，生于一九五六年，矿业机械厂经营科业务员，这个科在一九九六年分出一部分员工，成立了多种经营科，曹广仁也在其中；母亲王自强，生于一九五五年，矿业机械厂工人。他们只有一个孩子，是个男孩，生于一九八〇年，名叫曹景，在李志亮出走那一年，刚好十六岁，正在读高一。

曹景一家，和李志亮一家生活在同一个厂区，两家很少交集，也没什么来往。不过，在曹景十一岁时，他表姐的追求者、李志亮的同事，为了让曹景表姐高兴，以及显示自己是爱孩子的，时常带曹景出去玩，也带他去了李志亮家里，看李志亮用边角料做东西。那天，李志亮穿着工装蓝的绒衣，一条看起来很厚实的卡其色裤子，脚上穿着一双白色回力鞋，用了三个小时，做了一艘二十厘米长的铁船，并且用木板喷了蓝色油漆，做成海面的样子，粘了几块黑色的石头充当礁石，一块稍大的形状不规则的炭渣，被他做成了一个小岛，填了一些青苔，还种了几棵草。一片海和一座岛，就带着油漆味诞生了。

后来，曹景还看见过李志亮打篮球，看见过李志亮骑车去往城外，也在商业街上碰到过他。李志亮唯一一次穿墨绿色羽绒服出门，就曾被曹景看到。因为见过一次面，曹景很能从人群中认出李志亮来，他总是隔着老远就站定，等李志亮走到跟前，认真地打个招呼。但他再也没有被带去李志亮家里看他做东西。记忆里，只有那么一次，只有那么一个下午，安静的、若有所待的一个下午。他也有点奇怪，李志亮后来为什么再也没有穿过那件羽绒服。

李志亮出走三天后，曹景从父母那里知道了消息。当时，他们一家三口正在吃饭，曹广仁说起了这件事，曹景突然感到一阵恶心、一阵虚热，喉咙里似乎有液体涌上来，却没吐出什么，只是干呕了几声。在父亲扶他去卫生间的时候，他听到母亲抱怨说："跟你说了别在饭桌上说这些东西，容易把孩子惊到。”

之后几天，他持续地情绪低落，神思恍惚，无法入睡，这些他都没有告诉父母，父母也并没有注意到，其实就连他自己，都不能明确地知道，这种情绪低落和李志亮的出走有没有关系。因为当时的他，正面临自己的问题。初中毕业时，他没有考上中专，尽管全年级也只有两个人考上了中专，但曹广仁仍然非常失望。考不上中专，就意味着曹景失去了在两年后就业的可能，还要上三年高中，高中毕业之后，鉴于当地的升学率非常低，他未必能考上大学，也未必能有工作。曹广仁开关门的声音都大了很多，王自强则刻意拖长声叹息。曹景认为，自己的情绪和这件事有重要关系。

除此之外，他还经历了更折磨人的事。他也考入了李志亮曾经就读的天泽一中高中部，高一的第一个学期，一件意想不到的事发生了，他的信被“截”了。事情是这样的：这所中学的收发室，收到所有的信件和包裹之后，除了挂号信会由门房托学生带话，通知本人来登记和领取之外，其余的邮件，并不会做进一步分发，而是全部放在校门口的信报夹里，任由所有人翻阅和领取。这样一来，信件到达收件人手里的概率就非常低。有些信件，就被路人截取了，他们会选择那些看起来有点出挑的信封，拿走，读完，然后扔掉，或者通知信件主人，拿钱来换信。信报夹是无数斗殴和悲剧的发源地，但学校一直没有改变这种信件发放方式。

曹景就受到了这样的威胁。截走他信件的，是初三补习班的学生，他们把信拿走，小范围传阅后，托人带话给他，要他拿八十块钱来，才能把信给他，否则就会拆信，并且把信件内容公布出来。对于当时的他来说，八十块钱是一笔很大的钱，他拿不出这笔钱。但根据他的经验，这会有很严重的后果，不把信件拿回来，就得准备迎接极其猛烈的下流谣言。他盘算了一下自己的存款，一共二十多块钱，这二十多块钱，攒了差不多半年。之后一周时间，他每天放学后到县修造厂模具车间后的沙堆里筛废铁，去废品收购站卖，一周下来也只卖了十块钱。他又到血站去，试图卖血，但血站以他年龄不够拒绝了他。

几天后，初三补习生“撕票”了。其实信早拆了，他们只是把拆信这件事公开了，并把信件内容添油加醋告诉了很多人。那封信没有任何过火的内容，写信者是他初中女同学，女同学在初中毕业后，没有考上高中、技校或中专，就到省城去打工了，写信过来，无非是要他帮助联系几位初中同学。但截信的人却故意扩散说，信件内容非常下流，他们肯定“拔包子”（接吻）了。曹景的“风流韵事”由此流传开了。

至于为什么会是初中补习班的学生威胁高中生，也需要说明一下。

初中补习班的很多学生，入读中学通常比较晚，又补习了两三年，实际年龄要比高中同学大得多，甚至大过高三同学。而且补习班管理松懈，补习的目的也是为了考技校和中专，学生很有些江湖气，跟社会青年交往频繁，和高中部的风气完全不一样。

这件事对曹景产生了影响。有很长一段时间，他总觉得同学在对他指指点点，传播他的“风流韵事”。有人走过他的身边，不巧表情不好，或者吐了痰，他会以为是在唾弃他。班上同学写信收信，甚至读到冰心的《寄小读者》——所有与“信件”有关的讯息，都会让他心惊肉跳。这后遗症持续了很久，一直到高二下半学期，班主任任命他为班长为止。整整一年，他就耗在这件事上，这一年，他如同在浑浊的深渊里由人搅拌。

也是在那时候，他读到一本书，这本书是父亲从县图书馆借回来的——老鬼的《血色黄昏》，一九八九年出版，讲述知青在内蒙古的生活。封面画着暗红色的天空，血红的落日，黑色的山峦，黑色的大地，一个壮硕的黑色男人，站在天地之间，搬运着一个黑色石块，整个身躯，似乎都被这石块坠到弯曲。这本书的书名、封面，和书里描绘的一场大火，带给曹景一种特殊的感觉，这种感觉和李志亮的出走搅拌在了一起，最终形成了一个画面：血红的天空，黑色的大地，天地之间，有一个黑色的人影，向着目睹了这个画面的人走过来，不停地走，无声地走，但始终走不出这画面。他不知道这个人是谁，也不知道他长什么样，就是觉得异常恐惧，画面消失之后，又是持续性的情绪低落。

起初，他只是不断想象这个画面，只要停止想象，画面就消失了。没过多久，这个画面出现在了他的梦里。有时候是出现在别的梦境里，别的梦做得好好的，突然画面中断了，血红天空黑色大地和黑色行走者出现了，无声地行走着；有时候，整个梦境都是黑色行走者在天地间行走，无休止地走，可能走一个小时甚至两个小时。有一次，梦境出现了变体，这个行走者还推着一辆自行车。这个梦境和时不时袭来的情绪低落，还有现实中各种事件的叠加，让曹景的整个高中时期，都处于一种抑郁状态。遗憾的是，那时候，人们对抑郁症还没有什么了解，曹景只能靠自己对自己进行观察，以及自我安慰。

在李志亮出走前，他居住的那座居民楼出了一件很小的事。住在二单元402的居民、同样在矿业机械厂工作的三十六岁的王林平，被一种来历不明的噪音困扰。这种噪音是一个拖长了的“嗡”声，像是在头顶上悬挂了一个巨大的金属钵，然后摩擦钵的边缘形成的回声，听起来不很明显，却令人烦躁不安。这个声音每天早晨六点准时出现，持续“嗡”一天，到夜里十一点准时消失。更奇怪的是，王林平全家五口人，只有他能听到这个声音，所有人都认为他出现了幻觉。

整整一年时间，王林平被这个声音折磨，无法入睡，更磨人的，还有周围人的嘲笑和敌意。他对这个声音和自己受害状态的描述，似乎是一种自供，表明他过于敏感，有被害妄想。而不论敏感，还是被害妄想，还是无法忍受一个小小的噪音，都和一个矿业机械厂工人的身份不符。这种精神状态和睡眠状况，让他出了很多次小事故。

他并没有坐以待毙，而是到处寻找这个声音的来源。起初，他以为这个声音来自楼上人家，借口到楼上人家串门，进去打探。楼上没有任何异常，没有发声装置，也没有异常的物件，更没有那个"嗡"声。于是，他又请求厂里的水电工，在查水表电表的时候带上他，让他可以到紧邻他家的三单元401和501家去"串门"。电工答应了，在上门的时候带上了他，结果依然如此，那两户人家没有任何异常。

一年后，他偶然听说，三单元602那户人家养了一缸金鱼，邻居们说起这家人来尽是嘲笑："也不看看自己一个大老粗，养那么贵的鱼图个啥，又费电又吵。"他突然产生灵感，觉得这个鱼缸的噪音和自己听到的噪音有点关系，于是声称自己想看鱼，托邻居把自己带去了那户人家。一打开门，一只巨大的鱼缸，就立在客厅正中，增氧泵正在工作，发出"嗡嗡"的声音，但只要进到卧室里，就听不到这个声音。而且这家人开关增氧泵的时间，和他听到噪音的时段完全一致：每天早上，老爷子起床的时候打开增氧泵；十一点，老爷子睡觉的时候关掉。他立刻回了自己家，让那户人家五分钟后关掉增氧泵。五分钟后，噪音消失了。他终于确定了那个怪异声音的来源，并分析出了这个声音的传播方式。鱼缸靠墙，增氧泵发出的声音被墙壁吸收，墙体和楼的结构，可能正好形成了一种扩音机制，声音经过墙壁的共振、扩大，成为一种噪音。当然，那时候他们都不知道低频噪音这个说法。

奇怪的是，这户人家既不和他家在一个单元，也不在一个楼层，更不在一个方位，但鱼缸发出的声音，就是能跳过三单元的502、501、402、401这几家人，神秘地、无法解释地，传到了他的耳朵里，让他无法入睡，使他几近疯狂。也因为这种跳跃式的传播，他始终查不到声音的来源。这件事的结束没有那么复杂，王林平请求那户人家挪开鱼缸，不要靠墙，并在增氧泵下面，加装一个防震垫，说到恳切处，几乎声泪俱下，差点当场跪在那家人面前。那家人和他同在矿业机械厂工作，经常见面，没有那么难缠，也被这位邻居的激烈情绪吓住，生怕招来祸事，就按他的要求做，低频噪音从此消失。

厂区不大,“鱼缸事件”很快传遍全厂,这户养鱼的人家收获了更多的嘲笑。六号楼的少年曹景也听到了这个故事,起初他没觉得这件事有什么特别之处,只把它当作这个世界教给他的一点新知识。不久之后,李志亮出走了,在持续的情绪低落中,曹景突然想起那只鱼缸,并且产生了一些联想。

他觉得,李志亮似乎就是那只鱼缸,发出了一种声音,或者一种信号,这种声音经过复杂的环境和心理的共振,变成了一种超常规的信号,最终到达他这里。他分明离李志亮很远,仅有一次交往,和若干次街上遇见,但那个由李志亮酿成的“低频噪音”,终归兜兜转转来到了他这里,和他发生了关系。这个世界上,未必只有他收到这个声音,但只有他听到了这个声音。

曹景上了大学,毕业后进入交通设计公司,在大城市开始了自己的生活。李志亮和他的出走,在很长一段时间里,被曹景遗忘了,他甚至忘记了那座小城,那座小城被他隔离在了一个不会碰触的区域。但有一天,大概是在二〇〇七年,血红天空黑色大地和黑色行走者的梦境又出现了。

曹景分析过这个梦境重现的原因,大概是因为,公司重组,自己所在的研发部门被压缩,他被分流出去,在几个部门之间流转了一段时间,最后总算到了新的部门;部门领导比较跋扈,而且酷爱喝酒,经常拖着下属或者乙方公司人员一起喝酒,所有人都苦不堪言。喝酒唱歌,经常要熬夜,熬夜后的两天,曹景的情绪都会比较低落,星星点点的低落,最终连成了线,他开始持续地轻度抑郁,并第一次萌生了辞职的念头。就在那时,黑色行走者的梦境开始出现了。几个月后,他换了部门,但黑色行走者一旦开始行走了,就像野兽在某处撒了尿,做了记号,从此不断重返旧地。

那之后的十年时间,血红天空和黑色行走者,常常出现在曹景的意识里。戴上手套开始工作,黑色行走者也迈出了步子;冗长的会议中间,拿起笔假装做笔记,黑色行走者在笔记本的纸页中出现了;家里的水龙头坏了,等待修理工上门的时候,黑色行走者嗒嗒地行走着,步子的节奏和水龙头滴水的节奏一致;女朋友不接电话的时候,黑色行走者在远处行走着。情绪低落的时候,他也不太敢看天空,尤其是黄昏的天空,那时候的天空,一律是血红的,云彩像是女娲用刚从炼石炉舀出的熔浆抹出来的,还沿着天空不断滴落。

黑色行走者的出现,是有预兆的,每当这个画面快要出现的时候,曹景看到和感受到的一切,都变得大、浓、深,空气越发透明,雾越发浓重,红色越发暴戾，黑色越发如同深渊，事物的细节越发清晰，连灯泡和星星散发的光芒，都像是一束束细细的玻璃管子。黑色行走者出现之后，那种浓重、鲜艳就留在了他的心里，甚至，不是精神性的存留，而是物理性的，他甚至能感觉到，自己身体里，有红色的血液或者油漆，一伸手就粘在手指上，那些事物刻录下的波纹，能够用手指像读盲文那样读出来。

他也会反复想象李志亮行走中的一些细节，这些细节都是他用自己的旅行经验来填补的——李志亮怎样看地图，怎样向别人打听路线，怎样打零工赚钱，怎样找到临时的居所；会不会突发病痛，会不会在乡村小诊所输液，周围都是呻吟着的病人，黧黑的脸，肿胀的手掌，医生的桌子上，放着一本卷了角的《知音》杂志。他甚至能想象到，李志亮走在路上，路边的水塘里长满藻类，覆盖了整个水面；夜晚行走在正在修建高架桥的山谷里，周围都是巨大的钢筋框架和吼叫的水泥搅拌器，像走在异星的地狱里。这都是他工作时经历的场景，被李志亮挪用了。后来，当他减少野外作业之后，他想象中的李志亮，开始频繁地出现在城市里；李志亮在喝咖啡，他成为深夜食堂的店主；他在盲人按摩店接受按摩，按摩师在讲述自己的悲苦经历；他隐居在闹市区的老房子里，屋子里有昏黄的灯光。

但这还不够。几乎是，每当他有了新的生活体验，经历了新的场景，他就会把这个体验和场景，安放在想象中的李志亮身上，像是一种——供奉。他有种可怕的感觉，似乎李志亮和他幻化出的这个行走者形象，正在变成一个黑洞，一个填不满的黑洞，自己的所有经验都用来填补他、充实他、丰满他，给他以血肉，而自己在填充过程中迅速干瘪下去。

但彻底触发他的迷狂的，是二〇二〇年十二月的“西藏冒险王”失踪事件。

“西藏冒险王”叫王相军，是四川人，长期驻留在西藏，拍摄西藏的地理景观。二〇二〇年十二月二十日，他在拍摄西藏那曲嘉黎县的依嘎冰川时，失足落入冰川暗河。直到第二年三月十八日，他的尸体才被发现，警方确认他是意外溺水高坠死亡，排除了他杀。

在“西藏冒险王”还只有六万粉丝的时候，他被推送给了曹景。曹景起初没有关注他，但不久之后，平台又一次把“西藏冒险王”推送了过来，这一次，曹景关注了他，一直关注到他拥有一百四十万粉丝。曹景通过“西藏冒险王”在快手和抖音上将近五百个视频作品，以及若干直播中的片言只语，逐渐拼出了他的人生概貌，记了笔记，最后写成了一篇短文：

王相军希望人们叫他老王。老王是四川广安人，一九九〇年出生。十九岁高中毕业之后，离开家去打工，曾经去过北京、上海、广州、深圳、广西、云南，在这些地方，他做过三十多份工作。在广东，通常是在电子厂工作；在广西，当过搬运工；在云南，就在饭店洗菜洗碗。

之所以每份工作都做不长，是因为他并不喜欢大城市，他觉得，那些地方一开门就是高楼大厦，特别憋闷。他也不喜欢复杂的人际关系，在家乡的时候，他看到往日的小伙伴慢慢长大后，一个个变得很社会、很假，找个大哥罩着，“就开始欺负个子小的、打不过他的、没有背景的”，他觉得很失望。后来出门打工，他也不喜欢那一个个小社会，“就连一个厨房里，老板、切菜的、炒菜的，这么几个人，都还要拉帮结派钩心斗角”，他觉得“人心很不好，很假”。他喜欢大自然，“喜欢真实的东西”，“我们看到的山，就是很真实的”，“我们看到山是这个样子，它就是这个样子，看到这个树什么时候开花结果，它也就是这个样子”。

所以，出门前，他就知道自己要的是什么了，“有了路费，想去哪里就可以去哪里，觉得这个想法特别棒”。只要打工一段时间，攒够路费和一段时间的生活费，他就去下一个地方，看山看水，直到“一个地方看得差不多了”，再去下一个地方，找下一份工作，攒够钱，就离开。如此周而复始。

打工攒的钱不太多，工作两个月攒的钱，可以给他提供去下个地方的路费，并且生活半个月，然后就得继续找工作了。

他最后一份通常意义上的“工作”，是在那曲的一家青海拉面馆。拉面馆的工人都爱刷快手，尤其夜班，都是用快手打发时间，他也下了一个。因为喜欢风景，他自然关注了很多拍风景的、搞徒步的博主，看多了他们拍的风景之后，他觉得，“我去的那些地方比他们的漂亮得多”，如果自己做快手的话，“搞到五万十万粉丝应该没问题”，于是他就辞职了，开始拍快手。

他的启动资金，就是打工攒下的七千块钱，他用四千块钱买了一辆摩托，剩下三千块作为路费和生活费，就这么开始了。拍视频的收入不稳定，有时候一周都没有一毛钱收入，有时候一天几千块钱，但他对生活的要求不高，他就希望通过拍视频得到的收入，能让他继续走下去。

他去过很多地方，最喜欢的还是西藏。他在西藏停留的时间最长，从二〇一二年他第一次到西藏起，之后的八年时间，他有六七年都在西藏，他在两个短视频平台上的作品，也多半和西藏有关，因为，"西藏是最舒服的，西藏的山更大"，"去了很多地方，只有西藏待得住，一天看不到雪山都不行"。

他拍了日照金山，为了拍到金山，他等了整整四天；他拍到了喜马拉雅的冰川，也拍到了喜马拉雅的春天，和山上的百里杜鹃；他为雪山上零下十五度的天气里盛开的蓝花惊呼，匍匐在地上闻花朵的香气，也在海拔五千多米的高山上，为盛开的荷花雪莲、苞叶雪莲惊叹，反复说着"这个是珍稀植物不能采不能采哦"；他在无人区的湖泊边，光着膀子和马卡鲁峰合影；他站在念青唐古拉山前，反复说，这山比阿尔卑斯山更美。

这么多年，他只在二〇一七年回过一次家，也很少和家人联系，因为一联系就要回家，"回家就有很多琐碎的东西"，他认为自己的状态不是"旅行"，而是"流浪"，但他喜欢这种状态。

有人问他将来有什么打算，他忽然放慢语速："能一直走下去，就非常好了。"

二〇二〇年十二月二十日，老王落水，引起巨大轰动，短视频平台上迅速出现大量和他的落水有关的评说视频，每个都流量巨大，点赞几万几十万，回复几百上千。因为搜救者没有找到他的尸体，也没有其他线索，人们就在他的视频和直播片段里寻找蛛丝马迹。阴森的传言很快出现，传播最广的一种说法是，他是被谋杀的，最大嫌疑人就是他的助手小左。有人把他落水前一天的蓝色冰洞视频的声音，做了慢放和除噪处理后，疑似听到了对话，有"流血""杀死"等词语。人们认为，小左嫉妒他的成就，嫌老王给自己的钱少，就谋杀了他。

还有人说，有特务在西藏的冰川上活动，被王相军发现；还有人说，有特务想要夺取王相军积累下来的地质资料。总之，他的死，变成了一个离奇阴惨的传说。而几乎每个评述解析他的视频，都会配上Else的*Paris*，一首被大量用于案件纪实、恐怖片和神秘事件解说视频的乐曲。

差不多有一个月，曹景每天要用几个小时看这些视频，看了一个两个，平台就会推送更多。在曹景的宇宙里，老王由此成为唯一的内容。面无表情的出走者，遥远的西藏，蓝色冰洞里的低语，冰川上的"谋杀"，冰河里的死亡，反复出现。他被这件事里那种阴郁的、非现世的，又有点超脱的气氛吸引了，放任自己沉溺在这种气氛里不能自拔。更重要的是，断断续续的封闭管理，也让他有大量的时间沉溺其中。

他的情绪也越来越低落，但不是那种具有伤害性的低落。他知道自己的低落情绪是“西藏冒险王”的失踪带来的，不是由自身生发的，这就意味着，它不具攻击性，不是向内的，只停留在表皮。

这件事让他意识到，李志亮正在变成一个不断吸引同类事物的磁铁，让他身上背负的铁屑越来越多，他决定，要和李志亮和他幻化出的形象所带来的长久的抑郁情绪，做一个告别。他选择的方法，是回到现场，坐实李志亮的存在，复原当时的细节，破坏这件事的幻觉之光，给李志亮的出走除魅。

就在王相军落水一个半月后，他回家过春节。回到天泽后，他发起几场聚会，召集了许多朋友，打听李志亮的人生细节。他知道自己得准备一些理由，于是努力编造了一些，比如想写写家乡的故事，想给李志亮的父母一点安慰，等等，又觉得不合适。小地方的人，对这种调查行为非常警觉，对“书写”就更为警惕，会以为他是媒体卧底，并产生严重抗拒心理。李志亮的家人，也必然会听到消息，并且产生抵抗。最终，他编造了一个不会被人深究的理由，来柔化自己的行动：当年，厂里一个姐姐暗恋李志亮，曾经托他给李志亮送过情书。这个姐姐现在和他在一个城市，前不久在一次活动中，两个人偶然遇见了。姐姐五十岁了，孩子也大了，还是非常牵挂李志亮，想在不打扰李家人的情况下，了解李志亮的现状。

这个故事基本是合理的，更重要的是，符合一般人对感情的期望，特别是非常时期人们的期望。朋友们果然对这个凄美的暗恋故事产生了极大兴趣，非常热心，努力向那个遥远的姐姐表达善意。他们的见识也超出曹景的想象，曹景本以为他们会带来一些过时的信息，提出一些老土而落伍的看法，比如“他可能就是厌世当和尚去了”，并对他的郑重其事不以为然。没想到，他们和他想的不一样。

有些朋友是“调查派”的。一个“调查派”的朋友说：“可以查一下户口，有时候一个户口上的人早都迁走了，只不过我们不知道，但派出所会留底子。”另一个朋友说：“在抖音上看过一个特大凶杀案，凶手是五六个人组成的犯罪团伙，杀了人抢了钱，就跑到内蒙古去了。然后买通了人，在一个农村重新立了户口，又把户口陆续迁到内蒙古，等于是重新出生了。李志亮会不会也找个废掉的户头子，变成另外一个人？”“问题是李志亮既没有杀人也没有放火，这么费劲变成另一个人干啥？直接迁走不是更方便。”曹景听他们讨论得如此认真，有点不好意思：“这个是不是不好查，现在查身份信息都会留下痕迹。”同学一笑：“我们这是小地方，小地方懂不？”打了个响指。

第二天，同学先给警察朋友打了个电话，随后带他去派出所，见到警察朋友后低语几句。警察看了看站在一边的他，点点头，指着他笑了一下："我把你认得，你是高二(3)班的班长。"然后进了挂着"副所长办公室"牌子的屋子，大概十分钟后，警察朋友出来了。同学问，为什么去了这么久？警察说："到领导办公室去，也不能请示完就走嘛。"随即带他到户籍室去，打开电脑一通操作。李志亮的户口，依然挂在李东强为户主的户口下，沉寂已久，没有迁出，也没有注销，警察朋友还拍了张照片给他。

消息还在汇集。有人汇集出李东强家的家史，有人拼凑出李志亮的几次相亲经历，以及相亲对象的下落；也有人认识李志明全家，知道一些零碎但无用的消息。这的确给了曹景极大的安慰。他以为老朋友们生活在偏远封闭的小县城，早都失去了生机，对生活毫无想法，但没想到他们另有一种生机勃勃，经常聚会，经常喝酒，还结伴出去野炊、爬山和露营，一样在看《山海情》《小偷家族》，玩《阴阳师》游戏，时下的消息都知道，包括"韩国N号房事件"、蓝可儿塞西尔酒店失踪事件，也知道云南人又到了吃菌子看小人跳舞的时节，吃火锅时会拿平菇香菇当笑料。尽管这些知识多半来自抖音和快手，但至少不是毫无波澜，信息多了，互相矫正，也能凑出对的一面。

有些朋友是"推理派"的。在李志亮离家出走后第二年，厂长被抓了，他的罪行超乎人们想象：勒死情妇，车撞知情者，给竞争者投毒，巨额现金藏在柜子和空鱼缸里。于是有人认为，李志亮很可能知道厂长做的见不得光的事，被厂长害了。至于那封信，或许是被迫写的，也或许是厂长找人仿照他的笔迹写的。写好之后，拿着他的钥匙，趁他们家没人，开门进去，把出走信放在桌子上了。就算遇到李志亮的家人也不要紧，那时候同事之间的来往紧密得很，拿着钥匙出出进进都很正常。还有人说，李志亮的父亲其实已经认出那具焦尸就是李志亮，但害怕厂长加害他们全家人，没敢当场指认。

还有一位朋友，更出乎曹景想象，他从文化底蕴、风俗习惯的角度，提出了自己的看法。他认为，甘肃处于半农半牧区，本来就有游民传统，出走并不少见。天泽县在历史上，更是典型的半农半牧地带，以前是羌人的地盘，后来匈奴来过，现在也是多民族杂居，有回族、东乡族、蒙古族、藏族、羌族、维吾尔族。城外不远有个贺家营，村民三千，据说是吉卜赛人的后裔，以算命为生，平时在家种地，农忙结束就带着《周易》《万年历》《麻衣相法》，牵着狗和毛驴，游走全国算命卜卦，他们有自己秘密的神灵、自己的隐语，也不和外族通婚，他们的算命技艺也从来都是父传子、母传媳，服饰也和汉人不一样，男女都穿黑，女人梳“高头”（高高的发髻），裹黑色头帕，穿带花边的大襟褂，戴镶了很多银穗的耳环。

还有一个曹家堡，全村不到两千人。自打有了这个村子，全村人都以养蜂为生，政府给村民分了地，他们也不怎么种，荒着，长草，顶多种点自己要吃的菜。他们就喜欢养蜂，一年到头流浪在外面，回来一个月，就又走了。可能养蜂是假的，他们就是为了找个理由走出去。“我们班上的蒋个铁，他爸爸就是养蜂的，有一年过完年，押着蜂箱出去，说是追油菜花去，再也没回来。他们的习惯也奇怪，男的可以走掉不回来，在外面结婚养娃，女的就不能再婚，一直在家里守着。他们村子里，这种情况还不是一个两个。所以你看，蒋个铁后来也跟他爸一样，跑到南方去，说是打工去了，但再也没回来，带回来的信说是又结婚了。”

他还说，甘肃人往外跑的习性是长在基因里的，改不掉的。二十世纪五十年代开始，甘肃人就开始往新疆跑，农民、要饭的、右派、逃犯、逃婚的、娶不上媳妇的……都往新疆跑，新疆遍地都是甘肃人，现在所谓的新疆话，其实就是兰州话的变种，抖音上几个拍方言段子的新疆人，他们说的话，别处的人听不懂，甘肃人一听就懂。这位朋友认为，这种气氛下，发生什么都不奇怪，“丢下老婆丢下丈夫丢下娃，突然走掉的人多得很，只不过我们不知道。李志亮也有可能受了些这种影响。他一天天骑着车在外面浪，你知道他都认识些什么人，给他灌输了些什么想法?”

李志亮既不是真正的本地人，也不是游牧民族后代，李东强和郝琴也是谨小慎微的知识分子，他的出走冲动，不太可能是受家庭影响，他也许就是被这块土地上的空气影响了，就像王林平被鱼缸影响、曹景被李志亮影响一样，鱼缸噪音既然能辗转抵达王林平，吉卜赛浪人、游牧民族传统就能抵达李志亮。

几次聚会，没有结果。聚会的主题就变了，变成纯喝酒。李志亮一家，也不见有人提起了。

还是没有真正的线索，反而让李志亮的面貌更神秘更复杂了。曹景决定，既然无法从李志亮这里切断抑郁信号，就从自己身上着手。回到自己常驻的城市，就开始寻求心理咨询师的帮助。

他找到了我。

在这里，请休息十分钟，休息十分钟再回来。以上的部分，可以叫作《鱼缸》，以下的部分，就叫《霞光》。这两个名字，没有什么特别的意思，就是为了中场休息之后，你我还能找到这里。

我是在十五岁的时候，对心理学产生了兴趣。那一年，我沉迷于推理小说，并且读到了江户川乱步的《飘忽不定的魔影》。那部小说里，有一个江户川乱步小说里经典的“妖女”形象，这个女人精通心理操控术，并且擅长催眠，心理学在她这里，近乎妖术的存在。她利用心理操控技术，制造了一系列凶杀案，包括迷惑保镖、进入一间防卫森严的密室，让人以为这是一桩较为典型的“密室杀人案”。

这本书激起了我对催眠术和心理学的兴趣。我在市图书馆，找到了一本日本人撰写的《催眠术》，反复阅读揣摩。当然，江户川乱步和他的“妖女”，对一个想了解心理学的人来说，不算一个太正统的开始，但的确是一个有着强劲动力的开始。强劲到，让我去读其他的心理学书籍，也强劲到，让我在学了金融，又在金融机构工作了五年之后，最终回到和人心有关的行业。曹景找到我的时候，我已经在心理咨询行业工作了十年。

他的朋友推荐了我和我所在的平台，我和曹景用视频连线进行咨询，五次咨询，每次五十分钟，上面所有这些，就是他在这五个小时里对我的讲述。

曹景这样的来访者，是我最喜欢也最惧怕的。他是自觉的，已经把自己理得清清楚楚，甚至主动挖掘了影响自己的各种因素，对这些因素进行了深入剖析，这个过程旷日持久，已经被他打磨得逻辑通顺，没有毛刺了。这也是我最担心的地方，他呈现给我的，都是经过他选择的，深加工过的，留给我的空间并不多。

我试着从一个比较平凡和俗气的角度，来梳理曹景的状态和他抑郁的成因。在曹景的少年时代，李志亮所代表的，是少年曹景不曾拥有的事物，包括他想要拥有的外貌、衣着、技能和身份，以及家庭环境和人际关系。李志亮是一个显性的投射对象。如果按照正常的进程，这种投射对象，在曹景成长之后就会失效了，毕竟，曹景后来拥有的都是李志亮不曾拥有的生活，长大的曹景很快就会发现李志亮的局限性，以及小城生活的单调。少年的神和神龛一起倒掉。

遗憾的是，李志亮失踪了。他的失踪，和天泽小城的环境，以及曹景在高中的遭遇联动，酿成了一种特殊的心境，一种急性的抑郁。拥有了这种特殊的心境和气氛之后，李志亮在曹景这里，就获得了不朽。这个神龛就没法轻易推倒了，甚至越来越牢固。因为你无法让一个消失的人消失。此后发生的事，打个比方，就像沙漠里有一株草，拦住了一些风沙，慢慢变成一个小沙包；小沙包就能拦住更多沙土，最终变成一个巨大的沙丘。也像珍珠蚌，被种入沙砾之后，会分泌珍珠质包裹沙砾，最终形成珍珠。或者，像一个普通人，因为干了一件不平凡的事，就渐渐在传说里变成了神，人们自觉地添砖加瓦，塑造金身，寄托愿望。

失踪的李志亮，在别人那里，可能只是一个普通的失踪者，但对于曹景这样一个特殊的个体来说，却意义非凡。平凡小城里的曹景，在成长过程中，期待得到一些人性的材料，进行深加工，但没想到，他最终得到的材料，是李志亮和他的失踪。对他来说，这个材料是相当不平凡的，甚至具有某种异色，他用自己当时的心境，和此后的生活体验，对这个材料进行重重包裹，让它越来越复杂，甚至可以说，他把这个失踪者，锻造成了一个自己的小神，把出走和失踪，锻造成了一个小信仰。这种信仰的可怕之处在于，他是以一己之力进行锻造的，整个过程中都充满了自我重复、自我强化和升华，这种重复和强化，最后可能走向偏执，甚至带上邪异的色彩。这就是他抑郁的来源。

他的抑郁，之所以被“西藏冒险王”激发，或许因为，李志亮是故事的前半段，是一个提问，而“西藏冒险王”更像是这个故事的后半段，是一个回答。李志亮和“西藏冒险王”，都是脱离生活常轨的人，他们也有自己的幸福感，但这个世界不会认为这种幸福感是合理的，他们会动用各种微妙的力量，让这个脱离者再也不能回头。“西藏冒险王”身后的诡异传说，说明人们是怎么评判他的，人们显然认为，他遇到这些诡异的结局，并不意外，这样才算合理，他人生的逻辑必须继续延伸，延伸到这些结局上。

从“西藏冒险王”所受的待遇，曹景足以推断出，李志亮最后会有怎样的结果。这个结果还会被进一步歪曲，变成李志亮无法掌控的样貌。曹景的抑郁于是被全面激发了——他不但被李志亮本身困住，他还发现，自己抑郁的来源，是无法讲述，也不可能获得理解的，甚至是会被歪曲的，而且必然会被歪曲。

这是我的理解，我把我的理解交给了曹景。这大致就是一个咨询师要做的事，“对他人的理解”，这个任务到我这里，似乎已经完成了。这种理解似乎也得到了曹景的认可，因为他本来就是带着对自己的理解来的，所以我们完成这个任务的过程还算轻松。

起初，我们约定的是七次咨询，第五次结束之后，他却没有约下一次，然后就突然消失了。我有点失落。我其实还想给他一个建议，我希望他能让别人参与这个信仰，重铸这个信仰，甚至毁灭这个信仰。比如，把李志亮和他的故事讲给更多人，让一个人的异教变成许多人的文学，让

cult[1]变成正典。就像正在四处散播的新冠病毒，一边传播，一边变异，毒性随之减弱。“李志亮病毒”其实并没有减弱，于是我隐隐约约觉得，事情没有这么快结束。却没想到，它走向了另一个方向。

我们没有留私人的联系方式，与咨询师有关的工作纪律，都严格禁止我们和来访者有额外的交往。国内心理咨询界对咨询师的要求是，在咨询结束后，三年时间内，不能和来访者有咨询以外的联系；国外就更严格，有些协会要求，咨询师和来访者，终生不能产生咨询以外的交往。但半年后的二〇二一年九月，我在微博上收到一封未关注人的私信，发私信的人说自己是曹景的朋友，受曹景委托前来，想加我的微信，发一些资料给我。反复考虑后，我留下了微信，马上接到了他的添加请求，打过招呼后，他发来了一系列照片。

这些照片，是曹景搜集到的和李志亮有关的照片，包括李志亮的几张单人照片，几张合影——和家人的、和同学朋友的，还有他的工作证照片，他制作的模型照片，他留下的出走信的照片，以及天泽县城的照片，矿业机械厂、车间、家属区、李志亮家所在的楼栋照片，他家屋内的照片——他的房间，他的床铺。还有天泽一中，甚至还有城外的麦地，以及那个发现焦尸的垃圾场。总之，他在那五天时间里告诉我的所有事，都有照片佐证。

李志亮很英俊，那种英俊略微超出一个小城青年的英俊，但也并不十分触目，它是模糊的，不确定的，就像一种基本款的衣服，你并不知道它算不算出色，直到它被合适的人穿在身上。天泽县城，以及矿业机械厂，和我的想象差别不大，我是在这种环境中长大的，也有一群久未联系的留守朋友。

其实，在知道自己即将看到李志亮的照片时，我就应该拒绝的，但好奇心战胜了一切，而好奇心是有后果的。

——让一个具体的形象进入眼中，和让一种病毒进入身体是一样的。更何况，这个形象不是一个单纯的形象，它还包括了一座小城的历史，一段九十年代动荡史，一个未解的凶杀案，一场被人忘却的失踪，以及一个工厂、一家人、一个人的故事，而且有可能是全部故事。更不巧的是，我完全能理解这个故事。

这个形象让我对曹景有了进一步的推断，对他来说，李志亮是个“他

---

①cult，“受特定群体欢迎的”“作为偶像崇拜的”，在电影制作领域指的是手法独特、题材诡异、非主流领域的拍摄风格。

者”，是个阴郁的男神。曹景生活在天泽县的时候，这种意义还不明确，因为，县城生活，有另一种危险——它把人埋没，它让人不愿意相信，在这种不起眼的地方，会出现刻骨的、独立的、不需要任何参照的美，会有空前绝后的机遇；它让人蒙尘，也让人失去判断，在小地方，你不知道自己遇到的是一颗坠落的废星，还是壮阔的银河。

等到曹景去往大城市，后果就显露出来了。他逐渐发现，大城市的人，从形象到内心，从情感到表达，都不得不互相驯化、互相学习，越来越相似，落入那个“同质化的地狱”。它貌似让人更鲜艳，更有光泽，形象和内心都得到更多的扩张，但它同时也是毫无止境的埋没。因为它早就具备了人工智能时代的一切特征，它是一片混沌海。你只有更巨大、更独特，获得更多的支持，才能稍稍抵抗这种埋没，这种被混沌海吞噬的可能。为此，你只能不停地卷入放大自己的战役之中，而这场放大自己的战役一旦开始，结果就是放大的通货膨胀。你在二十米见方的显示屏上露脸了，别人就获得了在五十米见方的显示屏上露脸的机遇；你露面十五秒，别人就能露面十五分钟；你生产出了一种独特性，这种独特性就会迅速被效仿和普及。而大多数人连这样的机遇都没有，大多数人都无法成为生产者，只能接受自己平庸、懵懂、被埋没的命运。

曹景忍受不了这种“不是生产者”的宿命，但他能做的，也只是努力否定、嘲笑“不是生产者”的那些人。在和我交谈的时候，一旦提到周围的人，他就会走题，开始肆意评价他们，说他们“一模一样，特别无聊”，“A和B毫无区别，是互相复刻的关系，构成他们的最小积木块都是一样的。同样的游戏角色，同样色号的口红”。他甚至还举了一个例子，他们的领导有段时间迷上了安藤忠雄，所有的同事，都开始讨论安藤忠雄，会议上不时地用他作为例证。他起初以为这是权力影响的结果，但后来发现，是因为周围的人处于空心状态，无所适从，急需言辞、内容和故事，权力只是他们接受填充的理由之一。只要有人愿意领头，哪怕那是一个没有权力的人、懦弱的人，他们也会马上起身，跟着他去向任何一个地方。他们把自己交出去太多次了，也已经驯化成功了，他们不能忍受一刻落单。

李志亮却和任何人都不一样，而且永远没有可能变得一样了。他的英俊，他的自行车，他的荒野，他的小城，他所在的上世纪九十年代，他和那个游牧传统日渐远去的往昔的若即若离，他和那桩焦尸案的迷离关系，都让他拥有了神秘感，让他有别于所有人。天泽县的生活，虽然也是由各种积木块构成，积木块的来源甚至更单一，但那些积木块更大，更草率，更接近人性的根本词汇、根本欲望，所带来的禁锢感反而没有那么牢固。李志亮也没有可能表露自己对高迪或者黑川纪章的看法,也不会因为讨论时事而翻车,失去了新进展,失去了产生新进展的可能,他就是一个毋庸置疑的"原人",并将永远锁定在这个位置上。他具有了一种永久的差异性,这种差异性甚至像一口深井的井水,取之不尽,每过一个晚上,就会自动悄悄注满。因为这口井拥有一个曹景这样的信徒,不断从现实生活中搬运东西到过去,现实中的面孔、话语、扑朔迷离的信息,加上他的新感受、新认识、新理解,再搬回去,去充实它的丰富性,强化它的差异性。他不断注水,又不断从中打出新的井水。这也是曹景在时隔多年之后,又回过头来探寻李志亮的轨迹的原因。我在看到他的照片的第一时间,就明白了这件事。但我没想到,这种推断对我同样成立。

也是在那段时间,我遇到一个来访者W。这个来访者是一位普通的司机,唯一不寻常的地方是,他是大剧院的司机,车上载的都是演员、文艺工作者,或者文艺工作者变成的领导,总而言之,是一些略微超出常轨生活的人。耳濡目染之下,他懂得向心理咨询师求助,并且有所准备。

W生在唐山,经历过地震,是地震孤儿,地震过后,远走他乡投奔亲戚,在亲戚照顾下,上中专,到厂里当电工,在厂子倒闭前,调到剧团为领导开车,后来又跟随剧团领导,调到了大剧院。他在二十五岁时结婚,妻子在广播电视学校后勤部门工作,岳父岳母则在大学后勤部门工作,妻子的工作是岳父岳母安排的,他们的安排显示了他们对现实的想象力和触手可及的长度。

W有一个看起来很奇怪的问题:他不能出门旅行。在描述这个问题的时候,他的说法矛盾而混乱,起初他说"我很宅,喜欢待在家里,不喜欢出门",后来又说"我成天开车往外跑,已经跑得够够的了。不开车的时候,就想待在家里"。对仅有的几次旅行,他的说法都是"被迫的,被动的","单位组织大家出去,我不去能行吗?出去了我就尽量待在酒店里"。但当我问他是否去过新疆、海南的时候,他又表现出强烈的好奇心,问我:"听说海南的海是蓝的,不是泥汤子海?"

之所以在"出行""旅行"这件事上产生这么多的对话,是为了突出他的宿命感,引出他真正要说的事情:"你看,我这么不爱出门的一个人,偏偏找了一个莫名其妙爱出门的老婆。"但他妻子的事,却并不是"爱出门"这么简单。

结婚三年后,W的妻子突然离家出走,不知去向;半个月后,妻子又突然回来,神色疲倦,对出走期间的事只字不提,状态类似梦游或者失忆。在刚发现妻子出走时,W就向岳父岳母报告了消息,岳父岳母并不惊慌,只是神色羞赧，似乎已经知道了会发生什么，并且安慰W，让他不要过分焦急。此后几年时间，妻子又出走多次，最长的一次出走，足足有五个月，每次出走归来的状态也都大同小异，仿佛经历了一场白日梦游。从她的谈话中，可以隐隐约约得知，她是追随某个男人去了，每次追随的都是不同的男人。W的岳父岳母终于吐露实情，他们的女儿在青春期曾经爱上海员，后来遭遇冷暴力分手，从此留下心理创伤，在结婚前就曾多次出走。

岳父岳母讲述往事的时间场合，略有点离奇。当时正逢中秋，大剧院推出迎中秋戏剧周，W得到作为福利的十张门票，邀请亲朋好友前来看戏，岳父岳母也在其中。在门厅等候时，或许是人来人往的嘈杂，让岳父岳母稍感松弛，不断走来打招呼的熟人，也分担了他们的压力，他们便从某个中秋讲起。那个中秋，他们的女儿离家出走，导致他们没有过好中秋。起初，他们吞吞吐吐，半遮半掩，但看到W并没有激烈反应，逐渐坦然，话语也越来越顺畅，但最终的落脚点，显然又掺杂了一点心思，“我说这个的意思是让你放心，她往外跑不是因为你引起的，和你没有关系，不是你不好，你们好好过”。最离奇的是，谈话结束，进了剧院，剧院里演的竟是《倩女离魂》，是在郑光祖的版本上加入现代戏剧元素改编而成，甚至有暗黑舞踏的场景，岳父岳母吃不消，提前离场。

那时已经有了精神科，以及各种心理门诊，良莠不齐，泥沙俱下。W带着妻子，四处看精神科，竟也有了点成效，妻子出走的时间间隔逐渐拉长，到W向我进行讲述时，妻子已经有八年没有出走。

但W的问题在于，他竟然暗暗期待妻子再度出走。生活逐渐变得庸常，妻子也不像从前那样，似乎总有无穷的力气折腾出各种生活戏剧来，突然发生的出走事件，让她有了神秘感。她去了哪里，为什么出走，和谁在一起，遇到了什么，她和别的人究竟有什么不同，她遇到的人和他又有什么不同。她每一次出走，似乎都在为她的神秘感充电，直到电力消耗殆尽，她就又一次及时出走，如此这般，几次三番，让他对她充满了期待，也充满了欲望，甚至对她涉足的地方也充满了欲望，他想象着她的迷狂之旅，甚至想在她出走后，悄悄跟着她，看看她都去了哪里，遇到了什么。如果是光明正大地和她一起出去旅行，就没有这样的魔力。

他甚至描述了一个很具体的想象场景。在想象中，他跟踪着出走的妻子，去了所有她去的地方，在妻子没有觉察的角落窥视着她。等她回家之后，他独自出行，又把妻子走过的地方重走了一遍，还住进她住过的酒店房间，洗她洗过的温泉，坐她坐过的车，和司机聊天，打探妻子和司机的谈话。甚至具体到，他想象妻子睡过的酒店床单，和他跟父母一起生活时睡过的床单一样，肉色，有牡丹和孔雀的图案。

但他周围的一切人，却都在给他压力：像他妻子这样的出走是不正常的，是必须要矫正的，并且给出了一个很现实的后果——“再这么下去班还上不上了？”他也服从了这种压力，佯装焦虑，佯装痛苦烦闷，但真正让他焦虑的，却是妻子终于被矫正了，八年没有出走的时光，对他来说犹如服刑。是的，他用了“服刑”这样的说法。

在我看来，她不出走，他就没有机会“出走”。在“出走”这件事上，他是失能的，地震摧毁了他的家庭和他的童年生活，并且给了他一个强有力的暗示——他需要安定的生活，他需要一个不会垮塌的窝，他需要重建；任何出行，任何一种不安定的生活，都是对他曾经遭受的痛苦的背叛，会让重建的努力付之东流。犹如电影《唐山大地震》中，幸存者所说的：“我如果过得花红柳绿，就更对不起你了。”他不能背叛。她的出走给了他一线生机，一点可能，牵扯出一个深不可测的世界。这样的出走让她变成了一个“他者”，让她拥有了神秘感。她出走带来的焦虑、痛苦，则占据和替换了他已有的焦虑。

他之所以把妻子的出走，简单地描绘为“爱出门”，是为了在面对陌生人时，淡化妻子出走事件中的失德色彩，更是为了淡化自己内心欲望的失德程度，也有可能，他既不觉得妻子是失德的，也不觉得自己是失德的。这种淡化只是刻意彰显自己的妥协。如果，妻子只是“爱出门”，那他也好办了，他的压力就不该有这么重。

我头头是道，侃侃而谈，在谈话的过程中，一丝忧虑从我心头掠过，我和曹景是不是面对着同样的问题？曹景是用出差代替了旅行，那不是真正的旅行，我则假装自己是因为工作走不开。我甚至怀疑起自己的职业选择。起初，我的老师问我为什么选择这个职业的时候，我给出的回答就是：“我从小跟着父母，搬家太多次了，就希望过安定一点的生活，这个工作正好可以在家做。”

对曹景和我，都一样，李志亮是一个可以恣意行走的替身，一个外部世界的引入者，一个“他者”，一个阴郁的男神。

一旦理解了这个逻辑，就是有后果的。

二〇二一年三月到九月，曹景结束咨询后的半年时间里，我偶然会想起他讲述的事，也偶然会想象血红天空和黑色大地的景象，但都是浮光掠影，稍纵即逝。直到九月，看了那些照片之后，一个晚上，我突然梦到了那个场景：梦里，那个黑色的人影披着漫天的血色霞光，不停向我走来，却永远走不到我面前。惊醒之后，我莫名其妙想到两个字：感染。

之后，我需要在一个月时间里，前往五个地方开会或者工作，在那几个地方，我少则停留三天，多则停留十天。因为疫情的原因，如果我每次结束工作，就回到我所在的城市，行程码就有可能带星。于是我决定，那一个月都在外地打游击，只去没有疫情的地方，如果一个地方开始有零星爆发，就赶紧离开。

我去了很多以前想去却没有去成的地方，李志亮的形象，时不时叠加在我看到的人和事之上。在大同云冈石窟，看到那些严重剥蚀的佛像，我联想到的，却是李志亮照片上的脸。在平遥古城，一个卖砖雕的小店，年轻的店主说自己卖完这批货就要去上学了，我问他，这种零工好找吗？你是怎么找到的？心里想的却是，另一个人，在过去的二十多年时间里，可能一直在做这种短期工作。

到了四川绵阳，正是华西秋雨季，这里已经连续阴雨许多天，我冒着雨去一条小街上吃米粉，在一家被油烟熏得乌黑的小店坐下，店主很快端上米粉，然后把围裙一卷，和一个孩子在厨房的后门坐下，面对着一条被绿萍覆盖的小河对话。他们讨论的是这个家的女主人，店主的妻子，孩子的母亲。这个母亲，显然也有些不同寻常之处，“她从哪里来的，莫得人晓得”，“她整天坐在窗户前头，对住这条河看，这条河有什么看头，臭的哟”。

显然，她不在这个家了，有可能是短时间去了别的地方，也有可能是永远消失了。我凭着断断续续听到的几句话，拼出一个轮廓。自从开始关注李志亮的故事以来，我突然发现，现实世界里的“失踪”实在太多了，这些消失的人和他们的故事，被一个隐蔽的大数据库，不断推送到我面前。此刻，大数据又在工作了，它知道这正是我要听的故事。可我不想再多知道一个失踪者的故事了。

回到酒店，我有两天不想出门，天气似乎也在配合我，始终阴雨连绵，给了我不出门的理由。两天后，我买了动车票，离开了绵阳。

我的抑郁状态被彻底激活，是在二〇二二年五月。在家待了将近两个月之后，一天晚上，楼上突然传来了一声“嗡”，很长，很有金属感，就像曹景描述的那样，像“在头顶上悬挂了一个巨大的金属钵，然后摩擦钵的边缘形成的回声”，这个声音每天晚上十一点准时开始，第二天早晨八点结束。在这个时间段里，它响十分钟，停五分钟，然后再来十分钟，就这样循环。我毛骨悚然地想到，我的“鱼缸低频噪音”来了。但此时此地，我不可能像天泽县的王林平那样，挨家挨户地去查找声音来源，小区是封闭的，单元门是封闭的，即便没有封闭，大城市居民楼的邻里关系也不可能给我这个机会。

因为李志亮的故事，我想当然地以为，这个噪音的来源也是鱼缸。我于是在业主群里发问，谁家养了鱼，谁家有鱼缸，能不能在增氧泵下面放一个减震垫，能不能把鱼缸挪开一点，不要靠墙放。但业主群的全部注意力，都被抢菜、拉走感染者占据，没有人注意到我，哪怕我在刷屏。我试着录下这个声音，发现它录不下来；我@我周围几户人家，他们陆续回答了我，说自己没有听到什么声音；我打电话给物业，甚至报警，都没有结果。警察打来电话，声音非常疲惫，说即便出警，也还是要交给社区来协调。

这个低频噪音持续了一个月后，终于有一天，群里有个邻居回应了我，说她也能听到这个声音，我看到她的楼层，有点犹疑，她在四楼，而我在九楼，即便我已经知道，曹景故事里的那个鱼缸噪音，也是跳空传播的，但四楼和九楼相差得也太多了。我还是加了她，问她是在什么方位听到这个声音的，她说是在朝北的屋子里，她怀疑那是屋后的加工厂发出的声音。当那个噪音再度出现的时候，我打开了我朝北的屋子——两个月来我只在白天进去过，果然，那个噪音比我在朝南的卧室听到的，要强烈得多。打开窗户，窗外，一百米外，一个平房院落里，一个形似水泥搅拌机的巨大的消毒设备在工作，轰轰作响，并且喷出白雾。它发出的声音打在我们北面的墙上，沿着墙壁传送到朝南的卧室，就成了我听到的声音。向市长热线和市政、环保部门投诉之后，那个声音消失了。它消失得如此容易，让我有点意外。它的来历如此简单，也让我有点惆怅。

被这个噪音笼罩，无法入睡的深夜，我在抖音和快手上看视频，开始是什么都看，后来就变成只看旅行视频，原因非常简单——越是无法出行，越渴望出行，只有看户外旅行视频纾解。这个原因是如此简单、赤裸和直白，如此理所当然，让习惯用幽密的语言和复杂的理论进行心理分析的我，感到无比震惊。

李志亮就在这些旅行视频里，无处不在。

"巡游轨迹"，看着两位主人公开着车，在大盘鸡发源地沙湾城外，在公路边停下车，买了一个西瓜吃，他们的脸就慢慢变成了那些旧照片上的李志亮。"白强游记"，播主在湖北宜昌827厂，走进已经被废弃的厂区和生活区，在食堂打饭的窗口向里望去，"李志亮在外面这么多年都吃什么"这个问题就出现了。"黑皮晓洁一起看世界"，夫妻两人在新疆兵团，钻进七十年前挖的地窝子，仿佛就会吵醒睡在深处的李志亮。"向西行""浪迹天涯""米奇妈房车旅行""陈雄极限户外""扬帆在旅途""失落的村庄""辟谷行脚""小白的奇幻旅行"……镜头里那个热爱荒山、废墟，正在走遍中国、走遍星球的人，对他们家乡的人来说，也不过是一个又一个李志亮？

看着看着，我就明白了，曹景其实已经找到了解决之道：把他的感受分享给我，不，感染给我。他的生活停顿了，新进展变少了，那口井，让他有了匮乏和枯竭之忧，他急需新人加入，和他一起，搬运新东西注入井中。

他一定用了很长时间，在平台上选择合适的咨询师，再一个个去了解他们，二〇二一年这样的年份，他有的是时间。选定目标之后，他还会继续通过微博、抖音和别的平台了解咨询师，看他们是在什么环境里长大，是不是易感体质，是不是和他同频，对荒野、废墟、失踪、死亡是什么感觉。我在抖音上仅有的十个视频，那些晚霞、鲜花、荒草、废墟，那种在“恋生”和“恋死”之间的摇摆，足够让他最终确定要联系我。

的确，我生长的环境和他和李志亮几乎一样。所以我完全能够理解他，在我理解他的同时，甚至在我起心动念的一瞬间，我就已经被感染了。我希望他能让他一个人的宗教，去经受更普遍的审视，他其实已经在做了，给我看李志亮的照片，就是给我埋下种子，拦住风沙变成沙丘，等待一个时机激活它。他知道必然有这么一种时机。

不知道什么时候才能解除静态，我一边疲惫不堪、精疲力竭，一边毛骨悚然——我每天看到的荒野、废墟和我想象中的李志亮带给我的感受，就是毛骨悚然。我决定向别的咨询师求助了。我用的是曹景用过的方法，先在平台上找咨询师，然后通过他们的自媒体去了解他们，最后我圈定了一个人，一个叫刘茵的咨询师，在业内有声望，翻译过几本心理学著作，操办过很多线下项目。

尽管我们的职业规范是，让我们尽量减少社交暴露，她显然也遵守了这个规范，但我的职业经验，让我足以通过非常少的材料，就能了解一个人。我通过她的不到五十条微博了解到，她在东北和内蒙古交界的地方出生长大，那个地方，是一个叫牙克石的城市，有工厂、废墟、林业站，也有森林、河流、草原和荒野。她在微博上转发一个荒野旅行视频的时候说，她哥哥有个朋友，毕业以后回到牙克石工作，教书教画画，对荒野非常着迷。她还说过一句话：“咨询其实就是陪着来访者一起探险。”我预感她能了解我的经验。

五天时间，每天五十分钟。咨询开始后，我告诉她，我也是咨询师，之所以来找她，是因为我在一次咨询中被“感染”了，希望她有准备。然后告诉她，我的出身来历，我中学时候遇到的霸凌，我的复仇方式；我怎样入行的，接触过哪些理论；我怎么遇到曹景的，我对他的分析，他讲述的故事在哪些地方影响到了我。她说：“这是个击鼓传花游戏，只不过，第一个接到花的人，有点不太寻常，他让这朵花变成了花束。”我明确地感受到，她理解了。

在她看来，曹景出生于一九八〇年。这是一个刚刚经过巨大动荡的时代，时代遗留下种种创伤，而在当时的背景下，人们仍然停留在集体主义的生活方式中，为生存本身而活。这些创伤无法言说，也没有空间见光，但是在黑暗中存在，在潜意识中一代代向下传递。同时，不能"出挑"是之前的时代延续下来的生存法则，就像李东强，对"出挑"的忧虑和抑制，就是因为他本身的发展由于"出挑"而受到了重大的影响。

"在这样的背景下，天性不敏感的人，就可以随波逐流地选择大众生活；而对于敏感的孩子来说，很多东西，时代的，父辈的，自身成长中经历的所有被引发的情绪，是没有地方可以放置的，只能自己默默承受，自己用自己的方式尝试解决、解释和突围，或者就变成了一个秘密的困兽，成为抑郁和焦虑的来源。

"症状是一种表达。很多人内在的隐患，日常处于潜伏状态，会让人隐隐不安，但是人都有逃避的本能和功能，在成长过程中，形成了自己的防御机制，实现了表面的平衡和相安无事。没有到迫不得已，没有人会主动地去查看。但是经年累月积聚在那里，一直是隐患，有一天被一些相关事件激发，隐患就藏不下去了，趁机呈现，也是在用这样的方式寻求关注，寻求解决的路径。

"想要症状消失，或者说获得某种程度的'痊愈'，最好的契机，是在某个故事中找到自己，放置自己，以自己的真实肉身为这个群体的故事找到结局，也为自己的隐疾和故事找到结局。完成自我的叙事，也完成这一类人的叙事，自我实现了完整和意义，症状也就消失了。"

没过多久，我就找到了结束这个阶段性抑郁的契机，"完成了自我的叙事"。这个契机非常简单和直接，我们可以出门了。那之后，我休息了两个月，打算回老家。回老家的前一天晚上，朋友约我吃饭，他给的地址，是一个新疆餐厅，稍稍有点偏僻，打车过去，大约六十五块。

这家餐厅似乎是按照新疆时间来运营的，晚上九点半，我和朋友落座之后，旁边临窗的一个大桌，才开始有人来；到了十点，陆陆续续来了十二三个成年人，他们带了四五个小孩，小孩子对饭菜兴趣不大，简单吃了点，就在店堂里奔跑和看电视。成年人们坐在那里，互相问候、寒暄，烤肉和大盘鸡陆续上桌，白酒、啤酒、红酒，酒换了几种，有人开始轻声哼歌，老板及时送来两把琴——一把吉他，另一把琴我不认识，冬不拉？热瓦普？我分不清楚，但已经有人开唱了，一首非常沉郁的歌，唱歌的人闭着眼睛，表情深沉而痛楚。

他唱完歌，他的朋友们开始鼓掌，我也示意朋友一起鼓掌，他们听到我们的掌声，向我们点头示意。坐在左侧的一个光头男士，招招手，似乎是请我们坐过去的样子，我指指自己，一个疑问的表情，不等他回应，就坐过去了。

“你们从哪里来？”

“乌鲁木齐，不过我们是博尔塔拉人，不是乌鲁木齐的。乌鲁木齐嘛是省会，我们不是省会的，我们是小地方来的。他们一家，维吾尔族；他也是；他，柯尔克孜族的，这个是他女朋友，维吾尔族；他，蒙古族；他们三个，汉族。”“你们是亲戚吗？同事？”“不是的，我们是朋友。汉族的这个朋友嘛，到我们那里援疆，援疆你知道吧，支援新疆，我们就认识了。他们是你们这里人，今天晚上是他们招待我们。”“你们刚才唱的是什么歌？”“《萨马勒山》，你没有听过吗？”

我搜到了那首歌，《萨马勒山》：

萨马勒山我挚爱的故乡，像镜子一样的湖水，
如今我是士兵却不是为你而战，每天都是煎熬。
你总是一次又一次地，出现在我的脑海里，生我割下我脐带的我挚爱的土地。
我们没有马，双脚已麻木了没有了知觉，
好像已经走了十五天，
好像已经快到下一个战场了。

“再唱一个。”“好，再唱一个。”琴交到了另一个人手里，他调调琴，唱起另一首歌，似乎是蒙古语。坐在我旁边的一个年轻小伙子，看我一脸茫然，拿出手机，找到正在唱的这首歌，给我看歌词。《阿拉套山》，也是和山有关的歌：

啊朋友，我想听你歌唱，
唱唱我们的夏尔西里时光。
草原繁花把我们埋藏，
我们静静或坐或躺。

啊朋友，我想听你歌唱，
唱唱我们的爱情和酒量。

欢乐的宴会直到天亮，
你不停把《黑眼睛》唱。

啊朋友，我想听你歌唱，
唱唱我们的父母和家乡。
白杨树下说起父亲病况，
脚下厚雪咔嚓地响。

好朋友，我想听你歌唱，
唱少年的愿望是风的愿望，
唱那达慕大会的骄傲荣光，
唱我们寻找的天堂就在身旁。

啊朋友，我想听你歌唱，
我已经在回家的方向。
阿拉套山就在我的车窗，
痛楚般的欢乐心中回荡。

他唱完了，我忍不住问："你们以后就不走了吗？"

唱歌的男人故意用了一种不满的语气调侃说："哎，咋了，你们这里不能来吗？"

"不是不是，不要误会，我希望你们留在这里啊。"

"你们这里我们留不下，太贵了，我们就是路过一下。他们一家，后天去广州了；他要去海南；他要到厦门去；你旁边的这个到成都去；就是这三个汉人兄弟，还在你们这里。新疆太冷了，冷的地方出来嘛，都往热的地方跑。你不唱一个吗？我给你伴奏。"

那个晚上我和他们一起坐到凌晨两点，最后在路边告别，整个晚上，没有想起鱼缸噪音，没有想起李志亮。和他们在一起的那几个小时，这仿佛都是一个巨大的包裹着我的茧里的事物，他们根本不知道这个茧的存在，他们的不知道，把这个茧击碎了。

真正的最后一击，是在我回老家以后。第二天，我回到老家；第三天，和老同学聚会，我简单讲述了这一年多我遇到的事。在一个个给他们打电话约饭约酒的时候，我突然产生奇怪的感觉，感觉自己又在复刻二〇二一年二月的曹景，像他那样联系旧日朋友，希望一种更有人间气息的关系给自己支撑。

只是我的结果比较利落，所有这些，在我讲完自己的事后，就戛然而止——我被同学的一句话掀翻，抑郁猛然刹车，也许是暂时终结，但终归结束了。也可能因为，我是间接感染，我身上的“毒株”毒性已经比较轻了，所以能被轻易终结。

就一句话：“对县上的同学来说，你就是个失踪者啊，你还到处打听失踪者的事情，明明你就是，你还不知道你吗？”

“你还不知道你吗？”是我们方言中的表达方式，带点轻微的贬义，你还不了解你吗？你还不知道你是个什么东西吗？还有一个第一人称的说法：“我还把你不知道吗？”我知道我，我知道我是什么东西。所有的失踪者，血红天空黑色大地中黑色的行走者，他们就是我，我就是他们。我早都走出去了，我本来就身处不安之中，不用制造安稳的幻觉。我不用对他们有所寄托，我不会继续供奉了。

在那天酒局中间，我给曹景打了语音电话，把自己最终的发现告诉了他。我说，我有预感，我不会再梦到他的梦了，梦里那个人已经走过来了，我已经看清楚了他是谁。他有一张脸，所有人的脸。我们要和“李志亮的血色黄昏”共存了，它来过就不会被彻底清除，但我知道接应它的是什么了。内部，我身体里的荒凉感；外部，时代的节点。每个人头顶都有鱼缸，也都有嗡嗡作响的时刻。

曹景说：“那就好，多保重。”停了一下，他说：“出来走走吧，我已经出来了。”

“好的，是时候出来了。”

而在别处——

在别处，李志亮早已经出来了。

他在四川的小城，开了一家很小的面馆，为顾客做一碗面。下午四点才出摊，晚上十点收摊。

他在国道边上，开了一家修车铺子，他是矿业机械厂的先进员工，修车对他来说不难。

他在甘肃、青海、新疆开包车，走大环线，一天八百块，从春天跑到秋天，冬天休息。有时候遇到好人，有时候遇到难伺候的人。遇到难伺候的人，他就不那么高兴。

他在宁夏，在贺兰山下卖饮料。他找了一个很好的位置，游客经常会在那里停留，停下来就会买点水和零食，顺便让他帮着拍张照。

更多时候，他都在行走。行走中的他，面目清晰了，甚至有可能带上了微笑。

他走在戈壁、荒野、草原上，风滚草滚过马路，远处有群黄羊遥遥望着走路的人。

他走在花海里。花海中，戴着彩色头巾的女人们，埋下身子在劳动，拔草，给花草浇水，把鹅卵石拣出来，扔得远一些——鹅卵石总是会吸收阳光的热量，变得滚烫，烤坏这些八瓣梅、万寿菊和波斯菊。鹅卵石是拣不完的，今天拣掉，明天还会出现，那足以证明，大地在震动。

他走在小镇的街道上，杂货店、五金店、小吃店，在他的视线里不断出现。街道尽头走过一些人，他们拉拉扯扯地，正在奔向某个葬礼，有人穿着白色的孝服，有人举着白色的纸花串、招魂幡，有人拎着一大袋花卷。

他在车站的长椅上休息，坐在对面的老人抽着纸烟，断断续续和他聊天，终于，他温和地说："你怎么不找个工作，找个工作好啊。"

他把房车停在青海的雪山下的营地，清早推开窗，窗外不远处，就是悬崖、山谷和对面的山峰。营地的朋友走过来打招呼，他们说着什么，也许是说昨天睡得好不好，也许是说下一段路怎么走，也许是在商议中午吃点什么，"我们在张掖买的丸子还没有吃呢，中午一起吃，我支桌子去。"

他坐在乡村大巴上，车窗外开过一辆拖拉机，拉着满满一车秸秆，一个孩子趴在秸秆顶端，牢牢地抓住捆秸秆的大麻绳。冬麦已经破土了，淡淡的绿色铺满整片大地，黄昏的雾气正在散开，雾气最深处，有人点了火堆，也许是在烧落叶。火苗很亮，火色很红，似乎足以让整片大地温暖起来。

他在西藏的雪山脚下，看见了日照金山。不枉早上五点起床，他想。他哈出一口气，他听到不远处有转山的人说话的声音。那声音带着轻微的回声，在山下回荡。

他在塔吉克族人聚居的小城，坐在全城唯一的一家咖啡馆门前。旅游的季节已经过去，漫长的冬天就要开始。天边有淡淡的霞光，一个穿着黑色羊毛长袍的老人，沿着墙壁的阴影边缘，走向街道尽头。

他走在河西的玉米地中的白土路上。阳光很好，白土路很硬，在玉米地中间，像一条静静的白色河流，玉米已经结穗，绿色的叶皮被撑开。四下无人，他手舞足蹈，甩着手脚，似乎手脚长到一步就能跨出去很远，像走在水上那么轻松。

他走在大理三月街。街中心，售卖特产的人，支起巨大的舞台，在迪斯科舞曲中，一边唱歌，一边介绍他们的特产。路边的小摊上，摆着色彩瑰丽的物品，动物的皮毛、骨头，晒干的草药。天上有一朵飞碟形状的云，也许真有个飞碟藏身其中。

他走在太行山的山道上，已经是秋天，树叶正在变得金黄，偶尔可以看到小小的院落。可不敢小看太行山深处的小院，就是最落寞的小院里，也至少有一尊精致的佛像，一片异常精美的壁画。小小的院落，至少要有一件宝物，才能在太行山里立得住脚。

他走在琼海城外的防浪堤上，浪花扑上来，打湿了他的鞋子。渔船正在离开港口，开始一天的工作，有人站在船头，穿着白色的T恤，又有一个人走出船舱，也穿着白色的T恤。后出来的那个人，把手臂搭在另一个人的肩膀上。海对他们来说，依然那么新鲜，每天早上，都像是第一次看到。

他不停地走，不停地看，永不疲倦地，投身风景。风景不是墙，风景可能是幻景，可能是肥皂泡，需要走进去，需要戳破，让它破碎，让它成为泡沫。

中国大地上，这个星球上，无数感染了“出走病毒”的人，离开原来的位置，疯疯癫癫地、兴高采烈地、手舞足蹈地、垂头丧气地走在大地上，像一个又一个破烂的稻草人。一百亿双鞋也不够他们这么穿的，他们不顾一切地行走着，戳破一个又一个，一幕又一幕，风景的幻景，风景的肥皂泡，让它们破碎。

而他们自己，坚不可摧。

镜头拉远，地球也在宇宙里孤零零地转着圈行走着，试图戳破宇宙的幻景。

那就好，多保重。

短篇小说首奖

白色猛虎

金仁顺 / 著

他们差不多是最后出来的。齐野推着行李车,车上有两个拉杆箱,加上一个双肩包,边走边扭头跟身边的女人说着什么。她穿了件白色紧身T恤,前面印着几个黑色英文字母,下身穿条牛仔裤,背着帆布双肩包,脚上是双帆布鞋。

有人拉着拉杆箱从后面急匆匆地奔跑,在出口处朝着齐野他们直撞过去,齐野把女人拉到怀里躲避,那个人一边冲他们点头表示着歉意一边毫不减速地拉着箱子继续往前冲,齐野看着他的背影说了句什么,环住女人的手在她肩上拍了拍。验过行李出门后,齐野朝接人的人群里扫了一眼,动作一下子僵硬了。

齐芳举起手,挥摆了几下,看他们走到近前。

"跟你说了不用接的,"齐野说,"我们都订好专车了。"

"你坐你的专车,"齐芳说,"我开车在后面跟着你们。"

"你好,"女人笑了,朝齐芳伸出手,"我是杨枝!"

杨枝的手跟她的名字一样,肌肤柔嫩,但骨节分明,软中有硬。

"欢迎来长白山。"

这些年齐芳在机场说得最多的就是这句话,针对不同客人,汉语英语韩语日语,切换自如,流利至极。

"很高兴。"杨枝说。

三个人一起往外走,齐芳想,"很高兴"是指什么呢?很高兴见到你,还是很高兴来到长白山,还是说她现在的心情?之前齐野说她在国外读完了高中、大学、硕士才回国的,"很高兴"只是她的口头语?她如此揣摩一句口头语是假意还是真心是不是有病?

"我们真的叫了专车。"快走出大厅时,齐野对齐芳说。

“谁拦着你了?”齐芳沉下脸。

“跟专车司机说一声儿我们有车接就好了啊,车费照付。”杨枝拍了拍齐野,南方口音软软糯糯的。

出门后齐芳径自往停车场走,听齐野在身后打电话退专车,行李车发出咔嗒咔嗒的声响,她的心里疙疙瘩瘩的。上一次齐野回来的时候,她来机场接他,一米八五的大个子从出口奔出来张开双臂抱住了她,“芳芳,想死你了!”

“别整没用的,”她把他推开,“啥时候领个女朋友回来?没有漂亮的,丑的也凑合啊。”

“女朋友分分钟换一个,老妈才是常青树。”他搂住她的肩膀,跟她撒娇,“今天晚上我要吃烤肉!明天吃紫苏汤黏糕,榆黄蘑菇馅儿饺子,野生蓝莓给我买好了吧?多多益善啊——”

她打开车门上了车,杨枝坐到了后面,齐野开后备厢把行李放好后,也拉开后车门。

“你坐前面陪陪妈妈吧。”

“巴掌大的地方,坐哪儿不是陪?”齐野边说边上了车,在后视镜里对齐芳笑笑,“是不是,老妈?”

“说谁老呢?”齐芳瞪了他一眼,发动了车子。

要说老,杨枝倒是有点儿,三十四岁了。齐野跟她说找了女朋友的时候,说她如何酷,如何聪明,如何漂亮,如何阅历丰富、年轻有为。时间长,她品出不对劲儿来,“阅历丰富”是几个意思?另外,再年轻有为,大学生或者研究生能是高级白领,在事务所的位置举足轻重?在她追问下,齐野才承认杨枝三十四岁,是他当实习生时的顶头上司。

齐芳把车停到客栈门口,让齐野和杨枝先下车。齐野把行李箱拿下车后,她把车开进车库里。走回来时,发现杨枝站在客栈前面,用手机拍照。

客栈的外墙是青砖,上面涂着白色油漆,涂得不厚(人工费越来越贵,最近三年都是齐芳带着张嫂李嫂自己动手,每次都预备涂三遍,最后都是涂两遍将就了),偏冷的灰白色在下午的光线中,透出抹橙红色的调调,大门右边用几块带皮的桦木板拼接出一块招牌,上面是黑色铸铁的几个字——

“白色猛虎。”

“名字很酷!”杨枝笑着说,“怎么起这么个名字?”

“——就随便那么一取。”

客栈装修的那一年冬天，镇上一共没多少居民。齐芳把齐野安顿在市里亲戚家，独自在山上，每天整这整那，忙得不可开交。那年冬天雪多，小雪天天都下，大雪隔三岔五，铺天盖地，齐芳有几天感冒窝在家里没动，等病好些了想出门，门已经推不开了。她走到三楼，费了好大劲儿打开一扇窗户，往下一看，大雪把半栋楼都埋进去了。客栈变矮了，再往远处看，整个镇子都被埋进了白茫茫中。

雪湮没了所有。天、地、云、风。只剩下了白和冷。风在雪面上刮过时，会打起一个个旋涡，雪末儿扬起又落下。

她给林场场长打电话，说客栈被雪封住了。

他也被封在家里，闲着没事儿，两人在电话里聊了半天。他说以前也遇上过这么大的雪。“那会儿我还是青头小伙儿，刚成了林场正式工，得意得不行。那年冬天，我在林场值班，刚入冬那一个月没觉得怎么着，冷是肯定的，零下四十多度，大烟泡儿风能把我这样的大老爷们儿卷飞。有一天晚上下大雪，冬天日头短，睡得早，半夜里我们几个突然就醒了——屋外的风刮起来时像哀号声，撕心裂肺的，那天晚上的风里还夹杂了别的声音，以及气息，说不清道不明的。我们把屋里能搬动的东西全摞到门口儿堵着门，围在火炉边儿上坐成一圈儿，一边烤着火一边打着哆嗦：我心里这个憋屈啊，刚有个正式工作，美了没几个月，命就要没了，我没孝敬过爸妈，也没娶媳妇儿呢，这辈子活得太窝囊了。我们听着外面的动静，守着炉子不敢动也不敢说话，坐了好几个小时，最后困在椅子里睡着了。天亮后推开门一看，屋外的雪地上，有好多脚印，一圈儿又一圈儿，岁数儿最大的老陈腿一软坐在门槛上，说，妈呀，这是东北虎啊！”

而且不是一只，他们确定不了东北虎是因为风雪太大，借用房子来挡风，还是闻到什么味道把他们当成了食物。它们没撞开门，但雪地里冻的几只鸡一头猪被它们发现了。它们吃光抹净，走了。接下来的两个月，林场值班职工们只有白菜土豆可吃，但他们仍旧庆幸不已。

“东北虎是吧？”放下电话，齐芳对着窗外的白色喊，“来啊！谁怕谁?!”

她站在窗口，不到十秒，身上就被寒风打透了，但她持续对着白色世界喊叫：“来吧，来啊！谁怕谁?!”

寒冷在长白山的冬季是看不见的固体，喊声刚发出去就被撞得稀巴烂。喊叫的碎片儿和寒风雪屑混在一起，反打回来，让她脸颊生疼。她关上窗子，在客栈里走来走去，像个困兽，不，她就是困兽！没到半分钟她又推翻了这个想法，不，她不配，她最多是个蛐蛐，在笼子里面转圈圈儿，叽叽咕咕，哭哭啼啼。

“来之前我上网查过这个客栈，”杨枝指了指门口的招牌，“是网红打卡地呢。下面还有很多留言，什么‘不入虎穴，焉得虎子’，什么‘威虎上山’，女孩子自称‘虎妞’，男人说自己是‘虎兄虎弟’，可热闹了。”

“年轻人喜欢搞事情。”齐芳笑笑，推开门，示意杨枝进来。

“老妈，”齐野把拉杆箱放在门厅，自己钻进吧台里面，在电脑上查找空房间，“我看‘美人松’被预订了，不是让你给杨枝留着吗？”

美人松是客栈里最贵的套房。旅游旺季时，一天的费用是888元。齐野订了机票后，齐芳一早在网上把这间房挂上了已预订，昨天一对情侣跟她商量只住一晚上她都没给。

“是给杨枝预留的，”齐芳说齐野，“你的房间也收拾好了。”

齐野顾不上拿行李，先拉着杨枝在客栈里转来转去：客栈一楼一进门是前厅吧台，往里面走分别是客厅、餐厅、小酒吧和厨房。客厅里摆了三组沙发，落地窗对着外面的广场，广场依湖而建，湖水幽蓝黑绿，湖边树林郁郁葱葱如一块海绵，时不时地飞起些鸟儿来，羽毛斑斓，惊飞了在广场上啄食的鸽子，湖面如上古宝镜，白天鹅和黑天鹅脖子弯成半个问号，悠游游走，鸳鸯在湖畔不远处耳鬓厮磨。穿过过道往里面走是餐厅，整面墙的落地窗，窗外的那片树林仿佛巨幅天然油画，除了白桦树外，大部分是岳桦树。山里的树绿得纯粹，新生的叶片嫩黄或者浅红，蜷成小小蜗牛的样子，高山树种树干坚实而纤细，五六十年的树也瘦瘦一根，根系却是个巨大的爪子，在地下拼命地抓挠、纵深，抵御8级的大风对它们是家常便饭，12级的风能把整个客栈刮成碎片，能把树拦腰折断，却拿地下的大树根爪子毫无办法。厨房摆着两张能容纳二十个人吃饭的长桌，吃饭、喝咖啡和喝酒，都在这里。厨房是开放式的，岛台和壁炉是前年客栈二次装修时添加的。齐芳在岛台和壁炉之间放了把自己专用的沙发椅，忙活累了，她喜欢坐在这儿喝茶，落地窗外的景色随着季节变换，春绿秋红，夏凉冬暖，山中日月如一段段哲思。

客栈是用石头、水泥、钢筋加固、垒盖起来的（花光了齐芳离婚时拿到的钱，银行贷款十年才还清），二楼和三楼是客房，大大小小加起来有十五间房。三楼上面加盖了120平方米的房子，一个客厅加上两间各带卫生间的卧室，是齐芳和齐野的家。其余的200平方米阳台，春夏秋三季是空中花园，冬天如果放任大雪不清扫，几天就会把整个房子埋进去。齐芳带着张嫂李嫂在阳台的雪里面挖过地道,但大部分时间,她们及时把雪清扫成一个个雪堆,再把雪堆堆成一个个金字塔。每年冬天都有些艺术家在镇上搞冰雕雪雕,齐芳曾想找人雕个狮身人面像,但费用太高,就作罢了。

齐野带着杨枝四处参观,边走边介绍,杨枝听得津津有味。然后他们各自回房间淋浴换衣服。晚餐是每次齐野回来必吃的烤肉,三楼阳台上,齐芳早早地准备好了木炭,新鲜玉米、山药和带皮土豆也早就洗干净,用锡纸包好了待用。

齐野带着杨枝上来,杨枝换了条墨绿色长裙,头发松松地绾了个发髻,穿了双夹趾凉拖,妆容精致,端庄大方又风情万种。齐野看着齐芳的目光落在杨枝身上,冲她挤了下眼睛,用口型说:我女朋友漂亮吧?

"去厨房里拿酒,"齐芳对齐野说,"想喝什么拿什么。"

齐野答应一声转身下楼了。

"这里太美了。"杨枝在阳台四周走了走,"我在朋友圈里发了几张照片,好多朋友以为我去了欧洲。"

"客人们都这么说,"齐芳说,"好多人来了就不想走了。他们觉得长白山很神奇,也很神秘。但他们只是这么说说,真正留下来的很少。"

"美是用来膜拜的,注定是寂寞的。"杨枝吟诗似的说,在齐芳身边坐下,"小野刚来公司的时候,话特别少,我们都以为他无比内向。有一天公司加班结束去吃烧烤,大家闲聊说起旅行,提到长白山,他就跟换了个人儿似的,手舞足蹈,说山,说树,说动物植物,说你,还有'白色猛虎',话匣子打开,跟滔滔江水似的,拦都拦不住。"

齐野提着个篮子上来了,听见杨枝最后的两句话,笑了。

"你还不是被我说动了心?"

他把篮子放到她们面前,里面有冰镇啤酒、红酒和白兰地。

"公司里的人知道你们的关系吗?"

"——不知道。"齐野说。

"有人可能会猜到些。"杨枝说。

齐芳用镊子翻了翻木炭,烧得正是时候,她把烧烤架支起来,把穿好的牛肉串儿摆上去。

"当地的黄牛肉,"她对杨枝笑笑,"小野最喜欢了。"

齐野以前回来,总是一手握着串儿,一手举着啤酒瓶仰着脖子咕咚咕咚,嘴里吵吵着"大口喝酒大块吃肉,人生豪迈"。这次他吃得很斯文,细嚼慢咽,啤酒倒在杯子里喝。他知道齐芳在盯着自己,转开目光不与她交集。杨枝在齐芳的介绍下,用紫苏叶片和野菜叶加上蒜片儿、辣椒段儿,卷着烤肉吃。

吃完饭张嫂李嫂上来收拾，杨枝说回房间回几个电话和邮件。

齐芳和齐野回了“自己家”。

齐野说吃了烧烤身上有味道，又冲了一次淋浴，出来时见齐芳坐在客厅，手里端着杯茶，他在齐芳对面的沙发上坐下。

两个人沉默了一会儿。

“杨枝挺好的，”齐野说，“除了年龄，她几乎没有缺点。而且年龄这事儿也分怎么看，按社会标准来说，她还很年轻。”

“她是你领导，又比你有钱，别人背后会怎么说你？傍富婆，还是抱大腿？”

“她算什么富婆？我们是姐弟恋。再说了，你是客栈老板娘，长白山金镶玉，我凑合凑合也算富二代，谁傍谁啊。”

“女人老起来很快的——”齐芳顿了顿，“我离婚那年就三十四。”

“你离婚跟年龄没关系，你遇上的是个混蛋！”齐野犹豫了一下，“——田大雨最近联系你了吗？”

“——联系你了？”

“嗯。”

“——说什么？”

“他说他生病了，很重，问我能不能去看看他。”

“——你怎么回的？”

“我说你哪位？打错电话了。”齐野说，“然后我就把他拉黑了。”

一个半月前山上春光如同滤镜，随手一拍都是美景，整个镇子水绿水绿，桃花李花粉白粉白，客栈远看像是银子盖成的；客人多时，齐芳把茉莉花茶叶直接扔进杯里，冲上热水，得空咕咚几口。那天客栈里面就她自己，花香和春风潮汐般一波又一波地从窗子里涌入，春天轻盈而繁盛，齐芳拿出工夫茶茶具，给自己泡了一壶存了二十年的班章。那还是刚开“如意居”时，她去云南进货时买的。

门被推开，风铃响的时候，她刚喝了一口，感慨二十年的时光，发酵了茶的甘甜，浓郁了茶的香气。

她放下茶杯，刚站起身，来人已经进来了，很瘦，戴着帽子，捂着口罩，穿着薄羽绒服，走近时，身上有股奇怪的味道。

齐芳心里咯噔了一下，开店久了，什么事儿都经历过，这是来了硬茬儿？来人摘下口罩，叫了她一声“芳芳”，她眨了眨眼睛——

她从未想过田大雨会变成这样儿：皮包骨，脸色黑黄，眼睛四周青得像被人打了，脸颊凹进去，鼻子眼睛显得特别大。

“——你生病了？”

“肺癌晚期，撑不了几天了。”

她一时不知道说什么好，让他坐下，拿了个杯子放到他面前。

“咱俩离婚时你骂我做了亏心事，不得好死。”田大雨笑了笑，“让你说着了。”

“恶有恶报。”

话语涌上田大雨的嘴边，但随后而来的咳嗽声把他的话吞掉了，他转过身去咳嗽，声音大得吓人，他的身体内部变成了风箱，呼啦呼啦地响，背对着齐芳的肩胛骨隔着羽绒服支起来，仿佛两个翅膀要从他身体里面展开。

好几分钟后他平息下来，转身看着齐芳，“我都快死了，你就不能客气点儿？”

“你以为你死了就完事儿了？想得美！我爸在地底下等你呢，还有赵小环。你们两个狗男女欠的账，地上地下连本带利，一分一毫也别想少。”

十五年前齐芳妈妈生病住院，她去医院陪床，饭店忙，她把放寒假的齐野送回娘家，让他跟姥爷做伴。有天晚上齐野闹着要回家取寒假作业，齐芳爸爸拗不过他，打车去齐芳家里取，一开门，撞见床上两个人。老爷子一股气上来，脑血管迸裂，送到医院时，人已经走了。

齐芳手持菜刀满大街找人，就想砍死这对狗男女，杀人偿命！整整两天两夜，她不吃不喝不睡，在“如意居”和所有她能想到的地方翻找这两个冤家，派出所的两个警察寸步不离地跟着她。第三天的时候，齐芳满嘴火泡，嘴唇开裂，嗓子哑得说不出话来，她在“如意居”门口的马路牙子上坐下，整个人都虚脱了。

警察把齐野（那会儿他还叫田齐野）带来，齐野眼睛红肿，“姥姥一个劲儿地问你去哪儿了，姥爷去哪儿了。”

“姐，”刚认识两天的女警察劝她，“你杀了那两个王八蛋容易，但杀人得偿命，这孩子没爸没妈的，以后怎么活？还有你妈，现在还在医院住院，你忍心留下老的老小的小病的病？”

齐芳扔掉菜刀，把齐野抱进怀里，放声大哭。

一个月后，齐芳妈妈也走了。临走时，她握了握齐芳的手，她的手瘦得皮包骨，“握”也是象征性的。

“芳啊，”她看着女儿，过了好久，眼泪从眼角流出来，“芳——”

老太太咽了气，那滴眼泪凝固了似的，挂在她脸颊上。

齐芳盯着那滴眼泪，在床边坐了很长时间。护士提醒她再不换衣服人就硬了，她才起身去取寿衣。

“半个月前，田大雨死了。”齐芳看着齐野，“他留了张卡，里面有一百万，说是给你结婚用。”

齐野嘴唇半张，说不出话来。

第二天早上，杨枝先下楼吃早餐。她的T恤是紧身弹力的，胸部像藏着两颗果实，当她走动，或者做某些动作时，腰会露出来一截儿，白腻润泽。她边喝咖啡边跟加拿大中年夫妇聊天。他们很高兴遇上语言交流如此顺畅的客人，问了一大堆问题。

“从长白山流下来的那条河叫什么？”杨枝替他们问齐芳。

“白河。”

“山是白色的山，河是白色的河，所以名叫白河？”

“这么说也行，”齐芳想了想说，“一年之中有半年，河是封冻的，冰雪是白色的；其他季节瀑布和河流远远看上去也是白色的。”

加拿大人又问，他们昨天上山，看到岩石上面长着很好看的花朵，越野车开得太快了，他们看不清花朵具体的样子。

“野花很多种，他们看到的可能是高山杜鹃。”

“这里有雪莲吗？”

“没有。有一种冰凌花，春天的时候开在冰雪里面，黄色的花瓣是透明的——”

齐芳从手机里找到照片，给他们看。

“这么娇弱，”他们一片惊叹声，“却开放在冰雪里！”

“美强惨！”刚从楼上下来的齐野看一眼照片，笑着说，“最流行的。”

他坐在杨枝身边，和加拿大人互相问好。

他们聊得那么愉快，齐芳把新鲜玉米磨碎煮粥时，给加拿大人带出来两份儿，上桌前，每碗粥里撒了几粒松子仁。

齐芳昨天订了温泉鸡蛋，鸡蛋是当地散养的本地鸡下的，在温泉水里面煮熟，蛋清是透明的，蛋黄是溏心的。她装了一小筐送到桌上。

“哇哦！”他们纷纷发出惊叹声，“太美味了。”

“这里有黑松露吗？”

“不知道——”齐芳说，“这里有松茸。稀少，很珍贵。”

“昨天晚上他们闻到烧烤的味道了，”杨枝扭头问齐芳，“他们问今天晚上可以在楼顶开烧烤派对吗，他们可以付费。”

吃完早餐，加拿大夫妇去大峡谷地下森林，齐野杨枝去看天池。几个人换了衣服背着双肩包出门，在门口互相告别。

“小野这女朋友，”张嫂打量杨枝，“性格挺好的。”

齐芳最不相信性格。当年的赵小环就是因为性格好，才被她挑出来，在饭店做最让人眼热的收款员，厨师满头油汗，服务员跑断腿，她坐着收款，工资不比别人少一分。饭店里忙起来从早到晚，她让赵小环三不五时地去家里做做保洁，照顾下齐野。可赵小环是怎么回报她的？

齐芳按杨枝嘱咐的，把晚上阳台办派对的消息写在黑板上，支在门口处，客人进出时一眼就能看见。

当天晚上客栈里有一半客人来参加阳台派对，加拿大夫妇分别穿上了西装和低胸碎花裙子，几杯酒下肚，笑得很大声。杨枝穿了一件抹胸小黑裙，腰细得像个漏斗，裸露的肩背奶油似的，男人们的目光时不时地黏在她身上。

齐野楼上楼下来回好几趟，把酒水饮料拎上来，再把空瓶收拾进空箱里搬下去。没活儿的时候他也拿了瓶啤酒，站在栏杆边儿往远处看。杨枝走过去跟他说了几句话，还用手在他头发上揉了揉。

墨蓝天幕上星星亮晶晶的，既近又远。音乐声欢快悦耳，有几个人手里拿着酒杯摇摆着跳舞，笑容灿烂，越来越多的人从座位上站起来，跳起舞来。

派对持续到半夜才结束，杨枝回了房间，齐野帮齐芳她们把阳台清理出来，把餐具酒具送到楼下。齐芳和张嫂李嫂在厨房一边清洗餐具一边准备明天早餐的备料，回房间都快一点了。齐野坐在客厅玩手机，听见她进来抬起了头。

“你怎么在这儿？”齐芳有些意外。

昨天半夜她听见齐野轻手轻脚地开门、关门。她在监控屏幕上看着他穿过二楼走廊，走到最南侧的“美人松”套房门口敲了敲门，杨枝穿了一件吊带睡裙，把齐野让了进去。

“——等你啊。”

“想喝茶吗？”

齐野摇摇头，收起手机。

“——田大雨这笔钱，赵小环知道吗？”

“他们早就离婚了。”齐芳叹了口气，“我也刚知道。”

跟齐芳离婚后，田大雨带赵小环去了南方，开了家餐馆。赵小环以前眼热齐芳是老板娘，住大房子，有车开，在店里呼风唤雨，她如愿以偿后，才知道老板娘意味着什么。前两年她嫌辛苦哭哭啼啼，天天抱怨，田大雨被她哭烦了就一巴掌抡过去，打得她闭嘴。她开始藏心眼儿，收银的钱一半掖进了自己的小金库，再后来她遇到一个油嘴滑舌的帅哥，跟他走得头也不回。

"遭报应了。"田大雨太瘦了，笑的时候满脸皱纹动起来，更像哭。

"他怎么没回来找你？"齐野问。

"拉不下脸吧。"

她接到电话后回去参加葬礼。以前的公公婆婆还活着，见到齐芳哭得稀里哗啦，把她弄得泪水涟涟。他们哀求齐芳，让他们见见孙子。

"'三七'的时候，你回去一趟吧，上个香，烧点儿纸，"齐芳说，"也看看爷爷奶奶，八十多岁了，怪可怜的。"

"如果他没留这笔钱给我，你还会让我回去吗？"

齐芳自己也想过这问题。答案是不知道。

"你有了这笔钱，是不是可以考虑找一个正常的女朋友。"

"杨枝怎么就不正常了？我跟杨枝在一起是我高攀她——"

"高攀容易摔下来，所以让你找个正常的。"

齐野看着她，叹了口气，"——我不想跟你吵架。"

"好像我想似的——"齐芳转身往自己房间走，她六点不到就起床，忙到这个时间，后背酸疼，腿像灌了铅，"你要去找杨枝就大大方方去，别偷偷摸摸跟搞外遇似的。"

"谁搞外——"

"客栈里到处是监控摄像头。"

"——我已经二十五岁了！"

"可不，你都二十五了。"

第二天，他们一起下楼吃早餐。

"早安呀！"杨枝对齐芳露出笑容，她的牙齿整齐漂亮，白得像刚下的雪，跟齐芳打招呼的同时，冲正吃早餐的加拿大夫妇摆手。

"早！"齐芳也笑笑。

齐野像跟谁生着闷气，没帮忙往餐桌上拿东西，一屁股坐在杨枝身边。

齐芳也没像前一天那样，给他们额外准备小灶。齐野坐了一会儿才反应过来，自己去取咖啡面包。他把东西摆上桌的时候，杨枝正跟加拿大夫妇聊天，有些意外地抬头看了看他。

齐芳给自己煮了杯咖啡，坐在她的“专座”上，看着落地窗外的树林，把咖啡喝完。开客栈，当老板，听着很酷，只有她自己知道有多累。干不完的活儿，操不完的心，每天晚上临上床前，腰都僵得跟块钢板似的。她花了十年还完银行贷款，又攒了三年的钱，前年重新装修了客栈，刚装修完，就闹了疫情，好多店铺撑不下去，关门大吉，齐芳算是幸运的，好歹没有贷款压力，能够撑到疫情消停，游客回来。

早餐吃了一个多小时，加拿大夫妇退房离开，杨枝和齐野送他们到门口，四个人互相拥抱，依依惜别，仿佛他们才是亲人。

把他们送走后，齐野和杨枝回房间换了衣服出门去原始森林“林中漫步”，齐芳在楼上库房听见齐野跟张嫂李嫂说下午回来。

“美人松”房里，齐野比前一天小心多了，一些物品没再大咧咧扔在垃圾筐里，被褥也整理了一下，杨枝的衣物还是有些乱，出来玩儿，居然带了两个大拉杆箱，客栈衣橱被塞得满满的，拉杆箱里仍然有至少一半衣服没挂起来。鞋子也有四五双，洗护用品七七八八，都是大瓶，排成了一排，护肤品化妆品浴室里房间里到处都是。小客厅茶几上也堆得满满的，电脑、平板电脑，以及几本书；杨枝还带了茶叶茶具，几盒挂耳咖啡，但都没用。她更乐意喝店里提供的饮品，直言没想到会这么好。

齐芳在房间里寻找齐野的痕迹，几乎没有，至少能放到台面上的东西，没有一样是他的——

房门被房卡刷开，发出吱的一声，齐野走了进来。看见齐芳，吓了一跳。

“你怎么在这儿？”

“——你说呢？”齐芳扬了扬自己戴着胶皮手套的手。

齐野脚步僵硬地走进来，在拉杆箱里面翻了翻，拿出个眼镜盒，“我来取杨枝的墨镜。”

齐芳把垃圾袋系紧、收好，扔到门外，换了另外一副手套收拾卫生间。

“——我回来收拾就行。”齐野一脚门里一脚门外，看着齐芳，“你放那儿吧。”

“你是就收拾这一个房间，”齐芳直起腰来，问，“还是帮我收拾所有的房间？”

“你抬什么杠啊？”齐野变了脸色，“我哪儿惹着你了？”

“你这话儿说的，”齐芳冷笑，“就好像你以前不知道我打扫客房似的！

怎么了？不好意思了？你不用不好意思，走的时候付房费就行。”

“我爸不是留了卡吗？”齐野转身往外走，“你从卡里扣。”

齐芳手里的抹布扔出去打到门框上，“留了张卡给你，他就又变成你爸了？！”

门外静了静，然后是齐野下楼的声音。

齐芳浑身发抖，做了好几个深呼吸才平静下来。她收拾完二楼所有的房间，把需要洗的床单被罩扔进洗衣机清洗，毛巾浴巾扔进另外一个洗衣机清洗，又把仓库收拾好才下楼。

“小野想吃蘑菇馅儿——”张嫂正和着面，抬头看她一眼，“——怎么了？”

“没怎么啊。”齐芳从她身后过去，倒了杯水。

“儿大不由娘，跟孩子较什么劲？”

“就是，”李嫂也劝她，“小野是男的，这种事儿上吃不着亏。”

下午有两个韩国女生和一个澳大利亚中年男人入住。他们在餐厅里跟杨枝相谈甚欢，晚上的阳台派对也得以继续下去。旁边旅馆的客人看到他们这边热闹，也跑来凑趣，虽然折腾了些，但收益倒很可观。

“你这未来的儿媳妇儿，脑袋瓜儿真好使。”李嫂说。

“卖了小野，小野还得谢谢她，帮她数钱。”

接下来几天，齐野大部分时间都在杨枝房间里待着。每天下午杨枝来餐厅喝茶，跟齐芳聊天，齐野有时候帮张嫂李嫂干点儿杂活儿，有时候出门跟朋友见面。

齐芳自己烤点心，烘焙的香气经常把客栈里的客人勾引出来，他们下来点杯咖啡，或者要壶茶。

“这是我想象中的生活，”杨枝说，“不紧不慢，岁月静好。”

齐芳煮了一壶咖啡，用玻璃茶具沏了壶菊花茶，血菊是当地的，小小的花头，入水后一朵一朵活了过来，茶水(或者说花水)冶艳无比。她们坐在沙发椅上，面对着玻璃窗外的树林，雨中的树木绿如新翡，通透、干净，开着的窗里，空气中流荡着植物鲜嫩的气息。

“我会想念这个地方的，‘白色猛虎’。”杨枝望着餐厅落地窗外的风景，隔着一层玻璃的森林，几近魔幻，雨停的时候张嫂李嫂带着篮子出去，一个小时就能拣回满满一筐的蘑菇，最近几天的食谱一直有蘑菇汤和蘑菇馅儿饺子。

“一想到明天就回去了，怪舍不得的。”杨枝笑着说，“我现在理解为什么每次提起长白山，小野就一副打了鸡血的样子。”

“你们可以再来。越来越多的客人喜欢冬天来这里了，虽然冷，但冰雪漂亮，山上雪大，有时候一下一整天，客栈快被雪埋到看不见了，网上订房的客人经常找不着门。客人里面，年轻的大部分是来滑雪的，年纪大的是来泡温泉的，一来都能住个十天半月的。壁炉里面的火炭不断，烤松子、榛子、核桃，还有地瓜、土豆，整个客栈香喷喷的。”

“听着都让人流口水，”杨枝笑着说，“冬天我带着欢欢乐乐来。”

“来这里的人都欢欢乐乐的。”

“——欢欢和乐乐是我的孩子。”

齐芳的笑容定在脸上，举到嘴边的茶也忘了喝。

“我结过两次婚。欢欢是女儿，今年七岁；乐乐是儿子，今年五岁。他们各有各的爸爸。”杨枝笑了笑，“——我就知道小野不会把这些事情告诉你。”

“——我就说嘛，”齐芳喝了口水，仍旧觉得嗓子干得厉害，“你这么漂亮、聪明、优秀，怎么可能——”

这些年齐芳开店，阅人无数。杨枝是个厉害的。温柔起来，嗲嗲的调调能哄得人骨酥肉烂；认真起来（齐芳听见她在电话里安排工作），领导的架子端得又稳又高；又是个贪玩儿的，疯闹起来不管不顾，烟酒都上手。齐野跟在她身后，就是个小迷弟。

“小野以前没正经谈过恋爱，喜欢他的女同学有过几个，他跟我吧啦吧啦地讲，听着挺热闹，但转眼就凉了；遇上你，他什么都不跟我说，我知道这回他是真动心了。”

“小野来我们公司应聘实习生，我觉得这小孩儿跟别人都不一样，气息清新，眼神儿干净，其实他的业务能力不太好，但我仍然把他留下了。”

“那天晚上他给我打电话了，高兴的啊，”齐芳说，“说能进这个事务所实习，即使留不下，以后想找个工作也很轻松。那天他跟我说主管是个女的，气质好，气场大，气势足。我还逗他一句，领导这么多气，你以后不得变成受气包儿？”

“我没想到会跟他变成现在这种关系——”杨枝看着齐芳，“他就像个小老虎似的，让我招架不住——”

“你会和小野结婚吗？还是，只是跟他谈场恋爱？”

“你希望我们结婚吗？还是，希望我们只是谈场恋爱？”

他们走的那天天气晴朗。

齐芳开车送他们到机场，第一次，她希望齐野快点儿走，早点儿走，飞机千万别停航，别延误。

离开前，杨枝结了这几天的房费。

齐芳跟她在吧台前面争执了半天，“你是小野女朋友，是我们家的客人。”

“如果我住他房间，我就不会结账，”杨枝笑着说，“但我是住了你们最好的套房，我是客栈的客人，账是必须结的。”

齐芳说不过她，最后给她打了个七折，收了她五千块钱。刷卡的一瞬间，齐芳觉得自己输了。

车上，杨枝坐在副驾驶位上，跟齐芳聊了几句对长白山的印象，对“白色猛虎”的喜欢。到了机场，齐野忙着打开后备厢搬运行李，她对齐芳轻声说：“我会对小野很好的，你放心吧。”

齐野找了个行李车把两个拉杆箱放上去，齐芳跟他们挥挥手，正要开车离开。齐野叫了一声，“妈！”

齐芳愣了愣。

杨枝冲她摆摆手，推着行李车先进候机厅了。

齐野绕到齐芳车窗外，脸都憋红了，“能不能把——田大雨那张卡给我？”

齐芳看着他。

“借我也行，我以后有钱了，会把钱还回去——”齐野低头说，“——过几天是杨枝生日，我想给她买个包。”

齐芳拿起自己的包，从夹层里面拿出张卡，随手扔出窗外，“密码是你身份证最后六位。”

她一脚踩上油门，车子忽地蹿了出去，一辆刚停下来的车跟她的车差点儿撞上。

“你有病啊你——”那辆车的司机伸头骂她。

败家玩意儿！

啥也不是！

山喜鹊，尾巴长，娶了媳妇儿忘了娘！

齐芳骂个不停。踩着油门时，她觉得自己精神油耗在更快地消失。十五年前，齐野还小，需要抚养，但现在他不需要她了，他有了杨枝——性感上是女朋友，年龄上可以当姐姐，阅历上能充任妈妈——她算什么呢？“白色猛虎”和长白山金镶玉不过是齐野跟人聊天时的一个噱头，一个逗趣？

齐芳抬头看着公路的前方，天蓝得像块冰，云彩丝丝缕缕，寒烟似的从冰面上掠过。她想起小时候看过的一个电影，一个医生在阳台上对一个男人说话，语调平稳而魅惑，“多么蓝的天啊，一直朝前走，你就会融化在天空里——”

她把油门踩到底，就会融化在天空里，融化在蓝色里。

齐野乘坐的飞机像只银鸟飞过这同一片天空，落地开机时，他会接到消息，然后立刻再回来：他会难过，会后悔，但同时他也会觉得解脱，她和客栈就像一个被废弃的茧壳，遗留在长白山上，变成他的过去和记忆，它们在他的生命里所占的比例会越来越小，直至缩成胶囊——

齐芳的思绪回到了三十五年前，她是高一女生，一心想考个好大学，窗外的秋蝉叫声响亮，她的同桌田大雨才高一个头儿就蹿到了一米八，在操场上打球打到上课铃响才冲进教室，他拉开她身边的椅子坐下，她为他那一身汗味儿皱起眉头，他冲她呵呵一笑，棕色的脸孔上，一口牙齿白得耀眼——

阳光如一柄利刃，朝汽车穿刺而来，白得耀眼！

短篇小说奖

我的太太变成了鼠妇

朱 婧/著

姗姗而来,全身披着白纱,就和她的心
　　灵一样纯洁
她的面容被面纱遮住,然而在我的想象
　　之中
她的甜蜜和善良使她的整个人都焕发出
　　光芒
她的面容是如此清晰,如此快乐,没有
　　任何一个人能够及得上她

——弥尔顿《梦亡妻》

我曾经非常喜爱鼠妇,在红砖平房背阴处,搬开地砖,挪动花盆,把鼠妇一只只从湿润的泥土里翻检出来,放在掌心,用手指拨动它蜷缩成团的身体,看着它难以翻身的拙笨姿态,让我乐此不疲。那时候,我不称呼它为鼠妇,它在我口中的名字是西瓜虫,潮虫是被使用更多的称呼。如果你看过一本名叫《地下100层的房子》的书,那本书里,地下有一整层就属于潮虫,潮虫们会将自己团成保龄球,让同伴扔出去。鼠妇是忠厚的游戏对象,它没有让人生理不适的黏液,黑色硬壳使它不至于太过软弱,它也不会对我产生任何威胁。我曾经是那样热爱鼠妇,究竟从何时起变得疏远了呢?如今的我别说是鼠妇了,对各种生物都感到厌惧。从某种意义上来说,我已经把自己封闭在围城内了。我的太太变成鼠妇后,我能感觉到围城在微微震颤。

我的太太和我通过相亲认识，第一次见面是在我工作的写字楼附近的茶餐厅。那种餐厅一度非常流行，宽敞皮革座椅相对，柔和吊灯悬挂，古典主义静物画装饰，提供简单西式餐食和中餐，后来却逐渐消失，仅存的几家也成为遗迹一样的所在。第一次的见面，她最吸引人的质素是一种幼态，或者说是直率的眼神举止带来的一种气质。这种气质后来成为年轻女性追求的风尚——白瘦幼的审美标准化为种种细则：让眼角微微下垂眼圈微微发红的无辜感泪眼妆，甚至在耳垂、锁骨扫上淡淡腮红制造娇羞感。我以为我可以一眼看穿矫揉造作，我以为我从平庸之辈中走过，才会如此强烈地被她吸引。

我大概只在儿童那里见到过那样透亮的眼神，她的一切都显得如此坦白。她并非不美丽，而是那种端正的美丽超越了性别，很难说能唤起欲念，但又如此可亲，带着毛茸茸的现实感。那张可爱的面孔在对面，她旁边是另一张和她一般可爱的，甚至更可爱一些的面孔。同我的太太并排坐着的人是她的发小，他们从幼儿园到高中都同校，大学也在同一个城市。沐的母亲是太太的母亲的牌搭子，太太的父亲和沐的父亲是高中同学，两家一贯要好。太太和沐最终长成了姐弟一样的伙伴，太太本科毕业后的第一次相亲，沐陪着她过来，漂亮的两个人坐在那里，像双生子一般亲密，看向我的眼神，也并无冒犯的意味。

太太的大学专业是幼儿教育，从本城一所著名的师范学校毕业。那所学校很漂亮，黄墙红瓦，绿色梁柱，春之关山樱、绣线菊和紫藤，夏之绣球、木槿和合欢，秋之木樨、野菊和银杏，冬之郁香忍冬、吉祥草和茶梅，四季植物和着风声奏响不同乐章。校园内猫咪傲慢自在地行在路上，挂在树上，追着鸟雀，扑着昆虫。这些景象，在太太婚后随手涂抹的画儿上能见到。只是她用iPad的Procreate画的那些画儿有着工业化的质感，更像照片，或许天然材料才更适合表现天然对象。天然，正是天然让我的太太成为这个时代弥足珍贵的良才。在南方小城的丰足家庭，在四季自然和父母的爱意中长大，到中等城市完成她的大学学业，见识和欲望调配得恰到好处。她没有经历过混沌和肮脏，对动物友善，对儿童和老人友爱，相信爱能战胜一切。如果不是毕业后和我立即结婚，太太大概会成为一所不错的幼儿园的老师。一般幼儿园的带班老师中，会有一位成熟的老师作为排名第一的老师，排名第二的老师多数是新鲜毕业入职的。她们往往穿着色彩清淡质地柔和的束腰连衣裙，头发清洁蓬松，长度刚刚好到肩膀的位置，牙齿洁白，笑容明朗。若路过一间外观可爱的幼儿园，我仿佛能看见我的太太站在门前迎接孩子们的样子，那形象我是那么熟悉，因为结婚后，我的太太以这样的形象在我下班到家时，打开门迎接我走进玄关。可是，我的太太没有一次能真实地站在一所幼儿园面前，去做一个被爱的老师。

因为她在我们的婚礼上点头承诺，应许做我的妻子。她披着长长的头纱从通道的那一端向我走来，穿过缀满茄紫马蹄莲、紫丁香和粉色火鹤花的花架走向我，手捧着由荷兰绣球、银莲花和紫红色芍药组成的手捧花。头纱边缘精致的蕾丝花边娇柔地衬住我的太太毫无瑕疵的面孔，她微微仰起头看向我，她是我见过的真实的人类中最美丽的一个，毋庸置疑。

婚后我对太太提出不要出去工作的要求，她连软弱的抵抗也没有。她从学校离开就走进家庭，做了我的妻子。我一度相信她喜爱这种没有压力的生活，比起那些同她一般年纪朝九晚五在通勤的地铁和办公场所里日夜消磨青春的女性，她很早就可以从容地出没于这个城市最好的消费场所，她买东西之前不需要小心地询问价格或者翻取标签，她的天真和骄矜不需要受到现实的破坏。她回报予我对于家的热爱和投入，她很容易建立起一种让生活流畅到丝一般滑顺的日常，她给了我美丽舒适的家。

沐送给太太一只小狗作为结婚礼物，那是一只白色巨型贵宾，鼻头湿润，杏仁状的眼睛、略窄的头骨和钝感的眼神如购买它的人一般，并不显得聪明。沐和我们差不多的时间结婚，也是通过相亲。像太太和沐这样美丽的人，在结婚这件事情上几乎不用表现出太强烈的意愿，他们只需要顺着命运的水流抵达一个结果，因为总有另一方会比他们更渴望。沐是经济专业的名校毕业，不过他早早离开证券公司，去了一间与证券相关的报社工作，拜访广告客户，投放资讯信息，做一些离专业不远的低竞争性工作。男性的美丽造成的脆弱感和优柔寡断的气质在他的身上一览无余。回想相亲日，他站起来同我握手，坐下来倾听我和太太的对话，眼神流转不多，却自有一份滞钝的诚实。他明确自己在现场的责任，试图时时警惕，但无法掩盖自身的局促。面对同性的我，他仅仅处理好无所不在的被比较的压力就已经不易，更难说去保护身边人。面对这样的对手获得的胜利甚至是寡淡无趣的，我在太太赞美和仰慕的眼神中起身，去取车送他们回去。她和身边人亲密无间的场在那一刻被破坏，她逐渐脱离，试图独立，我看到她身边人不可掩藏的失落。我走出餐厅，隔着落地窗回头看他们，我看到太太与他热烈对话，欢悦的神情，我看到他把目光投向我，却很快移开。

如果去看太太的童年相册，很难把她同今日站在我面前的优雅女士联系起来。她那时更像一个男孩，精力充沛，自由自在。她在公园里的秋千上，荡到很高的位置，她甚至不是坐在上面，而是站在上面，用小小的身体迎接清风和晨光。太太小时候也喜爱过鼠妇，在家中小院子里，她一只脚踏上花坛边缘，拿住小铲子，聚精会神在泥土里翻检。春天从江岸的丰茂草坡上往下滚；夏日午后跟着大孩子们骑自行车在小城的窄巷中穿梭，停下车，黏糊糊的手接过推着冰棍箱的老头递过来的一根牛奶棒冰，是她最快乐的事。那个老头，把另一根递给了她身边同样晒得黑俏的沐。沐还会和她一起，在公园的碰碰车上，在湖面的鸭子船中，在生日宴的蛋糕前，甚至，他们俩一上一下挂在公园的滑杆上。那些影像留在了他们的家庭相册，成为我无法触摸到的太太的一部分。

那只狗在我们的屋子里住的时间很短，仅仅三个白天和两个夜晚。我进屋的时候，那只狗取代太太站在玄关的通道迎接我，在射灯柔和的光线下，白色的细卷毛发呈出凝脂般的蜡色，并着它略微呆滞的表情，不像活物，却似画中物。太太刻意让它单独迎接我，它却没有迎上来，它转头离去，觅着太太的气息向厨房去，绕在她的脚旁。太太走出来，它跟随着，太太的表情里有希望也有请求。当晚，太太在客厅给它放好了窝和食盆。睡前，它发出啾啾的叫声，用爪子挠动我们的卧室房门，迫切地要求进来。太太出去安抚它，在客厅陪了它好一会儿，待她回到卧室，它又坚定地跟过来，持续地挠门。最终，太太把它的窝拿到了我们的床边，它爬进去很快安静了。在被送过来之前，它已经在宠物店寄养了一周。沐认为它长大些，习惯好些，太太照顾起来轻省。他买好了它的卧具、食物和玩具一并送过来。可它到底年岁还小，脾性又懦弱胆怯，换了新的环境，总想和我们一起睡。只是对我来说，不耐烦的直感盖过试图理解的意愿。第二天晚上，我坚定地同太太说让它睡在阳台，把阳台的门锁上。它的应对之道是在阳台发出凄厉的叫声，它的声音虽然不大，却相当尖厉。物业接到邻居的投诉，深夜按响门铃请我们务必处理好阳台上的狗。太太一边道歉，一边解脱般地打开客厅门，它似一道白光闪入室内，她把它抱在怀里，抱到我们床铺的角落。这是它第一次，也是最后一次和我们睡。我看着太太抱着它的样子，才发现这只据说是巨型贵宾的小狗，蜷缩在我的太太瘦到手肘突出的怀抱里，也只是那么小的一团。她们两个从客厅的楼梯走上来，走进主卧，像两只孩子气的幼兽。太太的宽大的白色棉质睡裙，被从露台吹进的风鼓起来，她们好似驾着云朵浮上来。

曾经，如果有人问我男女之间有无另一种情谊，我会觉得可笑。但是，在我太太和沐这里，我承认我的恶意毫无必要。不仅照片记录的两家人共同的旅行和饭局，还有无数我无法和她共同经历的时刻，皆能看到对方的影踪。他们的照片被小镇照相馆放大挂在橱窗；他们一起上过地方新闻，因为被选去中学新校区奠基礼上朗诵诗歌。令我记忆深刻的却是一件小事。太太和沐所在的小城中学安排过一次学农活动，其实也就是乘巴士到离小城不到一小时车程的乡村观览。“那景象并不陌生，”太太说，“春天从位于小城边缘的中学骑车十多分钟就能看到郊区的油菜花地，黄色蜜蜂和白色蝶子都是常见的。”可那次的特别之处在于，他们要好的几个人离开旅行巴士驻留的主干道，顺着灰白色石子混合的岔路前行，道旁是水杉，两侧尽是农田。他们走上田埂，直走到田地中间的阔道，两边有沟渠。沟渠尚湿润，但不见多少水，土壁上可见一个个孔洞，旋入不可知的幽深。这对于没有农事经验的他们来说是陌生的，他们猜测着，那是龙虾的洞穴，还是螃蟹的，还是黄鳝的？并没有一个明确答案。蛇是在那时候出现的，起先是一条，细长的，横在道路中间，接着另一条靠近过来，身体团起，两条皆是泛黄的土色，灰扑扑不起眼的模样。他们三五个人停住脚步，却没有一个打算后退，他们就静待着蛇，蛇也全不顾望他们。“然后呢？”我问太太。“然后蛇散了，游入了沟渠，我们继续往前走。看到蛇的关键是，不要让它离开你的视线，就不会害怕。”太太这样说。经历了蛇之冒险，上车晚了的他们坐在了最后一排。沐和太太，恰好在座位的中间，直面着过道，沐微微侧身护着她。一点残余的兴奋过去，车内谈闹声渐渐平息，睡眠之神悄然张开羽翼覆上在暮色中摇晃的车厢。太太睡着，梦的结界开启，她的头靠上了沐的肩；也许，是沐用手托着她随着车厢节奏点顿的下颌，像护着宝石。

送走这只狗，她只花了一天时间。我离开，再回家，她摆好餐桌，端上晚饭。狗已经无踪迹，仿佛从未存在过。这一天，我的太太是这样度过的。她送我出门，买了火车票回到距此一个半小时车程的她的家乡小城。她背了一只布包，过安检的时候，把狗的头略略往包里按了一按，让它隐没其中。十年前火车站的安检比较宽松，没有人特别留意我乖巧的太太和那只乖巧的狗。她把那只狗拜托给了沐的一个亲戚，那个亲戚在一个老旧小区开了一间超市，有足够空间养育那只狗，那只狗有它自己的命运。她乘当天的火车回来，去菜场买菜，做饭，等我回家，一如往常。我的太太没有告诉我，在火车上看着车窗外掠过的风景时，隔着布包摸着狗温热身体的触感，以及把它交给他人离开时，它是否又曾尖厉地叫唤，她如何回应它热切的眼神。后来，太太会定期购买猫粮，喂养小区里的野猫。她在固定的几个地方放了食盆和水盆，每日去添加更换。不多久，她就几乎认得了小区内所有的野猫，我们下楼散步的时候，她能指着某一只，说出细微的特征。但她不给它们取名字，只以特征称呼，她说名字是区别家猫和野猫的关键，情感不可过溢到给野猫取名。

“看到蛇的关键是，不要让它离开你的视线，就不会害怕。”我娇养的妻子离开了紫马蹄莲、紫丁香和粉色火鹤花装饰的婚礼，黑色的婚车在细雨中载着她返回我们的新居，雨滴在车窗上疾速漂移。下车时，婚纱的裙摆被轻轻提起，我看到她纤细的鞋跟、紧绷的小腿，美丽又脆弱的景象闪现。胖胖的五福奶奶，燃起线香绕着她的周身游走，祝福她富丽而多产。她走向她未来的家，白色蕾丝的手套包裹着她的手，像等待拆开的礼物，被交代在我的手掌，我感觉不到她的温度，也感受不到任何力量和回应。我不曾知道，也不曾想过，她是否害怕。

她很快习惯了一个贤良妻子的角色。每天下班回到家里，她一定做好了饭，端上餐桌。她也一定洗过澡，吹干了头发，穿着清洁的衣衫，总有馨香。新烘干的毛巾叠放齐整，卫生间的地面干燥，连一根头发都没有。她需要计算好我回家的时间，提前做好饭菜，在饭菜不至于冷却、我也还没有到家的短暂空隙，迅速地洗好澡，吹干头发。她没让我看到过狼狈，她总把事情做得好像天生就该那样。或许为了方便，她结婚后不久就将头发剪成了短发，只超过耳朵一些。夏天的夜晚，我们在小区附近沿着江岸的公园骑车，穿着宽松T恤和短裤的她像个男孩，平时收敛起来的生命热量此时闪现。她喜爱将车蹬得飞快，冲在前面，远远回头看我，复又继续向前；通过减速带时，她灵活地站起身来避开颠簸；有时她停下等我，与我并行。路灯下的树影在她的身上移动，我看见她的背影、她的侧脸、她剪短的黑发、她动辄露出的精巧耳垂，蝉鸣吞没了无声无息的闲静光阴，我们似乎可以这样无穷无尽骑行下去。

婚后的第二年，太太第一次怀孕，只是五十天后她失去了那个胚胎。我把装有机票和酒店确认单的信封放在她枕头下面，带她外出旅行。一年半后，她第二次怀孕。那次怀孕异常艰难，发现怀孕时在五月，胚胎的数值不甚理想，她每天早晨步行去社区医院注射黄体酮。六月时，她的背部突发了带状疱疹，孕期不能用药，只能自行恢复，病期被延长，神经痛并着渐生的暑热折磨着她，她多数时间只能趴在床上。夏夜，她解开连衣裙背后的衣扣，敞露那处尚在炎症发作的伤口；肩胛之上，她柔弱的脖颈在床边低垂，似已不能负担更多一点的重量。夏日之夜，有如苦竹。整个六月，病症未愈，对于她腹中胎儿的命运我们或多或少已有所准备。七十天的时候，那个曾经有过胎心的胚胎停止了发育，在B超的照片里，能看出如幼芽一般的手脚形态。太太第二次失去孩子。她背上留下了一个淡色瘢痕，偶尔的神经痛还会造访她。

我认真和她谈过，也许我们未必一定要有一个孩子。那几年，我密集地安排两人的旅行，我带她去主题乐园，参与人群中的歌舞狂欢，守候城堡上的激光投影和盛大烟火。我带她去海边酒店，清晨和傍晚同她赤脚在湿软的沙滩走过；在下午热乎乎的海风里，团在沙滩椅上玩着手机游戏的我，偶尔看向她，看着她在一旁看小说的专注神情。在海岛的时光，我骑摩托车载她去路边摊吃辛辣有味的食物，去周末集市买手工制品。那些旅行照片上的她，笑容总是倦怠，不经意就呈现出圣母像一般的哀伤表情。

我们回到家，希望从生活被中断的地方接续，重复的日夜看起来波澜不惊。破绽从哪里出现？也许是某次，我进入那间我几乎从来不去的储藏室取某个东西。家中所有的物件在用完之前总会补上，新的卷纸、新的牙膏、新的洗发水、新的电动牙刷头，还有新的毛巾、新的床品、新的锅具、新的餐盘，总是崭新，总是有序。我进入储藏室，看到分类整齐的备用物品，归置在一个个贴着标签的储藏箱。走到更深的搁架处，我看到的是一个个纸箱，里面堆放着大量家中从没有出现过的品牌的日用品、清洁用品、洗护用品，大多是小包装，一看即是试用装，数量上来说，支持一个小型便利店的货架足矣。我在那些物品的包围里深深困惑。过了几天再去看，这些箱子减少了一些，又增添了一些。仔细检视，种类之繁多超过我的想象：卫生棉、须后乳、牙膏、面膜、洗衣皂、柔顺剂、垃圾袋、鞋刷、沐浴球、花洒、防雾霾口罩、麦片、蜂蜜、全脂牛奶、姜茶、洗手液、代餐粉，甚至停车牌、HDMI连接线、USB分接器、烤箱烘焙工具套装，最多的依旧是各种护肤品、洗发水、护发素和沐浴露的试用装，各种品牌的化妆镜、化妆包。揭秘过程丝毫不复杂，只消在夜间等太太睡着以后，打开电脑，点进她常用的购物网站，点开订单记录就可以看到，我的太太以几乎免费的价格，购买过老人运动鞋、男士钱夹、手机壳、豆浆粉，用一元买到枕头，九元买到夏被。再翻检门厅入口处的抽屉里存放的快递单，可以看到定期往那间被送养了小狗的小区超市邮递物件的底单。我的太太，用她VIP客户的身份申请大量试用装，用网站发放的各种代金券以极其低廉的价格买来大量品牌用以商品推广的试用品、网站用以增加用户黏性的惠利商品。这些对于她来说毫无用处的东西，被她拿来送给他人。那些低价订单，夹杂在太太为我们日常生活精心挑选的固定品牌的消耗品的订单里。一页页翻下去，好像翻不尽，记录的是她Price Hunter的履历。一个是连厨房剪刀都要精挑细选的她，一个是像开玩笑一般买了十套一元一套的指甲刀套装的她。那种套装每天只有两个时间点发放大额优惠券，每天只可以领一次，我的太太必须每天准时领到优惠券再下单，连续十天，才能完成这样的订单记录。储藏室里的这一箱箱东西，都是她这样买来的。我不知道她独自在家的时间，花费了多少在这些事情上。每日回家，开门迎接我的永远是馨香轻盈、游刃有余的太太，她拥有克制的美德。

生活展露的细小破绽，打破了完美，却有真实的留痕。也许是再一次，我提前回来的时候，家中一切如常，书房里两台电脑虽然关闭了，机箱依然是温热的，放在一旁的两台笔记本电脑也是如此。太太在做什么事情需要同时用四台电脑呢，任何一种电脑游戏，需要组队，需要刷分的，都会需要她执行这样的操作。她从不爱玩游戏，可如果这些事情，是她智慧和能力的另一种明证呢？我知道她在无意义地消耗时间，累积毫无价值可言的物品。是何时开始，持续了多久？我无法开口和太太正面交谈，更不觉得她需要帮助。我以为以她的克制警惕，让生活回到正常的轨道并非难事。我猜想她只是在尝试，她已经解锁了厨艺软件上的一道道复杂菜式，攻克了各种各样的甜品的制作方法，也许她只是在制造和尝试新的目标。

只有我的太太在家时，她在做什么？她是怎样一个人？她曾经的生命能量，在被压抑消减后，残留的部分是否变成幽暗的气团四处奔走？如果我打电话告诉她我刚刚下班准备开车回来的时候，已经在楼下的车库了，如果我在她毫无准备的时候，敲响家门呢？可是，即使知道所有，我还是无法打破那道界限。她在婚姻里造像，我以为守住那座像就是守住了家。说话很重要，说话比性重要，可是我们始终没有办法说话。我看到从容自在地说话的太太，只有那一次，隔着落地窗，我看到她对着沐热烈陈说。我很难道出真心，那好像是一种软弱的证明，而她似乎在把自己培养成一个理想的妻子的时候，首先学会的是沉默。

我们依然亲密，我总是准时下班回家，周末的时间多数陪她；我在情人节给她订花，在纪念日给她礼物；我们不知不觉分了房间睡，以作息不同为理由，她习惯更晚睡，也需要更早起来准备早餐。我是在同她结婚的第七年，有了第一个女朋友，后来又有了另一个。在太太变成鼠妇的时候，我正交往的女朋友，是交往时间最久的一个。在一年前的马蒂斯展上，我在一幅或许不是最出名的画作前停留了很久，久到成为我的现任女朋友的人，以为我感兴趣，主动上前来帮我讲解。不过她并不知道，完全不懂美术的我当时只是发觉画中的沙发和我家中沙发的配色恰好一致而已。这个女朋友是和太太不同类型的女性，她高中开始在国外念书，拿海外护照。从头发到牙齿都精心打造，从衣衫到包袋都是名牌物件。第二次同我见面，在我送她回家车停在地下车库时，她通过健身房锻炼和有机饮食严格管理的身体，就矫健灵活地从副驾驶位滑入我的怀里。她志在必得，我来者不拒，彼此心知肚明，共襄盛举。我赞美她的康健和自信，这些是我的太太很难再有的美德。

一个证券投资的标志性人物，在前一年的冬天死了，这一年股票交易市场腥风血雨，类似十四年前。上世纪九十年代中后期，那些早年富人在做交易，斯人或逝，交易记录还在，数据分析人性依然有效。贸易利润流被贴现，金融杠杆撬动了超前消费。这个过程类似恒星坍缩，偶尔耀眼。我的太太在我不知道的地方长大，也许也身陷更深的幽暗，而我在另一种游戏中已经能找到让自己轻松的方法，只消维持一个体面的外观。我的太太在吃饭的时候，会突然和我讨论一些无关的问题。她告诉我，她去商场购物，她看到名店门前永远排着等待入场的队伍，她从人群中走过，看到不同的面孔拎着不同的——她能清晰读出来品牌名并猜到大致消费额的——购物袋。她问我："人们的生活真的如此富足并且满足吗？"

也许是我，一直试图把她隔绝在根本不存在的幻景中。沐在离婚的进程中，他同妻子分居已经一年。我知道这件事，并非太太告诉我，我甚至不知道他们什么时候恢复了密切的联系，婚后因为世俗的理由他们早已疏远，尤其，当沐轻松地获得麟儿而太太长久地陷入生育之苦后。我知道此事是因为沐的妻子滋扰的电话打到了太太的手机上，我看到太太强烈震惊的表情。我太了解，看起来在家庭生活中如此从容的她，在面对外部世界时的不堪一击。可以说是一种易感，不善处理，易受打击，挫败感进一步加剧了她的恐惧。电话再一次打过来时，我替太太接了，简单言语来去后果断拉黑了号码。沐最终娶了一个颇有家产的女性，但无意外，对方和对方家庭的强势让他的婚姻生活过得并不愉快。分居后他同太太说起过自己当年的软弱，后悔于那点想在婚姻中获取捷径的贪心。强者节节胜利，软弱者大概会尸骨无存。他回旧居接孩子时，手机被妻子拿走了，于是她的电话打到了太太这里，对方警告太太不要冒犯他人的婚姻。我告诉太太不可以指望其他人像我一般理解她和沐的友情，她只是一如既往地沉默。时间好像又回到相亲日，他们俩并排坐着，可怜可爱的一对，他们都是那么美丽而无用的人，他们都只能仰仗更强大的人，抑或顺从地走进谎言的牢笼。

太太离开学校，离开家，来到这个我为她而设的新居，做了我的妻子，整整十年后，她变成了鼠妇。为什么我的太太变成的是鼠妇？不是一只夜莺、一朵玫瑰，或者一只松鼠？她同时拒绝看到、听到、说出，以鼠妇的姿态。当她变成小小的黑色一团在我的掌心时，我不厌恶也不嫌弃，我是害怕童年时期荒诞的恐惧会跟上我，害怕回到只有我了解的生命早期的恶战。从暮色四合的田野，走到灰色碎石子铺就的乡间小路，无名的怪兽渐渐跟上我。道边所有的房屋合谋一般在这一刻同时紧闭，我越跑越快，它越追越紧。幽蓝色的风景从我的耳边掠过，道路上凸起的坚硬石子透过薄薄的鞋底一下下重击我，心脏剧烈跳动的声响占据我单薄的胸腔。我跑进自家院落，撞开没有锁的屋门，冲进一片黑暗，我用力合拢门扇，背靠着门滑落在地。这房屋内，没有一点光线和声音，父母还没有从田野归返，这古老房屋内与我同在的，只有世代祖先的幽魂。我生活的真相还没有复苏，但已凭一己之力摆脱了巨大的恐惧，获得安全，却陷入孤岛一般的至深的幽暗和孤独。我的太太，在我的手心变成了鼠妇的那一刻，提醒着我从没有能够真正逃离那样的时刻。

回到世纪初那个小城十字路口的照相馆，太太穿着海军服、斜斜地戴着海军帽的写真照片被放大展示在橱窗里，近旁是她亲爱的友人。十四岁的她露出七颗牙齿的笑容，在十年以后将我一击即中，我从来没有停止过热爱那张面孔。许多次，她在我的面前，坐在床边叠衣服，一时抬头，目光迎上我，她递来一朵温存的笑容，我恍惚回应，一瞬间的心惊，一瞬间的心疼。那是我们婚姻的第七年，我已经迷途，却无法知返。

松木的清香

万玛才旦 / 著

我气喘吁吁爬到三楼楼梯口时,远远看到一个穿皮袄的牧民蹲在我的办公室门口抽烟。

我走到办公室门口,停下来看那个牧民。那个牧民二十几岁的样子,卷发,古铜色皮肤,是个青年牧民。

青年牧民站起来问我:“这个办公室里上班的人是不是你?”

我看着他,点了点头。

青年牧民的样子有点张扬,站起来看了看自己手腕上的电子表,问:“你为什么迟到了二十三分钟?”

我也看了看自己手腕上的手表,确实迟到了二十三分钟。我们下午两点半上班,现在是两点五十三。

我问他:“你有什么事吗?”

青年牧民咄咄逼人,问:“你们国家干部上班可以随便迟到吗?”

我往前一步,拿出钥匙准备开门。

我开门时,青年牧民还在抽烟。

我开门进去后,青年牧民也准备跟进来。他手里还捏着那根已经抽了一半的烟。

我把他挡在门口,说:“你先把烟掐掉再进来!”

他看了我一眼,把手里的烟头扔到门口的水泥地上,用脚尖使劲踩了踩。水泥地上的烟头被他踩成了碎末,散发出烟丝的味道。之后,他就进来了。他带进来一股浓烈的烟草味和身上的汗臭味混杂在一起的奇怪的味道。

我只好走过去打开了窗户。窗户外面的阳光白晃晃一片,冬天凌厉的寒风“呼呼”地扑了进来。

青年牧民进来，慢条斯理地坐在了靠墙的那张长沙发上。

之后，青年牧民手腕上的电子表响了，发出一种怪异的女人的声音："北京时间，下午十五点整。"

我被这怪异的女人的声音吸引了一下，扭头看他。他也在看我。

我拿一块抹布一边擦办公桌，一边问："你什么事？"

青年牧民说："我们村里的一个人死了，我来开那个人死了的证明。"

我说："那叫死亡证明。"

青年牧民看着我说："就是那个东西。"

我又问："那个人是在哪里死的？"

青年牧民说："在医院里死的。"

我说："那你应该先在医院开死亡证明，没有医院的证明我们开不了。"

青年牧民说："那个人没有身份证，没有户口本，医院让我们先去找你们开证明。"

我问："那个人的身份证、户口本哪去了？"

青年牧民说："没找到，应该是丢掉了。"

我问："死者年龄多大？"

青年牧民说："三十二岁。"

我警惕地问："怎么死的？"

青年牧民说："喝醉酒骑摩托车撞到大车上的，拉到医院没多久就死了。"

我接着问："死者跟你什么关系？"

青年牧民说："我跟死者一个村子。"

我停下擦桌子，问："你有没有报案？"

青年牧民说："没有，我直接从医院赶来的。"

我问："肇事司机现在在哪里？"

青年牧民说："肇事司机和我们村长在医院里，肇事司机吓坏了，跟丢了魂似的。"

我问："死者家人呢？"

青年牧民叹了口气说："没有什么家人了，都死了。"

我问："医院怎么联系到你们的？"

青年牧民说："死者手机里有我们村长的电话号码。"

我坐下来，打开了电脑。

我问："死者是哪个村的，叫什么名字？"

青年牧民说:“多杰太,纳隆村的。”

我坐下来在电脑里查找,很快就找到了。

我问青年牧民:“你过来看,是不是这个人?”

青年牧民站起来,走到我后面,看着电脑屏幕上的照片说:“就是他。”

我盯着照片看了一会儿,说:“这个人我也认识。”

青年牧民从侧面看着我,问:“你怎么认识他?”

我说:“我们在小学里一起念过书。”

青年牧民说:“我知道了,他父母死后,他县上当局长的舅舅把他接到县上念书了。”

我说:“他小学没毕业又回去了。”

青年牧民说:“后来他县上当局长的舅舅也死了,他又回来了。”

多杰太和我是小学同学。我记得他刚到我们班上时应该是二年级,他的汉文很差,连自己的名字也不会写。

老师把“多杰太”三个字分开写在黑板上,让他跟着念。三个字占了整个的黑板。

老师念:“多,多少的多。”

多杰太念:“多,多少的多。”

老师念:“杰,杰出的杰。”

多杰太念:“杰,杰出的杰。”

多杰太停下来问:“老师,杰出是什么意思?”

班里的同学都笑起来,老师看着他说:“不要管它什么意思,跟着我念。”

老师接着又念:“太,太好了的太。”

多杰太跟着念:“太,太好了的太。”

后来,同学们就叫他“多少的多,杰出的杰,太好了的太”,一长串名字,不知道的人总是问这是什么意思。他当时觉得这样叫他很有意思。

青年牧民可能也觉得这个有点好笑,就笑了一下,但是笑得很勉强。

那时候,我的学习成绩很好,基本上每个学期期末考试都是班上的第一名。多杰太为了提高自己的学习成绩,就从家里带来各种零食巴结我。我得到那些平时根本吃不到的零食之后也尽可能地帮他。我不知道那么多零食是从哪里拿来的,每次都不一样。有一次我还问他你舅舅家是不是开小卖部啊,他笑着说不是,他舅舅给他买的。我当时想,他这个当局长的舅舅家里该多有钱啊!

可是没有想到小学三年级上个学期的期末考试成绩出来之后,多杰太成了我们班里的第一名，藏文考了98，数学考了91，更没想到的是汉文竟然考了100分，而我只占了第三名的名次。班主任老师一个劲地夸他，叫那些学习差的学生要好好向他学习。当年教他写汉文名字的那个老师也对他竖起了大拇指，说这样下去以后上个大学没有任何问题。那个时候，我们那里还没有多少大学生，平时听说谁谁家的谁谁谁是个大学生，都惊讶得说不出话来。这种情况让我对他恨之入骨，十二分地后悔这两年收他各种零食，给他补习功课。之后，他对我还是很好，时不时从他舅舅家里拿各种零食到学校给我吃，但是我连他的一个水果糖都不再吃。他总是说没事，你就吃吧，哪怕你吃了也不用给我辅导功课。我放狠话说要不是你之前一直死皮赖脸地求我，我才不愿意给你辅导功课！三年级第二学期的期末考试成绩出来后，他还是考了第一名，而我成了第五名。从那之后，我就没再好好理他，他也不怎么理我，班里原先看不起他的那几个同学，反而成了他的朋友。

青年牧民笑着说："你们城里的小孩心眼挺小的。"

我也笑了笑说："现在想想还真有那么点小心眼的意思啊。"

青年牧民说："那就是小心眼。"

我只好转移话题，说："再后来，我们小学快毕业时，他又回去了。几个老师都说这个孩子这样回去真是太可惜了。我心里倒是挺高兴的。他走后的那个期末考试，我的成绩又上去了，考了全班第一名。"

这时，青年牧民有点不耐烦地打断我说："行了，行了，既然已经找到了，就赶紧给他开已经死了的证明吧。"

这次我没有纠正他。

我正要开死亡证明时，青年牧民说："后来他没再继续念书，成了一个小混混。"

我停下来看他眼睛。

青年牧民没再继续往下说，突然打了一个喷嚏。

青年牧民接着又打了一个喷嚏。

我觉得他的样子很奇怪。

青年牧民做出继续要打喷嚏的样子，我盯住他看，他就忍住了，没有打喷嚏。

外面的风变大了，我把窗户关上。

青年牧民说："赶紧开吧，多杰太的尸体还在医院的停尸间里放着呢。"

我突然停下来对他说："我先去请示一下我们所长。"

青年牧民说:“在你们这里办个事情真是很麻烦!”

我没有理他,自己出去了。

所长的办公室在二楼,他正在里面喝茶看一本书,我跟他汇报了情况。

所长说:“开上证明你也跟着去一趟,到县交警大队备个案。”

我和青年牧民开着警车出发去县上。

刚上路,青年牧民说:“我这辈子没坐过警车,心里有点害怕。”

我说:“只要没做坏事,就不用害怕。”

青年牧民说:“这是专门抓坏人的车,没做坏事心里也害怕。”

路上,我给青年牧民又讲了多杰太的一件事。

大概三年前,多杰太还找过我一次。

那天上午,我正在上班,一个牧民突然打开了我的门。

我被吓了一大跳。

那个牧民站在门口看我。

我问:“你有什么事?”

那个牧民站在门口突然哈哈大笑起来。

我又问:“你有什么事吗?”

那个牧民突然变得很严肃,说:“我是多少的多,杰出的杰,太好了的太。”

我站起来说:“多杰太!”

虽然我喊出了他的名字,但是我基本上认不出他了。站在我面前的这个牧民已经基本上不是我记忆中的多杰太的样子。在他用那样的方式念出自己的名字之后,我才叫出了他的名字。

他说:“你总算认出我了,哈哈哈。”

我敷衍着说:“你变了,我差点就认不出你了。”

他说:“你没多大变化,走在大街上我也能认出你。”

之后,他说今天我请你吃饭吧,咱们出去吃。

我刚好中午没事,就跟他出去了。

那天,他穿得还算整洁,气色也不错。

我俩去了一家看上去还干净整洁的藏餐馆。那天不知咋的,吃饭的人特别多。老板我们认识,是个充满活力的小伙子。他笑着说今天上菜可能不会那么快,需要等一等啊。我说没事没事,我们可以慢慢等。老板说那好吧,我们尽量快点上。我问多杰太咱们吃什么,他说你看着点吧。我就要了两斤手抓羊肉,一份牛肉包子。我问他这些够不够,他说够了够了,吃不了等于浪费。

老板给我们先上了一壶奶茶,说:“你俩先喝点奶茶吧,不然等着干着急。”

我说谢谢,谢谢,老板说不好意思,不好意思,奶茶是我送你们的。

我们喝奶茶时,我问多杰太:“咱们念小学时你的学习成绩不是很好吗?后来怎么没有继续念书啊?”

多杰太叹了一口气说:“命嘛,每个人的命不一样嘛。”

我说:“你那么聪明,你应该继续念下去的。”

多杰太说:“我也觉得我这个人脑袋瓜还挺聪明的,就是命不太好嘛。”

我说:“其实命还是有改变的机会的。”

多杰太笑着说:“说实话,你的脑袋瓜没我脑袋瓜聪明,这个你承认吗?”

我也笑了,说:“我承认,念小学时你很快就超过了我,这个我是万万没有想到的。”

他还是笑着说:“后来我才想明白了,那时候你不太理我,不吃我给你的零食,是因为你忌妒我,是不是这样?”

我说:“后来我上了大学之后,想起小时候的一些事,觉得那时候我是确实有点忌妒你的。我想你一个牧区来的孩子,刚来时连自己的名字也不会写的家伙,为什么就能超过我呢?”

多杰太笑了,说:“你终于承认了,我还以为你不会承认呢,你们这些读了书的人就是心胸开阔,就是不一样。”

我说:“这有什么不敢承认的,那时候我们都是小孩子嘛。”

多杰太笑着问:“那你现在还承认我的脑袋瓜比你的脑袋瓜好使吗?”

我笑着说:“现在就不好说了,要是咱俩一起读了大学就知道了。”

他一下子变得伤感了,说:“是啊,这就说明我的命没你好啊!如果我的命跟你一样好,我想我也跟你一样读了大学,成了国家干部吧?”

我赶紧说:“当然当然,这是最基本的。”

他马上又开朗起来,说:“算了,说这些没有用,这些都是命里注定的事情,谁也改变不了。”

我看着眼前这个几乎认不出来的小学同学,不知道该再说什么。

他却指着我说:“本来今天我是准备好了请你吃饭的,但是现在一想,今天应该由你来请啊,你都堂堂正正的国家干部了,应该请我这个小老百姓小学同学吃个饭啊,哈哈哈。”

我马上说："好，好，完全没问题，完全没问题。"

我们喝完一暖瓶奶茶，点的东西终于上来了。老板说手抓羊肉给你们多加了半斤，包子多加了六个，送的，不收钱。我说感谢感谢，不用这样。

最后，手抓羊肉基本上被多杰太吃了，我吃了几个牛肉包子。

他边吃边说："手抓羊肉不错，牛肉包子也不错。"

吃饭时，我们还喝掉了七瓶啤酒。

那天中午，除了吃饭，我们还没话找话地聊了一些事情。

最后，我问他："你真的相信命吗？"

他说："当然相信，不然咱俩之间为啥会有这么大的差距呢？"

我看着他，不知道该怎么接话。

他却说："人跟人的命运就是不一样，这是改不了的。"

我说："你也不能这样说吧。"

他说："人跟人的命就是不一样，我这种人注定只能活成这个样子了。"

我没再说什么，也不知道该说什么。

青年牧民突然问我："他没有问你借钱吧？"

我说："没有，他没有跟我提过钱的事。"

青年牧民说："那算好的。他借了很多人的钱，借了都不还。"

我问："他借那么多人的钱干吗？"

青年牧民说："哎，几年前多杰太开始打麻将赌钱，我们村里也有几个跟他差不多的混混，但是那几个根本就不是他的对手，几个月之后就把一点本钱在多杰太手里输了个精光。多杰太后来去了州上，跟州上的那些混混赌，我们都担心他很快就会输个精光滚回来，没想到他在州上也站住了脚。听说还赢了不少钱，买了个二手的桑塔纳，找了个城里女人，过起了城里人的日子。有一次他还开着那个桑塔纳，带着那个城里女人回村里了，很风光，村里人看他的眼神都是羡慕连带忌妒的——"

我一边开车一边问："那他后来怎么就成了那个样子？"

青年牧民说："后来，后来他就不行了。"

我问："怎么了？"

青年牧民说："后来听说他惹了州上的一个地头蛇，那个地头蛇专门从兰州请来了一个打麻将赌博的高手，设局让他上当。听说那时候多杰太手上都有一百万人民币，我们都吓坏了，心想这家伙真是很厉害！听说他们打了三天三夜的麻将，最后多杰太输了，一百万就没有了，那个二手桑塔纳也没有了，那个女人也离开了他——”

青年牧民叹了一口气，我继续开车。

青年牧民接着说：“他到处找人借钱就是从那时候开始的，他说他一定要把输掉的赢回来，但是从那以后，好运气就离开他了，他越赌越惨，最后背了一屁股的债，而且喝酒喝上瘾了，你要知道之前他虽然赌博，但酒是轻易不喝的。”

我一边开车一边想，我那次见他应该是他在输了钱之后吧，但是我想不通他怎么就没问我借钱。他那次即便问我借钱，我也是没有什么钱可以借给他的。我那时候正在凑钱买房，准备跟交往了三年的女朋友结婚呢。

看我不说话，青年牧民问：“之后你还见过他吗？”

我说：“没有，那是最后一次见他。”

青年牧民说：“等会儿你又能见到他了。”

我点了点头。

青年牧民说：“听说他还借了高利贷，最后还不上，右手的一根手指头被人剁掉了呢！”

我没有说话，继续开车。那天还下了点小雪，路面有点滑。

到了医院，青年牧民指着一个中年牧民说：“他是我们村长。”

中年牧民过来跟我握手。他看上去满脸沧桑，额头上的皱纹一道一道的，整个人裹在藏袍里，疲惫不堪。

青年牧民又指着另一个人说：“他是肇事司机。”

肇事司机不是本地人，应该是个甘肃人。他看上去很紧张。

我们拿着证明办了医院的手续。

我见到死者时，有点出乎意料。死者身上没有明显的伤痕，差不多跟我上次见到时一样。

我问肇事司机：“是你撞的吗？”

肇事司机辩解道：“不是我撞的，是他自己撞我车上的。”

我问肇事司机：“什么意思？”

肇事司机有点紧张，说：“那天我给寺院拉水泥，回来路上突然从倒车镜里看到有人骑着摩托车直接撞到我车上了。”

我问：“然后呢？”

肇事司机说：“然后我停车下去看，一个人和一辆摩托车翻倒在路边，摩托车挡风玻璃碎了，人倒在地上不动。”

我又问：“然后呢？”

肇事司机说："然后我把他送来了医院。"

中年牧民插话说："我们接到医院电话，赶到医院时，他已经死了。"

肇事司机说："他那天喝了酒。我送他来医院时，他身上全是酒的味道。"

中年牧民补充道："医生也说他喝了酒，我们到医院时还闻到他身上的酒味。"

我仔细看了看躺在太平间床上的赤身裸体的死者的尸体，他的右手确实缺了一根手指头。

我对中年牧民和青年牧民说："你们先去火葬场办手续，我带肇事司机去一趟交警大队，再来找你们。"

之后又对肇事司机说："你开上卡车跟在我后面，注意不要跟丢了。"

肇事司机点头，嘴里说："不会跟丢，交警大队位置我知道，去过好几次。"

下午五点半，我和肇事司机、交警扎西赶到火葬场时，中年牧民跟我说："你们来了刚好，我们请寺院的活佛算过了，正好今晚八点可以火葬，不用再等。"

我马上问："死者在哪里？"

中年牧民说："我们已经收拾好了。"

随后，他带我们去了火葬场停尸间。

我们看到死者已经被绑成了一团，呈双手合十打坐状放在墙角，上面盖着一条哈达。

我问："你们怎么这么快就收拾好了？"

中年牧民说："火葬前就得这样收拾好啊，再过半小时就火葬，不然怎么让亡者入葬？"

我看了看交警扎西，他马上说："死者今晚不能火葬，死者死因可疑，我们得等法医的尸检报告。"

中年牧民说："不行，已经绑好了，不能再解开！"

交警扎西对我说："你跟他们解释，必须等尸检报告出来才可以！"

中年牧民和青年牧民态度也很强硬，鼻子里发出"哼哼"的声音，不理我们。

交警扎西看着他俩问："听说死者出事之前还喝过酒？"

中年牧民说："我们到医院时从他身上闻到了酒味。"

肇事司机也赶紧说："我送他去医院时，他身上全是酒味！"

交警扎西问："出事之前他跟谁一起喝的酒？"

中年牧民和肇事司机赶紧摇头，说："不知道。"

交警扎西说："所以我们必须得查清楚。"

中年牧民说："他平常就是个酒鬼！"

交警扎西说："调查清楚前，你不要随便讲话，这是要负法律责任的！"

中年牧民和青年牧民互相看了看，又一起看我。

我把他俩拉到一边讲了事情的严重性，但他俩似乎还是没有意识到事情的严重性。

我只好说："今晚火葬肯定不行。"

中年牧民看着我和交警扎西说："你俩也是黑头藏人，这尸体一旦绑上了就不能解开，而且下葬的时间也不能随便改，你们年轻也许不懂这些规矩，但你们可以问问你们的长辈啊。"

交警扎西说："规矩是规矩，法律是法律，现在得按法律来。"

我对中年牧民说："打个电话跟活佛解释一下，不然出了问题谁也负不了这个责任！"

中年牧民拉上青年牧民去给活佛打电话。

他俩拿着手机点头哈腰说了不少话。

打完电话，中年牧民过来说："错过今晚的时间节点，下次火葬还要等七天。"

交警扎西不说什么，拿出一根烟点上。

我说："只能这样了。"

青年牧民说："现在怎么办？"

交警扎西说："你俩先回去吧，有事再找你俩。"

肇事司机站在一边，可怜兮兮的样子，问："那我怎么办啊？"

交警扎西说："事情查清之前你不能离开县上。"

肇事司机张了张嘴没再说什么。

第二天，我开始调查死者喝酒的事情。我按死者手机的通话记录把最后一个号码拨了过去，找到了最后跟他联络过的人。

那人听说多杰太死了，不相信，说这怎么可能。

我说我是派出所的，他就马上相信了。

那人在电话里说了一些生命无常之类的话。

我在电话里问那人："他去找你干什么？"

那人说："他来找我借钱。"

我问："你有没有借钱给他？"

那人说："没有。谁都知道借钱给他等于打水漂。"

我问："你跟他是怎么认识的？"

那人说："我跟他是在州上认识的。那时候他有点钱，人也挺张扬，我们就认识了，成了酒肉朋友。他这个人喜欢花钱，我们出去吃饭喝酒玩都是他埋单，从来不让我们埋单。对了，那时候我也在州上做点小买卖，后来买卖不行了就回来了。"

那人顿了顿之后又说："其实我对他这个人了解不是很多，我们也就酒肉朋友而已。"

我问："他说了借钱干啥吗？"

那人说："他说他遇到了一个女人，他要娶那个女人做老婆。"

我问："那天他有没有喝酒？"

那人说："没喝。"

我问："你之前知道这个事情吗？"

那人说："不知道。我只知道那两年他有钱的时候有一个城里女人跟过他，后来他输光之后那个女人就离开他了。"

我问："他还跟你说了什么？"

那人说："我没给他借钱之后，他还拿出一个女人的照片说你可能觉得我在跟你撒谎吧，我向三宝发誓，我这次说的可是真话，我遇到这个女人之后，就去寺院对着佛菩萨发誓以后不再赌博了，发誓以后要好好过日子。我还看了一眼照片上的女人，就是一个看上去三十多岁的女人，长得挺朴素的，红脸蛋，感觉很老实。我还问他你以前借别人的那些钱怎么办啊，他说以后想办法还呗，总会有办法的。"

我问："他问你借多少钱？"

那人说："他说十万，十万就够了。"

我咳嗽了一下，那人接着说："虽然他那天的样子看起来不太像在撒谎，但我也不可能借钱给他的，他欠别人的钱实在是太多了。"

我点了一根烟，问那人："还有什么要补充的吗？"

那人说："他那天穿了一件半新的黑西装，还打了一条红领带，看上去感觉怪怪的，不太像平时的他。"

我问："还有吗？"

那人想了想，接着说："对了，他那天还带着一瓶青稞酒。"

我赶紧问："然后呢？"

那人说："然后就没什么了。没借到钱他就骑摩托车走了。"

我问："他走之前没喝那瓶青稞酒吗？"

那人说："没有，他走之前没有打开那瓶青稞酒。"

我说:“他有没有跟你说什么?”

那人想了想又说:“他走之前从随身背着的包里拿出那瓶青稞酒说我们认识这么多年了,我以为我们是那种真正的朋友,来之前还想着你借我钱之后咱俩可以喝掉这瓶青稞酒,小小地庆祝一下,现在看来是不用打开酒瓶盖子了。”

我问:“他还说了什么吗?”

那人肯定地说:“没有,没有再说什么。他把那瓶青稞酒装回包里就骑着摩托车走了。”

我说:“他被送到医院抢救时,医生说他喝了酒。”

那人说:“那我不知道。他可能是在路上喝掉了那瓶酒。”

我问:“为什么这样说?”

那人说:“我猜的。可能他没借到钱,心情不好就喝了青稞酒。他离开时,我看他情绪有点低落。”

查来查去,最后的结论是他自己在路上喝了酒。

周一下午三点,尸检报告出来了。

交警扎西把尸检报告交给我说:“可以排除其他因素,就是一场正常的交通事故,而且是死者自己的责任。我们调看了监控,是死者自己超速撞上卡车导致颅内出血死亡的。”

我还想问几个问题,最后都没有问。

交警扎西说:“你通知他们可以火葬了。”

过了几天,中年牧民和青年牧民开着一辆皮卡来了。

他们也不跟我说话,直接去收拾尸体。

尸体放太长时间变得僵硬了,但他们最后还是让尸体呈现出双手合十打坐的样子。

火葬场管理员是个瘸子,四五十岁的样子。他穿着一件油腻的大衣一瘸一拐地过来问我们用柴油烧还是用松木烧。

中年牧民和青年牧民问:“有什么区别?”

管理人员说:“主要的区别就是价钱的区别,柴油烧六百块,松木烧一千块。”

中年牧民和青年牧民商量了一下说:“柴油烧就可以。”

管理人员点点头,一瘸一拐地往焚尸间门口走。

我叫住管理员说:“用松木吧,这个钱我出。”

中年牧民和青年牧民看着我,似乎在猜我在想什么。

我只是对他俩点了点头,没有说什么。

死者被我们放进了那个佛塔状的焚尸炉里，被管理员一把火点着了。焚尸炉里面发出“噼里啪啦”的奇怪声音。

没过多久，焚尸间里面充满了一股奇怪的刺鼻的味道。我有点不适应，用手捂住了鼻子。

之后，我和中年牧民、青年牧民出来抽烟了。

点上烟之后，我问中年牧民和青年牧民：“亡者之前有没有跟你们说过要跟一个女人结婚之类的事？”

青年牧民表情木然地摇头。

中年牧民想了想说：“有一晚上他突然给我打电话跟我说他跟一个女人好上了，打算娶她。还说那个女人也愿意嫁给他。”

我问：“还说了什么？”

中年牧民说：“他说他想回村里住了，问我修缮一下他家的老房子大概需要多少钱，还问我娶个女人各种乱七八糟的开支大概需要多少钱，我估算了一下就说简单一点十万块钱差不多了，他说他大概知道了。我问他你怎么突然想回来了，他说他年纪也不小了，就想回来了。”

这时，青年牧民说：“他那么个人，回村里踏踏实实过日子不太可能吧，再说还有女人愿意嫁给他也是很奇葩的事情呀！”

中年牧民说：“不知道，也有可能吧，这世上什么样的事情都是有可能发生的。”

青年牧民突然问我：“你为什么问这些事情？”

我说：“没什么，没什么，随便问问。”

他们没再说什么，我也没再问什么。

我们三个正在抽烟时，管理员拿着一根木头正往焚尸间走，随口说：“刚刚落下了一根木头，我把它放进去。”

我喊住管理员，从他手里接过那根木头仔细看。那是一根松木，似乎还没有干透。

四周没有风，空气像凝固了一样，很冷。我把那根松木拿到鼻子下面闻了闻。我突然间闻到了一股淡淡的松木的清香，很特别。

管理员和中年牧民、青年牧民在用奇怪的眼神看着我。

我把那根松木递给中年牧民，他也把松木拿到鼻子底下闻了闻，说：“这味道很好闻。”

中年牧民把那根松木递给青年牧民，让他闻。

青年牧民闻了闻，说：“嗯。”

管理员看着我们说：“肯定是松木的味道好闻啊，柴油的味道太冲了，我到现在还不适应。”

我们没再说什么。中年牧民把那根松木递给管理员，管理员拿着松木进了焚尸间。

之后，我们三个又各自抽起了烟，谁也不愿意再多说一句话。从我们站着抽烟的位置能看到焚尸间房顶的烟囱里冒出一股黑乎乎的烟。中年牧民偶尔突然念诵几句经文。

抽完烟，中年牧民对青年牧民说：“咱俩去给亡者点个酥油灯吧。”

说完，他俩就去了专门为亡者家属定制的小佛堂。我继续站在那里点上了一根烟。

大概三个小时之后，多杰太变成了一小袋骨灰。青年牧民手里拿着那袋骨灰，面无表情地看着管理员把焚尸间的门关上。我看着青年牧民手上的那一袋骨灰，有一种很恍惚的感觉。

中年牧民和青年牧民问管理员哪里可以撒骨灰。

管理员指着火葬场门口右侧一个小山包说可以撒在那里，那个地方被某个大活佛加持过。

我说：“你们可以把骨灰带回村子里吧？”

中年牧民说：“这种非正常死亡的，我们一般不会把骨灰带回村子里的。”

我把手头的烟扔掉，跟他们一起往外面走。

那天外面的风不是很大，我们把骨灰撒到外面那个四周全是各种垃圾的小山包上，一些细碎的粉末状的骨灰沾在了我们的手上，我们的脸上，我们的头发里，我们的衣服上。

我想，一些骨灰肯定也被我们吸进了肺子里。

撒完骨灰，掸掉残留在手上、脸上、头发里、衣服上的骨灰后，我们三个人不由得咳嗽了起来。

“喀，喀喀，喀喀喀，喀，喀——”

我们三个人咳嗽的声音短促而有力，听起来是那么的富有节奏感。

造物须臾

牛健哲 / 著

深夜里，我在卧室的地上坐起来，是跌倒之后的自拔。

下面大概没什么好读的了，这就是整个故事。接下来我应该站起身回到床上，实际上我做的也跟这差不多，只是多了些许停顿。膝盖作痛，我该是跌伤了它。勉强站直后我有点过于清醒了，脑子里水蛇一样游过一些想法。

我听见自己粗粝的呼吸声和尖细清越的耳鸣音。

其实我已经无意识地朝床迈了一步，快要缝合这个夜晚了。而床在几步开外，显然我不是从上面滚落至此的。床上被子里有个人，埋着头脸，在一边蜷曲着身子。床边的器物是一把椅子，椅背上混乱地搭着衣物。这些并不碍我的事，是我想得太多了。简单地说，我觉得自己不认得这间卧室，也不认得床上的人。这一跤是怎么跌的，一时更说不清楚。

床头上方的墙上挂着深色的相框，作为墙上唯一的挂件，它小了些，形廓也老旧了些。相片里深浅颜色交杂，应该不止有一个人。不知道里面有没有我。我惶惑一时，怕自己存在得毫无来由，如同一根悬空而生的蘑菇。然而毕竟，是否知道自身的来由是个诡诈的问题，没有人时时把自己的名号身份和故旧历史摆在意识的表层，昏睡半宿就更谈不上会有多么周全的自知了。相比之下，对周围世界常数的知觉显得更为要紧，它顺利地在头脑里绽开，便算情况还好——眼下这个世界虽说来得唐突，但显然仍在靠逻辑和因果律来统辖。我能感觉到自己在晦昧状态也默念着“因为”“所以”，试图连缀这对关联词来解读所处的局面，也能感觉到自己行事遵循规律和情理是既成的定势，因而要在一间尚未认出的卧室爬上一张尚未认出的床足以让我却步。

我冷静下来，稀释了对自己的惧怕。我没问题的。面对一张床尚且如此，遑论来充当一个无法解释的角色或者做出什么悖谬于理论的事情了。

我可以信奉这个世界的一定之规，接受它的拘束和牵制。信奉让我松缓，这是我这样的人应得的。但在这个节骨眼儿，在这片以浓黑来填充的空白里，我感觉它给我的犒赏不止这些，有灵感和顿悟无须捕捉就撞进我怀里——如果我身处于此必定匹配着一个理由，做事铁定合乎情理，那么接下来趁着浓黑和空白，我随便做点什么，都会反过来投射出与之对应的理由和情理，进而自动厘定出我与这个房间、与床上人的既有关系吧。如果原本不是如何如何，眼下我又怎么会如此这般，对不对？链条的一端系于我身。平添奥妙的是，我隐约觉出我经历过这种混沌待开的情形，也做出过自己的处置。我向着床又走出一步，那种隐约的感觉几乎凝结成为记忆。

如果这夜的情形是时空重新开启暂留的马脚，那么我曾经经历的可能是上一次重启。和眼下一样，某种界面还没有完全凝固，无论我做什么都将自动获得一个统摄前因后果的解释。与这次不同的想必是在那个时刻我纯然懵懂，没想过除了睡回床上还有什么其他选择。在那片黑暗里我走了几步，到了床边，然后掀开被子的一边，就那么把身体滑了进去。一瞬间，床上的陌生人变成了枕边人，墙上合照里有了我们的一双脸孔。大概我在那个时点才感觉到某种微妙的机理可以利用，但仰躺落定，容我参与定义的东西已经所剩无几。我只想到，一对同床共枕的人总该有他们并肩睡眠的耐用仪态吧，至少都该有个舒服的空间。于是我把耳朵边上她戳过来的一条胳膊抓起来，推回她的体侧。这动作一定含带着几分淡漠处之和理所当然的意味，而这意味又获得了相配的情由背景。那是一条左胳膊，在被我抓起挪动的同时具有了肥白浑圆的中年妇女特征，我们由此彻底变成了一对中年夫妇——她是发胖了的那种女人，我是常常起夜的那种男人，依稀的印象中后来我们无限长久地一起生活着。

如今当然是一次崭新的机会，我没道理不考虑更多可能性。椅背一角瘫软垂挂着的是件浅色的女式内衣，床上躺着的便该仍是女人。出于谨慎我摸摸自己，在身下还是摸到了那团东西。相比这些不再可变的，我和她的此前记忆和今后可谓真实的生活，都会被我接下来的选择影响。比如如果我重复上一次的举动，她就有了丈夫，但只是会把她的胳膊推回去的那种。显然我和她在都醒着时，就不擅长相互依偎。她是否情愿身边有我，或者说是否愿意生活里有我这样一个人？大概难有一个喜人的答案。以同样的问题扪心自问，我当然也没法回答。但现在我有机会很轻易地甩开这种沉重的问题。我可以在卧室里外翻找一番，拿一些财物逃走，那么我就只是一个入室行窃的贼人。我偷盗了她的东西，但可能拯救了她的和我的余生。

我的脚趾动了动，那些靠墙的冷硬箱柜和可能放着财物的其余地方都静候在周围，我没能迈开脚步。黑暗当中正涣漫着无穷无尽的滞重，相形之下这个选择毕竟轻率了些。要是我弄出响动惊醒了她，要不要施以重手给她狠命一击？到时我很有可能焕然化作一个为非作歹的熟手，由不得眼下的自己心慈手软。说不定在外间地上会冒出一个起夜喝水时遭我击倒的男主人，被我的选择拉进场景，却已经枕着一摊正向四外爬开的黏血……

总该还有别的路径，容我踏入其他方向。

或许我还可以走到床边替她掖好被子，然后转身回到另外的我自己的房间。这样一来就不同了，她就会变成我的女儿。她已经是个懂事但还不太会照顾自己的女孩，我对她疼爱到晚上会多次醒来，起身过来替她盖好掖好被子，有时也会把她的长头发从脸上归拢到耳朵后面，再推推搭衣物的椅子，让它靠紧床边，以免她像个小娃娃一样翻落下床。考虑到所需的查看频率和照料手法，我并不放心由她妈妈来完成这个任务，只好牺牲自己每晚的完整睡眠。有了女儿，我们过的日子会温热许多，仿佛是被捉摸得到的意义每天缠绕着。

我再次迈腿走到床边，是床上人躺卧的一边。膝关节和腿上皮肉的疼痛让我自怜。我走到她脊背后面，抬抬手，但没去触碰被子。女儿触手可及，可我并不确信应该把她变为现实，有一种隐隐的悲观在胸怀间涌动。她的身体如果伸展开来算得上颀长了，她已然长大，我陪在她身边继续做慈父也不会太久了。而且这未必是令人伤怀的主因，因为我突然怀疑这个选择也曾在某个起点兑现过。大概世界不止发端一次两次，而是可以悍然不顾地反复铺排。在似有若无的前事里，我忍了腿疼为她掖好被子，事情则在暗处显露出它的阴幽质地，像洇湿的画作呈现出令人怔忪的别样面貌。她压抑不住呜咽抽噎的声音——女儿不是尚未离开父母，而是被迫回到家里。在自己的生活里受到创伤后，她别无选择。那么她妈妈也不是在懒懒睡着，而是在我们自己的房间饮泣不止。我忍不住要在深夜来看看女儿，但不知道她有没有入睡，一旦惊扰了她又该如何抚慰。趺那一跤显然就是脚步踯躅所致。

仔细辨认这一片暗夜，哪里有祥和温缓的气息。或许曾经有切入明媚的机运，可早一闪而过，现在世界的基调已经落定。我无法乐观地左右情状，令它在我指掌之间化作美好的既有，我只能去避免最差的局面。因而她不能做我女儿，同样也不能做我母亲，否则就会浸泡在孤独和悲伤中，不是被戕害得失去自己舔舐伤口的力气，就是病恹恹的老兽一样逃不出凄凉和恍惚，而我完全无力护佑也没法安抚。与其贻害至亲，还不如和床上的人乖乖地做睡在一起的一对。

看来最好如此，无论算作偏私还是凛然。而这自然还是让人心有不甘，知道可以亲手塑造点什么，谁又能一下子熄灭念想。我想，和她捉对同床，却也未必要呆板地就范、整夜睡得沉闷吧。既然我在床下醒着，要做的就可以是去叫醒她。而叫醒她的方式也会明快地勾勒出我们的关系。

我可以走到她肩背后面隔着被子拍拍她，如果她还不醒过来，我就拍打她露在被子外面的皮肉，直到她扭过头来眯着睡眼看我。

“我得走了。”我就这么说。

她听到了，但不得不完成一次睡与醒边界的深长呼吸。她用睡眼向我表示疑问，我便重复我的话。

“他不会回来的，我不是说了吗？”她声音含混。墙上的照片里他搂着她，他深色的衣袖揽开了她上衣的浅色。

“跟他没关系。我突然记不准她的航班了，不一定是下午到，也可能是凌晨。”

“见鬼……”她把脸重新埋回被子里。

我已经在穿外衣了，当然没有告诉她我刚刚摔倒在地，只说了一句混账话：“反正你睡得好，身边有没有人都一样。”

她也回应了相似的一句：“我是想说你干吗要叫醒我，又不用我送你出去！”

我知道她这个晚上不会再睁开眼睛。这样就好了。只是我得走出去，在这个浓黑的夜里穿行，因为寒凉或者焦急而小跑几步，抱着胳膊或者皱着眉头。大概只有到了做出赶路姿态的时候事实才会定形，我才能确知自己刚刚有没有为了离开而说谎，如果没有，我就需要一点好运，让自己妥妥当当地先回到家里独自歇息，等着将要从机场回来的人。

整个过程一定像团团迷雾结聚为清晰的形态一样，我在其中梳刷知觉也摆放自己。

再想想，要是足够果断的话，夜行回家这点辛苦和不安应该也可以免去。我仍然可以隔着被子拍拍她，如果她还不醒过来我就拍打她露在被子外面的皮肉，直到她扭过头来眯着睡眼看我。

"你得走了。"我可以说。

她听到了,但不得不完成一次睡与醒边界的深长呼吸。她用睡眼向我表示疑问,我便重复我的话,"你得走了——我不习惯只睡床的半边,也不想破那个例。"

"破什么例?"

"我说过,我这儿从来不留女人过夜。"我打开灯,然后靠在窗台上点起一支烟。

"是你他妈主动说要我在这儿……"

"那会儿咱俩不是正动弹着呢吗,边喘边说的话你也信?"

她瞪着我,气鼓鼓地坐起来,穿了胸衣,接着得把搭在椅背上的各种织物统统穿戴上身,"你们果然都是人渣!"

我低低地吹出烟雾,"对不起了,我不擅长从那边下床,刚才摔了一下,心情立刻不好了。"

"你擅长什么?"她自然有点狼狈,但照旧要把后面的头发扎高,"我看你干什么都像摔跟头似的,都那么快!"

我做出承蒙夸奖的表情,又吹出一口烟。我知道墙上相框里的照片早就被我抽了出去,替换进去的是一张电影海报,甚至没有塞平整,边角处的树枝和河道都打着皱褶,几个外国乡野女孩始终没心没肺地在画上嬉闹。

她离开时摔了门,我的烟头在气流的波动里亮了亮。

这个版本自带深夜的懒散和浑浊,几乎让我满意。她就在我眼前,我可以如法炮制,利落地赶她离开,自己身体里则会留有那种释放过后的平静和重归自在的惬意。我生发出由内到外的蠢动,伸手拍了拍她肩臂上的被子,指尖和布面之间发生了若干静态电荷的转移,距离为一切赋形只差一线。

她没有醒,至少没有扭头看我。这本该引我再次伸手拍打,可我感受到的却是一阵庆幸,是让自己有点厌恶的那种。情状好比没能把炮仗点燃,心里为不用听那炸响而松快,要乖乖地退开。略加思量我便得承认,刚才动作的力度和触及的位置都不足以唤醒她,这下意识的拿捏好像不可逾越,如此便挑明了一个问题——此时的我与想象中那个可以拍醒她的角色并不相像,恐怕就算能开个头,也不能顺畅地滑入那条轨道,担演那种狎弄人间的人。

从起初的脚趾蠕动,到迈了腿伸出手,想必我的肢体一直在细密地颤动。得偿所愿从来都不是轻而易举的。

空想了这么多，我也应该开始明白，那种叫作秉性的东西已经凝固在我身体里了。它与我对它的容忍相互盘结滋长，从外到内箍缠而来，选择的余地其实越收越窄。也可以说我没能先知一样早早脱逃，已经差不多困住了自己。在此间我敏感卑怯，心思重重患得患失，哪能胜任自己任意选取的情节走向？

为这我沮丧了一会儿。人最好晓得自己的斤两，而不是临场称量。

就算还有心出逃，我也只能尝试在挣扎中酝酿迸发，承认将要面临危恐张皇，再借用挣扎和迸发的力气来承担它。跳进激流再图畅泳，这大概是我讨得果决的唯一办法。

我抓起椅背上搭的衣物，把像是贴身的部分放在鼻子底下使劲闻了闻，这勾当彻底弃绝了我和床上人可能成立的若干种关系，只保留了可怜的几种。自我压迫已在施行。不过不太合心意的是，并没有什么浓重的气味可以让我变得足够强悍。可能我需要走出卧室，不顾摔疼的腿脚，带着困兽般的蛮力在客厅里兜走几圈。只要出离那间卧室就能具有的放肆劲头可以证明我与这处家宅的关系。我会看见几级台阶上的主卧开着门，起身之前我是躺那里的，而刚去的，是保姆房，所以那里睡着的女人只是我家的保姆。她在我眼里既不可或缺又无足轻重。在这个家里她只能用自己的水杯喝水，但我起夜时却会有意找到她的杯子来用，比如在这样的暗夜……在外面我会燥热得要命，几步奔到桌台旁，即刻就要用她那杯子喝几口水，可暖瓶里倒出的水太热，我对着杯口又吸吃得过猛，烫到了嘴。我终于恼火至极，可以闯回保姆的睡房，一鼓作气地掀开她的被子扑过去了，那架势就像是另一次跌倒，无可挽回。她醒来但没有醒透，还没做出什么动作，嗓子里也只是哼哼着。我这样的人自然不相信自己略施威吓就可以轻易得逞，所以会迫不及待地挥手给她结实的一耳光……

太过疯狂了。我的手又在身下摸着那团东西。大概是刚才想象自己在客厅里狂走时，它坚挺了起来，想到保姆的杯子，它达到了刚强的极致，但眼下它软塌塌的，可能是被头脑里彩排的粗暴吓到了。我又拿起她的衣物更使劲地吸嗅，这次闻到一些冷却在织物纤维间的体味儿，但还是没有扫除自己受到的惊吓。我等了自己一会儿，可时间和机会自然都不多了，施加在身体上的惊吓，变成了惊吓加上焦急。

我吁出浊气，胸膛塌陷下去。最令人软弱的，是自己悉晓自己的软弱。无论浓黑还是空白，都没法施与扶助。形神皱缩，薄汗湿凉。这样，我想她不必是我家的保姆了，更不必在夜里遭人扑斗。这一番虚实再次证明了我的确敏感而心思重重，身心秉性确实已经固化无疑。挣扎迸发之想换来的，不过是凌乱的寒战和抽动，至少在这次正在铺排成形的世界里我就是这副样子。

连她翻了个身，也让我腰身哆嗦。我从她身后退开几步，绕过床尾去往床空着的那一边。我想这只能是我的家里、我自己的房间了，床上的人恐怕也只好是我的妻子，再要勉强去兑现残余的变数不知道会引来多么不堪的局面，何况刚刚闻过的衣物味道没有带来一丁点新鲜感。

然而我是抿合着眼皮接受这结论的，似乎事情仍然不该就此作罢。那些叹息般短寿的念头明明只堪凭吊，要是还有什么不能死心放下，或许就是我仍然不知道她是谁，不知道她容貌怎样身材如何，会怎么颦笑怎么搂抱。算不上玄想了，可我和她是否庆幸彼此依偎，我们之间是否还有可圈可点的亲近甜蜜？这些既然仍悬置着，就该还可以由我出手设定吧？至少也该剩下个小小的旋钮给我，让我把它扭到新的刻度。

我在床边坐下，掀开被子的一边，把两条腿先后滑了进去。躺下的事已经容不得耽搁，却也草率不得，因为残余的可能性会由我进入被窝的每一个动作来孵化。她的一只脚斜伸在我这半边。显然我不能先去归置她的体姿，就算那貌似顺理成章，推开她的肢体、打发掉她的触碰会有何后果毕竟已经心知肚明。现在侥幸再次得来的机运虽然已经快要被挥霍殆尽，可只要有最后一线容许伸展的缝隙，我就不想放过。

头一躺上枕头我就侧起身对着她。她现在背对着我，而且头远脚近，因而我没法亲吻她，否则这会是一个最为有效的触点，来让昨天和明天都皤然甘甜几分。她不必当即醒过来回应，不醒甚至更好，我会展示深夜里的任性与轻柔，那么那份甘甜就是确凿无疑的了。这是个逻辑与情理的世界，若不甘甜，我怎么会在被窝里静静地朝她伸长脖子噘起嘴唇？现在我迫切需要找到或者说设计出代替亲吻的动作。肩头已经倾斜，手臂已经要伸探过去，感觉有点像一时不知道怎么剥开一颗软烂但据说还甜的果子。短时间内能想到的，莫过于某种抚摸，我是说可以命中要点的那种。我横下心，手掠过她的脊背，伸向她的臀部，我需要把手不轻不重地贴压在上面，开翕指头滑动那么两三下，但不必过多耽溺。如果一切都对劲，在她很快或很迟地转过身来之后，我仍然会施以一吻，那便会是油然而发的了。

破局在即，我的手还是在细密地颤抖，但颤抖毕竟是多义的，谁能说它专属于卑怯软弱，而与深情和兴味无关？现在手半张开，探到她的两个臀瓣，摸出悬念揭晓的莫名感觉。说手感温软也没错，热乎乎的，可是所触碰之处过于疲懈，同时还是湿的。我心下和肢端分别震颤，两厢竟没有通畅的传导。事先我当然无法断定包括手臂哆嗦在内的所有身体细节会与哪种释义、哪种因由绑定在一起，但眼下我迅疾地灵慧起来，承认了对于生灵而言年月风化的厉害，也就是说，承认了身躯老朽的威力。刹那间，那层棉布的纹理质地也变得无比熟悉，我立时知道触摸她的屁股乃至胯裆是我每晚都会重复多次的动作，是陪伴这种病人睡觉时的微小巡逻。

她身下果然垫着隔尿垫。我也有了刚刚下床时的记忆——我此前就摸到了潮湿，要去帮失禁的老妻换洗，但迷蒙里跌了一跤，摔得一定相当狼狈。现在，我完全记起了她和我分别是谁，心里熟知了彼此的模样、嗓音、颈纹和气味，也明白了椅背上的衣裤不太刺鼻是因为她已经很少把它们穿上身了，而且整间卧室的气味背景其实就是一种复合的不清洁的身体味道。我们是在几年前开始这样相依为命的，更早的时候我们只是并排躺在床上，显影在床头上方的合照里。后来先是女儿出了事，她又愁苦得患了病，几经反复便到了卧床的地步，夜晚常常需要我在昏沉中起身照料。我也慢慢只剩下了苟延两个人残喘的力气，和她一起浑浑噩噩地打发昼夜晨昏，双双归于这种形式的近切齐整。我们之间的阔别只出现在我洗完她失禁弄脏的东西，自己又去厕所站着苦苦等尿的时候。

我知道她的睡眠轻浅凌乱，像落在窗玻璃上的雨水。她应该听到了我刚才摔倒，但分辨不清响动来自梦里还是梦外，也没有力气开口说话，或者她早就不觉得躺在那里表示关心有什么意义了。她曾经胖大得不合时宜，如今却被消耗得如同一个包着几根柴禾的口袋。而我枯老得就像柴禾本身。我伸出手来证实这一点，瘦长灰白的手指枯竹枝似的分割了灰黑的视野，我怀疑根根指骨之间已经没有手掌连缀着了。我为这些已觉悉晓的东西打了冷战。顺手在自己头上抹了一把，果然摸到了痛处和大片的黏血，闻到了它腥咸的气味。这大概就是被戏弄得淋漓通透的感觉。

"你怎么了？"她嘴里终于发出含混的语音，我听得懂。她是等得太久了。

我说："我摔了，腿伤了，头也破了。"

她也听得懂我爬出痰哑喉咙的话，她只能忍在那里了。黑暗一经凝固，便陈旧得令人窒息。下一次如果还容得选择，我不会和她一道来到如此境地。我咬了咬臼齿，两腮早就没有能鼓得起来的咬合肌了，但我决意若有下一次，一定要在那正待凝固的界面狠命挥斥，彻底改换情形。甩开她也好，赶走她也罢，就算是偷盗她的东西，也能把自己锁定在年轻的光景，同时也等于放过了她。如果选择掀开她的被子，我会做得更莽撞并且伴以剧烈的气喘，做足年少轻狂或年轻盲动的样子。也许我会挨她一耳光，遭到若干蹬踹，什么都做不成，那反倒更有意思。总之只要是与这一次不同，一切都会感觉好得很。

附录

郁达夫小说奖评奖条例(修改稿)

郁达夫小说奖是以浙江籍现代杰出作家郁达夫命名的小说类文学奖项，由浙江省作家协会《江南》杂志社主办，杭州市富阳区人民政府协办。郁达夫故乡富阳为永久颁奖地。

一、评奖理念

郁达夫小说奖的评选，以弘扬郁达夫文学精神为主旨，侧重郁达夫式的创作追求和审美风格，力推浪漫放达、感性丰盈、感时忧国、富有鲜明个性的优秀之作。

二、评奖范围

1. 郁达夫小说奖为两年一届。

2. 郁达夫小说奖的评选范围为中、短篇小说。

3. 评奖规定的期限内，凡在我国大陆地区、香港澳门特别行政区和台湾地区以及海外各地公开发表的汉语小说作品，均可参评。因为评委语言的局限，用我国少数民族语言创作的小说作品，须以汉语译本参加评奖。

三、评奖标准

1. 参评作品应能体现民族精神，聚集时代气象，敢于人生发现，促进社会进步，提升情感境界，抚慰人类心灵，富有鲜活气息。

2. 注重作品的文学品位，鼓励性情诗意的浪漫写作，强调汉语叙事传统的继承和创新，尤其关注具有独特审美发现、叙事灵动飞扬、呈现锐气与才情之作品。

3. 坚持作品的艺术纯粹性，重视在大时代潮流中发出的个人内心的声音。在同等水准下重视文学新人的发现。

四、评奖机构

1. 成立郁达夫小说奖组织委员会(下称组委会)、郁达夫小说奖监督委员会(下称监委会)和郁达夫小说奖评选委员会(下称评委会)。组委会指导评奖工作的运行。监委会监督评奖过程的合规。评委会具体负责作品的评选。

2. 评委会由终评委和审读委构成。终评委由组委会邀请海内外著名作家、学者和文学界重要刊物主编组成，成员为9—10名，其中主任1名，副主任1名，委员7—8名。审读委由组委会聘请熟悉当代小说创作的若干评论家、作家和编辑家组成。终评委和审读委名单产生后，向社会公布并报请有关主管部门备案。

3. 终评委成员基本固定，除遇特殊原因可微调外，一般不作变动，以保持评奖风格的延续性。审读委成员可按需要进行轮换和扩增。

4. 组委会下设评奖办公室，负责具体事务。

五、评奖程序

1. 参评作品征集。征集工作由评奖办公室负责进行。办公室应在开评前公布本《评奖条例》，并以多种方式向社会发出通知，在规定的工作期限内征集符合评奖要求的参评作品。同时，审读委成员分别推荐一定数量的参评作品。

2. 备选作品。审读委对推荐作品和征集作品在广泛阅读讨论的基础上进行实名投票，提出不超过各20篇的中短篇小说作为终评备选篇目。

3. 经由2名以上终评委联合提名，并获得1/2以上终评委表决赞同，可在审读委推荐的中短篇小说篇目以外，增补终评备选篇目，增添数量各不超过5篇。

4. 进入终评的备选篇目以及终评委增补篇目应予公示，同时公布评语。

5. 投票产生获奖作品。终评委在认真阅读全部备选作品的基础上，参考来自各界的反馈意见，经充分酝酿与讨论后，以实名投票方式产生获奖作品，评委评语公开。郁达夫小说奖中篇小说首奖和短篇小说首奖作品需获得终评委总票数2/3以上，郁达夫小说奖中篇小说奖和短篇小说奖作品需获得终评委总票数1/2以上。

6. 获奖作品的数量。郁达夫小说奖中篇小说首奖和短篇小说首奖各1篇。郁达夫小说奖中篇小说奖和短篇小说奖各3篇。原则上不予空缺。

7. 评奖揭晓。评奖结果经组委会审核后，在相关媒体上发布。颁奖活动在郁达夫故乡富阳举行，向获奖作品的作者颁发证书和奖金，同时向获奖作品的发表刊物和责任编辑颁发证书。

8. 获奖作品宣传。《江南》杂志推介获奖作品并发表获奖作者的新作，同时负责对获奖作品和作者进行宣传。

六、评奖纪律

1. 为确保评奖的权威性、公正性，终评委和审读委要坚持评奖标准，实行终评备选篇目公布、终评委和审读委成员名单以及评语公开制度。

2. 终评委、审读委及评奖办公室成员，不得有任何可能影响评奖结果的不正当行为，一旦发现此种行为，参与评奖工作的资格将被取消，有关参评作品的资格也将予以取消。

3. 组委会成员、终评委成员、审读委成员以及评奖办公室成员的作品不参评。

4. 在评奖过程中若发现有违反评奖纪律行为，将予以严肃查处。

七、评奖经费

郁达夫小说奖评选活动经费由浙江省政府财政拨款及接受社会赞助等方式解决。

八、附则

本条例由浙江省作家协会《江南》杂志社负责修订、解释。

《江南》杂志社
2022年10月

第八届郁达夫小说奖中篇小说终评备选篇目及审读委成员评语

11票 《逍遥仙儿》

《十月》2023年第1期　作者:石一枫

王　尧　逍遥难得,人间逍遥更是难得。因为难得,所以是理想,石一枫在努力为我们复活这种理想。认真生活,逍遥人间。

王春林　一方面是石一枫身为京派青年那种标志性的嬉笑怒骂,另一方面是他对于包括教育问题在内的现实生活的深度关注与思考,阅读《逍遥仙儿》,令读者印象最为深刻的一点,恐怕就是其尖锐犀利的批判性。

李云雷　石一枫《逍遥仙儿》鲜活、真切,既抓住了时代的热点话题,也写出了特定环境中的典型人物,小说围绕孩子的教育问题讲述了北京三个具有代表性的家庭的故事,融入了教培政策剧变、美食吃播、儿童躁郁症等时代热点,但作者更关注的是时代生活巨变中个体对自我的重新定位与寻找。

何　平　《逍遥仙儿》以时下热议的“学区房”“鸡娃”“双减”等教育话题为切入口,用戏谑的口吻描绘着当代北京世情。随着京郊拆迁重建,新旧北京人不再泾渭分明,“中产阶级”与“暴发户”的价值冲突浮出水面,群体的划分依据逐渐被利益所取代,一如“王大莲”对“我们”“她们”“他们”的执着辨认。小说通过三个家庭、三种对生活的选择,探讨时代浪潮下个体身份认同困境,延续了作者对“我是谁”的哲学性思考。在当今人人“内卷”的大环境下,小说结尾以一种理想化的艺术处理,勘探传统道德在现代社会存活的可能性,寄寓着回归本心的朴素理想。

张燕玲　被誉为新京派代表作家的石一枫以声名赫赫的海淀“牛小”为空间,对三个家庭的育儿征程和“鸡娃”大战进行了无尽的剥离,深描他们在教育内卷浪潮下如何做个逍遥仙儿的故事,并在文化观念碰撞中,塑造了一系列社会变迁中典型的人物形象,嬉笑怒骂而机智精准地勾勒出一幅当下北京的众生相,催人自省。为作者接续京派文脉的努力称赞。

孟繁华　新北京的新世情小说。除了塑造了王大莲、道爷外,更重要的是接续了北京的地域小说传统,使老舍的传统焕发了新的生命力。人的全部复杂性几乎没有穷尽，石一枫在这方面的探寻最有想法和想象力。小说的批判性一目了然。

贺绍俊　石一枫的小说透着现代气息的"京味"，足以与江南风情相媲美。在他的浓郁地域特色和人间烟火气背后，则是他强大的批判精神，《逍遥仙儿》包含着太多的社会信息，道爷由在乡村种菜到一夜暴富，再到成为吃播网红，最后回到小村庄种菜，在这起起落落中作者对城市的房产、教育以及家庭伦理变化进行了一番严肃的问责。故事充溢着强大的正义感。

11票　《远大前程》

《山花》2022年第8期　作者：王苏辛

何　平　王苏辛从自己身边的人、事出发，讲述着普通青年的成长故事，这些人物身上有着当代青年共同的焦灼与坚定，同时带入了作者对生活的思辨认识。如何在一个人人渴望"躺平"的时代，抵抗对生活、职业的倦怠与失望，是每个从学校走进社会的年轻人亟需解决的困境，刘源与孙尧都试图寻找不确定生活中的确定性。作者有意识地关注人物在数十年内的成长变化，挖掘人物的内在动力，试图解构公众对"远大前程"的定义。人物的每一次成长，都是对过去混沌、不安的告别，都是向日渐清晰的生命意义的靠近。

孟繁华　这是一部向大师致敬的同名小说，也是一部成长小说。一对曾是恋人的男女青年因观念不同而分手，在"双城记"中演绎着各自的人生。观念不同，遭遇却格外一致。自我确认同样是《远大前程》的基本主题。

10票　《去云那边》

《收获》2023年第5期　作者：须一瓜

王　尧　云在哪一边？锦天城是出七彩祥云的地方，母与子之间的情感最终也会以虹彩云的面貌出现在小说里。或许，云不仅在小说那边，也在读者眼前。

王春林　一部充满着戏剧性巧合的、想象力突出的中篇小说，借助那美丽异常的虹彩云，作家赋予了一个看似司空见惯的在婚姻中遭遇背叛的故事特别的精神高度，既往苍白婚姻的背叛和欺瞒与萍水相逢的陌生人之间的彼此信任形成了极其鲜明的对照。

何　平　小说聚焦于经典的婚姻话题，在探讨这一社会性议题时，融入了丰富的诗意与戏剧性。与以往先锋的表现手法相比，小说选择了以巧合作为其叙事的核心动力，不断交织着矛盾与偶然。小男孩所迷恋的实体“云”以及象征女主人公的虚指的“云”同步展开，以刘博这一人物为纽带，将两条线索巧妙交汇。小说写“云”可谓亮点，至篇末那流丽磅礴的“虹彩云”仿佛预示着一场大幕的拉开：“女人”终于从平庸的“雨水”中蜕变为天上绚丽的云彩。“去云那边”不仅展现了行将破碎的婚姻的出路，更象征着女性独立意识的回归与觉醒。

张　莉　《去云那边》，这是深具故事性、戏剧感的作品，有着须一瓜小说一贯的风格，曲折而动人的故事之外，有着超越故事的隐喻性。

岳　雯　在女性主义盛行的当下，什么才是女性的觉知与独立？从这个意义上说，《去云那边》堪称一堂“生活课”。不堪重负的女人，带着患有自闭症的男孩，不期然遭到了婚姻的背刺，与同样不堪重负的医生发生了车祸。陌生人之间如何建立信任感，小说突然从沉重的现实中超脱出来，奔赴闪闪发光的云彩。这是万里长天上最绚烂的绝世云彩，它提醒我们，即使站在泥泞深陷的大地上，也要去云那边。

孟繁华　须一瓜的小说总会给读者带来意想不到的感受。年轻的母亲带着患自闭症的孩子，要去锦天城给丈夫一个生日祝福。但意外不期而至，家庭的聚会剑拔弩张、风云骤起。命运的安排没有人能够改变。但云那边并不是绝望的深渊，而是绚丽的彩虹。

贺绍俊　两对婚姻出现危机的中青年，一个痴迷于天上云彩的自闭症孩子，串起了家庭与事业、情感与婚姻、精神与物质等城市中永远也绕不开的话题。须一瓜的故事变得越来越温馨和柔软，尽管她丝毫不讲情面地揭露了中年男人龌龊的一面，但她不再严肃地审问下去，而是引导人们把目光投向天空，去寻找美丽的虹彩云。小说对云彩的书写太精彩，这也是须一瓜内心的真实表达。

黄德海　狭窄的人间和瑰丽的云彩仿佛象征着两个截然不同的世界，前者枯燥乏味，后者舒卷如意，作者没有把这两个世界处理成人的现实和梦想两端，而是把二者都有效地置放在主要人物身上，并借由他们的行动把这两个看起来截然相反的世界牢牢绾合在一起。就此，人间的生活里透进了瑰丽的光，而云彩也就有了更为丰富的内涵。

10票　《花问》

《十月》2023年第4期　作者：计文君

张 莉 《花问》，一部有锋芒之气和深具力量感的作品，小说关于女性生存与生活，关于两性关系，更是对何为权力关系的深度思考和剖析。这是近年来少有的深具女性精神和女性力量的佳作。

张燕玲 计文君长于以自己的叙述腔调，探寻性别对人类生存与精神世界的影响，深刻而智慧，清雅而犀利。新近的《花问》更是对当下社会愈演愈烈的性骚扰现象的深描与拷问，不仅是对施害男性的鞭挞，也是对受害女性的自我追问，可谓既是花问，也是问花，颇显作者的学养与叙述力度。由此，《花问》的思想重量和审美价值不同凡响。

岳 雯 《花问》中有三种叙事相互嵌套、相互指涉、相互联结，层层深入。第一种叙事是社会新闻里常常出现的"me too"事件。在两性的激烈对峙中，女性的隐忍、屈辱和男性令人惊讶的漫不经心纤毫毕现。房思琪们无处不在。她们怀抱着不为人知的痛苦，被驱逐被流放被污名。小说是对她们心灵时间的显影，更是对她们正在成熟起来的力量的支持与肯定。第二种叙事是女性主义叙事。近年来女性叙事蔚为大观，但是关于什么是女性、什么是女性主义仍然讼议不止。计文君塑造了一个"中间态"女性。她有独立的追求，也遭遇了生育之痛、婚姻之痛，面对现实环境的种种压迫，她不无妥协，却咬紧牙关要肩住黑暗的闸门，放下一代女性到更广阔天地去。这一类女性洗去了概念化的空泛，更务实也更接地气。第三种叙事是权力叙事。正如计文君意识到的那样，压迫不只存在于性别之间，"'大灰狼'从来都与性别无关，只与权力有关，人类的任何性别在居于优势地位时，都有可能化身为狼。"《花问》的字里行间有作家真切的愤怒，这愤怒是小说宝贵的真气。

孟繁华 计文君的小说的语言修辞和总体结构，在当下小说总体格局上独树一帜，与她的学养和知识背景有直接关系。"花问"与性别有关，与女性解放的话题有关。那些成功女性背后的隐痛和不足为外人道的经历，她们获得经济独立之后，如何实现精神的独立并不是自明的。"花问"不是天问，但那里显然隐含着自我叩问。

贺绍俊 读计文君的小说有一种特别的审美享受，这大概与她所讲究的语言以及语言所营造的情调有关，我愿意将其比喻为在一个非常现代的建筑里欣赏一台古色古香的昆曲，文辞华美，唱腔优雅，仿佛沉浸在超凡脱尘的境界里。但这只是针对她的文学语言，并不意味着她的小说远离现实，恰恰相反，计文君的文学想象都是基于对现实的强烈感触而生发出来的，《花问》就是以现实中经常成为热点新闻的性骚扰事件引发的思考，作者由此大胆触及一直争论不休的关于女性解放的话题。花通常就是女人的同义词，"花问"不仅是花之问，而且也是在给花提问。

黄德海　小说着力书写女性意识的觉醒和这觉醒在人世间的样子，却并不把两性间的关系处理成简单的对立，而是仔仔细细地试探着两者间的误解、理解及和解之道，由此也深入地探索人心深处潜在的秘密、隐藏的情感、聚合的悲欢，从而把一出出人间活剧变化成了急管繁弦的庄严戏剧。

10票　《一个陌生女人的来信》

《收获》2023年第3期　作者：黎紫书

王春林　一部既致敬茨威格也致敬袭帕·拉希莉的中篇小说，在当下这样一个同质化的时代，因了书信体，因了第二人称“你”的巧妙应用，因了“元小说”，更因了对文明落差的关注与表现，黎紫书此作所拥有的，就是一种难能可贵的异质性。

李云雷　小说巧妙运用了第二人称“你”，以一个年迈的犹太女性与“你”的通信探讨小说艺术的形式，涉及全球化时代写作的诸多问题，深入思考了中西方写作之间的区别和差异。

杨庆祥　《一个陌生女人的来信》其实是一堂“小说课”，不过这个授课过程并不顺畅：在信件的叙述与读信的反应中，跨族群乃至跨文明的不同主体进行着激烈对抗。黎紫书敏锐地把握住了对抗背后潜藏着的英文写作与华语写作间的文化权力差距。作为面临这一差距的华语写作者，黎紫书拒绝了矫揉造作的理论辩护，我们看到了她坚守写作技艺的勇气与决心。

何　平　一部向茨威格致敬的作品，如果说原作的魅力重在情节铺设的出人意料，黎紫书的同题小说则在写作技法上给予读者更多的惊喜，写信人的信中叙述和读信人的信外波澜构成精彩的复调，屋内摄像头的存在又开辟出第三视角洞察角色内心，是所谓“作家中的作家”写出的“小说中的小说”。小说用大量笔墨写内奥米与作家激烈的思想博弈，这延续着黎紫书一贯的多民族文化交流碰撞的风格，作者也在这一过程中完成了在小说中写评论的创作实践，彰显着她对“更诚实”的文学创作和文学批评的追求。

张　莉　《一个陌生女人的来信》，与经典对话并重写经典，包含了对情感、对爱情、对文学的重新理解，这是有着陌生气质和冲击感的作品。

张燕玲　以书信往来结构小说，是一种有难度的写作，《一个陌生女人的来信》是“元小说”。黎紫书让一位年迈犹太女性与“你”探讨小说艺术，第二人称其实是第一人称的变体，可谓坦诚。“抄袭”嫌疑的指证，东西方写作的差异性，人物内心的冲突矛盾，层层深入的故事性，虽不如茨威格同名小说生动，却也不晦涩，颇具思力，完成度也高。

孟繁华　《流俗地》的出版让我们认识了黎紫书。《一个陌生女人的来信》，可以看作是对大师致敬的小说，用书信体结构了一部关于小说的小说，人称的变化不仅有新意，同时带来阅读的新鲜感。

贺绍俊　黎紫书怀着对经典作家致敬的姿态构思了《一个陌生女人的来信》，在与经典对话的状态中拓展了经典的内涵。这是一次具有足够文学品质的知识性写作。

9票　《棣棠之约》

《钟山》2022年第4期　作者：孙频

王春林　一方面是对情同手足的三个兄弟之间情感的深度触摸与书写，另一方面是对一位八十年代精神浪子形象的生动刻画，再加上艺术手法上的浪漫抒情，所有这一切，都使得孙频的这部小说体现出了鲜明的郁达夫气质。

杨庆祥　孙频的小说一直具有诗化的内核，这篇《棣棠之约》也是如此，而这次她处理了八十年代以来的当代史——这对80后作家来说无疑是颇具挑战性的。在小说的叙述中，我们既可以看到对浩渺苍生的叩问，也能看到大量的对地方风物的描绘。在这场亦真亦幻的“漫游”中，孙频的历史叙述既能在直面重大现实问题时举重若轻，也始终不失坚实的历史关怀。

何　平　《棣棠之约》追忆并重构了朝气蓬勃的梦幻时代，书写和致敬了人事变迁中未曾磨灭的真情实感，赵志平、戴南行、桑小军三人乌托邦式的交往令人动容，戴南行“文学之神”的象征形象也引发读者思考。小说极具哲学性、抒情性和审美性，感受性的描写和形容，对动词和色彩的调度也近乎极致，时而磅礴如日头出现光辉烈烈，时而灵巧如云雾霎时出现，黄土高原上凝滞的精神时间与精神空间，在对沧海桑田的记叙中完成了“悬浮在精神里”和“行走在大地上”的理想漫游与人性漫游。

张　莉　《棣棠之约》，这是有着理想主义光泽的作品，关于诗歌、关于情感、关于热爱，也关于孤独。读来令人唏嘘，深具命运感，同时也有一种与山川万物相遇的辽阔之感。

岳　雯　《棣棠之约》是向八十年代文学和八十年代精神的致敬之作。昔日，有张承志的《北方的河》，有阿城的《棋王》，《棣棠之约》仿佛是从这些文本的土壤中长出来的树，桃之夭夭，灼灼其华。小说开篇是对黄河的咏叹，接续了张承志等抒情诗人的抒情，宏阔、浩茫，仿佛从时间的尽头逶迤而来，携带着文明的巨大能量，为小说的“奇人奇事”奠定了厚重的基础。小说讲述了自八十年代以来“我”和戴南行、桑小军在大地上的精神漫游，写诗、下棋、隐世，以磐石一样的坚定在流水的世间为自己创造了一个异托邦，也为自己创造了实实在在的居所。小说笔触沧桑、厚重，饱含着对一个时代的哀悼与深情，也蕴含着对不同凡俗的狂狷之士的敬意与信心。作家相信，无论时代如何改变，像戴南行这样的人物会一直在，标志着我们精神生活的异质与不俗。

9票　《水落石出》

《十月》2022年第5期　作者：刘汀

孟繁华　生活中的荒诞比比皆是，北漂中年的疲惫力透纸背。叙述有新写实的遗风流韵，零度叙事又继承了先锋文学的传统。短暂还乡却意外地遭遇了新变，一切终将水落石出。

黄德海　小说写的是调换了户籍身份的兄弟俩，因为误置引发的各种各样的故事。很多故事看起来似乎荒诞不经，却又在某个特殊的角度击中了时代的秘密，变成了对社会和人生的深沉思考。与此同时，作者把这一误置引发的心理危机引入小说，自然而然地把耐心的叙述变成了一次心灵的疗愈之旅。

9票　《月光草原》

《江南》2023年第3期　作者：杨方

何　平　小说在沙尘、牛粪和干燥的风中展开，人在自然中不断地与自然发生矛盾，正如推粪球的“西西弗斯”一样，永恒地重复历史的课题。作者的笔触一如新疆自由的草原，广阔的背景下是鲜活的人物在维持着草原的生计与故事本身，鸡毛蒜皮的小事件下，底色依旧是明亮。作者对新疆的记忆依旧深沉厚重，人与人、人与自然的关系究竟会驶向何方，这是处于对一片土地的热爱中的作者所无法明确的回答。

孟繁华　人在浙江写新疆。草原就是牧歌，就是碧波千顷万千气象。诗情画意背后还有深层的危机，对生态问题的深入思考，也带来了关于“文学是人学”

的再思考。人不是万能的，人与自然的和谐共处比人的高高在上更为重要。

贺绍俊 杨方善于将种种社会性的内容转化为诗意化的元素，如这篇小说的情节由草原生态建设、援疆工程、志愿者服务等内容组合而成，但作者以一种轻快的方式讲述，宛如一篇浪漫的诗章。杨方的小说大多与新疆地域有关，她生长于新疆，现在回到家乡浙江，仿佛是怀着眷念的心理看新疆和写新疆，从而使小说具有一种特殊的情调。

9票 《戏台》

《收获》2023年第2期 作者：罗伟章

王 尧 既是一场戏，又不只是一场戏。会有人从戏台走过，也会有人朝戏台走来。生死悲欢都在此处，两家人却再也无法聚在一起，这是人生，也是文学。

李云雷 小说以“戏台”为中心，呈现了中国式的家庭伦理关系，父辈与子辈以及夫妻之间、亲戚之间的种种关系，在对财产分割、老人赡养等现实问题的细致呈现中，展现了一台中国式的亲情大戏。

何 平 作者将生活的经验与绵密的叙事糅合在一起，保持了一种强烈的现实感。夫妻、兄弟、姊妹、亲戚之间的问题都在作者游刃有余的叙事中纷纷登场，种种生活抑制不住地涌现在戏台之上，人心虬结，却又紧紧相握，似乎没有孰对孰错。人们在“克服”中，以一种不可控却自洽的方式保持着生活的运转。当戏台撤去，“正常”的表象之下是岌岌可危的人性。

岳 雯 处心积虑搭个台子，轰轰烈烈一场大戏。罗伟章极为擅长以日常家庭生活的细微事件为针尖，刺入人性的肌理，追问中国式伦理关系的质地，微言大义，意在言外。《戏台》讨论的是像血脉一样密布在我们生命中的关系之网如何深刻地塑造了我们，而关系丧失的过程也是丰富而立体的自我逐步解体的过程。在一地的鸡毛蒜皮中，作家让我们灰心丧气地确认，人性是禁不起试炼的，斗争的种子其实掩埋在人性深处。如果我们因为斗争而精神抖擞地活着，那么，活着究竟意味着什么。《戏台》给我们提出了不可回避的问题。

孟繁华 《戏台》本来是有剧本的：表哥约“我”喝茶，请“我”帮他“演戏”，“我”不置可否地参与了此事。剧本和“戏台”都有了，但效果却始料不及。小说表现了这个时代家庭伦理、代际差异等诸多议题，是一篇生活透视镜般的小说。

贺绍俊 罗伟章把戏台搭建在家庭的房产上，上演了一场利益与伦理交锋的人生大戏。罗伟章最近的小说创作一直在关注农业文明衰落的问题,而这种衰落最突出地刻印在家庭上。从形态上说,家庭变得越来越松散,传统的伦理也在崩解,越来越失去其约束力和向心力。这也是《戏台》的基本主题。

8票 《明日派对》

《十月》2022年第1期 作者:周嘉宁

杨庆祥 《明日派对》以清澈而真挚的叙事,在如梦似幻的温情中书写了新世纪初的青春意象。周嘉宁向我们展现了一代青年的精神图景,在小说中,她对青年们的茫然与坚定、低落与喜悦有着极其耐心的温柔,也克制地表达了时代的迷惘。一场场关于生命与音乐的派对传达了青春特有的、干净而充满激情的希望,从而为当下的灵魂们带来疗愈与宽慰。

张燕玲 《明日派对》被称为"一代文艺青年精神史",它之所以令人耳目一新,在于道出诸如"我"、王鹿、潇潇,午夜电台的年轻人,在新世纪前夕的亢奋与迷茫、期待与生长,也叩开那些隐藏在小说世界里的隐秘空间,在世纪之交的喧嚣与勃勃生气中,也有无所事事的人群、梦碎低迷的角落,以及对自我和情感的认知,作者"准确把握住作为一种时代精神的'派对',典范性地构筑出当代城市的象征意向"。

岳　雯 周嘉宁的小说人物都有一种无所事事的勇气,以及敢于一事无成的勇气,过着一种纯粹的精神生活。小说中的人物有一种社团感。社团不同于共同体,共同体的联结更为密切、有机。社团是松散的,多人的,非固定的,是来来走走,具有流动性的。社团里的人以爱好彼此识别,但并不深度绑定。社团允诺给人最大的自由。自由是生计意义上的,也是情感关系意义上的。他们不把性别作为定义自己的方式,而是以中性的姿态和方式去生活。所以,周嘉宁的人物往往显现出雌雄莫辨的气质。他们在情感的连接上也是含混的,边界不清晰。他们不执着于给关系命名,尽管内心涌动着极为强烈的澎湃情感,但这种情感是自己一个人的事情,既不用情感去要求他人,也不用情感来定义自己,在内心自我完成。由此,她的小说世界呈现为一个干燥清洁的世界,她创造了一种"干燥"美学。

黄德海 小说写一群充满热爱的人,他们以各自的方式参与并尽力推动着流行音乐的发展,时时全力以赴,处处尽心尽力,却对未来的方向懵懵懂懂。就这样,作品在轻微的颓然和无形的积极中,在热爱和热爱的消散中,尝试理解自己的性情,描摹出一种独特青春的部分模样,有着混沌里的清晰,多种可能里的准确。

8票 《突如其来的一切》

《天涯》2022年第3期　作者：田耳

王　尧　人到中年该如何，男人到中年又该如何。婚礼的无限放大，美好幸福被滑稽灰暗所取代，如此，意外才能锚定记忆。

李云雷　田耳的《突如其来的一切》瞩目于小城的一桩婚礼，主人公在筹办婚礼时遇到了昔日女同学并请她操办整个婚礼，但在婚礼结束后却置新娘于不顾与女同学在深夜饮酒，这突如其来的情感变化让主人公在多年后仍感觉不可思议。田耳以欢乐世俗的生活氛围和细节深入当代人情感之深处。

张学昕　朴素而直白的口语化叙事，铺陈了一场细碎、混乱而真切的接亲，数个被一一放大的细节映衬着际遇的随机、选择的混沌和情感的困境。透过放大的细节、放大的回忆、放大的思绪和放大的情感知觉，一个人可以既是“文化人”又混迹于“江湖朋友”之中，可以既紧张地期待接亲又在接亲过程中爱上别人。田耳的《突如其来的一切》直指人们内心的瞬息万变和情感的混沌复杂，于是，新郎在婚礼的进程中爱上了另一个人，这种荒诞不经的事情也成为极具合理性的“事实”。在这个故事中，田耳似乎在提醒我们：扭曲着的合理和夸大的细节，也可以是现实的真义。

张燕玲　田耳在人性的挖掘上别有新意，小说放大了一次接亲的细节，层层展现了人与事件的本质、生活与人心的瞬息万变，揭示人的生存困境和精神际遇。叙述如道家常，平实真切，却有无常的锋刃犀利地刺入生活深处，令人无奈又隐隐作痛，作者笔法老到苍劲，意蕴丰富。

孟繁华　《突如其来的一切》有存在主义的遗风流韵。两次婚姻并非两个经验，第二次婚姻大有第一次的重复之感。细节的夸张和放大是有意为之，重复表达了亲历者或当事人对生活以及人际关系的态度。如果是这样，小说的先锋性毋庸置疑。

贺绍俊　田耳会讲故事，常有出人意料的细节，语言生动，叙述风趣。

黄德海　《突如其来的一切》既是事实中突如其来的一切，也是心理上突如其来的一切，经历过这一切的人，既在具体中体会了行事的困难，也在对各种行为的分析中深入认识了自己。值得特别注意的是，尽管小说写的是让人疲惫的生活，叙事却始终饱满而恣意，似乎深处蕴含着什么动人的活力。

8票 《心海图》

《人民文学》2023年第9期　作者:林森

李云雷　《心海图》是林森海洋系列小说的最新一篇。游子方延从远方归来,少小离家老大回,家园颓圮往事依稀,亲友隔世踪迹难觅,人世间的哀伤莫过于此。

张燕玲　《心海图》是林森"海洋三部曲"之一,小说把文学想象的空间,建构在海里与岸上、岛屿与世界、远走与归乡,以及饱含家国情怀与生命意义的父父子子之间,既深潜历史海底,又直刺时代神经与世道人心,更生动表现了异乡人对故乡复杂的深情。小说深邃辽阔,野气横生;人物和情感鲜活疯长,洋溢着南方蓬勃陌生的异质性,如浪似涛汹涌激荡,也如镜似锦波光潋滟。

8票 《老宅》

《花城》2023年第1期　作者:麦家

王　尧　母亲就是我们所有人的老宅。旧屋与乡村,并不是新的文学主题,却是麦家新的创作源泉,他在骆家村找到了新的文学生命。

王春林　发生在老宅里的故事虽然看似平淡如水,但隐藏于背后的,却是历史和人性的某种惊涛骇浪。无论是对生死、鬼魂以及阴阳两界的描摹和理解,抑或是作家对乡村历史幽深与诡异一面的真切表现,都有着足以令人警醒的思想启示。

何　平　《老宅》延续麦家"回到故乡破译人心密码"的创作主题,文字读来具有扎实的落地感,积蓄着"能把脚下土石焐热绽开"的热量。老宅既是情节发生的空间载体,也是时间维度上的苍老隐喻,三代人离奇吊诡的经历在小说接近尾声时得到科学解释,迷阵破除,老宅的故事却因母亲对神鬼执拗的"敬畏"得以延续,悬疑小说另辟蹊径,呈现了更开阔的结局。母亲作为灵魂人物贯穿小说始终,麦家如同虔诚的信徒在老宅中为母亲造像,透过母亲的眼睛去看命运浮沉岁月沧桑,在母亲对人生善恶的理解中体味生命,抒发对人世的悲悯。

张学昕　《老宅》的题记是"母亲对儿女而言,就像一座老宅",可见麦家在意象的处理上,选择用老宅喻指母亲和家族。全文以近似口述史的笔调,回溯家族所经历的起伏变化,揭开封存的家族传说。记忆透过老宅这个具体的空间,枣树、谷柜等物件,家族成员掺杂推测和演绎的讲述,在家族代际间传承,个人命运也由此获得绵延持久的生命力。在探索家族历史和记忆的传承之外,这篇小说仍不失麦家小说最具特色的解谜或推理特质。不同的是,《老宅》并不围绕谜题展开故事，而是在叙事的推进中逐渐显露谜题。在科学和迷信的共同作用下，谜题似乎解开，似乎未解，小说因此笼罩在玄学的迷雾之下。

张燕玲　新时期谍战类型小说的拓疆者麦家一直就有两双叙述妙手，早在二十年前《解密》初版时，我就在改版的《红豆》杂志上刊发过麦家的短篇《两位富阳姑娘》，名重一时。近期，他以方志般的文学叙事在《花城》发表“弹棉花”系列小说，其中的《老宅》尤为精彩。小说虚实相间，写“鬼屋”老宅里家长里短的人间烟火，令人唏嘘的外公、外婆，坚忍上善的通灵母亲，等等。不同寻常的日常生活，在回望与想象的闪电中，以低沉的雷鸣使情节跌宕起伏，神秘传奇又深情款款，颇具艺术张力。

孟繁华　老宅里有数十年几代人的命运，那里的谱系关系是个人肉身的来处，也是个人精神的归宿。小说写外公、母亲最生动。这是一个写乡村往事的怀旧小说，但具有鲜明的现代意识。

贺绍俊　麦家的怀旧情绪越来越浓烈，那些陪伴他成长的老人、亲人一个个在他心头活跃着，自然就成为他小说中的主要人物。《老宅》是他“弹棉花”系列中的一篇，外公和外婆是小说中最令作者动容的老人，麦家试图体会老人的言行，但他也深知人心和人性如同老宅一样藏着深邃的隐秘，他采用了与老宅相匹配的叙述，深沉，浓酽。

7票　《鱼缸与霞光》

《收获》2023年第6期　作者：韩松落

杨庆祥　在小说关于“出走”的多重寓言中始终可以看到韩松落对时间刻度的敏锐——这是一种在当代小说中颇为少见的历史意识，也是将个体的精神困境连接到社会历史语境的可贵尝试。这种尝试以先锋的形式探索展开：电影镜头式的画面呈现、叙述及其自我阐释、诗性的话语与象征。在小说结尾的华章中，可以隐隐听到鲁迅笔下“过客”精神的当代回响。

张　莉　《鱼缸与霞光》，韩松落的小说中有一种迷人的诗性气质，鱼缸和霞光固然是实指，但其实也是意指。他的作品总能使我们超越现实中的种种，看到更为遥远的人与天地。韩松落小说的文学特质应该被充分认识。

张燕玲　韩松落的写作有着强大的文学想象力，人物既可在黑夜穿越天宇自由翱翔，又可引车卖浆创造俗世生活行走人间，而其中“出走”是韩松落常有的主题。小说中的主人公各自出走，儿子或父亲留下一行字，便杳无音信，而在充满生活质感的缠绕中，小说的神性与诗意，不期而至。《鱼缸与霞光》儿子李志亮出走的谜团，与血红色的天空、黑色的人影、头顶的鱼缸、遥远的音波等意象，编织出一个瑰丽而神秘、魔幻而诗性的人生黑洞，有着隐秘而迷人的艺术张力。

孟繁华 一部充满了隐喻的小说，其独特性在当下小说创作格局中属于凤毛麟角。人如何获得自我确认，既是一个难题，更是一个挑战；既是人的现代病，也是人恒久面对的纠结。对这一隐秘的揭示是小说的一大贡献。

黄德海 小说写得似真似幻，奇想层出不穷，你刚刚以为有迹可循，作者却又在不经意的地方旁逸斜出，横生出另一段有意味的枝节。随着故事的曲折变化，如解连环般，奇想的缝隙里透出了现实的光照，一个时代的特殊样貌缓缓呈现出来，拥有了明朗而切实的质地。

7票 《出山》

《钟山》2023年第2期 作者：龚万莹

王 尧 闽南的岛屿是背景，海岛生活是小说真正的着墨所在。作者的鼓浪屿的生活背景为小说注入了活力，在这份活力面前，生死无常得到了某种宽宥。

杨庆祥 《出山》是一部具有南方风味的小说，这种“南方气”既来自小说中处处点缀的南方名物，更来自淬炼得平淡隽永、清新灵动的精妙语言。随着主人公的成长，家庭、邻里在时光变迁中的种种生死人事融化在小岛丰盈充沛的日常生活中，其后是龚万莹对情感细腻妥帖的体察把握。原乡小岛上承载的生活美学是脆弱与坚硬的辩证，随着时代海潮而起起落落。

岳 雯 《出山》以流水般的笔触讲述小菲与岛屿相依相惜的生命史、成长史。岛屿上的时光漫长，仿佛永不终结的童年。生老病死如云来如风来，拂过岛屿，又四散开去。骨肉相依的亲人，在无常世事中学会原谅，学会接纳。于是，在离愁丛生的情绪里，万物悲欢皆备于“我”，亦成为“我”抵达他人的白色木梯。龚万莹的文字，弥漫着海风吹过的气息，茂盛、潮湿、奔腾，自成一格。

黄德海 小说写得耐心细致，仿佛在为某种正在消失的风俗绘制尘世的留影，却也没有陷入感伤，而是把一地的传统与在这传统中养就的人心整体性地呈现出来，于是作品里就有了地气、人气和市声的喧闹之气，仿佛黎明时分的聚落人家，人们从沉睡中慢慢醒来，新的一天即将开始。

未入选作品

6票 《快活天》

《上海文学》2023年第1期　作者:糖匪

6票 《良夜尽头》

《当代》2023年第1期　作者:鲍尔金娜

5票 《五湖四海》

《收获》2022年第4期　作者:王安忆

张学昕　“五湖四海”是二十世纪六七十年代在中国各地广为使用的“流行语”,“改革开放”也是如此广泛地进入彼时的日常生活,在大事小情上都留下鲜明的印记。王安忆的《五湖四海》以细腻的视角和清新自然的笔调,处理出现在具体生活方方面面中的“改革开放”,可见以小博大的意图。从被称为“猫子”的船户水上人家走出,上岸后逐渐定居、房子越买越大的“猫子”后代,此发展轨迹被缠绕至小说所设置的时代背景之上,但是却不被大的社会风潮笼罩,而于人性和伦理、生活与选择中奠定其叙事的最核心关照,无论多么顺利,鸡毛蒜皮的琐碎和“日子怎么会过成这样?”的疑问仍是贯穿张建设及其家人的隐线,为变化、波动、意外等生存现实留下转圜的空间。

5票 《海边的向日葵》

《芙蓉》2023年第2期　作者:肖勤

贺绍俊　肖勤很善于写医生的故事,救赎自然也成了小说的主题。故事的线索都有现实的影子,网络暴力、医闹事件、抑郁症,等等,这些看似不搭界的素材被肖勤巧妙地编织为一体,它有着向日葵般的璀璨。

4票 《浮图》

《十月》2022年第3期　作者:葛亮

张学昕　在《浮图》中,葛亮延续着他历来沉稳、淡然的笔调和对方言熟稔的使用,在细腻的叙述中,穿插着人物交谈时使用的粤语、莆仙话、北京话等方言,营造了一幅属于香港市民生活和大众文化的现实图景。小说沿着香港退休教授连粤名的半生经历,在春秧街、南华大学、仙游县等地间历经时空流转,借助其丝丝缕缕的生活细节,缓缓揭开生活与生命“爬满虱子”的内面。葛亮选择从日常生活的暗处出发，通过阿嬷、月华、袁美珍、连粤名等人的挣扎、相扶、伤害与失意，勾勒人性有幽暗亦有闪光的复杂和深沉，与表面上的“教授杀妻”故事交相映照的，是一场关乎人生匆匆而过之晦暗细部的描摹。

贺绍俊 《浮图》中有一幅赫斯特的拼贴画，还有各种美味的粤食，既给小说增添了精致的意蕴，也是理解小说的钥匙。作者探究一座城市和一个人的来处，它是那么隐秘，又是那么充满诱惑力。

4票 《长河》

《江南》2023年第2期 作者：三三

岳 雯 三三的《长河》尽管借用了社会新闻事件作为外壳，但无意借此展开悬疑叙事，也无意填充新闻当事人的生活和心理，以打开社会生活的褶皱。她只是取径这一人物建立某种带有巫感的情境，以便进入心理情境的深渊。她的主人公反复省视自身，并与身边的朋友展开相当文艺化的交谈。对生活本身的言说即为正义。当心理情境对于小说的叙事推动力不断减弱时，三三旋即引入了一部叫作《长河》的电影，在想象性的电影画面描述中抵达了闪光的灵思。对于三三来说，小说不是别的，而是托出那些闪光句子的容器。

3票 《碾压甲骨的车轮》

《收获》2023年第4期 作者：迟子建

杨庆祥 在《碾压甲骨的车轮》中，迟子建延续着对“伪满洲国”的历史探寻，历史已经成为对当下生活深入开掘的动力。作为小说的核心意象，“车轮”与“甲骨”的对照传递出迟子建对历史、文化的深切思考。迟子建在传奇与悬疑、经验与叙述间自由跳跃穿梭，历史人物成了小说人物的构造原型，历史幻影也呈现在疫情时代的日常生活之中。

张学昕 在《碾压甲骨的车轮》中，迟子建选用轻快的语言节奏推进这个蒙着悬疑色彩的“旅顺往事”，呼应着四个章节标题“樱花奏鸣曲”“甲骨变奏曲”“洞庭街小步舞曲”“马车轮回旋曲”所暗示的节奏关系。与语言节奏的快速和跳跃相反，小说透过甲骨和碾压过它的车轮的象征和隐喻展开百年间的家族回溯，绵密而又沉重。表层叙事是被有心人精心设计圈套并敲诈的悬疑故事，随着甲骨和车轮及其所代表的“诅咒”/“解咒”、命运/时间的隐喻变幻，祖辈面对人生事件和时代机遇的选择，乃至罗振玉、王国维和甲骨失散事件所展示的百年东北故事逐渐浮现，宿命在代际间的轮回流转中轰然驶过。

3票　《谁能杀死变色龙》

《收获》2022年第5期　作者:赵松

3票　《余墨》

《当代》2023年第4期　作者:房伟

2票　《霞满天》

《北京文学》2022年第9期　作者:王蒙

张学昕　在《霞满天》中,王蒙选用一种节奏短促的、口语化的、活跃的语言,带动全篇铿锵有力地如进行曲一般推进,这种文风气脉一如文中的挚友形容普希金"美丽中饱含生猛"。在如此洋溢着青春活力的文风下,小说通过"霞满天"这座养老院,讲述女主人公蔡霞青年守寡、中年丧子、老年失伴,但却依旧能够选择勇敢踏上环球旅行的人生历程。在灾难、伤痛和不幸的挑战下,王蒙关注的是顽强的生命力能够爆发出多么璀璨的能量。因此,在他的笔下,可以见到生命的跃动、坚韧,以及对光明等积极能量的呼唤。

1票　《疫狐记》

《北京文学》2022年第5期　作者:张翎

张学昕　张翎的《疫狐纪》选择了一个纤细的、微小的支点,轻盈地撬起属于华裔移民的记忆。几只花园里突然出现的狐狸,勾连着两个远离故土的女人的创伤和救赎,乃至错综复杂的人物关系和因疫情管控而受限的人际活动。在彼此隔绝的生活中,忽然出现的野生动物成为彼此了解的契机,亲情、友情、爱情因为防疫而疏隔,人们渴求的理解和慰藉却悄然地生长在陌生人之间,甚至在人和动物之间。张翎将人在异乡的孤独、疏隔和迷失感抽丝剥茧,于封闭隔绝的环境中,人与人、人与动物逐渐彼此熟悉,于一方小天地内共存,这是一种在被迫改变的日常中重建坐标系的生活实践。

1票　《流淌火》

《民族文学》2022年第7期　作者:李司平

1票　《遭遇"王六郎"》

《人民文学》2023年第9期　作者:梁晓声

1票　《造房子的人》

《山花》2023年第6期　作者:周婉京

1票　《暗疾》

《长城》2022年第2期　作者:薛舒

(审读委成员按姓氏笔画为序)

第八届郁达夫小说奖短篇小说终评备选篇目及审读委成员评语

11票　《我的太太变成了鼠妇》

《青年文学》2022年第8期　作者:朱婧

王春林　所谓鼠妇者,是一种习惯于生活在潮湿土壤中的虫子,也叫西瓜虫或者潮虫。叙述者"我"的妻子,一个现代女性,突然间变成了鼠妇,通过如此诡异的故事情节设定,作家真切书写出的,其实是当今女性在不平等的婚姻中被物化的不堪生存状态。

何　平　小说从循规蹈矩的日常生活的细小破绽切入,用大量的细节写克制、贤良的妻子形象,同时又保留她热烈、欢悦的往昔片影,对比变化的背后,凸显的是看似波澜不惊的婚姻下潜藏暗流的省思。朱婧在小说中记录"不被关注"的感受,书写"不被看见"的女性,却选用男性视角进行叙述,"她"依然隐匿在"我的太太"之后,被标记所属权后成为"我"痛苦自省的伪证道具,这样的处理方式如明镜般直接照见两性关系的溃烂之处,体现着女性作家敏锐的性别洞察。作者对景、物极尽细致地观察和描写,其品类、姿态、存在与角色心境的融合都被不遗余力地加以表现,不吝笔墨书写这些细碎而有力量的瞬间。

张　莉　在《我的太太变成了鼠妇》中,朱婧把别人眼中狭窄而平庸的家庭生活写得风生水起、意味深长。朱婧捕捉到看不见的妻子/家庭主妇薄如蝉翼的情绪、难以言说的复杂情感,并悉数记下,笔力纤细却有越轨之力。这是深具女性精神与女性气质的作品。

张燕玲　近年来,朱婧致力深描日常生活中"不被看见"的她们,以及自己对这个时代中女性处境的观察。小说颇具叙述策略,以男性视角旁观自己全职太太的贤良,在丝丝入扣的描述中最终发现一直扮演"好女孩"的妻子,就是蜷缩在土里不被看见的鼠妇。小说表现出女性之弱,既写出了女性不被男性所看见的那些部分,又写出了亲密关系中个体的孤独感,呈现了当下一群女性的精神危机,以及情感世界的时代症候。

孟繁华　这是书写现代人困境的小说,怎样的太太才称心如意,全职太太生活的可能性。对隐秘世界的全新叙述和呈现,颠覆了我们对家庭生活、对家庭主妇内心世界的认知。小说表达了生活是被发现的正确观念。

贺绍俊　朱婧的小说多与婚姻和家庭有关，具有很强的现实感。她看到了家庭的问题，但她不想彻底摧毁家庭，因此她写的小说总是辗转反侧，她轻易不把矛盾推向绝境，总是在想怎样才能让家庭更加完美，让家庭真正成为女人们的归宿。《我的太太变成了鼠妇》以一个男人的口吻叙述，他以为妻子乐意扮演一个贤良妻子的角色，直到有次在储藏室发现大量提供给超市的物件后，他才知道，妻子在家独处时是“在无意义地消耗时间”，极具讽刺意味的是，男人虽然发现了自己根本不了解妻子的内心世界，但他本人却瞒着妻子在外面先后找了几个情人。让我惊异的是，朱婧为小说取了一个如此恐怖的题目，也许她是要以此让所有满足于“在婚姻里造像”的妻子们惊醒。朱婧尝试着一种轻言细语式的叙述，就像是呵护着一件精美瓷器般地书写着今天的家庭。

11票　《昙花现》

《钟山》2023年第1期　作者：黄咏梅

王春林　虽然省却了一个字，但“昙花现”肯定是“昙花一现”的意思。在一个篇幅有限的短篇小说中，处理时间跨度这么大的人生故事，所充分凸显出的正是作家那种足称高超的艺术智慧。平庸而漫长的一生，闪电一般短暂的高光时刻，二者之间的强烈对比，所引发出的，只能是感慨万端的人生喟叹。

李云雷　小说在与母亲日常的视频对话中写出林姨妈情感的过往和秘密，林姨妈虽然有着红颜薄命的古老影子，却更闪现着当下女性对生命的新认知，作者以另一个视频结束小说，让爱的碎片起起落落，也让这段情感隐入现实的尘烟。

张　莉　《昙花现》，昙花一样的情感在一个女性的生命中意味着什么？小说将情感与昙花交织在一起，花是花，但也非花。以情感对抗遗忘，也对抗虚无，昙花般的生命力与爆发力读来让人震动，林姨妈的故事有某种普遍性。

张燕玲　《昙花现》贯穿着作者独有的对每一个人物和细节的了然于胸与贴心贴肺，精准描述了家里的常客、如花似玉的林姨妈不幸的人生，人如花，花非花，花是花，终归只是一现。小说沉静地写出女性对生命的认知，叙述节制内敛，既引人入胜，又精细绵密，人与花的互文关系，充满智性、隐喻和文学张力。

岳　雯　小说家是时间的魔法师，他们可以将一生压缩成一个瞬间，也可以将一个瞬间拉长为一生。《昙花现》就演绎了一生即一瞬的时间辩证法。林姨妈因为对贫穷动荡生活的惧怕，在特殊的年代与心中的理想爱人擦肩而过，造成了终生的遗憾。这遗憾水滴石穿地渗透到她日后的生活中，让她从此郁郁寡欢，失去了俗世欢愉的能力。她两手空空走到生命的尽头，却给昔日的爱人留下了最后的口信。小说的结尾有着准确的模糊。他固然记得她,但也只是记得而已,他只能看到伴随他到达人生终点的时间、地点和人物,并不能穿透时光。短短的篇幅里,一个人的一生犹如白纸般轻薄冷清,化作一声叹息。《昙花现》是"此情可待成追忆,只是当时已惘然"的生动注脚。

孟繁华 《昙花现》有故事的外壳:舞台四姐妹的故事。但这个舞台模糊地搭设在历史深处。小说还是在当事人的情感领域展开。小说展现了一个人在舞台上和生活中的强烈反差,写出了另一个时代里人物的命运。特别是为了"一个月亮一朵花"熬了一生的女人,是小说的精髓。

贺绍俊 林姨妈与钟俊人的爱情因为一瞬间的闪念就被断送了,但它成了一个美丽的爱情神话固守在林姨妈和妈妈的精神世界里,这个神话却轻易就被"我"戳破了。这不仅是一个代沟的问题,也是时代的差异。这是一个多少有些残忍的凄美故事。

黄德海 小说看起来写的不过是老年人的琐事,零零散散的平常日子,说不上多少深情的怀念,各自珍惜的眼前生活,里面却隐藏着黄咏梅的细腻和敏感。读下去,人与人之间相互的关心、看顾、友善,都从细小的缝隙里透露出来,那些日常的氤氲之气,慢慢弥散出生活微温的形状,给荒凉的人心以平和的安慰。

11票 《白色猛虎》

《万松浦》2022年第1期 作者:金仁顺

李云雷 金仁顺的《白色猛虎》写长白山,写一个民宿女老板与儿子及其女友之间的细微情感,看似不动声色,但却于微妙处牵动人心,母与子之间,男女友之间,准婆媳之间,作者以精准的笔墨刻画出矛盾和情绪的细腻之处与微妙转变,也为我们呈现了长白山的冰雪世界与新时代的人情世态。

杨庆祥 宁人而又动人的客栈参观之旅与恨意和敌意交织的回忆及体验,从容、精干、优雅的行止与失衡、疲惫、空旷的内心,种种的张力构成了小说艺术魅力的生成机制。这是曹七巧的一个现代幽灵,创业和自戕指向的是同一复仇逻辑。我们不免嗜问:女人,在爱与恨之外,你该如何安放自己?以及,在杨枝的窗前,是否就没有白色猛虎静静伫立?

张　莉 《白色猛虎》写的是中年女性的生活,关于母子关系,关于家庭关系,东北民宿的日常生活在金仁顺笔下显得轻盈、澄明、鲜活,读来深具艺术感染力。

岳　雯　《白色猛虎》就像长白山的冰雪，既晶莹剔透，又裹挟着凛冽的寒意。故事发生在长白山的一个叫“白色猛虎”的民宿。在这里，外面狂风呼啸，大雪堆门，室内雅致、舒适，仿佛童话里的小小城堡，庇护人免遭来自大自然的伤害。然而，就在齐芳给自己营构的安身立命之所里，她遭遇到从小相依为命的儿子情感上的致命一击。这是两个女人在心理上的交手与博弈，更是一个女人站在中年的岔路口的万箭穿心。

孟繁华　小说处理的是永恒的主题。人与人之间的关系是不可穷尽的。即便在长白山深处，人的情感关系依然不在我们的想象之中。那些难以名状的纠葛，就是生活的状态。或许恰恰是那些不期而至的突发奇想改变了结局。

贺绍俊　从开头齐芳坚持要开车来机场接儿子，到结尾时齐芳恨不得儿子“快点儿走，早点儿走，飞机千万别停航，别延误”，这从心理上说是一个多么巨大的落差。金仁顺成功地将落差变成了一篇小说。小说并没有因为落差而施舍关于代沟的同情，相反，金仁顺在为母亲感到如释重负，这就是作家对世道人心的洞若观火。

黄德海　小说将空间设置在一个深山的民宿之中，充满着世外气息，其间居停的人们仿佛暂时脱离了尘俗，有了一段惬意而放松的时光。随着故事徐徐展开，每个人都或多或少显示出尘世间的部分属性，从而能看出人的艰难、困窘和某些做法的不得不然，最终与世界达成某种意义上的和解，将人温煦地挽留在人间。

11票　《云彩剪辑师》

《天涯》2022年第5期　作者：李宏伟

王　尧　阿懒会剪辑云彩，但是阿懒并不会剪辑所有的云彩。绚丽虚幻的想象背后是有情之思，还有那杯干掉的酒。

李云雷　李宏伟的《云彩剪辑师》笔触纯净、抒情、诗意，充满了绚烂的想象力。在他笔下，云彩不仅是格外美好而又具有创造力的存在，更是一种“有情”的表达。

杨庆祥　等待酒安静下来，将酒杯对着某片云，用手指划动酒水中的云影，剪切掉的云便滑入杯中，酿出一杯云的饮料，若是收藏起来，划燃火柴，昔日的云彩将从酒杯中升腾而出，再次成形……我想作者一定是在端详酒杯时，萌生出品尝云彩的奇妙冲动。如此玄妙的构想，却采用《变形记》式的平静叙述和写实风格，并落笔于普通人情感羁绊的变迁与困惑。

张　莉　《云彩剪辑师》不以故事取胜，但小说构思巧妙而独特，因为作者对世界有丰富的洞察力，因此对故事的书写也别出新意。

张燕玲　李宏伟的写作富有想象力，颇具辨识度，他每部作品都在拓展写作和文体的边界，在现实与虚构之间的自由切换，在浩瀚的星空与幽深的人心处不懈追问。在《云彩剪辑师》中，阿懒有神奇的妙手，经他剪辑过的云彩，会给云下的人生带来奇妙的改变，它让云下的每一段人生都经历酸甜苦辣。云彩的聚散如人世，在奇妙的剪辑中，既隐藏着人物心灵的秘密，又让恋人相爱、父女和解，让人间向好。作者的叙述细腻玄妙，灵动绚烂，散发着神性的审美光芒。

孟繁华　李宏伟是当下最具先锋意识的小说家之一。在李宏伟的创作谱系里，《云彩剪辑师》比较特殊，小说没有他过去作品的繁复和"野心"，叙述显得飘逸和奇特。但一以贯之的，是小说与现实貌似距离遥远，但其内核恰恰是最为现实的一部分。

贺绍俊　作者将阿懒塑造为一个沉湎于仰望天空的人，又给他提供了一把想象的剪刀，他可以恣意地剪辑云彩。这样的故事专属于李宏伟，凭借大胆的想象和科幻的调色盘，他将这个故事讲得超乎现实之上，又一步步逼近现实。

黄德海　小说不似李宏伟以往作品那样繁复、精确、庞大，相反，呈现出轻逸、迅捷、精妙的叙事特点。更有兴味的是，这个看起来跟现实有巨大距离的作品，却以想象的方式，容纳了更多的现实。那些李宏伟不常涉及的现实部分，经小说的奇思妙想变形之后，成了作品最坚实的部分。

10票　《德雷克海峡的800艘沉船》

《十月》2022年第3期　作者：弋舟

王春林　诚如海明威冰山理论所强调的那样，短篇小说之精妙，在于如何借助浮出水面的冰山一角而写出那隐于水面之下的更为广阔驳杂的人生。某种意义上，短篇小说所真切考验的，就是作家是否有足够的勇气留白，以及通过什么样的方式留白。弋舟此作的思想艺术成功，很显然就集中体现在他的留白艺术上。

李云雷　《德雷克海峡的800艘沉船》来自一则在飞机上阅读到的新闻，作者以出色的艺术技巧将之转化为艺术品，也让我们看到了艺术与生活的微妙关系。

张　莉　《德雷克海峡的800艘沉船》，弋舟短篇小说的代表作，将不同的人、不同时空的事件巧妙地通过“德雷克海峡的800艘沉船”聚集在一起，深具时代感和现实感。这是一部有密度有光晕的短篇小说。

孟繁华 弋舟有超乎常人的艺术想象力，这种想象力既是一种虚构能力，也是一种创造力，那是艺术禀赋中最为重要的能力。《德雷克海峡的800艘沉船》是一部先锋意味鲜明的作品，“德雷克海峡的800艘沉船”是一个灾难新闻的核心，弋舟采用了多重现代小说的技法，讲述了同一航班上各不相同的人生状态。

贺绍俊 弋舟讲究小说构思，他以一份载有德雷克海峡沉船新闻的报纸，将三个完全不搭界的人的故事串在了一起，三条平行线就因为他这一条鲁莽画上的斜线而成为一篇小说中的共同体。其实他在小说中讲了什么对我来说并不重要，重要的是他怎样来讲述的。

黄德海 小说篇幅不长，却有着宏阔的时空背景，阅读感受就像一人一船航行在茫茫的大海之上，不知什么时候会遇到什么，即将驶向的未来也充满不确定性。小说中有众多的中断，并未连成一个完整的故事，偶然和不确定构成了作品的核心要素，富有人生的隐喻意味。

10票 《春天果然短暂》

《北京文学》2023年第11期　作者：马小淘

李云雷 《春天果然短暂》由“我”的视角映射出姑姑的人生经历。马小淘以体恤与共情的姿态，理解并呈现了两代女性生命轨迹的交叉、混合、关联与映照。或许我们都曾有过对完美爱情与幸福婚姻的想象和向往，但时间会为我们揭示生活的真相。

张　莉 《春天果然短暂》，小说写的是关于姑妈的故事。姑妈平凡普通，无论是工作还是婚姻看起来都不扬眉吐气，但那只是一般人的理解。作为小说家，马小淘敏锐捕捉到姑妈身上的光泽，并带领读者凝视，以女性视角看姑妈的人生，也以女性视角重新看那些像姑妈一样的女性，她们的人生卓有意义。

张燕玲 小说叙述继续着作者一贯的明快犀利的语态，以及对笔下人物理解的同情，继续着以年轻女孩“我”的视角，快言快语又深情款款地讲述关于“姑姑”的情感故事，关于普通女性的勇气，以及寻求自我自觉的故事。叙事天真而犀利，却在细微描述中见证姑侄彼此的成长与生活选择，投射了作者对人物人心的体悟与洞察，诙谐而机智，反讽又深情，显示了别样的富有个性的美学样貌。

岳　雯　《春天果然短暂》延续了马小淘一贯的语言风格:声线明亮、绘声绘色、鲜活生动。小说讲述了一个平凡普通的女性,大半生随波逐流,却在人生的某一时刻突然觉悟,立志要为自己的人生做决定。她独立,赤诚,不畏浮云遮望眼,也不害怕寂寞,对生活依然抱有热情和天真。或许就像小说说的,姑姑的人生,"开得凡俗饱满、不管不顾、勇敢赤诚,好像用尽力气要盛放出一个热闹的春天"。如果这样,即使春天短暂,又有什么关系呢?不过,除了姑姑这一形象,小说更打动我的是"我"。站在成年人的这一端,"我"在回忆中检省幼年时因为自我中心对姑姑造成的伤害,令人动容。对他人的体贴和善良是这部小说的锚。

孟繁华　《春天果然短暂》是对姑姑人生的某种概括,也是讲述者的观察、理解和议论。姑姑是一个下岗女工,其生存景况可想而知。但她对爱情的理解和捍卫令人叹为观止,尽管姑姑的爱情也难免"果然"。小说是关于爱的理解和讲述。

贺绍俊　马小淘的叙述依然不失犀利,但她的内心是温柔的,她把温柔藏在犀利的背后,更显出人间亲情和爱情的美好。

黄德海　小说写到的姑姑的大半生,看起来无比平常,不过是她特殊性情不断的展开和受挫;"我"的成长期也并不出奇,不过是年少时的尖酸刻薄和稍长一些时包容性的理解,但因为姑姑和"我"不同时光的重复叠加,小说折射出作者对世界不断增加的认知,也承接着时代投下的深长影子,从而有了意味深长的感觉。

9票　《兰亭惠》

《人民文学》2022年第3期　作者:潘向黎

王春林　潘向黎的短篇小说,一向以典雅蕴藉取胜。虽然谈不上什么波澜壮阔,但日常生活细微处的点点滴滴却总是能够被表现得淋漓尽致。一对夫妻,加上儿子的前女友,看似只是一个寻常的饭局,但内里人情世故的各种弯弯绕绕却给读者留下了难忘印象。尤其是结尾处的"图穷匕见",更是强有力地凸显出了人性的复杂。

何　平　小说以"兰亭惠"这样一家在上海开了二十年的老饭店为叙事空间,在一场特殊的致歉宴中展开两代人婚恋观的碰撞。对于餐厅的挑选如同对于婚姻中另一半的选择,老一辈讲究口碑、体面,而对年轻一代来说,伴侣只是理性地选择一个"最优解"。婚姻是否只能沦为权衡利弊的结果?其中是否仍然存在爱情的空间?在为儿子这段"不体面"的分手事件善后的过程中,夫妻俩意外感受到了爱意的复活。小说在讲述当代都市爱情的同时,点缀着上海都市文化中的体面与权衡,展现出浓郁的地方质感。

张燕玲　潘向黎的小说总是静水深流,《兰亭惠》启笔于日常饮食男女,在颇有情调的上海餐厅里,深入一对体面的上海夫妇面对子一代情感变化的内心涌动。作者以细致精妙的白描,在小切口里渐次剥离出大上海的世情世相。小说一如既往地精致而有腔调,构思精妙,笔法老到,直抵世道人心。

岳　雯　像简·奥斯汀一样,潘向黎擅长在宴饮、舞会等日常生活的华美时刻观察人们的表情,深入他们的内心。《兰亭惠》就是这么一出别致的宴饮——请客的人是一对老夫妻,对象是儿子刚刚分手的前女友。他们满怀愧疚,希望通过吃饭将这份愧疚和真心传递给客人。环境、菜式,乃至于人们的衣着、神情都被细细打量,这里面有时代潮起潮落隐而不彰的信息。潘向黎对人怀有脉脉温情,她的体面和精致里有对人之为人尊严的坚守。

孟繁华　"兰亭惠"是一家虚构的餐馆的名字,写一对五十多岁的上海夫妻,怀着对儿子前女友的爱和疼惜,请伤心的女孩子吃饭,想表达对女孩子的歉疚和安慰。他们两代人之间对爱情的态度,从一个侧面表达了两代人对婚恋的不同选择。小说看的是都市光影,写的是人心深处。

9票　《造物须臾》

《人民文学》2022年第9期　作者:牛健哲

王春林　虽然同样是东北的青年作家,但牛健哲却以其鲜明的思想艺术个性而区别于所谓的"东北三剑客"(双雪涛、班宇、郑执)。《造物须臾》一篇,看似只是主人公在深夜摔倒后的一系列内心活动,但细细品味,其中的哲学意涵无论如何都应该引起我们的高度关注。如果说我们的确需要大声疾呼异质性作家的出现,那么牛健哲毫无疑问就是其中的一位。

孟繁华　牛健哲的小说体现着文学的先锋精神,他对人的精神世界、意志怀有深刻的好奇。《造物须臾》几乎没有可供讲述的情节,恐惧和与世界的不兼容是小说的主旨。因此,小说可以阐释的不是他的能指,而是所指。

贺绍俊　牛健哲有哲学的思索,但他能以哲学为燃料给想象力加速。《造物须臾》就是一篇关于时间的小说,小说情节实际发生的时间虽然只是短短一瞬,却压缩了一个人漫长的一生。牛健哲在小说中甚至还运用了数学思维,因为他追求精确性,精确是牛健哲的一种美学风格。

黄德海　小说的实际发生时间,不过是短短的一瞬,是一个人从摔倒到爬起的须臾之间。就在这样短暂的时间里,牛健哲驰骋想象,用简练而有力的文字,让人物在摔倒后头脑混沌的一刻，在记忆和想象中经历了一遍自己的人生，用几个细节似乎就写出了人物在世间的样子，显示出生活混沌而让人怅触万端的况味。

9票 《迭奏》

《江南》2022年第4期　作者：班宇

李云雷　班宇以“迭奏”的方式描绘了当代年轻人在爱情上的流动性与偶然性，以及他们在异性交往上的姿态，充分展现了班宇戏谑、幽默的艺术风格。

何　平　小说通过主人公杨寅的内心挣扎与情感纠葛，在墓园工作的经历，探讨了生命、死亡、孤独和人际关系的复杂性。杨寅在墓园的工作不仅是对逝者的铭记，也象征着他对自己生命的反思与追寻。小说中充斥着各种对话与自白，无法分辨这些声音是由不同人物真实发出的，还是来自主人公一个人的臆想。虚幻与现实交织，各种声音纠缠却没有明确的指向，形成了一场错乱的、对抗性的“交迭的演奏”，混沌的时间、空间，加之作者哲理性的思辨与反讽，达成了颇具实验色彩的艺术效果。

张学昕　“死亡”一直是班宇创作中一个非常重要的叙事元素，在他早期的作品中，“死亡”可以是叙事目的，可以是叙事结果，有的时候是叙事的手段，有的时候又构成了一种叙事美学，更多的时候“死亡”只是一种叙事的存在，不具有功能效用。但是，不论对待“死亡”的处理方式和样态如何变换，叙事的时间顺序始终都是从生到死，死亡都代表着某种结束，而这篇《迭奏》却是逆向的，并且它还表达着一种思想，就是死亡不是生者世界的终结。班宇的这次创作是从普遍的认知跳脱出来，带着读者从死亡后“精神”存续的视角介入这个存在世界，让我们对个体的生命、人性、存在，以及人与人之间的联结都有了重新的审视。

孟繁华　杨寅的日常就是在墓园雕刻死者姓名和在这个世界上经停过的时间。他和妻子的婚姻和情感已经平淡如水，在一次活动中，生活和情感的波澜骤然又起。在现实的困境中，人物的命运相互交织迭奏，让人既欲罢不能又欲言又止。对人生感受的深层发掘和描摹，显示了小说的无限可能。

贺绍俊　班宇从“迭奏”这一意象入手，充分发挥了他的戏谑、幽默的风格特长。这是一篇专门在风格上炫技的小说。一个短篇，就专门追求风格，也非常好。迭奏不是重奏，不是合奏，用班宇的话说，是“三个声音同时对抗，各行其是，错乱叠加，摧毁所有的秩序，形成一场交迭的演奏，永远不终止”。他的解释要比字典更丰富。他以迭奏来剖析年轻人在爱情上的不确定性，以及他们在异性交往上的轻姿态。

8票 《化鹤》

《花城》2022年第6期 作者:薛超伟

杨庆祥 演山与《桃园》中的阿毛同为十三岁,承受着早殇的命运,演山更为早熟(却又更富幻想和温情),因而也更令人心痛。桃子之于阿毛,正如四季豆之于演山,看似"常在",却未必"常得":桃子只能买到玻璃做的,四季豆也不是四季都有。废名让玻璃桃子碎跌在地,薛超伟却以肉身佛悬置了死亡——经由对人间温情的执着,走向了对死亡的想象性化解。

何 平 整篇小说像一句肃穆的谒语,诗性的人物、语言和场景组成了永恒而富有哲学意味的主题。小说家塑造了一个与世隔绝、明净澄澈之地,在这里,男孩体味着不同寻常的成长,人的夙愿被自然所承接、化解,生命的谜团自发地出现又消失。澄净的空气、少年的哀伤和惆怅,如同半月池水般溢出,给读者带来一段净化精神之地的阅读旅行。

张燕玲 十三岁病童演山隐在寺庙养病,他以伤心的眼睛静静打量周遭的大千世界,文本散发出难以言说的伤感,以及清净自省的意味。《化鹤》的叙述舒徐自在,清隽幽雅;其曲笔和禅意,乃至古拙的诗意,弥漫着吴越文化的超拔脱俗之气。小说文字清雅,细腻动人,因意绪缠绕而意蕴丰富,余音绵长。

岳 雯 薛超伟的小说有静气。我们仿佛跌入一条时间停滞的河流,看绿苔爬上苍石,青草掩去足迹。在这里,过去的藤蔓深入当下的小巷,长出碧绿的新叶;古代的铃铛回响在今天的风声中。似淡实厚的叙述将人世的纷扰推得远远的。安谧犹如雾气,以各种方式升起,笼罩了我们。小说家都是造梦者。每个梦境深藏着建造师的自我。在薛超伟看来,这大概是一个自在而宽阔的世界吧。物与物相随,彼此镌记;时间与时间相交,恒久如故。无用而庄重的事物,自有审美的意义。万物生生不息,不过是换一种形式重新来过。这世间不是事事尽好,可是又有什么关系呢? 他只是安然地接受,接受哀伤,接受失去,也接受爱,接受美。

8票 《不可能死去的人》

《花城》2023年第4期 作者:鲁敏

张 莉 《不可能死去的人》,视角独特,别有见地,一个传说中的人,也是一个不可能死去的人。鲁敏的小说不只是故事,其实还有隐喻性,这是别有所思、别有所见之作。

张学昕 这是鲁敏"东坝"系列的一篇新作,她的笔触一落回东坝就有"化腐朽为神奇”的魔力和魅力，她的叙事总会穿透一些看似笨拙、执拗的举动，还原人性中最本真的善良，挖掘被现代经济社会埋掉的传统美德。这篇《不可能死去的人》点亮的是我们传统文化中的“义”，“不可能死去的”从来不是某个人，而是在我们的文化基因中一代代延续的民族大义，是舍我为他的小义。鲁敏借用东坝这个小村落，通过一个个小故事，将原本存在于我们民族中的美好精神品质点亮并传承。

张燕玲 小说构思巧妙，书写了一次次寻访与答复东坝村”长老“义爷，关于村里最有出息的人周成山死讯的故事。周成山这个鞭策全村子孙后代发愤图强的标志,成为不可能死去的典范，村人神化的符号化人物，在作者笔下一次次重放他平凡而传奇的过往中,悲凉与荒诞感不期而至。

岳　雯 《不可能死去的人》，题目就构成了小小的悬疑，推动叙事小踏步前进。谁是不可能死去的人？是周成山吗？因为他接受了义爷乃至东坝全村的供养，所以必不能死去，从此活在全村人的念想中，以至于接力一般构造出许多故事，以解释周成山的消失。不可能死去的人也可能是义爷，因为倾尽几代人之力供养了周成山，所以必不能接受周成山死亡的事实，他靠着念想与时间角力。念想之力如此磅礴绵长，不断衍生，抽枝长叶，生生不息。这是小说的核。

孟繁华 《不可能死去的人》写寄托着全村人希望的人物周成山，人生尚未开始就溺水而亡。小说的讲述控制得极为精确，某种意义上可以说是对叙述学的精彩演绎。一个人的一生居然有多种版本，那些不断的复述以叠加的方式写出了人与人的联系和不同理解。

贺绍俊 读鲁敏这篇小说，不由得想起一首有名的诗：有的人活着，他已经死了；有的人死了，他还活着。鲁敏写的就是这样的情境，我也会像东坝人一样坚信周成山还活着，至于那个不断讲述周成山故事的黄海，他的苟活就相当于死去了。鲁敏写小说似乎越来越追求给思想开另一扇窗户，这篇小说就是如此。

8票 《雾中河》

《作家》2022年第4期　作者：李晁

何　平 《雾中河》以作家构建的西南河谷“雾水”镇为书写场域，生命的残酷在这里频频上演。小说开篇通过一场悲剧奠定了灰暗的基调，生活在雾水的人们，一切似乎都被潮湿、模糊的雾气包裹，他们面目模糊、情感滞郁，生活与死亡都像涌动的河流般浮沉不定。全篇以一个名叫老五的中年男人的视角展开，在老五的生活中，河流不仅是生计的来源，也是他心灵的负担，一头连着噩梦般的过去，一头朝向无法掌控的未来。有关雾水的故事不仅仅是作家文学地理的建构，也是一众无名普通人的生命切片，他们的悲欢都在雾气与河流中淹没、沉底，作者以其冷峻的笔触为我们缓缓揭开了这些隐秘的人生底色。

贺绍俊 这是一篇具有明晰调性的小说，雾是西南的气象，也是李晁试图营造的小说情调，朦胧、迷茫。雾中的河看不真切，却也更能展现出河的本真。

黄德海 读李晁这个小说的时候，竟然想起了当年读他的贵州前辈蹇先艾小说的感觉，有一种相似的坚硬、尖锐和混沌之感。蹇先艾的小说里那种搏命式的挣扎，在李晁的小说里，转变为面临失控的欲望，显露出某种不知餍足的生活面向。不过，即便在这样的不同之中，我们仍然会在两个不同时代的小说之中，感受到同样细密深邃的岁月之光，感受到自然和生活给予人的，不只是看起来无情的命运，还有深稳厚重的人生选择。

7票 《渡渡鸟》

《收获》2023年第4期 作者：陈小手

张 莉 《渡渡鸟》这篇小说写的是关于都市青年的情感世界，亦真亦幻，但也深具现实感，真切关注到了一代年轻人独具时代特征的情感伦理观及情感际遇。

岳 雯 故人来访，召唤出一段青春悸动的记忆，亦带来现实生活中不大不小的麻烦。藏在渡渡鸟深处的动心有多么真挚热烈，在日常生活中的成年人就有多么坚硬疏离。渡渡鸟是一个浪漫的旧梦，只适合深藏在再也不会打开的《辞海》里。

6票 《松木的清香》(第二轮投票获10票入选)

《十月》2023年第1期 作者：万玛才旦

王 尧 多杰太的命运横陈在所有读者面前，西藏大地上的失落与寻找，藏区的风吹过，命运的面纱被揭开。

杨庆祥 多杰太(作者给他起了一个多“满”的名字！)是机灵的(正如麦克白是勇武的)，小学三年级就懂得通过贿赂来提高成绩，在赌桌上竟也能常胜不衰(也许他用他的聪明做了手脚)。“我”/多杰太与柴油/松木，构成有意味的并置。平庸也许可悲，然而天赋又该如何驱使——它会引诱你，激起你的希望和欲望；许诺你未来却又欺骗你，最终抛弃你、毁灭你。

何　平　小说从一位青年牧民为同村人办理死亡证明开始，其后在回忆中用疏淡到近乎白描的文字讲述了主角多杰太起落无常的人生际遇，平实而不失力量。人物对话为主的叙述方式，具体而微的生活化场景描写，电影的手法调度融入文学的故事讲述，是万玛才旦作为双栖创作者的风格特色。故事的最后，牧民所诵的经文如同多杰太的挽歌，与松木共同点燃的是对人性、命运、生死的独特思考，失落与寻找的故事和扬在空中的骨灰一起被吸进肺里，万玛才旦的文字始终在拓展更日常、更世俗的藏地写作的边界。

孟繁华　万玛才旦是一个小说天才。在小说越写越繁复、越哲学的今天，《松木的清香》返璞归真，以简约、明快但情感无比真挚的笔法，书写了人与人之间的关系。他对小说的理解，对当下小说创作具有重要价值。

贺绍俊　这是最后一次在郁达夫小说奖评奖中与这位从影视界走来的作家相遇了。他文字的清晰的画面感和图像思维给小说带来许多新颖的东西。

6票　《通古斯记忆》(第二轮投票获10票入选)

《钟山》2022年第4期　作者:王啸峰

王　尧　先锋的遗产，城市的经验。进入现实，寻找重新唤醒记忆的支点。一切褪去，留下温暖的人性底色。

王春林　王啸峰的短篇小说创作，近些年来渐入佳境，每每会给人以惊艳的感觉。《通古斯记忆》所真切书写的，是一个幼年失怙的落寞少年的一段生命记忆。无论是对同龄异性的懵懂情感，抑或是和成人世界的交流对话，都是独属于那个特定时段的人生印记。因其聚焦于少年的成长记忆，王啸峰的这篇小说甚至可以让我们联想到苏童的同类作品。

何　平　在《通古斯记忆》中，王啸峰仍然坚守先锋叙事，让虚构与真实、现实与想象围绕在青春期的少年身边，用蒙太奇的手法串联一桩桩事件，抽取掉关键的部分，留下空白的记忆。读者可以随时潜入扮演侦探，真相被作者隐匿，或者根本没有真相。王啸峰的小说是由一个又一个的谜面组成的，而生活也是如此。

张学昕　《通古斯记忆》这篇作品中爱的浓烈程度是远远超过它自身的体量的，从小说中的人物形象到作者本人，王啸峰用了一个很精巧的设计，把轻与重、爱与痛很好地糅合在一起。小说叙事的切入口是少年的情窦初开，用粉色的纸条穿针引线，由最初传递青涩的情感深入其内，引出父亲意外去世对少年造成的严重精神创伤，到最后被人性之美治愈为收束。作品中人物之间从父舍命救子的大爱，到无限包容的母爱，到同学、邻里间的小爱，看似无形，却渗入生命、生活的点点滴滴。而作者有意用碎片化和插叙的方式把少年的创伤记忆处理得模糊且隐秘，把少年幻想世界的细节雕琢得清晰且逼真，这种亦真亦幻的叙事减弱了揭开少年创伤的疼痛程度，这其实是作者的偏爱。

张燕玲　这是一篇感伤而富有诗意的小说，一部另类少年的成长记忆。王啸峰的笔触细腻，忧伤的写实散发着迷离虚幻的气息，叙述欲说还休，富有张力，在大众的世情与庸常的叙事里，显现了作品的现代感和先锋性。

孟繁华　城市文学最深层的秘密仍然没有被揭开，这与我们的城市文化没有建构起来有关。王啸峰则别开生面，他在苏州的一街一巷、一砖一瓦中，让读者体会到其中的精妙。人的欲望和善恶仍是小说探索的主题。不同的是，那里还有一层神秘又朦胧的面纱。

未入选作品

6票　《麦田望不到边》

《长江文艺》2023年第3期　作者：汤成难

王春林　总体上说，作为一位正处于上升期的作家，汤成难这些年来的写作的确可圈可点。小说中，原本只是杨本丁与那头叫作黑团的牛在一起相依为命。没想到，在一次纪录片的拍摄过程中，他却和女演员发生了一些情感瓜葛。最后的结果是，女演员走了，杨本丁却无法自拔。与其他很多同类作品中的乡村诗意相比较，某种艺术反讽意味当然不容否定。

6票　《九三年》

《天涯》2023年第1期　作者：肖江虹

6票　《午夜的海晏县大街》

《收获》2023年第2期　作者：索南才让

5票　《骷髅》

《野草》2023年第6期　作者：穆萨

5票 《夜游神》

《收获》2023年第4期　作者:史玥琦

张　莉　《夜游神》,一部深具形式探索意味的作品,书信体的引入有如火把,重新照亮了庸常的现实。这是充分显示90后一代写作者的锐气与勇气的作品,这样的作品需要被看见,需要被鼓励。

岳　雯　一个文学刊物编辑部的角落,爬山虎枝枝蔓蔓,仿佛快要伸到凌乱的书桌前,向人招手。一个年轻的编辑,腼腆而内向,她凑近了屏幕,在夕阳的余晖中认真地给作者回信,一封本该是退稿信的交流信。此时此刻,岁月仿佛静好,她不知道,她将拉开一段惨烈往事的序幕,黑色的大火在已然化为灰烬的记忆中熊熊燃烧,而她的身世亦犹如黑蝶飞舞,在其间浮沉。过去的惨痛隐遁在小说叙述之中,成为镜子深处不可触摸的存在。然而,通信建立起来的那一刻,是死亡即将降临的时刻,亦是过去破镜而出的时刻。或许叙述本身就能奇迹般地创造现实。

3票 《俗世奇人新篇》

《北京文学》2023年第1期　作者:冯骥才

3票 《暴雨倾城》

《芙蓉》2023年第4期　作者:海飞

2票 《玛雅人面具》

《北京文学》2022年第11期　作者:徐则臣

张燕玲　徐则臣的《玛雅人面具》,继续他既现代又东方的新叙事路径的探索,继续构建时空和记忆的迷宫,继续他的现实与玄幻的双重书写,继续他"到世界"去的精神生活。小说草蛇灰线地叙述一次墨西哥的奇特旅行,木雕面具后面是玛雅文明的寻求之谜和追问意识,也是历史在现实中的回响。徐则臣长于在历史深处的河流里,不断叩开那些隐藏在世界深处的隐秘空间,探寻一个民族的秘史和精神面貌。

2票 《天空划过一道白线》

《人民文学》2023年第1期　作者:东西

张学昕　"寻找"是文学永恒的主题,有的人终其一生都在寻找,寻找爱情、理想、自由、自我，寻找生命的意义、精神的故乡、灵魂的归宿等等，也许不会有结果，但是人们总是会在找的过程中获得意义，因为寻找会使人不断前行，在否定中得到肯定，在疑惑中得到解惑，这是大部分文学作品中关于记叙“寻找”的本质。但是，东西在《天空划过一道白线》中为“寻找”增添了新的本质：寻找也是逃避，是在一个划定的范围内转圈圈，有些时候我们都需要等待，才能获得新的意义。

2票 《华强北往事》

《天涯》2023年第5期　作者：邓一光

张学昕　深圳是中国高科技发展的领跑之城，华强北作为深圳科技的微缩一角，它的兴起与发展，不同阶段的技术动向都代表着深圳，代表着中国在科技领域的发展变化。邓一光把叙事的空间从深圳这个城市集中至华强北这片区域，通过对“往事”的追述，对人物命运的捕捉，勾勒出二三十年来中国科技与经济发展的大框架，反思快速发展进程中出现的问题，并持续追踪问题，直至当下。虽然讲述的是“往事”，但是引发我们关注和思考的其实是当下和未来。这些问题关系着个体的梦想、现实的生活和精神与时代的联结，从更高层面上更关系着民族未来的生长力，国家的生产力、创新力等是否可以跻身世界前列。

2票 《妻子是年》

《长城》2022年第3期　作者：刘庆邦

1票 《小亲疙瘩》

《人民文学》2023年第6期　作者：莫言

1票 《回到小南浦》

《作家》2022年第12期　作者：朱朝敏

1票 《明月梅花》

《北京文学》2023年第10期　作者：乔叶

1票 《此地无银》

《人民文学》2022年第4期　作者：王若虚

0票 《幽暗时刻》

《收获》2022年第5期　作者：卢文丽

（审读委成员按姓氏笔画为序）

第八届郁达夫小说奖终评综述

2024年10月26日，由《江南》杂志社主办、杭州市富阳区人民政府协办的第八届郁达夫小说奖在杭州举行终评委会议。会上，历时6个多月的悬念终被揭开。杨方《月光草原》和金仁顺《白色猛虎》分别摘得中篇小说首奖和短篇小说首奖，龚万莹《出山》、黎紫书《一个陌生女人的来信》、韩松落《鱼缸与霞光》获得中篇小说奖，朱婧《我的太太变成了鼠妇》、万玛才旦《松木的清香》、牛健哲《造物须臾》获得短篇小说奖。

郁达夫小说奖是国内颇具影响的面向海内外华语中短篇小说创作的文学奖项，每两年评选一次。

本届郁达夫小说奖于今年4月启动作品征集，通过多种途径的推荐，汇集了大量参评作品。随后评奖办公室根据推荐意向，确定入围30篇中篇小说和31篇短篇小说，再经审读委实名投票，选出各15篇中篇小说和短篇小说作为终评备选作品，基本汇聚了2022年至2023年间最优秀的华语中短篇小说。

本届终评委仍由著名作家、学者和重要文学刊物主编组成，执行主任为艾伟，7名成员为叶兆言、毕飞宇、孙甘露、阿来、陈东捷、袁敏、程永新（按姓氏笔画顺序）。在近两个月的时间里，终评委专家认真阅读备选作品，并准备了各自推荐作品的评语。

终评委专家在热烈的气氛中，讨论通过了《第八届郁达夫小说奖获奖作品投票产生办法》，并就终评备选的作品发表审读意见。根据投票产生办法，每位终评委须以实名方式对终评备选作品进行投票，其中中、短篇小说首奖的获奖作品须得到终评委总票数2/3（含）以上的同意，而中、短篇小说奖则须获得终评委总票数1/2（含）以上的认可。随后，在新闻媒体的见证下，展开实名投票决选。

在中篇小说首奖的角逐中，经过4轮激烈投票，杨方《月光草原》胜出，问鼎中篇小说首奖。之后在中篇小说奖的投票中，龚万莹《出山》、黎紫书《一个陌生女人的来信》、韩松落《鱼缸与霞光》均以超过一半的票数拿下该奖项。

在短篇小说首奖的投票中，金仁顺《白色猛虎》获得评委们的一致认可，赢得本届短篇小说首奖。而在短篇小说奖的投票中，朱婧《我的太太变成了鼠妇》、万玛才旦《松木的清香》、牛健哲《造物须臾》脱颖而出。

郁达夫小说奖自设立以来，始终坚持以弘扬郁达夫文学精神为主旨，注重作品的文学品位，所以获奖的作品不仅具有较高的艺术水准，也较为契合郁达夫的文学和审美精神。

本届郁达夫小说奖颁奖典礼将于12月7日——郁达夫诞生日在其故乡富阳举行，本届获奖作品名单、得票数及评委评语将在2025年第1期《江南》杂志和相关平台上公布。《第八届郁达夫小说奖获奖作品集》将由浙江文艺出版社出版发行。

第八届郁达夫小说奖终评委成员评语

【中篇小说首奖】

第一轮投票

3票 《月光草原》

《江南》2023年第3期　作者:杨方

阿　来　这部中篇从一只在生态平衡上大有作用的昆虫进入,展开了一片广阔草原,和我们习惯的表述路径全然不同的草原,人物口音浓重,个性鲜明,生活画面活色生香。这片草原的当下现实,有生态难题,有乡村振兴的种种努力。这一切,都由小及大,由窄而宽,得到生动呈现。

袁　敏　这篇小说可以说是这次入围小说中最打动我的,虽然我对这个作者很陌生,以前也没有看过她的作品。之所以一下子被这篇小说吸引,第一,这篇小说有扎实的、真正从生活土壤里长出来的故事,有生动的语言和准确的生活细节;没有在草原生活过,没见过牛粪和牧民息息相关的无法割舍的关系,写不出这样真实的内容。第二,小说写了一个重大的主题:地球的保护已经到了刻不容缓的地步,人和自然的关系如何从"相爱相杀"到和谐共处,是我们每一个地球人都必须思考的问题。第三,小说探讨了东部对西部的扶助,是蜻蜓点水的形式主义,还是真正为改变边疆的面貌做出身与心的奉献。在天壤之别的对比中,小说塑造了一个真正想为边疆做贡献的年轻人的形象,这样的年轻人和这样的奉献精神当下尤为稀缺,而正因为稀缺,才需要倡导。

程永新　此篇小说的语言优美,叙事极为流畅细腻,散文化的笔法与草原自由散漫的气息相匹配,人与动物甚至牛粪,和谐相处,都成为小说中令人难忘的细节,它既可归入生态文学,又超越了生态文学。

2票 《老宅》

《花城》2023年第1期　作者:麦家

1票 《逍遥仙儿》

《十月》2023年第1期　作者:石一枫

陈东捷　石一枫是书写当下北京的标志性作家，他善于在宏阔的时代背景下，捕捉具体可感的人物和事件，铺陈出生动的世情画卷。《逍遥仙儿》借助人物关系，将补习班和吃播两种当代场景进行了奇妙的组合，细致刻画了当代都市生活的众生相，使作品具有了强烈的现实观照。

1票　《棣棠之约》

《钟山》2022年第4期　作者：孙频

叶兆言　充满诗性的回忆，这是80后心中的八十年代，别样的目光。

1票　《出山》

《钟山》2023年第2期　作者：龚万莹

第二轮投票

4票　《月光草原》

《江南》2023年第3期　作者：杨方

艾　伟　从经验的层面来说，杨方的《月光草原》几乎是全新的，在多民族聚居的新疆生活的书写中，杨方让小说透出天真、灿烂的光芒，对新疆生活、人物以及风光的描述，有异质性，同时富有童话气质。西西弗斯神话的引入，让小说在形而上层面引人思考。西西弗斯的形象代表着人类试图征服世界的巨大雄心，但杨方认为，在人和自然的关系中，无法人定胜天，由此文本也透出某种机智的反讽。

毕飞宇　《月光草原》是从小路进入的，然后走向开阔，开阔不只是空间的大，也是小说的大。

（另外评语见前）

4票　《老宅》

《花城》2023年第1期　作者：麦家

叶兆言　谜一样的小说，谜一样的麦家，非常独特的文学风貌，姜还是老的辣，笔力如刀。

第三轮投票

4票 《月光草原》

《江南》2023年第3期 作者:杨方

(另外评语见前)

4票 《老宅》

《花城》2023年第1期 作者:麦家

(另外评语见前)

第四轮投票

6票 《月光草原》

《江南》2023年第3期 作者:杨方

陈东捷 《月光草原》以独特的视角、轻松的讲述和理想主义的态度,介入了草原生态危机这一严肃的社会问题。小说中,问题不再是坚硬的存在,而是回到了其原始的状态和过程。小说是现实的,同时有充满诗性的律动。

(另外评语见前)

2票 《老宅》

《花城》2023年第1期 作者:麦家

(另外评语见前)

【中篇小说奖】

7票 《出山》

《钟山》2023年第2期 作者:龚万莹

毕飞宇 龚万莹的小说通常有一个立足点,这个点是背实向虚的,这显然和她的成长环境有关,有关大海和远方。事实上,龚万莹对此岸的描绘极为成功,我觉得龚万莹是可以和石一枫对照起来阅读的作家，他们看似风马牛不相及，可在我这里，他们相通。

阿　来　题目是山，扑面而来的是腥咸黏滞的海的气息，海岸上人群生活的气息。小说编织故事易，写出气息却难，气息要独特鲜明则更难。而这篇小说都做到了。

陈东捷　《出山》借助一个鼓浪屿少女的经历，通过她的成长史，通过她眼中极具生活质感的人群和海岛风物，讲述了一座海岛几十年的变迁。作为一名年轻作者，龚万莹在思绪飞扬的同时，语言保持了很强的地域特色和及物性，实属难得。

程永新　主人公从鼓浪屿这座岛屿出发走向世界，其实象征内心的一次外化和回望，故乡与世界，内心与社会，成长与扭曲，小说具有丰富性和多义性，流动着一种让人反思的人类共通的情绪。

(另外评语见前)

5票　《一个陌生女人的来信》

《收获》2023年第3期　作者：黎紫书

孙甘露　这么工整的小说叙事令人有种重温传统小说的亲切感。作者可能也期望借由这个题目唤起人们对往昔生活的追忆，重勘世道人心在今日的价值。小说最令人感兴趣的不是那封来信所涉及的里里外外的生活，而是一个高端读者所隐含着的房东太太式的絮叨，我提醒自己注意这两个词在不同时代所隐含的身份差异。

阿　来　和经典同名，显示出作者的信心。起初是对“你”的倾慕、肯定。渐渐地，变成揣度与对对方的心理分析。再后来，写信人头角显露，傲慢，苛刻，固执。人与人的交往中，自以为有文化有信仰的人，往往显出这样的本性，同时又鲜有写作揭示出人性中这样的暗面。

程永新　小说是对亵帕和茨威格的双重致敬，显现出一种特别的异质性，是当下原创文学中非常少见的作品。不经意暗含的反讽足以让人回味。

5票　《鱼缸与霞光》

《收获》2023年第6期　作者：韩松落

艾　伟　《鱼缸与霞光》同韩松落的其他作品一样，通常带着某种奇幻感，在经验的处理上，他融纳了一些电影甚至动画元素，也融入了现代流行文化的表达方式。他的小说在众多以描写世俗生活见长的中国小说中，体现了新的可能性。

叶兆言　感觉很遥远，很陌生，同时又仿佛近在眼前，一伸手就能触摸到，让人印象深刻。

毕飞宇　此时此刻，中国文学的内部还有一个韩松落，这是一件多么好的事情。我喜欢他的叙事，还有他的小说进程。

程永新　一个人的"消失"构成了一群人的挣扎、恐惧和期望，小说既有缜密的推理，又有细腻的心理分析。小说以混沌而自洽的叙事，映射了当代社会的典型抑郁现象。

4票　《明日派对》

《十月》2022年第1期　作者：周嘉宁

阿　来　一幅大都市青年的画像。他们大多看似有些佛系，有些甘于在边缘，他们时常聚集的空间，也是在城市的地下。其实，他们的倦怠中深藏改变的愿望，在疏离中苦寻新的可能，无论是生活还是艺术。就像小说写来貌似不经意，其实有精心经营。

陈东捷　《明日派对》记录了尚未久远的历史和已然远去的青春之歌。狂热的艺术理想，混杂着对现实的反抗和对未来的茫然，曾经先锋的姿态，成为时代记忆的一部分。小说以文字还原历史，是凭吊，也是唤醒。

1票　《去云那边》

《收获》2023年第5期　作者：须一瓜

袁　敏　一直觉得须一瓜是一位被低估的作家，虽然她的小说一直为读者所欢迎，有改编成电影后票房和口碑双赢的作品，也总在评论家的视野内，各类评奖的入围者中也总能看到她的身影，但大奖似乎总是和她擦肩而过。其实她的小说真的很棒，《去云那边》精心地谋篇布局，讲述很好看的故事，情节生动，细节饱满，对人物情感的把握细腻而准确，对人性的挖掘深刻而不动声色。

1票 《戏台》

《收获》2023年第2期　作者:罗伟章

袁　敏　平淡无奇中蕴藏着惊心动魄,鸡毛蒜皮中富含着人生哲理。小说写出了中国式的家庭伦理关系和人性的复杂。

1票 《老宅》

《花城》2023年第1期　作者:麦家

袁　敏　每个人都有自己的母亲,每个人也都有承载着童年记忆的老宅,无论你走得再远,母亲和老宅都无法从一个人的生命中抹去。麦家从写母亲引出老宅,又从写老宅怀想母亲和她的家人,家长里短中写尽世事冷暖、岁月沧桑,老宅的象征,戳中人心底的柔软,让你走遍天涯海角,都忘不了自己的根。

【中篇未获奖小说】

《逍遥仙儿》

《十月》2023年第1期　作者:石一枫

(另外评语见前)

《远大前程》

《山花》2022年第8期　作者:王苏辛

《去云那边》

《收获》2023年第5期　作者:须一瓜

(另外评语见前)

《花问》

《十月》2023年第4期　作者:计文君

《棣棠之约》

《钟山》2022年第4期　作者:孙频

(另外评语见前)

《水落石出》

《十月》2022年第5期　作者:刘汀

《戏台》

《收获》2023年第2期　作者:罗伟章

(另外评语见前)

《明日派对》

《十月》2022年第1期　作者:周嘉宁

(另外评语见前)

《突如其来的一切》

《天涯》2022年第3期　作者:田耳

叶兆言　平淡的叙述中,有一种突如其来的紧迫感。

《心海图》

《人民文学》2023年第9期　作者:林森

《老宅》

《花城》2023年第1期　作者:麦家

(另外评语见前)

(终评委成员按姓氏笔画为序)

【短篇小说首奖】

5票　《白色猛虎》

《万松浦》2022年第1期　作者:金仁顺

叶兆言　一眼就觉得很好的小说,看完了十五个短篇,仍然这么认为。

毕飞宇　金仁顺对情感的感受和表达使她成了金仁顺,她从不让人失望。

孙甘露 小说完全写实，但是结构和细节充满寓意。长白山白色的雪景自不待言，对女主人公的客栈、对人生处于中途的境遇近乎纯客观的描写，与琐碎的日常细节互为映照，迎来送往虽然是客栈的日常情景，却因为开篇接机时儿子和女友自己预定了专车、退房时女友自己结清了房钱而与前夫去世前留下的存款一同锚定了小说的结局。作品尖锐而沉痛，平静的叙述之下人物的内心波涛汹涌。

阿　来 金仁顺是小说老手了，其短篇小说令人惊艳的也早不止这一篇。叙事依然从容婉转，写人依然丝丝入扣。但也有新意，因为写出了新的生活形态与情态。形态，人物活动空间是民宿，不是驿站，也不是五星酒店，因此有家庭氛围，却又不是家庭。情态，是新型的婚姻或爱情的形态。这也见出作家一如既往的敏感。

袁　敏 小说通过描述齐野、齐芳母子和一个名叫杨枝的女人在长白山的一段旅程，写了一对姐弟恋，和一个母亲在面对这一段恋情时的纠结、隐忍和不甘。小说展开了人物面对生活变化和矛盾产生时的内心挣扎和自我发现，通过对人物心理的细腻刻画，展现了人性的复杂和多样性。同时也让一个自信、自立、自强的女性形象，很丰满立体地展现在我们面前。当下的社会，姐弟恋其实已经很普遍，但传统习俗和陈旧观念其实还是有很深的根基，文明的开放包容和社会的前进常常就在家长里短中体现，《白色猛虎》让我们看到了这种艰难和不可阻挡。

3票 《松木的清香》

《十月》2023年第1期　作者：万玛才旦

阿　来 万玛才旦电影与小说双管齐下，电影里有小说的韵味，小说里有电影的节奏。相较而言，其短篇小说因为电影元素——视角与场景的渗透，更显得鲜活明快。上届进入终评阶段的小说是如此，本届这篇小说也是如此。写人深情却不滥情，叙事写出生活的严酷与命运的无常，笔调却轻松流转，其文字本身便带有一种松木的清香。

陈东捷 《松木的清香》在短小的篇幅里表现了复杂的意蕴，显示了作者深厚的叙事功力。多杰太短暂而传奇的一生完全在他者的讲述中完成，讲述者也在另外的故事中经营着自己的人生。小说看似平实无奇，实则意味深长。

程永新 此篇小说双线叙事结构，场景精练典型，人物关系铺陈精巧，将人生无常与如何解脱的主题，剥笋似的渐渐显现出来。万玛才旦的小说始终拥有一种洁净的气质，始终可以让我们读到他的文化背景和历史场域。

【短篇小说奖】

第一轮投票

7票 《我的太太变成了鼠妇》

《青年文学》2022年第8期 作者:朱婧

叶兆言 让人想到韩国年轻一代女作家,与我们常见的中国女性小说大相径庭,十分难得,别具一格。

毕飞宇 朱婧的特征是如此清晰,知识分子,女性,她就是一个向度,这个向度不可或缺,时间也许会体现这一点。

孙甘露 作品显示出良好的教育和学养,对名物的广泛兴趣和细致的考察,对心理活动的周详分析,对日常生活的遐想和沉思,使小说人物与所处的环境若即若离。小说在叙事的同时不断定义所述之物,直至最后回到作品的题旨,凸显出作者的细腻和绵密。

阿 来 人变成了鼠妇,但不是卡夫卡式的,没有那么刻意的荒诞,而是时光对生命感的磨损,是一个人不能得到另一个人的全部——过往经历,以及当下的所有日常。静水深流,欲得深流中那真正的情感激荡而不能够,却又不能满足于这平静的表面。这不是一个人,不是一对夫妻的情感与生命感的销蚀与变异,而是人群中的大多数。

陈东捷 平静的日常生活,潜伏着难以察觉的暗流和歧路。年轻的丈夫与消弭自我、温顺贤良的妻子,貌似和谐的生活存在巨大的裂痕。在生活的背面,妻子变成了截然不同的另一个女人。小说在不动声色的叙述中,营造了令人触目惊心的阅读效果。

程永新 作品通过他者的口来述说女性的爱与痛失。比较耐人寻味的是,通篇在说一个人及她的过往,而我们读到的全是生活的难以言说。

7票 《松木的清香》

《十月》2023年第1期 作者:万玛才旦

叶兆言　看完后，松木的余香袅袅，意味深长，平淡中迸出了惊艳之笔。

毕飞宇　是万玛才旦让一个人和一种植物这样相遇。我们该致敬并静默。

孙甘露　作者是个天才的小说家，这样说不是因为他早逝，而是这篇与死亡有关的小说。要说近乎完美的作品，《松木的清香》即是，仿佛浑然天成。这篇小说的对白，有种少见的紧密的力量，抓住读者的注意力，描写也非常简约、准确。每一句对话，每一个转折，都那么丝丝入扣。整篇作品几乎没有景物描写，但是天色、山色历历在目，叙述那么平静，那么意蕴悠长，那么朴实而短暂。

袁　敏　上一届郁达夫小说奖终评时，万玛才旦的短篇小说《水果硬糖》也入围了，但没能获奖。因为看过他的小说，觉得特别，但一时又说不出特别在哪里。2023年5月，我正在去青海贵南直亥雪山采访的路上，突然得知了万玛才旦在雪山拍摄地猝死的消息。我当时就蒙了，他才五十出头，才华横溢，我当即就去了他的家乡贵德一个小村庄祭奠，为他烧了一炷香。这次看到他的小说《松木的清香》，就像看到了一个隐喻：小说写了一个因意外而猝死的年轻人，死的过程不重要，写得也很平淡，但人物形象却在平淡中一点一点凸显出来。尤其是小说的结尾，像闪电雷劈一样击中了我内心的柔软处。尸体焚烧，柴油六百块，松木一千块。人死了，怎么烧不是烧呢？但文中的“我”说：“用松木吧，这个钱我出。”其实，烧完的骨灰最后也不过是撒在堆满各种垃圾的小山包上，但六百块的柴油味道和一千块的松木清香，哪个伴随死人上路，尸体是有感应的。我相信文中的“我”就是万玛才旦，人世间的美好有时候常常就是一点点小小的温暖。

（另外评语见前）

3票　《造物须臾》

《人民文学》2022年第9期　作者：牛健哲

艾　伟　牛健哲的《造物须臾》是先锋小说某种意义上的延续。小说设置了一个怪异的起点，一个人身处一个陌生的房间，犹如一个梦境，小说探讨了身份、选择，甚至有某种命运感。这部小说有着自己的经验世界，陌生、锐利，却也是读者可以感同身受的。

程永新　人的一生由无数个瞬间组成，牛健哲抓住了主人公的某个瞬间展开想象和记忆，用极为简洁和干净的文字，书写丰富的个体精神世界。

2票　《昙花现》

《钟山》2023年第1期　作者:黄咏梅

陈东捷　美丽的林姨妈无心经营自己的家庭,在漫长的妥协中潦草走完了一生。在告别世界的前夕,如隐秘的微火再次燃烧,直抵她几十年前爱的隐痛。小说拨开层层庸常现实的包裹,呈现了短暂爱情的恒久力量。

2票　《渡渡鸟》

《收获》2023年第4期　作者:陈小手

阿　来　一篇很有巧思的精心之作,写出了相当的新意。这新意来自小说写出了一种性格的人,一种总是能轻易支配别人的人。前半部是美好的活色生香,后半部又陡然变得凌厉起来,美好变成了侵入与冒犯,却都是那种支配性的性格使然。有时,写出新人物,就是写出一种新的性格。

1票　《云彩剪辑师》

《天涯》2022年第5期　作者:李宏伟

1票　《德雷克海峡的800艘沉船》

《十月》2022年第3期　作者:弋舟

袁　敏　一个短篇的容量,却讲述了三个人各不相同的人生状态,折射出现实生活中斑斓丰富的人生维度,既显示出小说家把控结构的能力,又让你体悟到作者在表象下的深沉哲思。

1票　《不可能死去的人》

《花城》2023年第4期　作者:鲁敏

袁　敏　存疑和不确定造成的悬念,以及悬念的不同走向,带来一个人的各种不同的人生版本,让混沌变得明亮,让感伤生出欣慰,这是小说打动人的地方。

第二轮投票

5票　《造物须臾》

《人民文学》2022年第9期　作者:牛健哲

孙甘露　谈论正在写的小说,或者所谓自反性的小说,这种卡夫卡式的叙述，并非很多人的兴趣，但是这种冲动无疑令人好奇。聚焦于物或者延伸至对人的观察，形廓、表层、悖谬，甚至不擅长从床的另一头下床，对具体生动的场景赋予如此抽象的意义，使作品独具沉思的品格，与同时获奖的朱婧的小说相映成趣。

（另外评语见前）

2票 《昙花现》

《钟山》2023年第1期　作者：黄咏梅

（另外评语见前）

1票 《渡渡鸟》

《收获》2023年第4期　作者：陈小手

陈东捷　小说写的是爱情与婚姻，没有遵循爱情小说惯常的叙事逻辑，而是通过富有想象力的奇妙构思，对世俗的情感结构进行拆解和重组，让故事的走向变得异常复杂而难以定义，也使作品具有了一定的先锋色彩。

【短篇未获奖小说】

《昙花现》

《钟山》2023年第1期　作者：黄咏梅

（另外评语见前）

《云彩剪辑师》

《天涯》2022年第5期　作者：李宏伟

（另外评语见前）

《德雷克海峡的800艘沉船》

《十月》2022年第3期　作者：弋舟

叶兆言　用心十分独到，调度有余，行文如流水。

（另外评语见前）

《春天果然短暂》

《北京文学》2023年第11期　作者:马小淘

《兰亭惠》

《人民文学》2022年第3期　作者:潘向黎

《迭奏》

《江南》2022年第4期　作者:班宇

《化鹤》

《花城》2022年第6期　作者:薛超伟

艾　伟　薛超伟的《化鹤》是难得的好小说,古雅、温润、平和。温州这地方很奇怪,出了个像从明清走出来的东君,现在又来了个薛超伟,对古典中国充满敬意,《化鹤》在小说的技术意义上也可称完美。

《不可能死去的人》

《花城》2023年第4期　作者:鲁敏

(另外评语见前)

《雾中河》

《作家》2022年第4期　作者:李晁

《渡渡鸟》

《收获》2023年第4期　作者:陈小手

(另外评语见前)

《通古斯记忆》

《钟山》2022年第4期　作者:王啸峰

(终评委成员按姓氏笔画为序)

第八届郁达夫小说奖组织委员会组成人员名单

主　任　艾　伟　浙江省作协主席

副主任　叶　彤　浙江省作协党组书记

委　员　张　鹏　中共杭州市富阳区委常委、宣传部长

朱丽军　浙江省作协党组成员、办公室主任

詹艳青　杭州市富阳区人民政府副区长

哲　贵　浙江省作协副主席、《江南》杂志社副主编

第八届郁达夫小说奖监督委员会组成人员名单

主　任　朱丽军　浙江省作协党组成员、办公室主任

委　员　王群峰　浙江省作协机关纪委书记

图书在版编目(CIP)数据

第八届郁达夫小说奖获奖作品集 / 江南杂志社主编.
杭州 : 浙江文艺出版社, 2025. 1. -- ISBN 978-7
-5339-7820-4

Ⅰ. I247.7

中国国家版本馆CIP数据核字第2024RH9734号

责任编辑　丁　辉　汤明明
特邀编辑　高亚鸣
责任校对　陈　玲
装帧设计　卓　辉

第八届郁达夫小说奖获奖作品集
江南杂志社　主编

出版　浙江文艺出版社
地址　杭州市环城北路177号
邮编　310003
网址　www.zjwycbs.cn
经销　浙江省新华书店集团有限公司
印刷　浙江新华数码印务有限公司
开本　640毫米×960毫米　1/16
字数　272千字
印张　16
插页　5
版次　2025年1月第1版
印次　2025年1月第1次印刷
书号　ISBN　978-7-5339-7820-4
定价　**68.00元**